23 Otoños antes de ti

Alice Kellen

23 Otoños antes de ti

TITANIA

Argentina • Chile • Colombia • España
Estados Unidos • México • Perú • Uruguay • Venezuela

1.ª edición Enero 2017

Copyright © 2016 by Alice Kellen
All Rights Reserved
© 2017 *by* Ediciones Urano, S.A.U.
   Aribau, 142, pral. – 08036 Barcelona
   www.titania.org
   atencion@titania.org

ISBN: 978-84-16327-24-9
E-ISBN: 978-84-16715-64-0
Depósito legal: B-24.716-2016

Fotocomposición: Ediciones Urano, S.A.U.
Impreso por Romanyà Valls, S.A. – Verdaguer, 1 – 08786 Capellades (Barcelona)

Impreso en España – *Printed in Spain*

Para J, por llegar, por quedarte, por seguir.
Y porque tienes razón, las personas no son lo que piensan que son,
tan solo creen serlo. Y eso es lo más triste.

«Las tres reglas. Primera: La paradoja. La vida es un misterio, no pierdas el tiempo deduciéndola. Segunda: Humor. No pierdas su sentido, sobre todo en ti. Te dará una fuerza colosal. Tercera: Cambio. No hay nada que perdure.»

El guerrero pacífico.

Año 1999

Harriet solía recoger hojas de los árboles y guardarlas en tarros de cristal. Le gustaba hacerlo cuando se sentía nerviosa. Entonces, cruzaba las tres calles que separaban su casa del inicio del bosque, donde las primeras briznas de hierba rozaban el asfalto, y se internaba en aquel lugar silencioso pero tan lleno de vida.

Sentada en el suelo húmedo, seleccionaba con delicadeza las hojas que más le gustaban. A pesar de estar enamorada del color verde, a menudo se decantaba por aquellas más rojizas; sentía que le otorgaban fuerza al conjunto. Rabia. Pasión.

Aunque solo tenía seis años, nadie nunca fue a buscarla. Al principio, Harriet anheló que su padre lo hiciese, que fuese hasta allí y la cogiese del brazo y la arrastrase de nuevo hasta la casa mientras le pegaba la bronca. Eso le hubiese demostrado que le importaba su seguridad. Pero, conforme fueron pasando los días, aceptó la realidad. Su realidad. Y aprendió entonces a disfrutar de esos instantes de soledad entre los frondosos árboles y sus inmensas y regordetas copas, que se esforzaban por alcanzar el cielo grisáceo de Washington.

Pasaba muchas horas allí, eligiendo con cuidado su próximo botín, observando con atención el esqueleto fibroso que se adivinaba en las hojas más translúcidas, buscando alguna que tuviese una forma estrellada o similar a un corazón (esas eran sus preferidas), intentando combinar los colores...

Aquel día, aún nerviosa por no poder quitarse de la cabeza las palabras que un compañero de clase había dicho sobre ella (que era «tonta, tonta, tonta»), se esmeró por conseguir el mejor resultado posible. Cuando lo hizo, al terminar, alzó el recipiente hasta que la luz del sol creó reflejos sobre la superficie de cristal.

Era perfecto. Inmejorable. Había algo retorcido en el hecho de que las hojas permaneciesen allí dentro, resguardadas e intactas, que lograba calmar la ansiedad que en ocasiones Harriet sentía en el pecho. Porque nadie podría dañar a esas hojas. No se perderían. Y, si al final terminaban convirtiéndose en polvo, lo harían lentamente, y no porque la suela de un zapato las aplastase sin miramientos.

A veces, Harriet deseaba estar también en algún lugar parecido; seguro, agradable. Deseaba vivir en su propio tarro de cristal.

Año 2002

Angie le quitó el vestido a su muñeca y se lo tendió a Harriet.

—Pónselo. Van a ir de fiesta.

—¿Y por qué no pueden ir a montar a caballo? —Harriet acomodó a su muñeca, que tenía el pelo igual de rubio que ella, a lomos del caballito de plástico.

—Porque ir a una fiesta es mejor —zanjó Angie, que, sin ser consciente de ello, solía dominar el curso de todos los juegos que compartían juntas. La otra niña obedeció y abrochó con cuidado el velcro que cerraba la parte trasera del corto vestido—. Mi madre siempre dice que, si la fiesta es por la noche, hay que llevar zapatos de tacón. ¿Te gustan los azules?

—No. Prefiero los rojos.

—Los rojos los he pedido yo antes. Toma los azules.

Harriet cogió los zapatos de un tono zafiro. Se preguntó qué opinaría su madre al respecto. Hacía un par de años que se había marchado. «Un viaje largo», había comentado su padre en alguna ocasión. Desde entonces, él era más huraño, más arisco y nada cariñoso. A veces, ella se preguntaba si tenía la culpa de que a su madre le apeteciese tanto viajar. No recordaba haber hecho nada malo antes de que saliese por la puerta de casa arrastrando un par de maletas a su espalda. Era un sábado soleado, y, con los ojos brillantes, le había dado a Harriet un beso muy fuerte en la frente, dejándole la marca del pintalabios rojo que llevaba. A su padre no lo besó porque estaba en el trabajo, así que tan solo le dejó una carta sobre la encimera de la cocina.

«Quizá por eso estaba tan enfadado desde entonces», pensaba Harriet. Porque no se había despedido de él con un beso.

Harriet miró dubitativa a su mejor amiga.

—Angie, ¿crees que tu madre sabrá dónde está la mía? —Habían sido grandes amigas; solían tomar té y reían sentadas en el porche mientras ellas jugaban juntas, y a menudo se turnaban para llevarlas o recogerlas del colegio—. Quiero saberlo. Quiero escribirle una carta.

—No lo sé, pero a veces habla de ella, sobre todo cuando la tía Madison viene de visita los domingos por la tarde.

—¿Y qué dicen?

—Cosas raras. Que es una buscona.

—¿Y eso qué es?

Harriet dejó su muñeca a un lado, sobre el césped húmedo del jardín trasero de la casa de los Flaning.

—Ni idea. —Angie se encogió de hombros—. Deberías preguntárselo a tu padre, él tiene que saber dónde está. ¿Por qué no lo haces?

—Siempre se enfada.

—Pero tú quieres escribirle una carta.

—Sí, sí que quiero.

—¿Te acompaño y se lo preguntamos juntas?

—No hace falta. Yo lo haré.

Harriet sonrió, mostrando esas dos palas un poco más grandes de lo normal que le daban un aire travieso a su rostro dulce. La otra niña le tendió entonces los zapatos rojos con gesto apesadumbrado.

—Toma. Tenías razón, a tu muñeca le sientan mejor. Quédatelos.

Cuando Harriet regresó a casa un poco más tarde, con su muñeca todavía colgada bajo el brazo, descubrió que el lugar estaba sumido en la penumbra. No era una casa precisamente pequeña; de hecho, tenían más habitaciones de las que jamás podrían llegar a utilizar. El señor Gibson había amasado una buena fortuna trabajando e invirtiendo dinero en una tabacalera. Con parte de esos ahorros, se había casado con la mujer de sus sueños, Ellie, y había esperado tener una familia numerosa y fuerte, de esas que se mantienen unidas pese a las adversidades. El señor Gibson, además, anhelaba tener hijos varones, valientes y útiles, que pudiesen hacerse cargo de su parte del negocio en cuanto cumpliesen la mayoría de edad y que le acompañasen a pescar los fines de semana. Nunca imaginó que su felicidad se vería truncada tan pronto y que, como único recuerdo de lo que habían sido tiempos mejores, le quedaría una hija débil e ignorante.

Harriet caminó de puntillas por el salón. El ambiente olía a rancio, a alcohol. Su padre estaba sentado en el sofá y tenía la mirada clavada en el televisor. Sostenía un vaso en la mano derecha y el líquido ambarino se sacudió cuando él se giró al percatarse de su presencia.

—Ya estoy aquí —anunció Harriet.

—Ya lo veo —bufó.

Ella dejó su muñeca sobre la mesa y se limpió las manos sudorosas en los pantalones rosas que vestía, que ya estaban algo viejos.

—¿Cuándo volverá mamá?

—El día que dejes de ser tan estúpida. —Emitió una risa amarga y cargada de rencor—. Tu madre no va a volver nunca. Se ha ido para siempre. Así que será mejor que empieces a valerte por ti misma y a ser útil. ¿No se supone que deberías saber cocinar y encargarte de la ropa siendo una mujer?

—Y ya lo hago. Me ocupo de mi ropa. —Harriet pestañeó más de lo normal al intentar ocultar las lágrimas que pugnaban por salir.

—Pues aprende a cocinar, entonces.

El señor Gibson le dio un trago a la bebida y la saboreó con lentitud. Luego volvió a mirar a la niña, que seguía inmóvil a un lado del televisor.

—Deja que te dé un buen consejo, Harriet. Para ser alguien en esta vida, vas a tener que conseguir que un hombre permanezca a tu lado. Y, para que eso suceda, tendrás que aportar algo a cambio. Ese algo tiene mucho que ver con el tiempo que pases en la cocina. Una mujer de verdad no abandona sus tareas y se larga sin previo aviso con un rufián, como hizo tu madre. Una mujer de verdad sabe cuidar del hombre, sabe hacerse cargo de sus responsabilidades. —Chasqueó la lengua—. Eres demasiado tonta para lograr un futuro de provecho, y ser guapa no te ayudará eternamente. Hazme caso. Solo deseo lo mejor para ti. Lo mejor... teniendo en cuenta las circunstancias. Y ahora sube a tu habitación, acuéstate y piensa en lo que te he dicho.

Harriet seguía confundida mientras subía las escaleras que conducían a su dormitorio. No había entendido exactamente qué era lo que su padre quería decir. Lo único que sabía con total seguridad era que su madre no volvería. Ya casi no podía recordarla; había olvidado el timbre de su voz y el tono exacto de los reflejos cobrizos de su cabello que brillaban cuando el sol los acariciaba con su luz. Solo era capaz de rememorar una y otra vez que era una mujer llena de colores y de pulseritas y de cosas que se movían y producían un sonido tintineante que le hacía cosquillas en los oídos.

Año 2007

Cuando Harriet cumplió catorce años, no solo sabía planchar y limpiar cualquier superficie de la casa (desde la tela del sofá que su padre solía manchar cada vez que se le caía un poco de cerveza, hasta los cristales, la madera y el ladrillo), también sabía cocinar mejor que algunas amas de casa de Newhapton. Guisos, legumbres, pescados, carnes, verduras y pastas; había aprendido a manejar y sacar lo mejor de cualquier alimento que cayese en sus manos.

Pero si había algo que le apasionaba era la repostería. En vistas de que a su hija Angie no le interesaba demasiado, la señora Flaning le había ido enseñando las reglas básicas para lograr una buena masa o un bizcocho jugoso y esponjoso. A día de hoy, hacer pasteles se había convertido en una especie de obsesión. Soñaba con mezclas imposibles, con sabores que fusionar, con diseños que crear. Soñaba que la gente disfrutaba comiendo sus dulces y que volvían para repetir y felicitarle por la inusual cremosidad o por el relleno inesperado de frutos rojos que aportaban un toque ácido entre tanto chocolate.

Soñaba... Harriet soñaba tantas cosas...

Año 2009

Vestía unos pantalones vaqueros de campana y una camiseta blanca de tirantes que se ceñía a esas curvas que habían aparecido en su menudo cuerpo de la noche a la mañana. Harriet había crecido, convirtiéndose en una chica atractiva que no pasaba desapercibida. Pero eso solo alimentaba más sus miedos. ¿Y si nadie podía ver nunca quién era ella realmente? ¿Y si nadie se molestaba jamás en arañar detrás de las primeras capas para conocerla de verdad?

Aquella noche, sin embargo, había dejado sus preocupaciones en casa. Todos los habitantes del pequeño pueblo de Newhapton se habían reunido en la plaza y sujetaban en sus manos farolillos de papel encendidos que le otorgaban un halo de magia al lugar. Era el día en el que se inauguraban las fiestas anuales que celebraban cada verano, y el ritual indicaba que se debían liberar los farolillos y pedir un deseo.

Harriet notó la mano de Angie apretando la suya.

—¿Qué vas a pedir? Yo no me decido entre aprobar las asignaturas que me quedan del año pasado o que mi madre deje de perseguirme todo el tiempo. —Angie se puso de puntillas y estudió a los vecinos allí congregados—. Mírala, ahí está, observándonos casi sin pestañear. Es como un pequeño sabueso sin vida propia. ¿Puedes esperar un momento? Voy a exigirle que deje de espiarme.

—Claro.

En cuanto su amiga se alejó un par de metros, alzó la mano y saludó a la señora Flaning con cariño. A pesar de que siempre estaban discutiendo por cualquier tontería, sabía que ambas se querían y, a su manera, estaban muy unidas. La madre de Angie era, eso sí, controladora y se inquietaba demasiado por las decisiones que su hija tomaba. Aunque pudiese suponer un incordio en ocasiones (su toque de queda por las noches era mucho menos permisivo que el de ella), a Harriet le hubiese encantado tener una madre que se preocupase por su futuro y que le impusiese normas y le enseñase a hacer las cosas de la manera correcta.

—¡Ay! —protestó al notar un golpe en la espalda, y al girarse se encontró con una cabellera rubia y unos ojos de un color similar al chocolate fundido que usaba para bañar su pastel preferido, el del relleno de naranja con base de galletas.

—Lo siento. Lo siento mucho. —Eliott Dune le regaló la sonrisa más bonita del mundo y señaló al chico que reía tras él—. El idiota de mi amigo todavía piensa que es divertido ir empujando a la gente por ahí. ¿Te he hecho daño?

—No, no es nada.

—Me llamo Eliott Dune y supongo que tú eres Harriet Gibson. —Le tendió una mano que ella estrechó con nerviosismo—. Creo que no nos habíamos presentado antes.

—Sé quién eres. Te conozco de vista. Del instituto.

Tenía la boca seca cuando él volvió a sonreírle de aquel modo tan arrollador; era como si la curvatura de esos labios tuviese el poder de cambiar el transcurso del mundo. Harriet, al igual que todas las chicas de Newhapton, sabía perfectamente quién era Eliott. El chico de oro. El chico que tenía una familia perfecta y sacaba buenas notas y jugaba mejor que nadie en el equipo de baloncesto del instituto. Iba un curso más adelantado que ella, que acababa de cumplir dieciséis años, y despertaba admiración y envidia a partes iguales.

—Tienes... Tienes una hoja en el pelo. Espera. Deja que te la quite.

Era una señal. Tenía una hoja en el pelo, ¡una hoja! No una mariquita o un chicle de frambuesa, no. Y vale que era una hoja diminuta, del jazmín de la casa de Angie, en la que había estado antes de ir a la plaza, pero el tamaño no era lo importante. Le encantaban las hojas y Eliott Dune había visto precisamente eso en ella. No se había fijado en su escote o en su trasero, sino en la hoja enredada entre su cabello.

—¿Puedes dármela?

—¿Quieres que te devuelva la hoja? —La miró divertido.

Su primer impulso había sido pedírsela y guardarla para siempre en un tarro de cristal. Porque era especial. Un recuerdo. Pero enseguida Harriet advirtió lo estúpido que sonaba aquello. Estaba segura de que Eliott Dune miraría a sus amigos por encima del hombro de un momento a otro y emitiría una risa burlona ante la ridiculez de sus palabras.

No lo hizo.

Tan solo le cogió la mano con la que no sujetaba el farolillo y, tras acariciar la palma con la punta de los dedos, depositó con cuidado la hoja de jazmín.

—Gracias —susurró Harriet.

—No hay de qué, pero me debes un favor. No tengo un farolillo y sí muchos deseos por cumplir. Así que no me negaría a compartir uno con la chica más guapa que he visto en mi vida. —Se inclinó hasta rozar el lóbulo de su oreja con los labios—. Pero no le digas a nadie que te lo he dicho. Ni que llevo meses pensándolo.

Harriet tragó saliva sopesando el significado de sus palabras, y el silencio los envolvió mientras intentaba dar con una respuesta ingeniosa que demostrase que era una chica aguda y lista. Pero, antes de que pudiese encontrar las palabras adecuadas, Angie apareció a su lado dando un pequeño saltito y Eliott se apartó al tiempo que extendía la mano y se presentaba.

—Queda un minuto para que soltemos los farolillos. —Angie miró el reloj de la iglesia blanquecina que presidía la plaza.

La multitud comenzó a impacientarse, revisando que todo estuviese a punto. Y cuando las campanas comenzaron a sonar a las doce de la noche, en medio del caos del momento, nadie fue testigo de cómo los dedos de Eliott se cerraron en torno a los de Harriet y, juntos, lanzaron a la vez el farolillo de papel.

Docenas de luces naranjas y amarillentas surcaron el cielo oscuro y se elevaron en el aire, llevándose consigo los deseos silenciosos de los habitantes de Newhapton.

Cuando el espectáculo visual terminó y la noche se cernió sobre ellos, Eliott rechazó ir con sus amigos a un claro del bosque, conocido porque los jóvenes solían reunirse allí para beber y divertirse lejos de las miradas de los adultos. En cambio, le pidió si podía acompañarla a su casa.

—Me encantaría, pero Angie y yo siempre volvemos juntas.

—Si no tengo que ir con mi madre, como es el caso. —Se apresuró a matizar la morena. Le guiñó un ojo a su amiga—. Había olvidado decírtelo. Mamá quiere ir a casa de tía Madison y recoger el molde que le dejó ayer. Pretende hacer pasteles para medio pueblo durante las fiestas. Ya sabes lo obsesiva que es. —Depositó un beso suave en su mejilla y se alejó unos pasos de la pareja—. Pasadlo bien. Y ven mañana a casa si quieres ayudar a mamá en la cocina.

En cualquier otro momento le hubiese emocionado la idea de tener una excusa para hornear dulces junto a la señora Flaning, pero ahora estaba totalmente absorta en Eliott Dune y su forma silenciosa de caminar.

Mientras paseaban por esas calles que tan bien conocía, no dejaba de pensar en el hecho de que él parecía dominar todos y cada uno de sus gestos, desde la forma en la que su mano se balanceaba a un lado y le rozaba casualmente hasta ese modo seductor de mirarla de reojo.

—Y dime, Harriet —saboreó el nombre de la joven—. ¿Cómo es posible que nunca antes hayamos hablado?

Newhapton era un pueblo lo suficiente pequeño como para que resultase extraño que no se conociesen de oídas casi todos los ciudadanos, pero también lo suficiente grande como para que uno pudiese estar toda una vida sin cruzar palabra con algunos de los vecinos.

—No lo sé. Cosas del destino, supongo.

—¿Crees en el destino?

—A veces. ¿Y tú?

—No. Prefiero pensar que puedo controlar mi vida. Que lo que me suceda de ahora en adelante depende solo de mí mismo.

—Pero eso... es imposible.

—¿Por qué?

—Imagina que viene un coche por detrás y nos arrolla, ¿dependería de ti?

—No exactamente. —Chasqueó la lengua—. Puede que algunas cosas tengan mucho que ver con que la suerte esté de tu parte. Eso no quita que, en el fondo, siga deseando controlar el futuro.

Harriet emitió una risita chispeante y alegre que rompió el silencio de la noche.

—Eso es muy...

—Vamos, dilo. No te cortes

Él se metió las manos en los bolsillos con aire divertido.

—Intentar controlarlo todo suena aburrido. Previsible. Sin gracia.

—¿De verdad acabas de llamarme «aburrido»?

—No directamente, pero...

Eliott sonrió. Dejaron de caminar cuando llegaron a la casa de la joven, una de las pocas construcciones de ladrillo ocre del pueblo, con dos plantas y una buhardilla. Ella se sujetó con una mano a la barandilla blanca que rodeaba la propiedad, ahora poco cuidada tras la caída del precio de las acciones de la tabacalera, y lo miró dubitativa mientras sopesaba la mejor forma de despedirse.

—Gracias por acompañarme. Ha sido divertido —dijo—. Y siento lo de «aburrido».

—No lo sientas. Hacía siglos que nadie era realmente sincero conmigo —bromeó, aunque ella dedujo que sus palabras guardaban algo de verdad—. ¿Puedo verte en otra ocasión? Tú y yo, a solas. Como en una especie de cita. —Bajó la vista a la acera unos instantes—. Yo... llevaba un tiempo queriendo hablar contigo. Confieso que no ha sido casualidad que mi amigo me empujase sobre ti. Eres preciosa, Harriet.

Ella notó los pies encogerse en el interior de sus zapatillas debido a la emoción, notó el corazón latiéndole más rápido de lo normal y notó un burbujeo extraño en su estómago.

—¿Me estás pidiendo salir?

—Sí.

—¿Y a dónde iremos? ¿Qué haremos?

—Deduzco que eso es un sí.

Harriet asintió lentamente con la cabeza y Eliott sonrió y acortó la distancia que les separaba. Acogió su rostro entre las manos y le dio un beso cálido en la mejilla derecha, como si ella fuese valiosa, única. Y pensó entonces que quizás el deseo que había pedido al lanzar su farolillo, «que alguien me quiera de verdad», podía llegar a ser realidad algún día. Aquel beso era un buen comienzo.

Año 2010

Estaban tumbados en un prado húmedo y repleto de diminutas margaritas. Era la flor preferida de Harriet. Había descubierto aquel lugar años atrás y acudía allí con frecuencia para sentarse a pensar, para dejar que el sol se filtrase entre las copas de los árboles y le acariciase la piel. A diferencia del interior del bosque, que la acompañaba en sus enfados, aquel sitio era mucho más luminoso, más puro.

Sonrió cuando Eliott colocó una última margarita entre sus cabellos dorados. Luego la besó. Despacio. Con cuidado. Con dulzura. Sus besos siempre eran así, tiernos.

—¿Crees que tus padres me querrían si nos casásemos algún día?

Se amonestó a sí misma en cuanto terminó de formular la pregunta. Aunque llevaban casi un año saliendo juntos, Eliott evitaba hablar de lo poco que los Dune apreciaban sus elecciones. Para ellos, Harriet tan solo era una niña tonta y mona, hija de un padre alcohólico y misógino y una mujer infiel que les había abandonado a ambos y desatado las habladurías del pueblo.

—Lo importante es que te quiera yo, ¿no crees?

—¿Y me quieres?

—Te quiero, Harriet.

—¿Y si tus padres te convencen de que puedes conseguir a alguien mejor...?

—Tú eres lo mejor para mí. Ya lo sabes.

Año 2011

Se abrazó a sí misma, deslizando las manos por el estómago. Tenía los ojos enrojecidos e hinchados, y, cada vez que pensaba que había agotado todas las lágrimas, una más caía por su mejilla.

—Tienes que entenderlo, Harriet.

—No quiero abortar. No puedo abortar.

Eliott se llevó las manos a la cabeza y suspiró hondo.

—¿Crees que me he esforzado tanto para terminar así? —La miró furioso—. No pienso quedarme anclado en este puto pueblo contigo y con un bebé. Tengo planes. Tengo una vida que construir.

—¡No sería necesario! —Bajó de la cama, abandonando el calor de la colcha rosada, y caminó hasta estar a su altura. Cuando le había llamado esa misma tarde para contarle la noticia, pidiéndole que fuese a su casa, no imaginó que reaccionaría de un modo tan tajante, tan insensible—. Yo me ocuparé de todo mientras tú estés fuera. Cuidaré del bebé. Y te esperaré hasta que termines tus estudios y vuelvas. Eliott, por favor... No pretendo interferir en tus planes.

—¿De verdad...? Dios, joder. —Se frotó la barbilla con el dorso de la mano—. Pensaba que eras un poco más lista, Harriet. ¿Esperabas que siguiésemos juntos cuando me fuese a la universidad? Son cinco años. Cinco dichosos años. En mi caso mucho más si consigo entrar en medicina.

—¿Qué soy para ti, entonces? ¿Algo temporal? —Ni siquiera reconocía esa voz extrañamente aguda que escapaba de sus labios.

Eliott pareció calmarse durante unos segundos. Inspiró hondo, bajó la vista al suelo y luego la alzó despacio hasta ella. Había confusión en su mirada; rabia, pero también algo de tristeza. Harriet odió profundamente su compasión, porque no era un sentimiento solidario, no, en realidad sus ojos tan solo reflejaban lástima, como cuando vas conduciendo y sientes pena al ver en el arcén a un animal herido, pero no paras el coche y sigues conduciendo sin mirar atrás.

—Eso es exactamente lo que intento decirte —susurró—. Te quiero, Harriet. Te quiero de verdad. Pero no encajas en mi vida, no encajas en lo que quiero conseguir. Pretendo ser alguien importante. Ojalá las cosas fuesen diferentes, pero era evidente desde el principio que lo nuestro no sería algo a largo plazo. Cualquier persona de este pueblo con dos dedos de frente es consciente de ello.

Harriet sintió sus pulsaciones dispararse. Todavía más. Más y más rápido. Estaba fuera de sí. Su mundo desmoronándose a pedazos a su alrededor como si todos los besos y las caricias se hubiesen sostenido sobre unos cimientos de plastilina. Endebles, frágiles. Y ahora todo se caía y ella no sabía cómo pararlo. Era consciente de que ni siquiera había cumplido aún los dieciocho años y que quedarse embarazada había sido un error garrafal que ambos deberían haber evitado, pero no podía dejar de pensar en el bebé. No podía dejar de pensar en él y en el hecho de que lo llevaba dentro de ella. Era su obligación cuidarlo, protegerlo.

Se limpió las lágrimas con torpeza.

—¿Sabes? Está bien. No me importa. ¡No me importa no encajar en tu dichosa vida perfecta! Yo tengo mis propios sueños. ¡Puedes irte al infierno!

—¿Tus sueños? ¿Qué sueños? —Eliott bufó.

—Montar la pastelería.

Él rio sin ningún tipo de humor.

—Yo quiero ser médico. Tú quieres ser pastelera. Yo pretendo salvar vidas. Tú pretendes que la masa no te quede muy seca. ¿Notas la diferencia? —ironizó—. Ah, bueno, sí, y ahora quieres tener un bebé. Solo eres una cría ilusa.

Harriet iba a enfrentarse a sus hirientes palabras cuando oyó la cerradura girar en el piso inferior. Su padre llegaba a casa antes de lo previsto. Notó un nudo en la garganta y de inmediato le dirigió una mirada suplicante a Eliott. No le hizo falta más de un segundo para adivinar sus intenciones.

—¡No, no, no! ¡Por favor!

Corrió descalza tras Eliott. Sentía el frío de las tablillas de madera del suelo mientras bajaba las escaleras a trompicones como si fuese lo único real y firme en la estancia. Ella ya había pensado en cómo mantener al bebé por sí misma. Ya había calculado que en menos de dos meses cumpliría los dieciocho, podría independizarse y buscar un trabajo y alquilar la habitación que los Flaning tenían en el sótano para los invitados. Pero si su padre se enteraba... si la noticia llegaba a sus oídos...

Consiguió alcanzar la mano de Eliott y tiró de la manga de su jersey cuando ambos, todavía respirando agitados, pararon frente al hombre corpulento y serio que los miraba con el ceño fruncido.

—Señor Gibson... —comenzó a decir Eliott.

—No. Por favor, no lo hagas —Harriet sollozó y sus dedos se enroscaron en la manga de lana del joven que todavía sostenía—. No te molestaré. Lo juro. Nunca te pediré nada, Eliott. Por favor...

—¿Qué está pasando aquí? —bramó su padre.

—Lamento lo que tengo que decirle, señor Gibson, pero me temo que su hija está embarazada. No ha sido algo que... no ha sido premeditado, evidentemente, y...

Eliott Dune calló de inmediato cuando el hombre avanzó hasta Harriet dando grandes zancadas y le cruzó la cara dos veces con el dorso de la mano. El sonido de las bofetadas rompió el silencio de la estancia y una marca rojiza apareció en la mejilla de la chica. Pero a ella no le importaba ese dolor, pensó sin apartar la mirada de la persona a la que había amado durante el último año y medio. No. A ella le importaba otro tipo de dolor más profundo, más irreparable.

La clínica se encontraba en Seattle, a más de una hora de camino desde Newhapton por la carretera I-5 N. Harriet notaba su estómago encogerse una y otra vez, como si fuese una especie de señal, como si el bebé le estuviese suplicando que no lo hiciese, que no cruzase la puerta que conducía a la consulta del médico.

—Cariño, todo va a salir bien. —Angie le sonrió con dulzura y le apartó los mechones de cabello sudoroso que se pegaban a su frente—. Yo estoy contigo, ¿de acuerdo? Dame la mano.

Lo hizo. Le dio la mano y Angie se la estrechó con fuerza. Había convencido a su padre para que la señora Barbara Flaning y su hija la llevasen a la clínica. Ya no le quedaban lágrimas. Eran las once de la mañana del peor día de su vida. El lugar olía a desinfectante y a algo cítrico, como si hubiesen limpiado con un producto con aroma a limón.

—No quiero entrar —gimió.

Agradeció que la señora Flaning hubiese aceptado esperar en el coche, porque la admiraba lo suficiente como para no desear que la viese en aquel estado tan deplorable. Ella era, en cierto modo, lo más parecido a una madre que había tenido. Ya había sido muy humillante tener que explicarle lo ocurrido, pedirle el favor de llevarla hasta allí para evitar que lo hiciese su padre y no poder dejar de sollozar durante todo el trayecto.

—Ya lo sé. —Angie la abrazó y le dio un beso en la frente al apartarse—. Tienes que ser fuerte, Harriet. Las dos sabemos que es algo que no vas a olvidar, pero aprenderás a vivir con ello, ¿me oyes?

Se le había pasado por la cabeza la idea de huir. Pero no tenía adónde ir ni conocía a nadie que pudiese ayudarla. Sabía que era una locura, un pensamiento iluso propio de una niña. Cada minuto que pasaba se derrumbaba un poco más.

—Confiaba en él. En Eliott. Se suponía que íbamos a estar juntos, que no era algo temporal. Soy idiota. —Sorbió por la nariz—. Y sé que ahora suena estúpido, pero pensé que me pediría que me casase con él y yo le esperaría e intentaría convertir en realidad la pastelería mientras él finalizaba sus estudios. Qué ingenua he sido. Qué tonta.

—Deja de insultarte a ti misma. Es normal que pensases así, Harriet. Tu padre lleva años convenciéndote de que tu único propósito en la vida es precisamente eso: conseguir un marido y cuidar de él. Y no es cierto. Tú vales mucho más. No necesitas que ningún hombre te ponga un anillo en el dedo —aseguró—. De hecho, espera. —Se quitó una de las múltiples sortijas de plata que llevaba—. Dame la mano. Yo, Angie Flaning, te doy este anillo, Harriet Gibson, como símbolo de nuestra amistad. Porque te quiero. Y porque estoy orgullosa de ti. Prometo que, de ahora en adelante, cada vez que considere que das un paso hacia delante, te regalaré un anillo. Hoy eres la chica más valiente que conozco.

Harriet sonrió entre lágrimas y se limpió la mejilla derecha con la manga de la camiseta roja que vestía. Después alzó su mano y observó el discreto anillo durante unos segundos.

—Gracias, Angie. Gracias por estar conmigo. Por todo.

Se escuchó una ligera interferencia antes de que una almibarada voz femenina hablase por el interfono.

—Harriet Gibson, pase a la consulta ocho, por favor.

Año 2014

El funeral fue íntimo y rápido. Tan solo acudieron un par de amigos del señor Gibson que solían ir con él a pescar el último domingo de cada mes y la señora Flaning, su hija Angie y el novio de esta, Jamie Trent. Y, aunque Harriet era consciente de que ninguno de los tres le tenía ni un ápice de cariño a su padre, agradeció que estuviesen allí para acompañarla en el difícil momento.

Difícil... Bueno, eso era algo relativo.

Harriet se esmeró por organizar un funeral perfecto. Le pidió al párroco de la iglesia que oficiase la misa a las seis de la tarde, la hora preferida del señor Gibson para sentarse en el sofá y beberse una cerveza. O dos. O tres. Las que fuesen. Encargó rosas blancas y amarillas y ella misma se ocupó de quitarles todas y cada una de las espinas (todavía no sabía por qué se había obsesionado por hacerlo), y compró un ataúd de madera oscura, acolchado por dentro, con apliques plateados en el borde y los cierres. Lo único que Harriet no hizo fue derramar una sola lágrima. Le pareció justo. Ya había llorado suficiente en vida por culpa de ese hombre que ahora descansaba bajo tierra, no iba a seguir haciéndolo también después de su muerte.

La mañana siguiente al funeral, Harriet se reunió con el abogado de su padre en el diminuto despacho que este poseía en el ala este del Ayuntamiento de Newhapton. Las cortinas color burdeos impedían que la luz penetrase en la estancia. Harriet se sentó después de tenderle la mano y aceptar sus condolencias. El abogado, que se llamaba William Anderson, apartó algunos papeles de la abarrotada mesa antes de abrir el testamento de su padre.

—Señorita Gibson, usted es la única heredera. —Harriet asintió con la cabeza—. Sin embargo, no sé si estará al corriente de que al hacer el testamento su padre puso unas condiciones un tanto... especiales.

Ella frunció el ceño.

—No, nunca me dijo nada. ¿De qué condiciones estamos hablando?

El abogado cogió las gafas que descansaban sobre el escritorio y se las puso antes de trazar con el dedo índice las líneas del documento que empezó a leer en voz alta:

—«Yo, Fred Gibson, en plena posesión de todas mis facultades, declaro que, solo y exclusivamente en el caso de que mi hija contraiga matrimonio, podrá disponer de la herencia estipulada». —Carraspeó para aclararse la garganta y alzó la cabeza para mirar de nuevo a la sorprendida joven—. Además, acordamos una cláusula especial para evitar cualquier tipo de fraude que se resume en que, suponiendo que mañana contrajeses matrimonio y recibieses el dinero, no podrías solicitar el divorcio hasta dos años después. En caso de que lo hicieses, deberías devolver la herencia que, por deseos expresos de tu padre, iría a parar íntegramente a los fondos públicos del Ayuntamiento de Newhapton.

Harriet enmudeció e intentó asimilar la noticia. Debería haber esperado cualquier cosa de su padre. Incluso después de fallecer seguía ejerciendo control sobre ella. Era como si estuviese destinada a no poder escapar de sus garras. Típico de él, claro, dar por hecho que necesitaba un hombre a su lado para disponer correctamente de la herencia.

No. Tenía que ser una broma.

—¿Son legales esas condiciones? Acabo de cumplir veintiún años. Puedo administrar perfectamente mi dinero. ¿Qué sentido tiene que deba contraer matrimonio? ¡Es ridículo! ¡Estamos en el siglo XXI!

Se puso en pie. Estaba furiosa.

Había cuidado de su padre en su lecho de muerte, durante dos meses. Había soportado desde niña sus comentarios machistas e hirientes. Había preparado un funeral digno de una persona respetable y querida, nada más lejos de la realidad. Y había acatado todas y cada una de sus normas; como encargarse de las tareas del hogar casi desde que tenía uso de razón porque, según decía, era su deber, o no apuntarse al taller de repostería creativa que impartían en Centralia porque él consideraba una idiotez desplazarse tanto para algo así, a pesar de que la ciudad tan solo quedaba a media hora de camino en coche, ¡demonios!, ¡ni que tuviese que salir del Condado de Lewis!

—Puede estar segura de que el testamento es legal —contestó William Anderson, el abogado—. Lamento los inconvenientes que pueda causarle, pero nuestra responsabilidad es respetar los deseos de nuestros clientes.

—¡Pero es injusto! Y una estupidez —gritó—. ¿Qué pasa si no quiero casarme nunca? Tengo derecho a tomar esa decisión.

—Por supuesto, pero entonces, como le he explicado, el dinero pasaría a ser propiedad del Ayuntamiento y...

—Ya, ya lo sé —le cortó, y se llevó los dedos al puente de la nariz antes de suspirar sonoramente y teñir su voz de ironía—. Y dígame, en el hipotético caso de que me tropezase con el hombre de mi vida, ¿bastará con que presente un certificado matrimonial?

—Exacto.

—¿Y qué ocurrirá con la casa? ¿Es ahora propiedad del banco?

—La vivienda le pertenece, señorita Gibson. Sin embargo, a menos que contraiga matrimonio, no podrá venderla y, por tanto, disponer del beneficio correspondiente.

—¿Eso es todo?

—En principio, creo que sí.

Todavía en pie, ella se colocó el asa del bolso en el hombro, dispuesta a marcharse cuanto antes. Necesitaba salir y respirar aire fresco.

—Una cosa más, ¿puede decirme qué cantidad de dinero me dejó?

—Por supuesto. Perdone, pensé que lo sabría.

—Como ve, la comunicación con mi padre no era demasiado fluida.

—Sí, ya veo, hum... —Fue hasta la última página—. El señor Gibson le deja a usted 16.700 dólares, más la casa y acciones de la tabacalera valoradas, a día de hoy, en 3.506 dólares.

Era casi lo que necesitaba para hacer realidad su sueño. Llevaba trabajando desde los dieciocho en un *pub* del pueblo, propiedad de Jamie Trent, el chico con el que salía su mejor amiga. Gracias a esa estabilidad laboral, había conseguido unos cuantos ahorros que guardaba con recelo, a la espera de que llegase la oportunidad que tanto anhelaba (aunque había gastado un buen pellizco en el funeral de su padre), y lo tenía todo planeado. Abriría una pastelería en Newhapton y sería diferente a las otras dos que ya había en el pueblo. La suya sería luminosa y alegre, y quería que ya desde el escaparate los transeúntes pudiesen advertir que dentro encontrarían los mejores dulces del Estado. Ella hornearía con mimo, y cada pastel sería único. Y habría tartas, *cupcakes*, galletas, ¡toda la repostería imaginable! A veces, por las noches, cuando no podía dormir y daba vueltas en la cama, recreaba mentalmente la decoración, la tonalidad exacta del papel de las paredes...

Y ahora que parecía tan cerca...

Vistas las condiciones exigidas por su padre en el testamento, los dulces tendrían que esperar, aceptó Harriet mientras caminaba por las calles del pueblo tras salir del despacho y se dirigía hacia Lost, el local donde trabajaba y donde sus amigos estarían esperándola para oír las (ya no) buenas noticias.

Año 2015
(Parte 1)

El local estaba ya vacío, después de una noche de duro trabajo, y Harriet había terminado de secar los vasos y las copas limpias. Era uno de los pocos establecimientos del pueblo que abría hasta tarde y los jóvenes solían acudir a divertirse. Ofrecían un ambiente alegre, un montón de cervezas diferentes (desde con sabor a regaliz hasta con un toque de canela), y, además, todo el mundo sabía que Jamie Trent elegía la mejor música para animar a la clientela. Aunque aquel día había hecho una pequeña excepción al hacer sonar la melodía de *Cumpleaños feliz* en honor a Harriet. Y después Angie y Susan, que solo acudía de vez en cuando como refuerzo, habían abandonado sus puestos tras la barra para sacar un pastel con veintidós velitas blancas que ella, avergonzada por las miradas de la gente, terminó soplando a toda prisa. No pidió ningún deseo; tampoco importaba demasiado, teniendo en cuenta que nunca se cumplían. Aún recordaba esa desesperación con la que pidió «que alguien me quiera de verdad» cuando era solo una cría ilusa.

—Te alejas de los veinte —sentenció Angie.

—Acabo de cumplir veintidós.

—Pues eso, que empiezas a alejarte.

—Lo que tú digas, pero solo soy cuatro meses más mayor que tú. —Sonrió y colocó la última copa en la estantería. No pudo evitar fijarse en cómo Jamie rozaba la cintura a su amiga al pasar por su lado y luego le daba un beso suave en la comisura de la boca. Siempre estaban tocándose. Llevaban saliendo juntos alrededor de cuatro años y seguían manoseándose a todas horas—. Será mejor que me vaya ya a casa y os deje que terminéis la fiesta a solas —dijo mientras se acercaba al perchero que había tras la puerta de la despensa y cogía su abrigo—. No os importa cerrar vosotros, ¿verdad?

—En realidad sí. Quieta ahí, señorita.

Harriet alzó las cejas al mirar a Jamie. Por mucho que fuese su jefe, antes era amigo y no acostumbraba a hablarle nunca en un tono autoritario. Tampoco es que ella fuese demasiado dada a saltarse las normas o escaquearse del trabajo, al contrario.

—¿Ocurre algo?

—Todavía no te hemos dado tu regalo de cumpleaños.

—¡No teníais que comprar nada!

—Será mejor que te sientes —le advirtió Angie.

—¿Tiene garras, colmillos y Jasmine tenía uno igual? Porque ya sabes que siempre he querido un tigre. —Se removió incómoda en el taburete cuando vio que ninguno de los dos reía—. Ahora en serio, ¿de qué se trata? Me estáis asustando.

Angie sacó un sobre blanco de su bolso y lo sujetó con ambas manos frente a sus narices.

—Sabemos que tu primera respuesta será un rotundo «no». Pero, como te conozco mejor de lo que a veces me conozco a mí misma, también sé que terminarás diciendo que sí. Al final. Cuando masques un poquito la idea y te vayas al bosque y metas unas cuantas hojas en tus tarros de cristal y...

—Vale, lo pillo, es arriesgado. Dámelo. Me mata la intriga.

Rasgó con cuidado el papel del sobre y sacó los dos billetes de avión que había en el interior. ¿Destino? Las Vegas. ¿Fecha? Próximamente. En un principio a Harriet le pareció raro, pero luego sonrió.

—¿Y por qué iba a decir que no? —preguntó entusiasmada—. ¡Un viaje a Las Vegas! Chicos, es genial. Es... demasiado, en realidad. No puedo aceptarlo.

—Puedes y lo harás, porque no es solo un viaje, sino también un plan.

—Un plan maléfico. —Jamie sonrió entrecerrando los ojos (siempre sonreía con los ojos) y su novia le dio un manotazo en el brazo antes de hablar.

—Y el plan es el siguiente: tú y yo un fin de semana a solas en Las Vegas para pasárnoslo en grande, olvidarnos de las cotorras aburridas de este pueblo y... ¡encontrar un marido! ¡Bieeeeen! —Alzó los brazos en alto a modo de celebración.

Los miró con incredulidad.

—¿Os habéis vuelto locos?

—Sí, los dos estamos locos por que puedas cumplir tus sueños y abrir la pastelería. Sabemos que será un éxito. Solo necesitas un dichoso y estúpido certificado matrimonial para que tu vida dé un giro de ciento ochenta grados.

—¿Pero quién demonios va a querer casarse conmigo? ¿Y por qué en Las Vegas?

—Porque está a miles de kilómetros y nadie podrá demostrar si es una farsa o no, y porque todo el mundo hace locuras en Las Vegas. ¿Sabes cuántas personas se casan en esa ciudad cada minuto? Cinco. Cinco jodidas bodas. —Jamie golpeó con la palma de la mano la madera de la barra.

—Te lo estás inventando.

—Vale, puede que sí. Pero tengo razón en todo lo demás. Solo tenéis que encontrar a alguien que pase del matrimonio y toda esa mierda o algún turista al que no le importe cometer una locura. Y dos años después te divorcias.

—Eso es ruin.

—Un poco. Pero tampoco harás un daño terrible a nadie. Como gesto caritativo, guarda algo de los ahorros para hacerte cargo de los gastos del futuro divorcio y punto.

—¡Ni hablar! De ninguna manera. En serio. Ni siquiera voy a pararme a pensarlo. La respuesta es no. No, no y no. Tajantemente no.

Dos meses y medio más tarde, llegaron a Las Vegas. Y dio igual que ambas hubiesen visto mil veces en la televisión cómo era la ciudad, porque les pareció tan impresionante como si fuese la primera vez que oían hablar de ella.

Era la primera vez que Harriet salía del Estado de Washington, y se dijo que, a pesar de los nervios que le encogían el estómago cada vez que pensaba en el tema del matrimonio, había valido la pena intentarlo solo por tener la oportunidad de ver un mundo completamente nuevo. Años atrás, cuando todavía se permitía soñar despierta, había fantaseado con viajar a París, Roma, Barcelona, Nueva York y mil lugares más. Descubrir rincones nuevos. Probar sabores exóticos. Conocer costumbres diferentes. Tardó un tiempo en comprender que no estaba destinada a ser una de esas mujeres aventureras que se cuelgan una mochila a la espalda sin pensárselo dos veces.

—¡No me puedo creer que estemos aquí! —exclamó Angie, rompiendo el hilo de sus pensamientos.

—Y eso que la idea ha sido tuya.

—¡La mejor idea del mundo!

—Entonces mejor no pensemos cuál sería la peor. —Atravesaron las puertas del hotel entre risas, se acercaron al mostrador y pidieron las llaves de la habitación que compartirían durante los próximos dos días—. Puede que esa lámpara de araña valga más que la mitad de Newhapton. Es inmensa —comentó Harriet con la vista clavada en el techo del *hall*, sintiéndose muy poca cosa frente a la majestuosidad de aquel lugar; los muebles de estilo clásico prometían costar una fortuna, la moqueta estaba inmaculada y hasta los bolígrafos que había en recepción eran de una conocida marca.

Angie la agarró del brazo cuando consiguieron las llaves.

—Vale, antes de cometer ninguna tontería, tenemos que estructurar bien qué pasos vamos a seguir. Y no se me ocurre ningún lugar mejor para hacerlo que en la piscina del hotel, ¡fiesta!, ¡bien! Esto va a ser genial. —Aplaudió y varios huéspedes que subían con ellas en el ascensor las miraron por encima del hombro—. Ahora en serio, qué alegría no ver ese horrible cielo gris. Gris ceniza. Gris aburrimiento. ¿Has visto el azul de este cielo? ¿Has visto el sol? Por cierto, tenemos que comprar crema solar. Es importante que no parezcas una langosta para poder encontrarte un marido decente.

—En realidad, se supone que tenemos que encontrar a alguien poco decente.

—Esa es la teoría de Jamie. No tiene ningún fundamento.

Salieron del ascensor y caminaron por el pasillo del hotel arrastrando las maletas sobre la moqueta púrpura.

—Yo estoy de acuerdo con él. Es mi marido, es mi elección. —Harriet alzó un dedo en alto a modo de advertencia; quería dejar las cosas claras antes de que la situación se descontrolase todavía más (si es que eso era posible)—. Seguiremos el plan de Jamie. Buscaré a alguien alocado, irresponsable, que parezca poco de fiar. Alguien lo suficiente pasota e idiota a quien no le importe en absoluto estar casado con una desconocida. Que no dé valor a las cosas y pueda tomarse una situación que a otros preocuparía como un tema de risa con el que bromear con sus amigotes.

—Ya vale, lo capto. Así que vamos en busca de un capullo integral.

—Eso es.

A juego con el resto de las instalaciones del hotel, la piscina era inmensa; de un azul cobalto, parecía imitar la forma sinuosa de una lombriz, y el césped cubría el suelo de cierta monotonía solo rota por las altas palmeras y las tumbonas blancas.

Harriet y Angie se habían dado un chapuzón nada más bajar de la habitación del hotel y ahora estaban tumbadas bajo el ardiente sol matinal. Ninguna de las dos estaba acostumbrada al sofocante calor, así que no tardaron en pedir un zumo tropical con hielo.

—Repasemos el plan una vez más —prosiguió Angie. No habían parado de hablar de lo mismo desde la llegada a la ciudad—. Buscamos a un tío capullo, a poder ser esta noche. Es mejor terminar el trabajo sucio cuanto antes —apuntó, como si estuviesen planeando atracar una sucursal bancaria—. Te insinúas. Nada demasiado exagerado. Bebemos unas copas, le damos la bienvenida al modo «desfase total», y, cuando la cosa esté bien empapada del ambiente caótico de Las Vegas, sale a relucir el tema de la boda improvisada como si fuese algo guay, algo loco y genial.

—Qué sencillo —masculló Harriet.

—No seas negativa. Solo necesitamos un golpe de suerte. Mucha gente se casa en Las Vegas sin desearlo realmente, ¿por qué no ibas a lograrlo tú?

—Cada minuto que pasa soy más consciente de que no deberíamos estar aquí. Ha sido un error. No sé cómo me he dejado convencer de que semejante locura podría salir bien. —Dejó el zumo sobre le mesita redonda que había entre ambas tumbonas—. En primer lugar, porque no se me da nada bien actuar. Angie, por favor, en el colegio, siempre hacía de arbusto o de estrella o... de cualquier cosa inmóvil y muda. ¿No te acuerdas? Y, en segundo lugar, tampoco sé ligar. En serio. No sé. Requiere práctica y experiencia, y sabes que yo dejé de interesarme por los tíos desde lo de Eliott y...

—Relájate.

—Este plan es un fracaso y no dejo de sentirme mal por haber aceptado. ¡Prometo que os devolveré el dinero de los billetes de avión!

—¡Deja de decir chorradas! Es tu regalo de cumpleaños. —Angie se levantó las gafas de sol y se incorporó para poder mirar a su amiga—. Está bien. Fuera presión. Por ahora, olvida la razón por la que estamos aquí y limítate a disfrutar del momento. Tengo el presentimiento de que todo saldrá rodado si conseguimos que mantengas la calma. Así que relájate. Túmbate —dijo mientras hacía eso mismo—. Cierra los ojos. Y siente el calor del sol sobre la piel... ¿No te parece una sensación maravillosa?

Harriet hizo lo que le pidió.

Casi todo. Excepto cerrar los ojos.

Algo que agradeció cuando su mirada tropezó con el tío que acababa de salir de la piscina y caminaba hacia ella. Harriet advirtió un ligero cambio de ritmo en sus pulsaciones. Tragó saliva, nerviosa. Fue como si la zarandeasen sin previo aviso.

No era el chico más guapo que había visto en su vida. No, no lo era, pero sí tenía un atractivo diferente, masculino, travieso. Llevaba un bañador de color rojo que marcaba la línea de las caderas y dejaba entrever la forma en uve en la que terminaban los abdominales. Harriet pensó en cómo sería deslizar las manos por el torso mojado, repleto de diminutas gotitas de agua, dejar que los dedos trazasen un camino sobre la cálida piel morena y después... y después dejó de imaginar qué sentiría, al alzar la vista y encontrarse con sus impactantes ojos verdes. Unos ojos que estaban fijos en ella. Tenía una mirada salvaje, intensa.

Literalmente, dejó de respirar al descubrir que él iba directo hacia ella, recordándole a un tigre hambriento y sigiloso. Pero tan solo fue una falsa alarma. El chico la miró una última vez, le dedicó una sonrisa indescifrable y pasó de largo dando grandes zancadas sobre el crujiente césped.

Harriet tardó alrededor de cinco minutos en lograr que dejaran de hormiguearle las palmas de las manos. ¿Qué demonios...? Ella no reaccionaba así. Ella era racional, serena, sensata. O había aprendido a serlo a la fuerza. Y le gustaba su filosofía de vida.

—¿Estás bien?

Dejó de soñar despierta al escuchar la voz de Angie.

—Sí. Mejor que nunca.

—Eso es un «no». —Angie suspiró y bebió el último trago de su zumo—. Lo mejor será que subamos a la habitación para dejarlo todo preparado. Así te quedarás más tranquila. Todavía tenemos que decidir a qué local acudir esta noche, pediré en recepción que nos recomienden unos cuantos.

Habían acordado no ir a un local de juego ni al casino del hotel porque, por lógica, cualquier tío que se encontrase ahí estaría demasiado ocupado perdiendo su dinero. Era mejor buscar algún sitio donde hubiese buena música y pudiesen tomar una copa.

—De acuerdo. Vamos.

Harriet se levantó de su tumbona y, mientras cogía la toalla y la doblaba, aprovechó para echarle un vistazo al chico del bañador rojo. Estaba tumbado unos metros más allá, acompañado de otros dos amigos que tendrían su misma edad. Se había puesto unas gafas de sol y ella tuvo la estúpida certeza de que, de no ser así, podría haber disfrutado del verde de sus ojos incluso a pesar de la distancia. Reía de algo que acababa de decir el único rubio del grupo. Y tenía una forma de reír perfecta. El tipo de carcajada despreocupada que denotaba lo poco que le importaba lo que pensasen de él y que reafirmaba su nula intención de pasar desapercibido.

Es decir, que era exactamente igual que Harriet. Pero al revés.

Año 2015

(Parte 2)

El local tenía varias salas diferenciadas por la decoración y la iluminación. La zona de baile, donde sonaba una música electrónica y optimista, era más oscura y las luces de colores parecían moverse al ritmo de la canción. Había enredaderas que trepaban por las paredes y le otorgaban un aire salvaje a la estancia. En cambio, la sala a la que acudieron nada más llegar era mucho más tranquila. Un espacio abierto, con mesas bajas y redondas y mullidos sillones blancos. Farolillos de aire *vintage* que contrastaban con la decoración moderna y minimalista y jarrones de cristal, altos y retorcidos, que contenían orquídeas malvas y blancas.

Harriet nunca había estado en un lugar tan elegante. «Tan pijo», pensó. El local más sibarita de Newhapton era un asador rústico que solo abría los fines de semana y donde servían unos platos increíbles que siempre te dejaban con ganas de repetir, pero nada parecido a aquel lugar, desde luego.

—Pidamos algo. —Harriet señaló la barra, donde se congregaba buena parte de la clientela. Unas luces led de color azul rodeaban el contorno con forma de ele—. ¿No te sientes un poco fuera de lugar?

—Sí, pero no deberíamos. Míranos, estamos estupendas. Deja de preocuparte. Dentro de unos días volveremos a estar en casa, planificando la apertura de una nueva y sensacional pastelería en el pueblo...

—Prefiero no hacerme ilusiones.

Harriet llevaba puesto un vestido rojo, ajustado y sugerente. Con cada paso que daba, la tela se subía un poco más por la zona de los muslos y tenía que estar pendiente de recolocárselo. Era la primera vez que lo usaba; años atrás tuvo el inusual impulso de comprarlo en una pequeña tienda del pueblo de al lado cuando lo vio en el escaparate, pero hasta el momento no había tenido ocasión de ponerse algo tan arriesgado. En su día a día, acostumbraba a utilizar vaqueros y camisetas sencillas y cómodas.

Angie pidió dos cócteles de frambuesa que apenas llevaban alcohol y le tendió uno a Harriet, que se metió la pajita en la boca y le dio un trago. Delicioso.

—Te aconsejo que le eches un poco de sal —musitó una voz masculina a su espalda, antes de coger el salero de cristal que había sobre la barra y deslizarlo hacia ella con suavidad.

—¿Sal? ¿Con frambuesa?

Harriet se giró y se sumergió en el verde de aquellos ojos. Era un verde mágico, como el de las auroras boreales, y ya lo había visto antes. El chico de la piscina asintió con la cabeza y alzó la mano para llamar la atención de una de las camareras.

—No le hagas caso. Le van los sabores raros. Es lo que tiene ser un tío raro —reiteró uno de sus amigos. Tenía el cabello castaño y unos iris claros, grises. Les sonrió—. Pero, si queréis conocer a alguien normal, me llamo Mike. Y este de aquí es Jason.

—¡«Normal» dice! Y una mierda. —Les tendió unas cervezas a los otros dos y rio con la misma despreocupación que a Harriet le había llamado la atención esa mañana. Ella se estremeció cuando centró la atención en su rostro—. Hazme caso con lo de la sal, le da un punto diferente. A no ser que te vaya más lo clásico. En ese caso...

Él cogió el botecito de la sal para apartarlo y ella eligió ese mismo instante para decidirse a probar la mezcla. Sus manos se rozaron. Harriet reculó al notar el tacto suave de su piel.

—Perdona. Toma.

—Gracias.

Echó unos cuantos granos de sal en la bebida de frambuesa y le preguntó a Angie, que charlaba con los otros dos chicos, si quería un poco. Ella negó con la cabeza y le dirigió una mirada de advertencia.

—Espera, deja que te abroche bien el pendiente —dijo con voz cantarina y se inclinó hasta poder susurrarle al oído sin que pareciese sospechoso—. ¿Por qué estamos perdiendo el tiempo con estos tíos? Están tremendos. Y sobrios. No es el perfil que buscamos.

—Lo sé —siseó—. Gracias, creo que ya está bien —sobreactuó, llevándose una mano a la oreja. Era cierto que nunca logró sacar más de un cinco con cuatro en las clases de teatro del instituto.

Después bebió del cóctel. Y sí, el toque de sal le daba un sabor especial. Lo dulce y lo salado no casaban bien a menudo, pero a veces la mezcla suponía todo un acierto. A Harriet le pareció peculiar y un punto a su favor que no tuviese gustos tradicionales. Él la miraba casi sin pestañear. Ni siquiera apartó los ojos de ella al darle un trago a la cerveza.

—¿Y bien?

—Rico. Original. Me gusta.

—Chicos, ha sido un placer charlar con vosotros —comenzó a decir Angie—, pero tenemos que irnos. Ojalá nos veamos en otra ocasión.

Harriet se sintió rara cuando, tras despedirse escuetamente, comenzó a caminar hacia la sala contigua. Angie iba un par de pasos por delante. ¿Por qué quería girarse...? ¿Por qué deseaba mirar atrás por encima del hombro y buscar una última vez esos ojos? Menuda tontería. Qué estupidez. No lo hizo, no se giró.

El ambiente que se encontraron al entrar en el salón de baile fue muy diferente. La melodía electrónica estaba demasiado alta como para que pudiesen intercambiar más de un par de palabras. Pasaron un buen rato contemplando a los tíos que había alrededor. Fue bastante desalentador. Hablaron con uno que llevaba un sombrero de copa de peluche y que no dejaba de sacudirse al ritmo de la música; parecía agradable y bastante despreocupado, pero lo descartaron en cuanto les explicó que él y sus amigos estaban celebrando su despedida de soltero y que, al parecer, era un momento memorable al ser el último del grupo que se casaba.

—Es decir, que ni siquiera podemos tirar de los amigos —confirmó Angie.

—Empiezo a sentirme ridícula. —Harriet volvió a bajarse el vestido y deseó que la tela diese un poco más de sí—. ¿En qué pensábamos creyendo que encontraría un marido en Las Vegas?

—No te vengas abajo. —Angie la agarró del brazo y tiró de ella hasta la barra, que era mucho más larga que la del otro salón. Alineadas de un modo perfecto, cientos de botellas brillantes de cristal adornaban la pared de ladrillo—. ¡Es solo la primera noche! Y hace apenas una hora que salimos del hotel. Recuerda lo que te dije esta mañana: centrémonos en disfrutar, ¡vamos a pasarlo genial! —exclamó entusiasmada—. De hecho, pidámonos un chupito.

Pidieron uno. Y después otro, y otro y otro más. Para cuando ambas fueron conscientes de que unirse a la fiesta no era la idea más sensata, ya fue demasiado tarde. Bailaron. Bailaron como si aquella fuese la última noche de sus vidas. Pasaron un buen rato con Diego y Adán, una pareja que venía de Miami, recreando los pasos de baile más ridículos del mundo, riendo y perdiendo la noción del tiempo. Quizá por eso, casi entrada la madrugada, les perdieron la pista y terminaron uniéndose a un grupo alocado de mujeres que celebraban que una de ellas acababa de divorciarse. Todas iban vestidas de color rosa chicle y llevaban unas diademas de las que sobresalían unos muelles con antenas de abejitas.

—¡Y llevan purpurina! ¡Adoro la purpurina! —Harriet aceptó la diadema que una de ellas le tendió y se la puso en la cabeza. Ahora que era una abejita parecía que la vida tenía más sentido, que todo estaba en su lugar.

—¡Esta es la mejor *noshe* de mi vida! —Angie alzó en alto la copa que llevaba en la mano y las demás imitaron el gesto entre risitas contagiosas.

—Tengo que... ir al servicio. Creo. —Harriet miró a su alrededor algo confundida y le preguntó a una de las chicas de rosa si sabía dónde podía encontrarlo. Le señaló el fondo de la sala y el pasillo más oscuro en el que desembocaba—. Ahora vuelvo. Angie, pórtate bien. —La señaló con el dedo y luego prorrumpió en una sonora carcajada.

El camino hasta los baños fue un infierno. La gente saltaba y bailaba animada. Había quienes llevaban bastoncillos y collares fluorescentes que se entremezclaban con las luces de colores. Harriet empezó a marearse, y, para cuando consiguió llegar al servicio, su ánimo se había desplomado de golpe, como si acabasen de arrebatarle toda la energía. Recordó por qué demonios estaba allí, en Las Vegas, y se puso de mal humor. Se suponía que solo tenía que hacer una cosa, una dichosa cosa, y hasta en eso había fallado. Vale que lo de encontrar marido en una noche no parecía lo más fácil del mundo, pero sentía que su vida estaba abocada al fracaso.

Salió del minúsculo aseo un poco más enfadada consigo misma que cuando entró e intentó espabilarse echándose agua en la cara. A la mierda el maquillaje. Cogió un trozo de papel y se quitó los restos de pintura mientras escuchaba a una chica hablar por teléfono y lloriquear dentro de uno de los cubículos. «Bienvenida al mundo real», estuvo a punto de gritarle.

Solo había una cosa que Harriet deseaba por encima de encontrar un marido, y esa cosa tenía mucho que ver con quitarse los zapatos de tacón que llevaba y lanzarlos contra una pared. Le costaba mantener el equilibrio y le rozaban en los laterales produciéndole un dolor casi insoportable.

—Putos zapatos... —masculló entre dientes, y se apoyó en la pared de ladrillos que había en el pasillo. No estaba segura de que pudiese llegar hasta donde la esperaba Angie y esas nuevas amigas que parecían pompones rosas. Le encantaban los pompones. Le caían bien.

—Habría jurado que eras de las se lavan la boca con jabón después de soltar un taco.

Harriet reconoció la voz ronca y atrayente y dejó de prestar atención a la hebilla de su zapato. El chico de la piscina y la frambuesa con sal la miraba fijamente. Estaba solo en esta ocasión y tenía los ojos entrecerrados, brillantes. También él daba la impresión de haberse tomado dos copas de más. Alzó a duras penas un dedo en alto antes de hablar.

—Y habrías acertado. Yo nunca digo tacos.

—Acabas de decir «putos zapatos».

—Esta noche no cuenta. No soy yo misma. Puedo decir tacos.

—Ya entiendo... —Se apartó del centro del pasillo cuando un grupo de chicas pasó por su lado y apoyó el hombro en la misma pared sobre la que Harriet seguía recostada—. Así que es tu noche libre, ¿y vas a conformarte con «putos»? Espera, creo que puedo ayudarte. Mierda, imbécil, gilipollas, cabrón, ¿«polla»está considerado un insulto? No, no veo qué tiene de ofensivo. Hum. Pero sin ninguna duda mi preferido es «joder»—sonrió travieso—. «Joder», en todos los sentidos de la palabra.

—Ya había pillado a la primera por dónde iba la cosa, pero gracias por la aclaración. Si me disculpas... tengo que irme.

Estaban muy cerca. Demasiado. Harriet se balanceó un poco al intentar apartarse y terminó apoyándose sobre aquellos hombros fuertes y firmes. Él la sujetó con delicadeza e inspiró hondo.

—¿A qué coño hueles? ¿A vainilla?

—Mira, ese se te había olvidado.

—¿Coño? No, qué va. Pero siempre dejo algo de reserva, no me gusta jugar todas las cartas en una sola tirada.

—¿En serio consigues ligar así?

—¿Qué tiene de malo?

—¿Necesitas que te lo explique?

—Es evidente que sí.

Harriet dio un paso hacia atrás para alejarse de él. Sumado al alcohol, tenerle tan cerca le dificultaba la tarea de concentrarse en formar una frase coherente.

—Conozco a los tipos como tú. Y puedes irte al infierno.

—Si me conoces tan bien como dices, no tendrás problema en escapar de mis garras—. Lo que ella había pensado en un primer momento: era un tigre. Un tigre hambriento y feroz—. Vamos, te invito a una copa.

—Qué generoso. Pero creo que paso.

Harriet imprimió en cada palabra la amargura que había acumulado durante toda la noche y se esforzó por caminar recta con los horribles tacones al pasar por su lado. Pero, antes de que pudiese alejarse, sintió que la cogían con firmeza de la muñeca y la empujaban hacia atrás con suavidad. Mientras ella lo miraba con una mezcla entre enfado y curiosidad, él alzó la mano y tocó con la punta del dedo una de las antenas de abeja que sobresalían de la diadema que llevaba.

—¿Ya te han dicho esta noche que estas antenitas te hacen irresistible?

—Por suerte, tú eres el primero.

—Soy así de original.

Él esbozó una sonrisa arrolladora.

—Estás borracho.

—Un poco. Igual que tú. Por cierto, ¿de dónde eres? Tienes acento.

—¡No es verdad! ¡No tengo acento! —exclamó indignada.

—Pronuncias la ese de forma rara —dijo—. Oye, recuérdame por qué seguimos hablando en este pasillo y todavía no sé cómo te llamas o de dónde eres.

Harriet resopló, consciente de que no había hecho siquiera el amago de marcharse. Él tenía razón, ¿qué hacía ahí parada como una tonta?

—Vale, fin de la fiesta. Estoy cansada, me duelen los pies y sigo sin encontrar un marido. Apártate y déjame pasar —farfulló.

—Eh, quieta ahí, abejita. Todavía me debes una copa.

—No es verdad.

—¿Qué tengo que hacer para que seas un poco más simpática?

—¿Desaparecer? —Se puso de puntillas para aliviar el dolor en los talones—. ¿Conseguirme unas cómodas zapatillas?

—¡Hecho! Te traeré unas zapatillas a cambio de una copa. —A él parecía divertirle el curso que había tomado la noche, como si estuviese más que acostumbrado a manejar situaciones de aquel tipo—. ¿Qué número calzas?

—¿Lo dices en serio?

—Joder, sí. Que me lo pongas más difícil solo alimenta mi espíritu competitivo. ¿Treinta y siete? ¿Treinta y ocho...?

—Gasto un treinta y siete.

—Quédate aquí. Sé una abejita obediente.

—¿Te estás quedando conmigo?

—Volveré en seguida.

Harriet seguía confundida tras verlo atravesar el pasillo que conducía a los servicios para perderse entre la multitud. Se frotó las cejas con los dedos y la zona de las sienes, intentando calmar la sensación de tirantez. No recordaba la última vez que había estado borracha. De hecho, no recordaba la última vez que había salido de fiesta, porque no estaba segura de que pudiesen calificarse con esa palabra las reuniones entre amigos que se llevaban a cabo en el bar de Jamie durante los fines de semana. Sobre todo por una razón muy simple: ella siempre estaba detrás de la barra sirviendo las bebidas, así que nunca tenía oportunidad de desmadrarse demasiado. Y era mejor así, por supuesto.

Aunque a veces se preguntaba un montón de «¿y si...?». Dejaba volar la imaginación. Se perdía en ella misma. ¿Y si su madre nunca los hubiese abandonado y Fred Gibson hubiese seguido siendo un padre medianamente normal? ¿Y si hubiese evitado caer en las redes de Eliott? ¿Y si no hubiese tenido que sentir la pérdida de ese bebé y pensar en él más a menudo de lo que estaba dispuesta a reconocerse a sí misma? ¿Y si hubiese conseguido escapar de Newhapton y recorrer el mundo y ser alguien interesante y perspicaz y especial, el tipo de chica de la que los hombres se quedan prendados al oírlas hablar y no al mirarlas andar?

—¿Qué haces ahí tirada? —Él la miró desde arriba. Sujetaba por los cordones unas Converse blancas y las balanceaba con la mano—. Venga. Arriba.

Harriet fue entonces consciente de que se había sentado sobre la moqueta del pasillo, con la espalda apoyada en la pared. Dejó que la pusiese en pie y se sujetó a él para quitarse los tacones y ponerse las deportivas. Cuando volvió a incorporarse, el cariz de la velada había tomado un rumbo distinto. Ya no estaba segura de cuántos cambios de humor había atravesado a lo largo de esa noche eterna, pero había dejado de importarle.

—¿Cómo has conseguido las zapatillas?

—Tranquila, no he tenido que matar a nadie. En Las Vegas se apuesta cualquier cosa. Las he ganado. Y también me he ganado el derecho a saber algo de ti.

Harriet se humedeció los labios. Tenía la boca seca. No fue consciente de cómo la mirada de él descendió hasta ese punto concreto de su rostro.

—Me llamo Harriet Gibson. Del sur de Washington. Pero no tengo acento, ¿entendido?

—Entendido. —Reprimió una sonrisa—. Luke Evans. De San Francisco.

—Qué típico.

—Gracias.

—No era un cumplido.

—Ya lo creo que sí. San Francisco es perfecto. —Comenzó a caminar y Harriet lo siguió—. ¿Has estado en Fisherman's Wharf? ¿O en Sausalito? ¿Twin Peaks?

—No he estado en ningún sitio —murmuró ella por lo bajo, pero Luke no llegó a oírla por culpa del volumen de la música.

Volvían a estar en la sala repleta de clientes que bailaban al ritmo de la electrónica melodía. Él cogió su mano con decisión cuando se internaron todavía más entre el gentío, y Harriet intentó encontrar a Angie y las pompones rosas entre la multitud, pero advirtió que ya no estaban en la esquina donde las había visto por última vez.

Así que estaba sola, en Las Vegas, junto a un completo desconocido...

Una parte de sí misma sabía que nada bueno podía salir de ahí. Pero la otra parte, esa más débil que acallaba con frecuencia, tenía ganas de divertirse, de dejarse llevar por una vez sin tener que pensar en catastróficas consecuencias o hacer una lista de pros y contras.

—¿Tequila? —Luke esperó su respuesta con el codo apoyado en la barra de madera. Cuando ella asintió, se giró hacia el camarero—. Dos chupitos de tequila.

—Haces esto a menudo, ¿verdad?

—¿Beber tequila?

—No. Ligar con la primera que se cruce en tu camino.

—¿Por qué estás tan segura? Quizá simplemente me recuerdes a mi hermana y verte indefensa sobre esos andamios haya despertado mi instinto protector. Soy un buen tipo. Ya sabes. Ayudo a las viejecitas a cruzar la calle, paso el día de Acción de Gracias en un comedor social... —bromeó.

El camarero les sirvió los dos chupitos. Harriet se apretó más contra Luke y ese gesto lo pilló desprevenido. No era ella misma, eso seguro. Podía notar el calor que desprendía aquel cuerpo masculino. Alzó las cejas al mirarlo.

—Entonces, ¿te recuerdo a tu hermana?

Luke la estudió unos segundos en silencio.

—En absoluto.

—Vale. Porque no hace falta que te hagas el gracioso conmigo. Ya sé que no eres un tipo encantador. Solo quiero divertirme. Nada más..., nada menos...

—Creo que estás en el lugar indicado.

Luke le dedicó una mirada seductora mientras cogía su mano y volcaba un poco de sal en el dorso. Harriet sintió una sacudida en el estómago cuando él se inclinó y lamió su piel con lentitud, antes de beberse el chupito de un solo trago y mordisquear un trozo de la rodaja de limón. Le sonrió. Y ella tragó saliva, nerviosa. Puede que sí fuese un poco «de pueblo». Tampoco es que en su día a día tuviese muchas oportunidades de cruzarse con tipos como aquél. Su mirada era magnética; le infundía calma y, al mismo tiempo, la mantenía alerta. Había algo oscuro y triste en ella. Una contradicción verde de lo más enigmática. No estaba segura de cómo etiquetarlo.

—¿A qué esperas? Te toca.

La estaba retando. Era evidente.

—Está bien. —Aferró su muñeca y sacudió el salero encima; se fijó en que tenía unas manos masculinas y algo ásperas, con los dedos largos y finos—. Pero añadamos un punto de diversión antes de que me duerma. Juguemos a verdad o reto.

Él alzó una ceja en alto.

—¿En serio? ¿Eso no es famoso entre los adolescentes o algo así?

—Sumemos un trago a la parte del reto.

—Como quieras, abejita. —Luke ladeó la cabeza—. Supongo que me toca empezar a mí. ¿Qué es lo que estás haciendo en Las Vegas?

«Encontrar un marido para conseguir cobrar una herencia de mi horrible padre y así lograr montar una pastelería y cumplir el sueño de mi vida. Solo eso.» Sí, parecía poco probable que no huyese despavorido tras semejante respuesta. Harriet carraspeó para aclararse la garganta.

—Hum. Reto.

—Qué misteriosa. —Luke la miró con los ojos entornados y después le mostró una de esas sonrisas que conseguían que se le acelerase la respiración—. Está bien. Quiero que bailes esta canción. Pero báilala para mí.

Sonaba *We found love*. Harriet no bailaba. No hacía aquello. Sin embargo, lamió (o besó, no estaba segura) la piel del dorso de la mano de Luke, bebió el chupito y ni se molestó en probar el limón antes de dar un paso hacia atrás y moverse al ritmo de la canción mientras él la observaba sin pestañear, absorto, como si la sala donde se encontraban no estuviese repleta de cientos de personas mucho más interesantes que ella. Como si, de hecho, solo existiese ella danzando al son de «Turn away cause I need you more, feel the heartbeat in my mind. It's the way I'm feeling I just can't deny, but I've gotta let it go. *We found love in a hopeless place...*».

No hubiese parado de bailar de no ser porque él le rodeó la cintura con un brazo y la acercó de nuevo hasta la barra, donde había dos chupitos más. En esta ocasión eran de un color rojo intenso que recordaba a las cerezas maduras.

—Es mi turno —dijo ella.

—Adelante.

—¿Por qué pareces tan infeliz?

—¿Perdona?

—Despreocupado... pero infeliz.

—¿Sabes...? Yo podría decir lo mismo de ti.

—Ya, pero me toca a mí hacer las preguntas.

Él dudó durante unos segundos, pero al final cogió el chupito.

—Reto.

—Cuéntame algo de ti que no sepa nadie más.

Luke bajó la vista al suelo antes de volver a fijarla en ella.

—Me dan miedo los erizos —susurró.

Harriet rio. Fue una risa sincera, dulce.

—¿Los erizos? Los erizos son adorables.

—No para mí. —Aunque todavía quedaba un chupito sobre la mesa, le pidió otros dos al camarero. Harriet se encargó de señalar una botella al azar de las que adornaban la pared—. ¿Cuál es tu mayor sueño?

Por primera vez, ella eligió verdad.

—Me encanta la repostería y llevo soñando desde pequeña con montar una pastelería; me gustaría que fuese un local luminoso con un escaparate enorme lleno de dulces, aunque, de momento, todo apunta a que no lo conseguiré jamás —suspiró dramáticamente—. Me toca.

A pesar de llevar puestas las zapatillas deportivas, se tambaleó un poco al dar un paso adelante. Luke la mantuvo sujeta por la cintura y se bebió otro chupito aunque no le tocase el turno. Ella lo imitó. El último era de limón y sabía un poco ácido.

—Me pirran los pasteles —admitió él—. ¿También harás galletas?

—Ya te he dicho que no habrá ninguna pastelería... —contestó con voz pastosa.

Hacía una eternidad que no se sentía en calma, sin ninguna preocupación a la vista, sin objetivos por los que luchar. En realidad, no alcanzar su sueño tampoco parecía ahora algo tan importante. ¿Qué más daba si no podía pasarse la vida horneando pasteles? Estaba borracha. Borracha y muy feliz, y ya nada resultaba trascendental. Pues, vale, trabajaría en el bar de Jamie el resto de sus días, acogería en casa a un par de gatos y disfrutaría de una impuesta soledad lejos de riesgos innecesarios.

—Pero, si algún día lo logras, recuerda que me vuelven loco las de canela y pepitas de chocolate. Casi tan loco como me vuelves tú. Casi. De verdad que me parece injusto que uses colonia de vainilla. Hueles jodidamente bien.

Harriet advirtió entonces que se habían alejado de la barra y que estaban muy juntos, abrazados, bailando lentamente como si estuviese sonando un vals en lugar de aquella música estridente que retumbaba en las paredes del local. Él la mantenía contra su cuerpo con cuidado, como si fuese algo frágil o delicado, y había hundido la cabeza en su cuello. Al respirar, le hacía cosquillas. O eran escalofríos. No estaba segura. Daba igual, porque fuese lo que fuese era agradable sentir la calidez de su aliento.

—¿Luke?

—¿Sí?

—¿Esto es raro?

—¿El qué?

—Estar abrazada a un desconocido.

—Si tengo en cuenta que yo soy ese desconocido, supongo que no. ¿Sabes...? Pensar demasiado a veces complica las cosas. Así que tan solo me quedo con que he visto a una chica con antenas de abejita, sola e insultando a unos zapatos, y me ha apetecido hablar con ella. Un impulso. No le des vueltas. Déjate llevar.

—Creo que no deberíamos acostarnos.

Sintió la vibración de su risa en la piel.

—Tranquila, no me va aprovecharme de chicas que han bebido demasiado y luego no pueden recordar lo genial que soy. —Luke volvió a reír cuando ella le dio un pisotón y después siguió meciéndola con suavidad, ajeno al ritmo que bailaban los demás—. ¿Quieres saber por qué me has llamado la atención? —Harriet asintió con la cabeza contra su pecho—. Porque tienes la mirada transparente. ¿Alguna vez te has tropezado con una mirada tan limpia que casi pudieses verte reflejado en ella?

—¿Se supone que es algo malo?

—Quizá sí. No lo sé. No me suele gustar verme a mí mismo.

—¿Desde cuándo? ¿Y por qué?

—Desde hace algún tiempo. —Hizo una pausa más larga de lo normal—. Cuéntame cosas de ti, Harriet. Lo que sea. Cualquier tontería que te venga a la cabeza. Joder, tenías razón, esto sí empieza a ser raro; creo que se nos ha ido la mano con los chupitos.

—Me gusta guardar hojas secas en tarros de cristal —susurró ella, silenciando sus últimas palabras. Harriet nunca se había sentido así. Arropada (y encima por un extraño), segura, tranquila. Como si se conociesen de toda la vida, cuando, en realidad, estaba segura de que no tenían absolutamente nada en común. De hecho, seguía teniendo pinta de capullo pretencioso, pero al mismo tiempo... había algo más que se le escapaba...—. Casi nunca tengo pesadillas, pero mi habitación está llena de atrapasueños solo porque me gusta abrir las ventanas y ver cómo las plumas se mueven por el viento. ¿Y sabes qué otra cosa me encanta? Las margaritas. Son geniales. Sencillas, bonitas, perfectas. A veces me encantaría ser una margarita y no tener que preocuparme por nada —rio—. Vale, olvida eso último, ya no sé ni lo que digo...

—No, no. Sigue, por favor.

En aquel momento la retuvo contra él con más firmeza y el abrazo se tornó real, cálido. Su voz sonó extrañamente rasgada y Harriet tardó unos segundos en volver a relajarse porque sentía su cuerpo duro contra ella, sus manos grandes en la parte baja de su espalda, su aroma masculino envolviéndola...

Tragó saliva antes de seguir hablando.

—Es la primera vez que salgo de Washington. Patético, lo sé. Yo... En fin. Cuando era pequeña tenía la esperanza de hacer muchas cosas interesantes, pero luego todo acabó complicándose y la realidad nunca supera las expectativas. Trabajo sirviendo copas en el bar de Jamie. Y no te rías de mí, pero si me pidieses que situase Gambia en un mapa no sabría decirte dónde está; nunca conseguí aprenderme todos los países y suspendí geografía en el último curso. ¿Qué más? Ah, bueno, sí: hace años que dejé de pedir ningún deseo. Ni al soplar las velas, ni al caérseme una pestaña ni al soltar el farolillo el uno de agosto... Ya nunca pido deseos. Nunca.

—Odio los deseos —murmuró él—. Son un asco.

—Casi tanto como los Patriots.

—¿Hablas en serio? ¿Te gusta el fútbol?

—Claro. El partido de los domingos es un momento sagrado. —«Para toda la gente del pueblo», estuvo a punto de añadir. Era la verdad. Había sido así desde siempre, pero pensó que sonaría muy poco glamuroso—. Y preparo nachos con salsa de queso si Jamie y Angie se dejan caer por casa.

—Harriet...

—Dime.

—Creo que quiero casarme contigo.

La capilla era diminuta. Un pasillo estrecho, con el suelo recubierto de tablas de madera blanquecinas, conducía hasta una cúpula algo cutre en la que esperaba un hombre gordinflón de mejillas sonrosadas que llevaba una peluca torcida.

Harriet no tenía demasiado claro cómo demonios había llegado hasta allí. Lo único que sabía era que, al igual que Luke, no podía dejar de reír y que le dolía muchísimo el antebrazo izquierdo. ¡Maldición! ¿Por qué le escocía tanto? No pudo averiguarlo porque Angie apareció en su campo de visión. Recordaba vagamente haber hablado con ella por teléfono hacía..., bueno, ¿quién sabe? Tal vez media hora. Quizá tres horas. Decidió que era irrelevante al advertir que le fallaba la memoria. La noche estaba llena de lagunas. De cualquier modo, no era la única que se encontraba en el interior de aquella capilla. El chico de ojos grises, Mike, y el tipo rubio, Jason, no dejaban de bromear con Luke, y el primero llevaba un botellín de cerveza en la mano derecha que se balanceaba al son de sus carcajadas. ¿Era legal beber allí...?

—¿Qué *estey* haciendo aquí? —consiguió balbucear Harriet.

—Chsss. Mantén la boca cerrada. —Angie se inclinó hacia ella de modo que no la viesen los demás y se llevó un dedo a los labios—. Te vas a casar. Aguanta un poco..., solo un poco más, Harriet. Puedes hacerlo, ¿de acuerdo?

—¿*Casharme*? ¡Yo no quiero *casharme*!

—¡Cierra el pico, maldita sea! —siseó su amiga.

—Me duele el brazo.

Intentó tocarse la zona que notaba irritada, pero Angie se lo impidió al cogerla de la mano y la condujo sin demasiada delicadeza hasta el final de la capilla. Harriet miró a Luke. Sus ojos eran dos rendijas de un color verde brillante y necesitaba decirle que le traían a la memoria la frescura del césped y...

El hombre que estaba enfrente empezó a dar un discurso sobre el matrimonio del que ella no entendió ni una sola palabra. Luke tampoco pareció hacerlo, porque no dejaba de reír por lo bajo, al compás de las carcajadas de sus dos amigos. Harriet no estaba segura de qué resultaba tan gracioso. ¿Estaba casándose? ¿Por qué demonios tenía que casarse?

—Por el poder que me ha sido otorgado, yo os declaro marido y mujer. Puede besar a la novia.

Harriet iba a gritar: «¡Protesto!», pero antes de que pudiese hacerlo los labios de Luke rozaron los suyos. Solo un roce y sus pulsaciones se dispararon como si acabase de correr la maratón de Boston. Porque tenía los labios más suaves y tiernos del mundo y sabía a limón con un toque de fresa. Ajena a que no estaban solos, posó una mano sobre su nuca y lo atrajo más hacia sí. Luke gimió contra su boca y entonces... entonces alguien tiró de ella hacia atrás y se vieron obligados a separarse.

—Vale, ya está bien —ordenó Angie, y a continuación sacudió unos papeles frente a ella, le tendió un bolígrafo y le indicó que firmase no sé qué. Luego obligó a Luke a hacer lo mismo y, cuando sus amigos rieron más fuerte, los fulminó con la mirada. Angie tenía una forma de mirar afilada, seca, contundente.

—Genial. Nos vamos. Por fin —masculló y cogió de la mano a una desorientada Harriet antes de dirigirse hacia la puerta de salida.

—¡Espera, espera! Tengo que decirle algo a Luke.

—Pues díselo rápido.

—Luke —le llamó, y él se giró y le dedicó una sonrisa tan dulce que ella sintió el extraño deseo de recorrer el pasillo de la capilla que ahora los separaba y lanzarse a sus brazos—. Tus ojos... Tus ojos me recuerdan al césped en verano. Al césped que crece bajo las margaritas.

Al salir, Harriet fijó la mirada en el cielo azul surcado de nubes algodonosas. Hacía horas que había amanecido. De hecho, recordaba vagamente haber visto la salida del sol sentada en una acera cualquiera, con Luke a su lado y una botella de vino barato en la mano derecha mientras hablaban sin cesar de cosas que ya habían caído en el olvido.

Notó la bilis quemándole la garganta y, algo desorientada, consiguió levantarse de la cama y llegar hasta el cuarto de baño del hotel para vomitar. Al terminar, se quedó de rodillas sobre los fríos azulejos del suelo, temblando, y sintió unas manos cálidas apartándole el cabello de la frente. Harriet se asustó.

—Eh, tranquila. Soy yo.

Angie la cogió de la mano y la condujo nuevamente hasta la cama. Le ahuecó la almohada, la ayudó a tumbarse y encendió la lamparita de noche bañando la estancia con luz ambarina.

—Tómate esta aspirina. —Le tendió la pastilla junto a un vaso de agua que Harriet bebió de un trago.

—¿Qué hora es?

—Las dos.

—¿Del mediodía?

—De la madrugada del domingo. —Se acomodó a un lado de la cama, sentándose con las piernas cruzadas al estilo indio, y sonrió—. Deberías ver la pinta que tienes...

—¿Por qué es domingo? —Le iba a estallar la cabeza. Era como si pudiese sentir el latir de su corazón en las sienes, en la nuca, en cada centímetro de su piel. La palabra «resaca» no tenía nada de divertido. Nada.

—Llevas todo el día durmiendo. Bueno, todo no. Te has levantado dos veces más a vomitar, sin contar esta última. Tendrás el estómago vacío. ¿Te apetece un zumo de naranja? Todavía quedan en el minibar.

—No, por favor.

Harriet intentó incorporarse un poco, apoyándose en el cabezal de la cama. Las sábanas blancas estaban arrugadas a sus pies y, por más que se esforzó por recordar cómo había llegado hasta allí, fue incapaz de dar con una respuesta.

—¿Qué ha pasado? ¿Qué es lo que...?

Fue a tocarse el brazo izquierdo, pero Angie sostuvo su rostro entre las manos y la obligó a mirarla a los ojos mientras presionaba ligeramente sus mejillas.

—Escúchame, Harriet. Lo has hecho muy bien, ¿de acuerdo? No te asustes. Lo del brazo... Lo del brazo es solo una tontería de nada. Lo superarás.

—¿Qué demonios...?

Al final descubrió de qué hablaba Angie.

En la cara interna de la parte superior del brazo, tenía un tatuaje.

Un jodido tatuaje.

Respiró hondo.

—¿Es de *henna*, verdad? Se irá. Con el tiempo se irá, ¿no?

—Cielo, me temo que no. —Angie frunció los labios.

Harriet fijó de nuevo la vista en el tatuaje. Eran tres pájaros negros y pequeños que parecían volar libremente por su piel. No se les distinguía la cara ni ningún rasgo más allá de la silueta oscura, como si fuesen tres sombras. Los bordes todavía estaban algo hinchados y rojizos, pero era incapaz de dejar de mirarlo. Tenía algo... algo bonito, aunque no sabía explicar el qué. No la simbolizaba a ella, eso seguro. Pero quizá sí a la chica que a Harriet le hubiese gustado ser.

—¿Estás bien? —Angie estaba preocupada.

—Creo que sí. Me siento un poco rara. —Apartó la mirada de aquellos pájaros negros que a partir de ahora siempre la acompañarían en el camino—. Cuéntame qué ha pasado.

—¿De verdad no lo sabes? Harriet, dime lo último que recuerdas.

—¿Lo último...? —Se devanó los sesos intentando aclarar las ideas. Pero todo estaba difuso, como si la noche estuviese plasmada en un dibujo a carboncillo y alguien hubiese emborronado con los dedos las líneas y los trazos...—. Estaba en la barra con Luke. Nos tomamos unos chupitos y jugamos a verdad o reto. Después... bailamos y creo que bebimos otra copa —suspiró—. ¿Pasó algo más?

Angie hizo un ruidito extraño con la boca y terminó de hacerse una coleta con el lazo rosa que una de las chicas pompones había atado a su muñeca la pasada noche.

—Por favor, suéltalo ya. Sigo teniendo ganas de vomitar, llevo un tatuaje de pajaritos en el brazo y no sé en qué día vivo. No puede haber nada peor, ¿verdad? Dime que no.

—¡Claro que no! En realidad, todo está bien ahora. —Se inclinó y le dio un beso en la mejilla, a pesar de que necesitaba una ducha con urgencia—. Desapareciste al irte al baño y yo me despisté durante un rato con ese grupo tan divertido de solteras; sobra decir que también iba un poco achispada. Luego intenté buscarte y te llamé unas mil veces, pero no conseguí localizarte. Hasta que tú te pusiste en contacto conmigo sobre las siete de la mañana. —Harriet la escuchó con atención, procurando recordar algún que otro detalle y encajar las piezas sueltas—. Me dijiste que estabas en un local de tatuajes, con el amor de tu vida, y que acababas de ganar una competición de camisetas mojadas.

—¡NO!

—¡Sí! De hecho, te dieron un trofeo y todo. —Angie se inclinó hasta alcanzar la diminuta figurita dorada de plástico que descansaba sobre la mesilla—. Tuve que comprar una camiseta en una tienda de *souvenirs,* por la que me trincaron veinticinco dólares, para que te la pusieras por encima del vestido. Cuando conseguí llegar al local de tatuajes ya era demasiado tarde, tanto tú como él teníais esos dichosos pájaros en el brazo. Los elegiste tú, por cierto. Decías que simbolizaban la libertad.

Harriet había enmudecido. Nada de todo aquello era posible. Algunas imágenes sueltas y difusas se adueñaron de su mente, pero no logró descifrarlas. Ante su silencio pasmoso, Angie prosiguió relatando la velada.

—Lo único bueno fue que me aseguró que os ibais a casar. Dijo, literalmente, que nunca pensó que fuese a terminar enamorándose de una abejita repostera. Créeme, es probable que él recuerde mucho menos que tú porque iba como una cuba. Y ahí fue cuando vi la oportunidad y decidí aprovecharla. Entendí que era uno de esos momentos de «ahora o nunca». Fue casi como una señal divina. ¡Tenía frente a mí a un tío borracho que quería casarse contigo! Así que lo organicé todo: fuimos a la oficina del Condado a buscar la licencia de matrimonio (aún no sé cómo, logré llevaros allí y rellené vuestros papeles), busqué la capilla más cercana y más barata (siento que no te casara Elvis, cariño, pero se salía del presupuesto), y luego aparecieron sus amigos, que, por suerte, estaban igual de sobrios que tu querido marido. —Sonrió y después habló despacio, como si estuviese saboreando cada palabra—. Harriet Gibson, ¡ahora eres una mujer casada!

Se miraron en silencio durante unos instantes. Harriet podía oír el latir rítmico y asustadizo de su corazón.

—¿Lo dices en serio?

Se apartó el cabello rubio de la frente con una mano y notó su cuerpo sacudirse; le embargó una mezcla de alegría, confusión y algo más que no supo identificar. Ni siquiera advirtió que estaba llorando hasta que sintió las primeras lágrimas surcando sus mejillas.

—¡No llores! ¡Lo has conseguido! Y casi sin proponértelo. —Sacó del cajón de la cómoda unos papeles grapados y se los tendió—. El certificado de matrimonio. Este es temporal, pero servirá. En unas semanas te llegará por correo el original.

—No... no me lo puedo creer... Todavía no lo asimilo. —Se tapó la boca con una mano mientras leía algunas palabras sueltas. Y entonces lo vio, ahí estaba, claro y contundente: «Luke Evans». Joder. Estaba casada con Luke Evans. Era real. No estaba dentro de una disparatada película de sobremesa. Aquello era muy muy real—. Estoy casada.

—¡Sí!

—Estoy casada. Muy casada —repitió.

—¡Harriet, vas a tener la pastelería!

—¡Dios mío!

Ya no podía controlar el torrente de lágrimas. Angie la abrazó con fuerza y ella se desahogó sobre su hombro. Por primera vez en su vida la suerte estaba de su parte. Cocinar era lo único que Harriet creía hacer medianamente bien, y estaba deseando demostrarle al resto del mundo que servía para algo, que podía, de verdad que podía lograrlo si le daban una oportunidad.

—Y tengo algo para ti. —Angie se separó de ella y le tendió una pequeña bolsita azul—. Hace muchos años te di uno y te prometí que cada vez que dieses un paso hacia delante te regalaría otro. Sigo estando orgullosa de ti. Cada día eres más fuerte. Somos más fuertes.

Sonrió mientras ella sacaba la sortija del interior de la bolsita y se la ponía en el dedo anular, al lado de la que le había regalado años atrás en aquella deprimente clínica y que siempre, siempre, llevaba encima. La nueva tenía una diminuta y preciosa piedra verde en el centro, y Harriet se preguntó si el color tendría relación con ciertos ojos que ya nunca volvería a ver.

—Angie, te quiero. Y no te merezco —balbuceó. Los restos de rímel teñían sus pómulos y tenía los ojos enrojecidos—. Te quiero, te quiero, te quiero...

UN AÑO Y SIETE MESES DESPUÉS

I

Un *cupcake* resbaló de la caja de cartón y cayó sobre la acera de la calle. La señora Minerva Dune y su amiga, Elsie Cook, pasaron de largo sin dejar de susurrar entre ellas e ignoraron con descaro a la joven rubia que parecía necesitar ayuda. A Harriet no le importó. Al menos, no tanto como le hubiese importado años atrás. Estaba más que acostumbrada a los rumores que circulaban por Newhapton y había aprendido a desoírlos y a fingir que la cosa no iba con ella.

Dejó en el suelo la caja y la bolsita de papel que llevaba encima y se agachó para recoger los restos del *cupcake* y tirarlos a la papelera más cercana. Después entró en el local de Jamie, donde seguía trabajando durante el turno de noche, y depositó la comida sobre la tarima más cercana a la despensa. Sobraban tantos dulces diariamente que llevarlos allí tras cerrar la pastelería se había convertido en una especie de ritual. Así podían utilizarlos en caso de que hubiese una celebración de cumpleaños o servirlos como detalle si acudía algún cliente a última hora de la tarde, antes de que anocheciese y el lugar se llenase de gente con ganas de bailar y divertirse.

—¿Qué tal el día? —preguntó Jamie.

—Un poco solitario. —Se quitó la chaqueta—. ¿Todavía no ha llegado Angie?

—Vendrá más tarde. Ha tenido que llevar a su madre a la estación, ya sabes.

Tras mucho esfuerzo, entre todos habían logrado convencer a la señora Flaning de que necesitaba unas vacaciones, y el viaje que anualmente organizaba el club de costura era la excusa perfecta. Doce mujeres se tomaban quince días libres y disfrutaban del sol y el buen tiempo en la costa del suroeste. A Barbara le hacía falta salir un poco y dejar de preocuparse tanto por los demás, porque constantemente sufría por Angie y Jamie y la estabilidad del local, y por Harriet y su negocio de repostería, por el pajarito con el ala rota que se había encontrado en el jardín... Por todo. Y era un rasgo que se había acentuado en ella después de que el padre de Angie le pidiese el divorcio y se mudase a Dallas.

—Hoy vienes cargada. —Jamie sacó de la bolsa un dónut rosa con virutas de colorines y le dio un mordisco. —Pues ellos se lo pierden, ¡está buenísimo! —se relamió con los ojos entrecerrados.

—Gracias —le sonrió.

—Ya verás, la gente se dará cuenta en algún momento de que Pinkcup es la mejor pastelería del mundo. —Abrió dos cervezas, le tendió una a Harriet y le dio un trago a la suya—. En serio, confía en mí. Tengo un paladar que vale millones y preferiría que me amputasen un dedo antes que pasar el resto de mi vida sin esto. —Alzó la mano en alto y engulló el último trozo del dónut—. Hum. Delicioso —farfulló con la boca llena.

Harriet sonrió y empezó a bajar las copas del estante más alto y a colocarlas sobre la encimera principal. En menos de media hora abrirían las puertas de Lost y empezarían a llegar los primeros clientes. Jamie se encargó de organizar las botellas de diversos licores mientras se comía un segundo dónut. El novio de Angie tenía la suerte de mantenerse delgado a pesar de atiborrarse de guarradas diversas; era alto, llevaba la cabeza rapada y tenía un brazo lleno de tatuajes, desde el dedo anular hasta el hombro. El otro estaba limpio. Y, si alguien le preguntaba el por qué, siempre respondía que simbolizaba las dos partes de sí mismo que creía poseer. Vestía camisetas sencillas y oscuras y pantalones vaqueros un poco anchos. Barbara Flaning solía sugerirle si necesitaba que le entrase un poco de tela y él le explicaba de nuevo, con esa infinita paciencia que lo caracterizaba, que su intención era llevarlos precisamente así, holgados.

Al ser todavía jueves, la noche fue tranquila. Angie apareció una hora más tarde y la ayudó detrás de la barra mientras le contaba lo mucho que su madre se había resistido a subir en el tren hasta casi el último instante.

—He estado a punto de darle un empujón y meterla dentro a la fuerza.

—No te sientas culpable. Lo haces por su bien. —Harriet sabía que, desde el divorcio, Angie intentaba contentar a la señora Flaning más de lo que era habitual en ella—. Le vendrán genial estas vacaciones. Ya verás.

—Y a mí también. Necesito perderla de vista.

—Mientes. La adoras.

Angie puso los ojos en blanco.

—Está bieeeen. La adoro.

—¿Me adoras a mí? —Jamie apareció y apoyó los codos en la barra.

—Te adoraría si fueses un millonario atractivo que me llevase en helicóptero y tuviese una habitación roja y...

—¡Ya estamos otra vez con el dichoso Grey!

—Cielo, te llamas Jamie, piensa que solo te falta el Dornan para estar más cerca del objetivo. Poco a poco —bromeó Angie.

Jamie resopló y luego volvió a sonreír. Siempre estaba sonriendo.

—Deja esas copas ahí, Harriet. Mañana las colocamos antes de abrir. Es tarde, será mejor que nos vayamos ya.

—El jefe manda —arguyó Angie.

Se despidieron poco después en la puerta del local. Harriet se dirigía en la dirección contraria y debía recorrer una distancia de diez minutos a pie para llegar a casa. A su nueva casa (aunque, en un sentido literal, de «nueva» tenía poco). Tras conseguir abrir la pastelería, hacía ya casi un año, había vendido a buen precio la enorme casa en la que se había criado con su padre. Odiaba vivir allí. Era un lugar repleto de malos recuerdos, vacío, lúgubre; no se arrepentía de la decisión que había tomado.

Ahora vivía en la zona más alejada del centro del pueblo, casi al inicio del bosque. De hecho, las ramas de un abeto rozaban la marquesina de la casa. Era acogedora, construida en madera, con un porche diminuto que Harriet nunca usaba. Todo lo contrario a la terraza que daba a la parte trasera. Resultaba más íntima, más solitaria. Y, aprovechando que el tejado a dos aguas la cubría, había dejado allí multitud de almohadones de colores a modo de asiento. Enfrente había un poco de terreno en el que crecían flores y hierbas silvestres, que parecían estar siendo engullidas por el frondoso bosque, y un cobertizo donde guardaba trastos viejos. Después de pelearse con el calefactor para ducharse con agua caliente, intentó fingir que no percibía el mal aspecto de la madera, ni la chapa que se había desprendido de una esquina del tejado ni los cajones que no cerraban bien, porque ya le había pedido a Jamie demasiados favores los últimos meses.

Se vistió con un suéter gris y unos pantalones de pijama y se dirigió a la cocina, que sin duda era la estancia que le había hecho decidirse a comprar aquella casa. Era muy grande; el gran ventanal daba al bosque y, durante el día, penetraban los escasos rayos de sol que se acercaban a saludar por allí. Harriet tenía una tarima larga sobre la que cocinar, un horno de tamaño considerable y una isla en medio por si la infinita encimera no era suficiente. Allí había colocado dos taburetes de madera que Angie, Jamie o la señora Flaning solían utilizar cuando venían de visita y ella estaba cocinando.

Encendió el televisor del salón, porque a veces el silencio se le antojaba demasiado denso, y se preparó un sándwich de mermelada para cenar. Ni siquiera se sentó para comérselo, le dio tres bocados mientras sacaba de la nevera los ingredientes necesarios para hacer la masa de hojaldre que necesitaba para el día siguiente. Últimamente, se esforzaba por variar más. Había productos fijos, como la tarta de limón, de queso y de chocolate, los *cupcakes* o los caramelos de fresa con forma de corazón.

Y luego estaban aquellos dulces que solo realizaba uno o dos días a la semana con la intención de comprobar cómo respondían los clientes ante ellos, como las cazuelitas de hojaldre con gelatina de naranja y virutas de chocolate que estaba a punto de empezar a preparar. Si quería innovar y probar cosas nuevas, adelantaba en casa todo el trabajo posible para luego ir más desahogada. Por suerte, de lunes a jueves el bar no cerraba demasiado tarde y ella podía dedicarse a lo que más le gustaba.

Harriet esperaba que Pinkcup se afianzase con el paso del tiempo. La pastelería había ido ganándose una clientela fija a cuentagotas, pero no era suficiente para mantener el gasto del negocio, sobre todo porque la gente más joven no derrochaba tanto y, además, no solían hacer demasiados encargos u organizar eventos, que era algo que reportaba muchas ganancias. Por eso seguía trabajando por las noches media jornada en el *pub* de Jamie, para lograr equilibrar las cuentas y no tener que cerrar.

A ella no le molestaba tener dos trabajos o quedarse hasta la madrugada leyendo libros de cocina y adelantando los preparativos del día siguiente. Lo único que a Harriet le dolía era que muchos de los habitantes del pueblo se negasen a darle una oportunidad por meros prejuicios y que juzgasen sus pasteles sin siquiera haberlos probado. Eso sí la hacía rabiar.

Y cuando ocurría, cuando escuchaba algún comentario hiriente a sus espaldas o alguien volvía a sacar a la luz el nombre de Eliott Dune (halagándolo, por supuesto), fijaba la vista en los pájaros. En el tatuaje de los pájaros. Por alguna extraña razón la tranquilizaba hacerlo. Le recordaba que, aunque se reprimiese y aguantase con la cabeza gacha, en realidad sí que existía otra parte de sí misma, más libre y rebelde, que todos ellos desconocían.

Todavía no había amanecido cuando apagó de un golpe el despertador. Desayunó, se vistió y guardó en una bolsa de mano el recipiente donde llevaba la masa de hojaldre y un par de ingredientes más que necesitaba. Después, recorrió a pie los quince minutos que tardaba en llegar al trabajo.

Pinkcup era un local de tamaño medio y el nombre del establecimiento estaba escrito en cursiva con letras redondeadas y rosas. Dentro, las paredes y el mobiliario eran de color blanco, y frente al mostrador acristalado, que más tarde llenaría de dulces, había una mesa baja rodeada de taburetes de madera. Harriet la había colocado allí para reunirse con los clientes cuando alguien pedía algo más específico, como una tarta de boda (de momento solo le habían encargado dos), un *catering* especial para cumpleaños (cuatro pedidos) o cualquier otra sugerencia para la que necesitase hablar con antelación u ofrecer una pequeña cata de muestra.

Fue directa hasta la parte de atrás. Había varios hornos, cámaras frigoríficas y enormes encimeras de metal. Harriet dispuso los ingredientes en orden y se ató el delantal mientras organizaba mentalmente las tareas del día. Con la práctica, había aprendido qué debía hacer antes, el truco para conservar algunos de los ingredientes y la anticipación de tener preparados añadidos extras como salsas, bolitas de caramelo, virutas, mezclas de frutos secos... Ya que no podía contratar a nadie más, se esforzaba por agilizar su trabajo todo lo posible.

Cuando subió del todo la persiana y abrió, el expositor ya estaba repleto de diferentes dulces y el local olía a canela y a masa recién horneada. Como todas las mañanas, puntual, el señor Tom fue el primero en llegar y en pedir pan y una porción de pastel de queso con salsa de arándanos. Harriet le atendió sonriente y colocó el dulce dentro de una cajita de cartón que llevaba un asa desplegable.

—¿Tienes algo nuevo hoy? —preguntó. Tom estaba jubilado, cosa que no le impedía madrugar, y tenía una forma de hablar tosca, con sequedad; aunque se había ganado a pulso la fama de huraño, a ella siempre le había parecido que escondía cierta ternura.

—Tartaleta de hojaldre con gelatina de naranja y virutas de chocolate.

—¿Cómo se te ocurren esas cosas, niña? —gruñó y luego negó con la cabeza—. Ponme dos.

Harriet plasmó toda su alegría en una sonrisa enorme. No siempre el señor Tom se animaba a probar algo nuevo. Y no había nada que a ella le gustase más que ensayar mezclas diferentes y volcar su creatividad en texturas, sabores y aromas. Le cobró la compra y él se despidió con otro gruñido (era su forma de expresar algo parecido al cariño).

A lo largo de la mañana vendió casi todo el pan que había horneado, que era con diferencia el producto más demandado, algunos dónuts caseros y *cupcakes*, cuatro porciones de tarta, dos tartaletas de hojaldre más y una bolsita al peso de galletas de mantequilla. No se podía quejar. Al mediodía apenas tenía clientela, así que bajó un poco la persiana y engulló galletitas saladas en la trastienda y un par de dulces, mientras ultimaba los preparativos para el día siguiente. Jamie se dejó caer por allí diez minutos antes de que volviese a abrir y aprovechó la visita para asaltar el mostrador y devorar todo lo que pilló a su paso.

—Entre una mamada y esta gelatina de naranja... tendría serias dudas. —Se relamió los dedos—. En serio. Está increíble. Debería ser un producto fijo.

—Gracias por ser siempre tan gráfico.

—Nos vemos esta noche. —Jamie sonrió—. ¿Te subo la persiana?

—Sí, por favor.

El resto de la tarde fue muy tranquilo. Apenas llegaron un par de clientes y Harriet aprovechó para preparar la masa de los *cupcakes* que hornearía al día siguiente. Cuando hubo terminado todo lo que tenía por hacer y acabó de limpiar, le echó un vistazo a los libros de cocina que guardaba en el armario de la parte trasera del expositor y hasta le dio tiempo a entretenerse con un pequeño mapa del mundo que acostumbraba a llevar en el bolso; intentaba leer y aprenderse los nombres y la situación de cada país, pero tenía una memoria deplorable para la geografía.

Ya estaba incluso planteándose la posibilidad de cerrar un poco antes, cuando un chico entró en el establecimiento. Llevaba unas gafas de sol estilo aviador. ¿Y quién lleva gafas de sol en un pueblo del interior cuando ni siquiera es verano? Siempre estaba nublado. O lloviendo. O nevando. La llegada del calor era todo un acontecimiento. Así que a Harriet no le costó deducir que era algún turista perdido. Vestía un suéter gris jaspeado y unos vaqueros con un roto en la rodilla. Y tenía una de esas formas de caminar seguras, gráciles, como si el mundo estuviese a sus pies.

—¿Harriet Gibson?

—¿Qué desea?

Apoyó las manos en el mostrador y ella se fijó en sus dedos largos y masculinos y en la piel algo seca que recubría los nudillos.

—He venido a preguntarle a mi adorable mujer qué hay para cenar esta noche. Pollo al horno me va bien. Con las patatas poco hechas, por favor.

Él se quitó las gafas de sol y Harriet tropezó con unos familiares ojos verdosos. Luke Evans estaba allí. En Newhapton. En su pastelería. Se esforzó por no comenzar a hiperventilar. Iba a necesitar toda la suerte del mundo para salir ilesa de aquel embrollo.

Abrió la boca, dispuesta a negar cualquier tipo de acusación, pero justo en ese preciso instante sonaron las campanillas de la puerta y la señora Heldie, una de sus clientas más fieles, entró en el establecimiento.

—Lo siento, pero está cerrado —le indicó Luke, y Harriet se quedó sin habla ante su desfachatez. Sin embargo, dada la delicada situación, supo que su mejor baza era mantenerse callada.

—En el cartel pone que está abierto —protestó la señora Heldie.

Luke resopló, se acercó a la puerta de la tienda con dos grandes zancadas y giró el cartelito. Lo señaló.

—Ahora vuelva a leerlo, señora.

—Supongo que debería regresar en otro momento.

—Supone mejor que lee.

Harriet estuvo a punto de romper el voto de silencio, pero por suerte la señora Heldie pareció asustarse lo suficiente como para abandonar a toda prisa el lugar. Sin mediar palabra, él bajó la persiana de fuera para que nadie más pudiese interrumpirlos. Ella tragó saliva, nerviosa y ansiosa, deseando que se le ocurriese alguna idea brillante.

—¡Qué alegría encontrarte al fin, cariño! —Cogió una galleta de mantequilla que había sobre el mostrador y le dio un bocado—. Así que mi querida esposa se dedica a hornear bonitas galletitas mientras yo me paso media vida intentando conseguir un puto divorcio. —La tensión en su mandíbula era notable—. Vamos a ver, dame una jodida razón para que entienda por qué demonios mi abogado lleva buscándote desde entonces. ¿Te haces una idea de cuánto tiempo de mi vida he desperdiciado por tu culpa? Debería demandarte. De hecho, es probable que lo haga.

—No sé de qué me hablas... —Tenía la boca completamente seca—. Yo no me llamo Harriet Gibson. Me llamo...

Lo último que esperaba era que Luke Evans le cogiese el brazo y le arremangase la camiseta hasta dejar al descubierto los tres pájaros negros. Así, como si tuviese algún derecho a tocarla sin molestarse siquiera en preguntar. Él ladeó la cabeza, sin apartar la vista del tatuaje y luego volvió a alzar la mirada hacia su rostro. Estaba muy enfadado cuando Harriet logró zafarse de sus garras.

—Deja de mentir. Joder.

—Puedo... puedo explicártelo.

—De acuerdo. Sorpréndeme.

Luke se cruzó de brazos y Harriet cerró los ojos e inspiró hondo, intentando concentrarse y pensar algo bueno..., algo que pudiese apaciguar su mal humor... Sabía que el abogado de Luke Evans estaba buscándola y que, unos meses atrás, incluso habían localizado el teléfono de Angie (que era el que ella había dado en los papeles de inscripción) y su amiga se había visto obligada a inventarse una ficticia quedada en Las Vegas como método para ganar tiempo. Pero jamás, jamás pensó que él la encontraría y aparecería allí, en aquel pueblo alejado de todo y todos, exigiéndole una explicación. Y justo ahora, cuando apenas le faltaban cinco meses para cumplir las condiciones del testamento y poder pedir el divorcio sin consecuencias.

—Es... es una historia muy larga.

—No hay problema. —Luke sonrió falsamente—. Tengo todo el tiempo del mundo para mi querida mujercita. Adelante. Empieza a cantar.

1

Luke deslizó un dedo por el cristal del expositor mientras ella parecía pensar qué decir. No era la única que estaba nerviosa. Él llevaba casi dos años esperando ese momento, buscando a la misteriosa joven con la que se había casado durante un fin de semana de juerga. No esperaba encontrarse a alguien así. Apenas recordaba a la rubia con la que se emborrachó, pero los pocos detalles que había memorizado no tenían nada que ver con esa chica dulce e inofensiva que tenía enfrente.

El cabello rubio le llegaba a media espalda y se ondulaba ligeramente en las puntas. Tenía un cuerpo menudo y delgado, aunque Luke rápidamente adivinó que su talla de sujetador era más que aceptable. Y sus ojos eran de un increíble color avellana y estaban repletos de luz, de vida. Él se obligó a calmarse cuando vislumbró en esos mismos ojos un atisbo de temor.

—No voy a hacerte daño. Solo quiero entenderlo. Y conseguir el divorcio, claro.

Harriet le sostuvo la mirada unos instantes, sopesando si era de fiar o si, por el contrario, podía resultar peligroso.

—Tenía que casarme con alguien —confesó finalmente apenas en un susurro inaudible—. Antes de morir, mi padre puso una cláusula en su testamento para que no pudiese acceder a su herencia a menos que contrajese matrimonio. No era gran cosa, pero necesitaba el dinero para poder montar la pastelería. —Hizo una pausa tras hablar atropelladamente—. Así que mis amigos me regalaron un billete de avión con destino a Las Vegas y la intención de que lograse encontrar un marido... El resto de la historia, en fin, creo que sabes cómo terminó todo.

—¿Te estás quedando conmigo? ¿Tengo pinta de imbécil?

—Es la verdad.

Luke comenzó a caminar de un lado al otro de la tienda y se llevó las manos al puente de la nariz. Aquello no tenía ningún sentido y no era lo que esperaba averiguar al ir hasta allí, conduciendo durante más horas seguidas de lo aconsejable. Luke se sentía perdido, muy perdido. Hacía tiempo que lo acompañaba la sensación de no encontrar su lugar en el mundo, de no tener nada útil que hacer con su vida; el hecho de desenmascarar a su esposa misteriosa se había convertido en una especie de obsesión durante el último año y pico porque, de algún modo retorcido, era lo único «interesante» que había trastocado el curso de sus días. Así que, cuando su abogado le aseguró que había conseguido una dirección de un establecimiento comercial a su nombre, no dudó en poner rumbo allí porque, ¿total?, tampoco tenía nada mejor que hacer.

—Di algo. Cualquier cosa...

Luke tardó unos segundos en contestar.

—Quiero el divorcio. Mañana. Sin excusas. Pasaré a recogerte a primera hora.

—Pero... ¡no! ¡No puedo! Por favor...

—¿Qué más te da? —Luke la miró con cierto desprecio—. Ya has conseguido lo que querías, ¿no? Tienes tu jodida herencia, así que deja de entrometerte en mi vida, a menos que desees que te acuse de fraude. Porque ambos sabemos que eso es exactamente lo que has hecho.

—Tú no lo entiendes...

—Entiendo que me piro. Y que me importa una mierda todo lo demás. Te recogeré a las ocho y, si es necesario, iremos hasta Seattle, pero te aseguro que mañana seré un hombre soltero.

Y, sin más, levantó la persiana con una brusquedad innecesaria, produciendo un ruido ensordecedor, y salió del establecimiento tan rápido como había llegado.

Veinte minutos después, a Harriet todavía le latía a mil por hora el corazón. Era una bomba de relojería dentro del pecho. Sentía pavor ante lo que pudiese ocurrir, porque ¿qué iba a hacer? No podía permitirse devolver el dinero de la herencia, eso desde luego. En su cuenta bancaria apenas quedaba nada, todo lo había invertido en aquella pastelería que le daba más problemas que alegrías.

Solo tenía una opción: suplicar. Y rezar para que fuese compasivo, claro, aunque todo apuntaba a que el concepto «empatía» era algo desconocido para él.

Aquella noche aguantó estoicamente el turno en el trabajo. Limpió las pocas mesas que había (normalmente los clientes preferían quedarse de pie o alrededor de la barra), sirvió un sinfín de cervezas y chupitos y dedicó más sonrisas de las que merecían los tíos que le lanzaban algún piropo cuando los atendía.

—Estás rara.

No fue una pregunta, sino una afirmación.

Angie la conocía tan bien...

—Me ha bajado la regla —siseó y se puso de puntillas para coger un par de jarras de cerveza de un estante alto.

—Te toca el día trece. Controlo tu periodo.

—A veces me das miedo. —Harriet sonrió por primera vez en toda la noche y luego, al recordar el marrón que tenía entre manos, volvió a serenarse. Jamie estaba encargándose de la música al otro lado de la sala que, como era viernes, estaba repleta de gente—. Oye, ¿crees que podría... crees que...?

—¡Suéltalo!

Angie se llevó a la cadera la mano con la que sujetaba un trapo.

—Necesito salir un poco antes. Solo un poco.

Trabajaba en Lost desde los dieciocho años y solo en tres ocasiones había pedido que la dejasen marcharse antes de tiempo. Una, una noche que tenía treinta y nueve de fiebre. Dos, cuando su padre, poco antes de morir, estaba tan enfermo que no podía dejarlo solo en casa. Y tres, ahora que Luke Evans había llegado a su vida sin avisar, sin llamar antes a la puerta y pedir permiso para entrar.

Tenía que solucionarlo cuanto antes. No esperaría a que mañana fuese a recogerla para llevarla directamente ante un abogado y formalizar el divorcio.

—Harriet, dime qué está ocurriendo. —Angie ignoró a los clientes que la llamaban tras la barra y se inclinó hacia su amiga—. Sabes que puedes contarme cualquier cosa.

—Dame un poco de tiempo. Hablaremos mañana. Pero no tienes que preocuparte por nada. Todo... todo está bajo control —mintió.

—De acuerdo. Como prefieras. Anda, márchate ya. Y si necesitas algo...

—Sé dónde estás. —Sonrió—. Gracias.

La morena se giró para seguir atendiendo pedidos y Harriet fue a la trastienda y se puso el anorak encima de la camiseta de tirantes negra, a juego con los ajustados pantalones del mismo color que todos usaban para trabajar. Se despidió con la mano de un anonadado Jamie, que no pudo dejar su puesto para preguntarle qué ocurría, y salió del local.

El frío de la noche era punzante, húmedo. Harriet caminó por las calles de Newhapton disfrutando del silencio que lo inundaba todo a aquellas horas. El vaho escapaba de sus labios y danzaba frente a ella formando sinuosas ondulaciones. No sabía si serviría de algo, pero tenía que explicarle a Luke las condiciones de la dichosa herencia. Debía hacerle entender que si se divorciaba antes de los dos años de matrimonio su vida estaría completamente arruinada.

Por suerte, tenía la certeza de dónde podría encontrarlo. Solo había un hostal en el pueblo y conocía bien a la propietaria, la señora Galia, porque era una de las mejores amigas de la madre de Angie.

Llamó a la puerta y esperó hasta que Galia abrió. La mujer vestía un pijama de franela de color rosado y llevaba un gorro de dormir. Aunque no ocultó su sorpresa al ver a Harriet allí a aquellas horas, le dio un afectuoso abrazo y la invitó a entrar.

—El otro día mi marido trajo para el desayuno una caja de esos dónuts caseros que haces. Estaban deliciosos. Les expliqué a varios clientes cómo ir a la pastelería, para que pudiesen comprar más. Pero cuéntame, cielo, ¿qué estás haciendo aquí? ¿Le ha ocurrido algo a Barbara?

—¡No, no! En absoluto. Angie la llevó ayer a la estación y hoy ha llamado y parece que le está sentando bien el clima más cálido —dijo—. En realidad, necesito un favor. Quería saber si un chico llamado Luke Evans se hospeda aquí. Esta tarde ha venido a la pastelería y creo que se le ha caído un billete de cincuenta dólares, pero no estoy segura. Me sabía mal que se marchase mañana temprano, antes de que pudiese devolvérselo, así que he venido en cuanto he terminado el turno de trabajo...

—Tú siempre tan considerada, niña. —Le palmeó la cabeza con cariño—. Si ese Luke es un chico guapo y un poco gruñón, creo que puedo ayudarte.

—Encaja con la descripción.

—Cuando ha llegado esta tarde estaba de muy mal humor y me ha preguntado que dónde estaba el McDonald's más cercano, ¿te lo puedes creer? Le he dicho que a más de setenta kilómetros y ha subido hecho una furia a su habitación. Está en la doce. ¿Quieres que lo avise?

—No hace falta. Yo me encargo. Pero gracias por la ayuda.

—No hay de qué. Será mejor que vuelva a la cama. Ya sabes dónde está la salida.

—Buenas noches, señora Galia.

—Buenas noches, Harriet.

Subió las escaleras despacio, ganando algo de tiempo para pensar cuál era la mejor forma de enfocar la conversación. Pero no había ninguna forma «buena», teniendo en cuenta que se había molestado solo por no conseguir una estúpida hamburguesa. La única razón por la que estaba allí era porque la alternativa, endeudarse hasta el fin de sus días, era mucho peor.

El pasillo de la tercera y última planta estaba oscuro y poco iluminado. Llamó a la puerta con los nudillos y tomó una gran bocanada de aire justo cuando él abrió de golpe. Llevaba una toalla blanca anudada a la cintura y acababa de ducharse; las gotitas de agua todavía perlaban su cabello negro, y Harriet tuvo que apartar la vista de aquel torso atlético y musculoso.

—¿Qué coño haces aquí?

—Solo quería retomar la charla que hoy hemos dejado a medias en la pastelería.

—La daba por finalizada. —Se aferró al marco de la puerta y asomó la cabeza para echarle un vistazo al pasillo—. ¿Y quién demonios te ha dado el número de mi habitación? ¿Es que en este pueblo no conocéis la palabra «intimidad»?

Harriet señaló con el dedo el interior del sencillo dormitorio.

—¿Puedo pasar?

—Joder, claro que no.

—Bueno, pues... hablaremos aquí. —Se removió con incomodidad—. Solo quería pedirte un plazo de tiempo antes de firmar el divorcio. Cinco meses. Cinco meses y yo correré con todos los gastos. Lo juro.

—¿Te haces una idea de cuánto valen ahora mismo tus promesas? —Luke sonrió con ironía—. Y, además, ¿por qué demonios iba a querer esperar cinco meses? No, nada de eso. Iremos mañana. O, mejor dicho, hoy mismo, porque por si no te has dado cuenta son más de la doce. ¿Tampoco os regís por horarios en este lugar?

—¡Por favor, por favor! —rogó—. Si me das ese tiempo, te deberé un favor enorme. Pídeme lo que quieras. ¡Cualquier cosa! —insistió y, luego, se mordió el labio inferior dubitativa—. Bueno, cualquier cosa menos..., ya sabes.

—No, no lo sé.

—Sexo. Eso no.

—¿Tengo pinta de no conseguir follarme a una tía por mis propios medios?

En realidad, tenía pinta de tirarse a quien le viniese en gana.

—Pues no lo sé. Supongo que es cuestión de gustos.

—Me estás cabreando —siseó.

—No te lo tomes a mal. Solo digo que es algo muy subjetivo.

Luke entornó los ojos. Tenía unas pestañas largas y muy oscuras que contrastaban con la claridad del iris y, al mismo tiempo, ensombrecían su mirada.

—Lo que me cabrea es lo que estás insinuando. Que coaccionaría a una mujer. O algo así. Eh, mira, me la pela. No quiero hablar más del tema, solo pretendo conseguir ese divorcio y continuar con mi vida de mier...

Dejó de hablar antes de terminar de pronunciar aquella palabra y luego suspiró hondo y pareció reprocharse algo a sí mismo. Harriet ladeó la cabeza y lo estudió en silencio unos instantes. Había algo en él que la descolocaba. Le hubiese gustado preguntarle por qué consideraba que su vida era una mierda, pero, dada la situación, se centró en la conversación que tenían entre manos.

—Solo lo he dicho a modo de apunte. No era algo que pensase realmente.

—Pues, de ahora en adelante, haznos un favor a todos y guárdate esos interesantes apuntes para ti.

Un silencio tenso se instaló entre ellos. Harriet cambió el peso del cuerpo de un pie al otro con actitud vacilante y se abrazó los codos.

—¿Me darás esos meses de margen? ¿Tenemos un trato?

—Qué graciosa eres. Pues claro que no.

—Vas a arruinar mi vida, ¿es que no lo entiendes?

—No es mi problema. No soy una hermanita de la caridad.

Ella ni siquiera se había percatado de haber empezado a llorar hasta que él la miró alarmado, como si fuese la peor situación posible a la que tuviese que enfrentarse. Al principio la contempló con cierta dureza, pero al segundo sollozo su mirada se suavizó y presionó los labios con fastidio.

—Deja de llorar.

Pero no podía. No podía parar de hacerlo. Estaba frente a un completo desconocido, totalmente indefensa, a un paso de ver su existencia convertida en un montón de escombros tal como todas las personas que habían pasado por su vida habían previsto: desde su madre, que prefirió marcharse antes que permanecer a su lado, hasta su padre, y Eliott Dune. Todos ellos, finalmente, habían estado en lo cierto. No tenía el suficiente carácter para mantener un negocio. Sencillamente, estaba fuera de sus posibilidades.

Sintió un nudo en el estómago y sollozó más fuerte. Se llevó las manos al rostro, intentando ocultarse, y giró sobre sus talones antes de comenzar a caminar pasillo abajo. Al menos, podía asegurar que había hecho todo lo que había estado en su mano. Incluso arriesgar demasiado. Todo.

—Eh, quieta ahí. Para de llorar. Lo digo en serio.

La retuvo apoyando una mano en su hombro y Harriet se movió a un lado para rehuir del contacto. Él expulsó entre dientes el aire que había estado conteniendo.

—Veamos si podemos llegar a algún tipo de acuerdo. Entra en la habitación, antes de que algún cliente raro me denuncie por escándalo público —agregó, sujetándose la toalla con la mano que tenía libre e instándola a que se metiese en la estancia.

Ella se sentó en la cama y él ocupó la silla que había enfrente. Sus pies casi rozaban el borde de la colcha que colgaba. No había nada más en el dormitorio, aparte de una mesita de madera de pino y una puerta algo desvencijada que conducía al cuarto de baño. Una maleta enorme estaba abierta en el suelo.

—¿No deberías ponerte algo de ropa? —sugirió Harriet—. Hace frío.

Hacía frío, era verdad. Pero, además, le molestaba lo hipnótico que resultaba mirar la forma en la que el estómago de Luke se encogía cada vez que este tomaba una bocanada de aire. Podía contar uno a uno los músculos que se adivinaban en aquella piel morena. Y, en efecto, también llevaba un tatuaje de tres pájaros negros en la cara interna del brazo izquierdo, justo igual que ella. Sin embargo, no era el único. En un hombro había una especie de escudo que a Harriet le sonaba haber visto antes, en el brazo derecho, una brújula y casi en la cadera, ¿el dibujo de un erizo? ¿En serio?

Luke se entretuvo intentando encontrar una camiseta de manga larga y luego se excusó y fue al baño a cambiarse. Cuando salió, por suerte para Harriet, estaba completamente vestido.

—¿Por qué has traído una maleta tan grande?

—No es asunto tuyo —suspiró mientras se dejaba caer otra vez en la silla—. Y ahora cuéntame por qué necesitas esos cinco meses. Quiero saber toda la historia. Toda. No más sorpresas. Odio las jodidas sorpresas.

—La raíz de la cuestión es que mi padre era un machista. O un misógino. No lo sé, porque nunca lo entendí. El caso es que supongo que pensó que necesitaría un hombre a mi lado para poder disponer de la herencia, así que...

—... tenías que casarte. Eso lo sé.

—Y una de las condiciones era que el matrimonio durase como mínimo dos años. Imagino que querría asegurarse de que no cometiese un fraude.

—Parece que tu padre te conocía bien... —masculló Luke entre dientes.

—En absoluto. ¡No me conocía una mierda! —Harriet lo miró enfadada. Hacía mucho tiempo que no salía de su boca un taco. No con esa facilidad, al menos. Solía contenerse—. Perdona.

—¿Perdón? ¿Por qué?

—No pretendía hablarte así.

Luke Evans rio. Seguía teniendo aquella risa que a Harriet le había llamado la atención en la piscina: vibrante, sincera, despreocupada.

—No es gracioso —insistió ella—. Si me divorcio antes del plazo tendré que devolver todo el dinero que me dejó. ¡No es mucho, pero no puedo hacerlo! —Se llevó las manos a la frente, desesperada—. ¿No lo entiendes? El dinero es la pastelería. Todo está invertido ahí. Tendría que pedir un préstamo al banco y no creo que me lo concediesen y...

—Deja de hablar tanto y tan rápido —interrumpió Luke con el ceño fruncido—. Te estresas demasiado. Y puede que sí quiera pedirte algún favor. Ya veremos.

3

—¿Cómo que ya veremos?

—Ahora necesito dormir un rato.

—¿Eso significa que no vamos a divorciarnos?

Luke se puso en pie y la miró en silencio durante unos instantes. Estaba siendo un capullo. Otra vez. En realidad, era la única forma de comportarse que conocía. ¿Qué era lo que pretendía? No estaba seguro. Solo sabía a ciencia cierta que no quería regresar a San Francisco y que, al salir de casa con la excusa de buscar a su misteriosa esposa, había hecho una maleta más grande de lo necesario. Por si acaso. «¿Por si acaso qué?» Ni idea. Al principio había pensado en recorrer la costa de punta a punta, parando en albergues, sin horarios ni obligaciones, sin nada por lo que preocuparse. Al fin y al cabo, ahora que no tenía un trabajo, ya no tenía ninguna responsabilidad. Su existencia era como un lienzo totalmente en blanco, sin pasado, sin presente ni futuro. Luke había esperado que, al cumplir los veinticinco, se sentiría satisfecho al mirar atrás y recordar todos los logros que habría ido acumulando a lo largo de su vida. Nada más lejos de la realidad. Se sentía vacío, y alcanzar aquella cifra y el hecho de ver cómo sus amigos seguían adelante tan solo había acentuado más su desesperación.

Así que llevaba un par de meses cometiendo todo tipo de locuras. Cualquier cosa que se le pasase por la cabeza con tal se sentirse un poco vivo. Se había tirado en paracaídas, se había emborrachado más de lo debido y había hecho todo lo que le apetecía y cuando le apetecía. ¿El resultado? Seguía notando un extraño e incómodo vacío en su interior. Le faltaba algo, el problema era que no sabía el qué. Lo único por lo que había estado dispuesto a esforzarse hacía años que quedó lejos de su alcance y pasó de ser un sueño dorado a un sueño frustrado que detestaba rememorar.

Y ahora estaba allí, en un pueblo anclado en el pasado que no tenía nada que ver con su forma de vida, frente a una chica que despertaba en él cierta compasión. Eso no era bueno. Por favor..., ¡si ni siquiera conseguía conectarse a internet con el teléfono! Pero aun así... aun así aquello era diferente, nuevo, curioso. Esos adjetivos pasarían a la historia en poco tiempo, pero mientras tanto...

—Puede que simplemente me quede por aquí.

—¿Aquí? ¿En Newhapton?

—No, en un mundo de purpurina y hadas y caritas sonrientes flotantes —farfulló malhumorado—. ¡Pues claro que sí! Y necesitaré un lugar donde pasar estos días. Es decir, que me quedaré en tu casa. Perdón. En nuestra casa. Es lo que tiene casarse: una vida en común, bienes compartidos, mucho amor desinteresado en la enfermedad y *blablablá*.

Harriet tardó en reaccionar. Sus pequeños puños aferraron la colcha de la cama. Luke no supo por qué, pero le hizo gracia el gesto, como si canalizase toda su rabia a través de algo tan... inofensivo.

—¡No puedes quedarte en mi casa!

—Ya lo creo que sí.

—Es... es imposible.

—¿Por qué?

—Porque ahí vivo yo.

—¿Dónde está el problema? Seré tu simpático compañero de piso. Y ahora largo, necesito dormir un poco, ¿sabes cuántas horas he conducido para llegar hasta aquí?

—No creo que tengas nada de simpático.

—Ahí te doy la razón.

Iba a decirle que antes era más majo. De verdad que sí, antes lo era. Pero se había cansado de estar siempre de buen humor y de poner una sonrisa cuando en realidad estaba enfadado con el mundo y con la poca porción de suerte que le habían repartido. Ni siquiera le habían dado un trozo del pastel, solo una puta migaja irrisoria.

Ella se puso en pie y Luke se dejó caer en la cama, agotado. Las sábanas olían al detergente en polvo que usaba su abuela cuando él era pequeño. Inspiró hondo.

—Oye, cometí un error. Lo sé. Y lo siento mucho. Lamento las molestias que haya podido ocasionarte por culpa de esa boda, pero lo cierto es que ni siquiera lo planifiqué. Estaba tan borracha como tú y al final surgió sin pretenderlo...

Luke pensaba que se había ido. Se giró, tumbándose boca arriba y se llevó los brazos a la nuca sin dejar de mirarla. Seguía plantada en medio de la habitación, como si tuviese algún derecho a estar indignada.

—¿Eres una mentirosa compulsiva o algo así, como en esa película de Jim Carrey? Físicamente pareces normal —en realidad le parecía muy apetecible—, pero en cuanto abres esa boquita que tienes...

—Te digo la verdad. Lo prometo.

—Esta conversación empieza a aburrirme. Te resumo el final: o aceptas que me quede o nos divorciamos dentro de unas horas. Elige. Tienes hasta mañana para pensártelo. Mientras tanto, te agradecería que me dejases dormir. Y cierra al salir.

Bajó la maleta del coche mientras ella sacaba las llaves del bolsillo de su chaqueta y abría la puerta de la entrada. Harriet había aceptado su oferta, y, tras ver la casa, Luke ya no estaba tan seguro de que hubiese sido una buena idea. Debería haber seguido todo recto por la costa hacia cualquier otro lugar, porque aquel sitio era prehistórico y temía que se derrumbase en cuanto soplase un poco de viento.

Era una casa de madera que alguien había intentado pintar de un azul celeste muy feo. La pintura estaba desconchada y a trozos. El tejado a dos aguas estaba sucio, y el canalón, repleto de hojas secas, barro y otras sustancias no identificables; si era capaz de distinguir aquello desde abajo, no quería ni pensar qué descubriría si un día le daba por subir allí. El porche estaba algo descuidado y las tablas de madera crujieron cuando subió los escalones que conducían a la entrada. Harriet abrió la puerta y lo invitó a pasar.

—Pues ya hemos llegado.

—Al fin del mundo, por lo que veo.

El interior conjuntaba con la fachada. La madera necesitaba un buen repaso y los muebles tenían pinta de ser muy antiguos. El comedor era pequeño, con un televisor, un sofá y una mesita auxiliar sobre una alfombra de pelo grueso y suave.

La cocina era la única estancia decente. Tenía un gran ventanal y en las repisas había docenas, ¡cientos!, de botecitos de especias e ingredientes que Luke desconocía. Había múltiples estanterías con diferentes utensilios, cajas de latón y tarros de cristal llenos de hojas secas. Y en el centro, en la isla que presidía la habitación, un solitario vaso con agua y cinco margaritas frescas.

—Luego te explicaré dónde guardo cada cosa, pero te agradecería que no revolvieses mucho la cocina —dijo Harriet con voz monótona.

Parecía agotada y algo triste, pero Luke se estaba cansando de esa especie de altruismo que le embargaba en su presencia. A él le daba igual que su padre fuese un idiota, la mierda de la herencia y todo lo demás. Y si había cedido a esos cinco meses de margen (aunque no estaba seguro de que fuese a cumplir con su palabra) era porque estaba aburrido y no tenía nada mejor que hacer que quedarse por allí y perder un poco de tiempo. A sus días siempre le sobraban horas. De cualquier modo, sabía que en menos de una semana estaría harto de aquel pueblo y huiría despavorido a..., bueno, a donde fuese. Todavía no lo había decidido.

—Vale. No tocaré la cocina. Pero necesito que me des la clave del wifi.

Harriet lo miró en silencio unos segundos.

—No tengo internet.

—Déjate de bromas.

—Va en serio. No tengo.

—¿Y qué coño haces todo el día aquí metida?

Contrariado, Luke miró a su alrededor.

Aquel lugar resultaba ahora todavía más claustrofóbico.

—Trabajo por la mañana y por la tarde en la pastelería, y la mayoría de las noches en un *pub*, de camarera. No tengo tiempo para nada más y, de todas formas, nunca he usado mucho internet. Solo un par de veces, en la cafetería que hay al lado de la plaza.

Puede que sí que hubiese una vida peor que la suya: la de la chica que tenía enfrente. Decidió compadecerse de su patética existencia y no hurgar más en ello.

—¿Dónde está mi habitación?

—No tienes habitación. Solo hay una y no pienso compartirla. Incluso aunque tuviese algún cuarto para invitados..., no me sentiría segura durmiendo bajo el mismo techo con un extraño.

—Pensaba que teníamos un trato.

—No te conozco de nada. No me fío de ti.

—Si quisiese hacerte daño, no estaría aquí hablando tranquilamente y malgastando todas mis reservas de paciencia. Y, hazme caso, la estás agotando.

—Puedes dormir en el cobertizo.

Harriet abandonó la cocina y Luke masculló una maldición por lo bajo antes de caminar tras ella. Salieron por una puerta trasera a una especie de terraza llena de cojines, más tarros de cristal con hojas y una mesita baja que estaba en las últimas. Enfrente, los primeros árboles que conducían al bosque se apoderaban del terreno sobre el que crecían algunas flores silvestres y había una cabaña también de madera, pequeña, solitaria.

—Ahí es.

—Ya lo había deducido yo solito.

—No está tan mal. Si te esperas a que regrese esta noche, puedo arreglarla un poco y preparar la cama y limpiar el...

—Me bastará con que me dejes unas mantas —la cortó con una especie de gruñido, y, por primera vez desde que había pisado Newhapton, ella le sonrió. Una sonrisa contenida y tímida.

—Voy a por ellas. Mientras, puedes ir echándole un vistazo.

Pero no hacía falta que lo sugiriese, porque Luke ya había puesto rumbo hacia el cobertizo. Tuvo que golpear la puerta con el hombro para conseguir abrirla, así que supuso que hacía mucho que Harriet no entraba allí. Partículas de polvo volaron por el aire y él tosió. Olía a madera húmeda. Demasiado húmeda. Solo había una ventana, que estaba sucia y atascada. Un montón de cajas de cartón amontonadas al fondo le dieron la bienvenida, junto al colchón de tamaño individual que descansaba contra la pared. Luke suspiró hondo y buscó algo con lo que lograr hacer palanca para poder abrir la ventana y ventilar la estancia. Encontró una especie de herramienta plana e intentó encajarla en la ranura.

—Apenas he entrado aquí un par de veces desde que compré esta casa —dijo Harriet, que apareció en la puerta cargada con sábanas, mantas y unas bolsitas con aroma a lavanda que fue colgando aquí y allá, en cualquier saliente que encontró.

—Déjalo. Casi prefiero el olor a humedad.

—¿En serio? —Se llevó una de las bolsas a la nariz—. Huele genial.

—Lo que tú digas.

Mientras Harriet tendía el colchón en el suelo, Luke logró por fin abrir la ventana con un chasquido. La subió todo lo posible y el aire gélido penetró en la estancia. Mucho mejor así.

—¿A qué te dedicas? —Ella lo miró de reojo al tiempo que metía las puntas de las sábanas bajo el colchón y la estiraba todo lo posible, procurando que ninguna arruga quedase a la vista.

—No es asunto tuyo. Y deja de..., deja las mantas ahí, joder. Yo me encargo, sé hacerme la cama.

—Perdona.

—¿Cuántas veces al día pides perdón?

Harriet arrugó su pequeña nariz y se dio la vuelta malhumorada y dispuesta a regresar a la casa. Antes de que pudiese dar dos pasos, Luke volvió a hablar.

—¿A qué hora tengo que estar listo?

—¿Listo para qué?

—Para ir al bar ese donde trabajas.

—Eso no va a suceder.

—Claro que sí. No pienso quedarme aquí haciendo, ¿qué? No hay ni una jodida cosa que hacer. Me volveré loco antes de que hayas vuelto.

—Mis amigos ni siquiera saben todavía que estás aquí —susurró por lo bajo, como si alguien más pudiese oírlos en aquel solitario lugar—. Pensaba ponerlos al corriente esta noche.

—Razón de más para que vaya, así te ahorro las explicaciones, bastará con que entre por la puerta. En serio, ¿cuándo salimos?

Harriet parecía a punto de ponerse a gritar. Y, por alguna extraña razón, a él le gustaba poder sacarla de quicio. A primera vista, proyectaba una imagen tan calmada, tan conformista con su sencilla vida... ¿Cómo podía ser feliz?

—En diez minutos. Sé puntual —contestó con una brusquedad inusual en ella.

—Tranquila, no tengo nada con lo que entretenerme. Contaré mentalmente los segundos que faltan. Uno, dos, tres, cuatro...

Ella le clavó una mirada desafiante.

—Si te parece tan aburrido este lugar, ¿por qué no vuelves a San Francisco? Nadie te lo impide, y es evidente que lo estás deseando.

No pensaba contestar a eso, para empezar porque ni siquiera él lo sabía. Luke chasqueó la lengua con fastidio y señaló el teléfono móvil que todavía sostenía en la mano. Por suerte, había cobertura. Era mejor que nada.

—¿Te importa? Tengo que hacer una llamada.

—Menuda excusa. —Puso los ojos en blanco—. Si no eres capaz de responder, simplemente dilo y evita quedar como un idiota caprichoso.

Harriet se alejó de allí dando grandes zancadas, cabreada. Luke sonrió, satisfecho por, al menos, haberse casado con una desconocida que tenía su punto divertido, y después devolvió la llamada que llevaba horas posponiendo.

—¿Luke? ¿Eres tú? Llevo dos días intentando localizarte. Dos días. Estaba preocupada por ti. Te he llamado un montón de veces y...

—Estoy bien —la cortó—. Esto se ha complicado un poco, pero nada más.

—¿Cuándo vas a volver?

—No lo sé. Tengo cosas que solucionar.

—De acuerdo. —Ella suspiró.

—Sally...

—Dime.

—Disfruta. —Se cambió el teléfono de oreja y lo sostuvo con el hombro mientras colocaba una de las dos mantas que Harriet le había traído—. Disfruta de todo. Ya sabes. Haz lo que te apetezca.

—Es lo que siempre hago.

—Tengo que colgar.

—¿Cuándo volveré a saber de ti?

—No lo sé. Te llamo en unos días.

—Eso espero.

Luke finalizó la llamada, terminó de hacer la cama y cerró la ventana del cobertizo antes de salir.

4

Anduvieron en silencio por algunas callejuelas y Luke se esforzó por memorizar el trayecto. No es que aquel pueblo del Condado de Lewis fuese muy grande, todo lo contrario, pero sus calles parecían un laberinto y no se regían por ninguna estructura lógica. Alrededor, solo había hectáreas y más hectáreas de bosque. De esos bosques húmedos y repletos de helechos y musgo entre los frondosos árboles.

—¿Qué ocurriría si nevase?

Harriet lo miró de reojo, sin dejar de caminar. Llevaba una gruesa bufanda blanca, a juego con el gorro y los guantes, y, por alguna horrible razón, a Luke le resultaba adorable verla cobijada entre tantas capas de ropa.

—Pues eso. Que nevaría. ¿Nunca has visto la nieve?

—Claro que sí, joder. Lo que quería saber es si alguna vez os habéis quedado aislados o algo así.

—Sucede de vez en cuando, pero solo durante un par de días, hasta que las máquinas quitanieves despejan la carretera que conduce al pueblo vecino. —Lo miró divertida—. ¿Te preocupa no poder escapar de aquí?

—Evidentemente.

—Puedes estar tranquilo, la temporada de nieve ya ha terminado.

Aunque acababan de darle la bienvenida a marzo y quedaba poco para la llegada de los meses más veraniegos, seguía haciendo un frío del carajo. Doblaron una última esquina y ella señaló un local donde se leía el nombre de Lost. La persiana estaba medio bajada porque aún faltaba media hora para que abriesen de cara al público. Estaba situado al lado de una carnicería cerrada y de otro *pub* de aspecto similar.

—Es ahí. —Harriet dejó de caminar en seco y se giró hacia Luke, que la miró sin decir nada. Él le sacaba una cabeza de altura y el silencio era tal que podían escuchar sus propias respiraciones—. Por favor, déjame hablar a mí. No quiero preocuparles.

Él estuvo a punto de decirle que tampoco era tan malo como para que sus amigos fuesen a inquietarse. Su madre y sus hermanas lo consideraban «travieso» y su amiga Rachel solía denominarle «capullo» como apodo cariñoso, pero, más allá de que hubiese asistido a más fiestas de las que podía recordar, no creía haber hecho nada terrible a lo largo de su vida. Razón de más para estar tan cabreado por su falta de suerte.

No se lo aseguró. Simplemente se encogió de hombros con indiferencia.

Harriet entró en el *pub* y él la siguió. El interior estaba iluminado por un montón de bombillas que colgaban del techo; esas bombillas amarillentas estaban dentro de botellas de cristal a las que les habían quitado la parte inferior para poder introducirlas. Eran unas lámparas diferentes, originales. Al fondo, había un par de mesas rodeadas por bancos con forma de ele y recubiertos de mullida tela granate. Y en la esquina opuesta había una pequeña mesa de mezclas de aspecto casero.

Luke observó la familiaridad con la que ella se movía tras la larga barra; detrás, colgaban numerosas pizarras, y los nombres de las cervezas y los chupitos estaban escritos a mano con tiza blanca. Ofrecían un montón de sabores para elegir.

—¿Chicos? He llegado. «Hemos» —se corrigió con un toque de amargura en la voz cuando llamó con los nudillos a la puerta del almacén.

—¡Ya salimos! —gritó Jamie.

—Sí, espera solo... un momento —añadió Angie algo agitada.

Luke se sentó en uno de los taburetes frente a ella, como si fuese un cliente más, y repiqueteó con los dedos sobre la pulida madera de la barra. Alzó las cejas significativamente y la miró sonriente.

—Ya entiendo cómo matáis el tiempo en este pueblo. Parece que tus amigos se lo están pasando en grande ahí dentro.

—Chsss, ¡cállate! —masculló.

La puerta del almacén se abrió en ese preciso instante. Y, en efecto, Angie seguía esforzándose por peinarse el cabello desordenado con la punta de los dedos, algo que dejó de hacer de inmediato en cuanto vio a Luke.

—¡Tú...!

Parecía más conmocionada que la propia Harriet cuando se había enfrentado a él un día antes en la pastelería. Abrió mucho los ojos y se llevó una mano a la boca.

—¿Quién es este? —preguntó Jamie.

—El chico con el que se casó... —susurró la morena con un hilo de voz.

—Es mi falso marido —corroboró Harriet.

El silencio se tornó denso. La inquietud podía leerse en los ojos de ambos, que se quedaron allí mirándolos alternativamente sin saber qué decir.

—Llegó ayer a Newhapton, pero no tenéis que preocuparos por nada. Hemos acordado una especie de trato. Todo... todo está bien —concluyó algo insegura.

—¿Qué trato?

—Empiezo a sentirme un poco invisible —dijo Luke.

Harriet lo fulminó con la mirada antes de volver a girarse hacia sus amigos.

—A cambio de esperar cinco meses para pedir el divorcio, se quedará en mi casa durante..., bueno, todavía no me ha dicho hasta cuándo —puntualizó—, pero podéis estar tranquilos porque duerme en el cobertizo. Y me cerraré con llave —añadió, dado que, en realidad, muchos de los habitantes del pueblo ni siquiera se molestaban en hacerlo. No solían ocurrir altercados por allí.

—¡Eso no me tranquiliza nada! ¡Es un completo desconocido! —exclamó Angie más alterada de lo esperado. Harriet se encogió de hombros con resignación.

—¿Qué otra opción tenía?

—Podría darle una paliza siseó Jamie.

—¿Sí? Eso estaría bien, porque hace tiempo que no le parto la nariz a nadie —contestó Luke con un deje de diversión en la voz.

—¡Parad los dos! Parecéis críos —protestó Harriet—. Y, Angie, pásame la escoba, será mejor que empecemos ya si queremos abrir a tiempo.

Jamie farfulló algo por lo bajo y volvió a meterse en el almacén de mal humor, y ellas comenzaron a limpiar y a colocar las copas, las jarras y los vasos de chupito bajo la barra. Harriet tiró a la basura algunas botellas vacías y le pidió a Angie que trajese nuevas del almacén.

—Muy majos tus amigos —meditó Luke—. Simpáticos. Hospitalarios.

—¿Qué esperabas? Eres una especie de amenaza.

Angie regresó acompañada por Jamie y, con un golpe seco, dejó sobre una de las estanterías las botellas que había traído. La tensión se palpaba en el aplastante silencio que envolvía el local. Para desgracia de Harriet, Luke decidió romperlo.

—¿Y tenéis algún tipo de descuento para los maridos de las empleadas?

—¿Por qué eres tan idiota? ¿Algún patrocinador te da cinco dólares cada vez que dices una estupidez o algo así? —La morena se llevó una mano a la cadera y Harriet y Jamie no pudieron evitar reír por lo bajo.

—Ojalá. Siempre he querido ser millonario.

Muy a su pesar, Angie disimuló una sonrisa y negó con la cabeza.

—Está bien. ¿Qué quieres beber?

Luke leyó las diferentes especialidades de cerveza que servían.

—¿Cerveza ahumada? O *Rauchbier*, como se diga.

—Ya me encargo yo. —Harriet le quitó a su amiga la jarra de las manos.

—Eh, pequeña abejita, ni se te ocurra escupir dentro —dijo Luke.

—No lo haré, a menos que vuelvas a llamarme «pequeña abejita».

Se acercó a uno de los barriles más pequeños, colocó el recipiente debajo y abrió la llave. La jarra comenzó a llenarse de espumosa cerveza de color oscuro. Luke apoyó el antebrazo en la barra y sonrió travieso.

—Es lo único que recuerdo de ti. Ya sabes, llevabas esas antenitas en la cabeza. Pero hoy me he levantado complaciente, a ver, ¿cómo quieres que te llame? ¿Cielo? ¿Nena? ¿Cariño? ¿Amor mío?

Le tendió la cerveza.

—Bebe y calla. Tengo trabajo que hacer.

La noche avanzó sin más sobresaltos. Angie y Harriet se ocuparon de atender a los clientes que iban llegando. Al ser sábado, el local se llenó rápidamente de gente. Jamie estaba en el otro extremo, encargándose de la música. Luke pasó un rato más en la barra. Había muchos tíos que intentaban ligar con ambas, especialmente con Harriet, puesto que sabían que el novio de la otra andaba cerca. Y utilizaban un montón de frases hechas, cutres, que ella esquivaba hábilmente.

Harriet Gibson era guapa. A pesar de ser bajita, tenía un cuerpo proporcionado que él apreció en cuanto ella se quitó las capas de ropa y comenzó a servir bebidas. Y su cara era angelical. Dulce. Preciosa. En cuanto pensó aquello, se levantó del taburete y se internó entre el gentío. Era una chorrada que tuviese que pasarse allí la noche, mirándola como un idiota. Pidió dos cervezas más, una de regaliz y otra normal, y acabó saltando al ritmo de la música junto a un simpático grupo de gente. Había una chica morena que no se separaba de él y que tenía un nombre raro que empezaba por eme o ene. Luke se dejó mecer por la música y cerró los ojos cuando los labios de la desconocida se deslizaron por su cuello con lentitud. La canción terminó y dio paso a otra más lenta, algo que le hizo reaccionar y escapar de su agarre para dirigirse a los servicios. No estaba borracho. Todavía. Pero sí algo achispado.

Al entrar al baño, tropezó con Jamie, que estaba a punto de salir. Aquel tipo que tenía el brazo lleno de tatuajes lo fulminó con la mirada.

—Que sepas que no me hace ni puta gracia que vivas en casa de Harriet. Como se te ocurra hacerle algo...

—Ya. A mí tampoco me entusiasma que decidieseis regalarle un billete de avión para que se casase conmigo, pero, mira, la vida es así de injusta. —Ella lo había puesto al corriente de toda la historia de camino hacia allí—. Y ahora ¿me dejas pasar? Quiero seguir aburriéndome en tu bar.

Luke pasó el resto de la velada conociendo a la mitad de los habitantes de Newhapton, saltando, bailando y bebiendo. Cuando la fiesta terminó, se sintió algo nostálgico. Pensó en su familia y en sus amigos. ¿Qué estaría haciendo Jason? ¿Y Rachel y Mike...? Bueno, tampoco hacía falta ser un genio para deducir en qué andarían ocupados esos dos. Eran como pulpos pegajosos.

—Es hora de volver a casa.

Harriet lo cogió del brazo y lo instó a levantarse. Se despidió de sus amigos y tiró con decisión de la manga de su camiseta hasta que salieron a la calle y el frío de la madrugada los envolvió. Luke respiró profundamente y caminó junto a ella algo aturdido. Odiaba esa sensación de vacío al final de una noche divertida, como si las risas, las conversaciones y los brindis solo hubiesen sido un espejismo irreal.

—No deberías haber bebido tanto —le reprochó ella.

—Dame una buena razón.

—El alcohol es malo.

Luke puso los ojos en blanco y se metió las manos en los bolsillos de la chaqueta sin dejar de andar a su paso. La miró de reojo.

—La chica que conocí en Las Vegas no pensaba lo mismo.

—Esa chica no existe —contestó Harriet secamente.

—Eres demasiado..., hum, demasiado...

—¿Demasiado qué? ¡Dilo!

—Demasiado tocapelotas.

—¿Perdona? —Abrió mucho los ojos.

—Estás perdonada. —Luke dejó escapar una carcajada.

—Voy a ignorar esta estúpida conversación porque sé que estás borracho. Bien, ya hemos llegado, ¿crees que podrás encajar la llave en la cerradura del cobertizo tú solo? Espero que sí. Si no, en fin, ¡suerte con eso de dormir en el bosque! Buenas noches, Luke.

—Buenas noches, abejita.

La vio negar con la cabeza mientras entraba en la casa y cerrar después la puerta con un golpe seco. En la soledad de aquella noche oscura, Luke rio y alzó la mirada hasta la luna redonda que flotaba en lo alto del cielo. Luego cogió aire, entró en el cobertizo y se dejó caer sobre el colchón. Clavó los ojos en el techo y, antes de quedarse dormido, pensó en su vida, en los fracasos, las decepciones y los éxitos inalcanzables.

Lo primero que le llamó la atención al despertar fue el aplastante silencio que había allí. Ni siquiera cuando escapó de entre las mantas y abrió la ventana se oyó nada, más allá del cantar de algunos pájaros y el susurro de las hojas de los árboles mecidas por el viento. Luke estaba acostumbrado a una vida diferente, más ajetreada, más ruidosa.

Miró el reloj del móvil y descubrió que era media mañana. Se frotó la cara y volvió a sentarse en la cama con la vista fija en las cajas de cartón amontonadas al fondo del cobertizo. Pensó en cotillear qué había en ellas, pero le pareció que eso sería caer demasiado bajo incluso para él. Así que se puso en pie, entró en la casa (no estaba cerrada con llave), se duchó (el calefactor no calentaba una mierda) y se dirigió a la pastelería.

Harriet estaba terminando de atender a dos clientas cuando lo vio entrar. Había sido una mañana buena. De hecho, ya casi no le quedaban lacitos bañados en miel. Luke se presentó ante las sorprendidas señoras y les abrió la puerta al salir fingiendo ser todo un caballero.

—No me has despertado —dijo.

—Es que no estaba segura de que fueses a hacerlo.

—¿Me habrías dejado morir?

—Puede.

Cerró la caja registradora con un golpe seco mientras Luke cogía el mapita que ella había abandonado sobre el mostrador antes de que pudiese impedírselo. Lo giró entre sus largos dedos y lo miró con un inusitado interés.

—¿Qué haces con esto? —preguntó.

—No te importa.

—¿Estás intentando aprenderte los países?

—¿Y qué pasaría si fuese el caso?

—Nada, solo tenía curiosidad. —Se encogió de hombros—. Yo me los sé todos. Podría echarte una mano con tan compleja tarea. —Había un deje de burla en su voz y Harriet lo fulminó con la mirada.

—Genial. Qué listo. Bien por ti. Y ahora dame eso. —Le arrebató el mapita de las manos y volvió a guardarlo en su bolso sintiéndose un poco tonta ante él.

—Sabes que el único que tiene derecho a estar enfadado en esta historia soy yo, ¿verdad? —Se paseó frente al mostrador y admiró todos los dulces que había. Coloridos, delicados, diminutas obras de arte. La primera vez que estuvo allí ni se molestó en prestarles atención. Alzó la vista hacia Harriet—. ¿Has hecho tú todo esto?

—Claro, ¿quién si no?

—No lo sé, pero parece mucho trabajo para una sola persona.

Ella suspiró y lo miró vacilante

—¿Te apetece probar algo?

Luke volvió a clavar los ojos en el cristal.

—¿Qué me recomiendas?

—La tarta de queso y galleta suele gustar a todo el mundo. —La señaló— ¿Te pongo un trozo? Está rica.

Luke asintió y cogió la bandejita de cartón cuando se la dio. Harriet le ofreció un tenedor de plástico, pero él se limitó a darle un gran mordisco. Ella lo miró con cierto temor, como si su evaluación tuviese algún tipo de valor.

Masticó y la saboreó. Estaba deliciosa. Era perfecta, con una base jugosa de galletas y una textura suave en la parte del queso que se deshacía en la boca.

—¡Joder!

—Traduce eso.

—Que está increíble.

Un cliente entró en el establecimiento y pidió dos barras de pan. Llevaba unas gafas de montura cuadrada y tenía perilla. Reconoció a Luke de la pasada noche y le palmeó la espalda como si fuesen viejos colegas.

—¡Lo pasamos en grande! —exclamó.

—Ya lo creo, tío. —Luke habló con la boca llena—. Oye, un consejo. Yo si fuese tú compraba lo que queda de esa tarta de queso y no dejaba que nadie se acercase a mí hasta que me hubiese tragado la última migaja.

El tipo pareció algo confuso cuando entendió lo que le estaba diciendo, pero luego frunció el ceño y miró el pastel con curiosidad.

—Vale—sonrió—. Ponme dos trozos.

Le tendió un billete de veinte a Harriet y, tras recoger el cambio, se despidió de ambos con una sonrisa y salió de la pastelería con las manos cargadas. Ella se giró hacia Luke y ladeó la cabeza.

—¿Cómo has hecho eso? Convencerlo así.

—Tienes que creer en lo que vendes.

—Ya lo hago.

Él cogió una de las galletas de muestra que había sobre el mostrador.

—Cuando he probado la tarta de queso parecías insegura.

—No es verdad.

—Lo que tú digas. —Miró a su alrededor con gesto desganado, fijándose en el tono claro de las paredes y los muebles—. Así que aquí es donde te pasas el día metida. Qué divertido.

—¿Tú no trabajas? ¿No haces nada?

—No. Nada de nada.

—¿De qué vives, entonces?

Luke dejó de contemplar la estancia y se centró en ella. Llevaba el cabello rubio recogido en una trenza que caía por su hombro derecho y seguía teniendo ese brillo especial en los ojos que él había advertido en cuanto entró en Pinkcup la primera vez.

—Me despidieron —resumió—. Así que cobro una prestación por desempleo.

—¿A qué te dedicabas?

—A nada importante. —Señaló un *cupcake* rosa con una flor blanca en la punta—. ¿Puedo probar una mierda de estas?

—Claro. —Le dio uno—. Y gracias por lo de «mierda». Llevabas casi cinco minutos sin decir ningún taco y empezaba a preocuparme que te ocurriese algo.

Los dos sonrieron.

Luke, ampliamente.

Harriet, con disimulo.

5

Ya había anochecido cuando regresaron a casa. Luke no solo había pasado la mañana en la pastelería, convenciendo a cualquier cliente que entrase de que se llevase algo más (en cierto momento, Harriet le pidió que dejase de hacerlo porque empezaba a resultar violento), sino que, además, comió allí y se quedó durante el resto de la tarde, hasta que cerró.

No estaba acostumbrada a tener compañía mientras trabajaba y resultaba extraño compartir aquellos momentos de habitual soledad con alguien a quien apenas conocía. Él era... raro. Preguntaba cualquier cosa que se le pasase por la cabeza, como si creyese tener derecho a hacerlo, y no podía estar quieto más de cinco minutos seguidos. Imposible. Se sentaba en la mesa destinada a las reuniones para encargos y, cuando al fin parecía que el silencio se filtraba entre ambos, volvía a ponerse en pie y a parlotear sin parar, aunque nunca parecía decir nada concreto sobre sí mismo.

—¿Y qué se supone que haremos ahora?

Harriet encendió las luces al entrar en casa.

—La cena. Y nachos con queso para ver el partido. Vendrán Jamie y Angie. El *pub* no abre los domingos por la noche, y, además, creo que quieren vigilarte.

Los dos se habían dejado caer por la pastelería a lo largo del día para cerciorarse de que no había ningún problema. Y lo sorprendente era eso: que no lo había. Dentro de todo lo malo, la presencia de Luke no resultaba tan terrible.

—¡Joder! Había olvidado el partido —alzó la voz consternado—. ¿Qué le pasa a mi cabeza? —Cogió el mando de la televisión, la encendió y puso el canal uno a pesar de que faltaba más de media hora para que diese comienzo.

—Tampoco es para tanto.

Luke la siguió a la cocina.

—Es como si a ti se te olvidase ponerle chocolate a una tarta de chocolate. O algo así. Yo me entiendo.

—Eso no tiene ningún sentido.

Harriet rio mientras cogía el delantal que colgaba tras la puerta y se lo ataba a la cintura. Después sacó del congelador una bolita de masa de pizza que había sobrado de varias semanas atrás y cogió mantequilla de la nevera.

—¿Qué hago? —Luke se arremangó el suéter con decisión.

—No es necesario que hagas nada.

—Sí que es necesario, a menos que quieras que me vuelva loco. —Se colocó a su lado, frente a la encimera—. Llevo todo el día quieto. Es insoportable.

Harriet sacó del mueble la harina de maíz y la harina de trigo y lo miró de reojo.

—¡Si no has parado de moverte ni un solo segundo! Pero, vale, te pongo los ingredientes y tú haces la masa de los nachos mientras preparo la pizza. —Vertió en un bol la cantidad necesaria de harina y agregó mantequilla y sal—. Toma. Mézclalo y añade agua hasta que quede una masa consistente. Que no se te pegue a los dedos.

—Entendido, jefa.

El tintineante sonido que producía Harriet con la varilla metálica contra el cuenco al remover la salsa de queso era lo único que se oía en la estancia. Los dos permanecieron absortos en lo que estaban haciendo hasta que Luke empezó a desesperarse y habló:

—¿No tienes música o algo así?

—Odias el silencio, ¿verdad?

—No, claro que no —farfulló, y luego dejó de amasar y la miró con los ojos ligeramente entrecerrados—. ¿Te has parado a pensar en lo raro que resulta todo esto?

—Cada minuto del día. Y cada segundo de ese minuto.

Harriet dejó la salsa a un lado, puso a calentar el horno, sacó el rodillo de un cajón y estiró su masa de pizza con una facilidad sorprendente.

—Es decir, estoy haciendo nachos con mi huidiza esposa, en su ruinosa casa, que se encuentra en medio de la nada. Es jodidamente extraño. No parece real.

—Tú has hecho que sea real. Si fuese por mí... —dejó la frase a medias y señaló con la cabeza el bol donde Luke tenía metidas las manos—. ¿Necesitas que te ayude?

Él negó con la cabeza y se concentró en unir todos los ingredientes con las manos. El teléfono móvil que llevaba en el bolsillo de los vaqueros comenzó a sonar, pero no hizo el amago de querer lavarse las manos para poder cogerlo. La llamada finalizó. Y unos segundos después sonó de nuevo.

—¿No contestas? —Harriet terminó de dibujar el borde de la pizza con los dedos y roció la masa con tomate.

—Paso. No me apetece.

La aguda melodía inundó la estancia por tercera vez.

—Sea quien sea, es insistente.

Luke suspiró hondo.

—¿Cuánto tiempo tengo que seguir amasando? Me estoy haciendo viejo.

—Un minuto más. Es importante que quede uniforme, pero ahora que lo dices... —Harriet entornó los ojos y fijó la vista en su frente—, creo que eso de ahí es una cana —bromeó, y dejó escapar una carcajada al ver su expresión de desconcierto. Paró de reír cuando llamaron a la puerta—. Iré a abrir. Ya puedes ir extendiéndola con el rodillo, está casi lista.

Se secó las manos en un trapo mientras caminaba hacia el salón. Sus amigos irrumpieron en la casa y le dirigieron una mirada interrogante que respondió encogiendo los hombros. Porque así se sentía. Un poco confusa y algo desorientada por todas las novedades de los dos últimos días. Ni siquiera había dispuesto de cinco minutos de soledad y tranquilidad para poder asimilar que Luke Evans vivía ahora bajo su mismo techo. Era chocante, pero tenía que adaptarse a las circunstancias.

Al entrar en la cocina, él ya había terminado de extender la masa y cortarla en pequeños triángulos (toda una sorpresa). Jamie dejó sobre la isla central una caja con botellines de cerveza y frunció el ceño.

—¿Todo bien por aquí?

—Hasta que tú has llegado, sí —contestó Luke.

—Harriet, cielo, cuando fuiste a Las Vegas, te pedí que buscases a un idiota integral, pero no pensé que fueses a seguir el consejo tan al pie de la letra. —Ella rio mientras metía en la sartén una primera tanda de nachos.

—Lo de intentar ser gracioso no es lo tuyo —apuntó el aludido.

—Bueno, Luke, cuéntanos algo de ti —pidió Angie, zanjando así la disputa.

—Me gustan los nachos muy crujientes, ¿te sirve eso?

Harriet puso los ojos en blanco. ¿Tanto le costaría ser un poco, solo un poco, simpático y complaciente con sus amigos? La situación no invitaba a lanzar fuegos artificiales, era normal que ellos mostrasen cierto recelo.

—Vamos, ayudadme a sacar la pizza del horno y dejad de incordiar.

Diez minutos después, los cuatro estaban cenando y viendo el partido. Jamie y Angie se acomodaron en el sofá, así que Luke se sentó al lado de Harriet, sobre la cálida alfombra de pelo suave que rodeaba la mesa central.

Cada vez que él se inclinaba hacia delante para coger un nacho y untarlo de queso, sus rodillas se rozaban. Para cualquier otra persona, aquello hubiese sido una tontería, pero no para Harriet. Había desarrollado una especie de instinto protector que la mantenía alerta. No estaba acostumbrada a esa proximidad y menos tratándose de un hombre. Además, todavía no había decidido si era de fiar y prefería ser cauta.

Se apartó un poco de él con disimulo.

Los chicos tardaron alrededor de cinco minutos en comenzar a hablar sobre el partido. Luke parecía ser un gran aficionado al fútbol americano, incluso más que Jamie, y no cesaba de detallar la táctica que estaban utilizando, la posición que había elegido el entrenador y de sacar a relucir un millar de estúpidas estadísticas que se sabía de memoria.

Ella no era capaz de aprenderse un dichoso mapa la mar de útil para ubicarse en el mundo y él retenía toda aquella basura en su cabecita. La vida era injusta.

Para cuando terminaron la cena y ella se levantó y comenzó a recoger los platos, los otros dos estaban a punto de empezar a llamarse «hermano» el uno al otro. Angie miró con algo de desdén a su novio, como preguntándole mentalmente por qué demonios confraternizaba con el enemigo, pero Jamie no se percató de que sus ojos escupían fuego porque estaba demasiado absorto en el partido, gritando y levantándose de un salto del sofá cada vez que alguien fallaba una jugada.

—Traeré los postres —anunció Harriet.

—¿Te ayudo? —Luke hizo un esfuerzo sobrehumano para apartar la vista del televisor y centrarla en ella durante una milésima de segundo.

—No es necesario.

—Y mi compañía es mil veces mejor —se burló Angie antes de seguir a su amiga hasta la cocina. Harriet depositó con cuidado los platos vacíos en el fregadero e ignoró que la morena la miraba con un inusitado interés—. Te noto muy tranquila teniendo en cuenta que tienes a un completo desconocido en tu salón.

—No es que tuviese muchas opciones, Angie. Así es la vida. ¿Prefieres tarta de chocolate o de limón?

—¿No hay de queso?

—No. Luke ha obligado a medio pueblo a comprarla. Se ha acabado.

Angie arrugó la nariz.

—De verdad que ese chico es muy raro.

—¿Por qué lo dices?

—Hum, no sé, ¿quizá porque por razones supermisteriosas quiere quedarse un tiempo en un pueblo minúsculo, frío y perdido en vez de seguir disfrutando de su maravillosa vida en San Francisco?

Harriet estuvo a punto de preguntarle que cómo estaba tan segura de que Luke tenía una vida maravillosa. Porque precisamente a ella le trasmitía todo lo contrario. De hecho, días atrás, en el hostal, él mismo había estado a punto de calificarla como una mierda. Tampoco es que tuviese pinta de estar hundido, en absoluto, pero no parecía feliz.

—Eso no es algo tan raro.

—Creo que el hecho de que esté cañón te está aturdiendo mentalmente.

—¿Te parece que está cañón? —se burló Harriet mientras cortaba las porciones de tarta y las colocaba sobre una bandeja.

—Tengo ojos —masculló, con un codo apoyado sobre la encimera—. Y no te hagas la tonta. Sabes que a ese tío lo empotraría yo, tú, la vecina del quinto y cualquiera que...

—¿A quién empotrarías, cielo? —Jamie apareció en el umbral de la puerta y se recostó en el dintel mientras se cruzaba de brazos con una mirada divertida.

—Solo a Ian Somerhalder. Ya sabes que es mi única excepción, amor.

Angie se llevó una mano al pecho con gesto sobreactuado y luego, toda inocencia, se acercó a su novio y le dio un beso cálido en la comisura de la boca. Jamie la retuvo contra él con más firmeza sin dejar de sonreír.

—¿Así que ya no te interesan Jensen Ackles ni Jamie Dornan? —le recordó Harriet, ignorando la romántica escena y aguantando las ganas de reír.

—¿De qué estáis hablando? —Luke entró en la cocina y dejó sobre la encimera el último plato que faltaba por traer.

—De tíos buenos —resumió Angie.

Una sonrisa pretenciosa se adueñó de sus labios.

—¿Hablabais de mí, entonces?

—Tu marido es supercapullo —bufó Angie.

El resto de la velada avanzó sin contratiempos. No dejaron restos de los pasteles y, cuando terminó el partido, vieron un episodio repetido de *Kit-*

chen Nightmares, un programa que a Harriet le encantaba por razones obvias; solía tragarse cualquier cosa que tuviese que ver con la cocina, desde documentales hasta algún *reality show*. Sobre las once de la noche, Angie y Jamie se despidieron y se marcharon a casa. Y ahí fue el único momento en el que se sintió algo incómoda.

Los dos se miraron unos segundos, anclados frente a la puerta que Harriet acababa de cerrar. Cuando la situación de verdad comenzó a volverse más violenta de lo previsto, él sonrió de lado, sin dejar de observarla con interés, y anunció que iba a fregar los platos antes de irse al cobertizo a dormir.

—No hace falta que hagas eso. —Harriet le siguió hasta la cocina, sorprendida y un poco turbada—. Yo me encargo, de verdad. Además, todavía tengo que dejar algunas cosas preparadas para mañana.

—¿Qué cosas? —Luke frunció el ceño mientras se arremangaba el suéter y dejaba al descubierto aquellos brazos morenos y firmes.

—Pues... la base de galletas de un bizcocho y... —Se mordió el labio inferior e intentó recordar qué era lo que tenía que hacer y dejar de mirar la forma en la que los músculos de los antebrazos de Luke se tensaban—, ¡una salsa de arándanos! Sí, eso es.

Él permaneció en silencio unos segundos, empapó la esponja y luego miró a Harriet por encima del hombro sin dejar de enjabonar el plato que sostenía en las manos.

—¿Cuántas horas trabajas al día?

—Prefiero no contarlas.

Ella dio por hecho que ya no podía hacer nada por impedir que se ocupase de fregar y buscó en los armarios los ingredientes que necesitaba. Estaba cansada, sí. Pero tenía que seguir. Debía hacerlo. La única dirección que podía tomar pasaba por la línea recta que había trazado años atrás.

—¿Cómo consigues no volverte loca?

—Porque no puedo permitírmelo, supongo.

Luke sonrió y terminó de enjuagar bajo el agua los últimos cubiertos. Cogió un trapo para secarse las manos y después bostezó y se desperezó como si estuviese en su propia casa. Al hacerlo, el dobladillo del suéter se subió un poco dejando a la vista algunos centímetros de la piel suave y tersa de su estómago.

—Si necesitas que te eche una mano con algo más...

—Gracias, pero no —se apresuró a decir ella.

Se dirigió hacia la puerta trasera y Harriet terminó de verter el azúcar en el cuenco donde estaban los arándanos maduros antes de coger las llaves de la repisa y seguirlo.

—Ha estado bien. Lo de la cena y el partido, ya sabes. —Se frotó la nuca, y, si no fuese porque siempre se mostraba tan extrovertido, ella hubiese pensado que parecía algo cohibido.

—Supongo que sí —admitió.

—Buenas noches, Harriet.

—¡Eh, espera! —Luke se dio la vuelta tras bajar los escalones de madera del porche—. ¿Cuánto tiempo piensas quedarte?

—Todavía no lo he decidido.

Se miraron en silencio unos instantes y luego Harriet le deseó también las buenas noches y cerró la puerta con suavidad. Encajó la llave en la cerradura y le dio la vuelta con decisión hasta oír un certero *clac* que prometía seguridad.

Acabó las tareas en la cocina casi a las doce y se quitó la ropa y se vistió con un pijama grueso con dibujitos de renos antes de dejarse caer sobre la cama. La cortina de su habitación no estaba echada, y, al igual que la noche anterior, le resultaba inquietante saber que Luke estaba a tan solo unos metros de distancia...

Luke...

La primera vez que sus ojos tropezaron con él en la piscina de aquel hotel, casi dos años atrás, se había quedado sin aire. Aún ahora, a veces, sentía esa misma sensación cuando su mirada parecía abrazarla en silencio. Era extraño. Era extraño sentir una especie de ¿conexión? con una persona de la que no sabía absolutamente nada.

Podía ser un canalla; de hecho, tenía toda la pinta, con esa sonrisa ladeada y más que ensayada. O un psicópata. O, peor aún, alguien parecido a su padre...

No, no. Eso no. No se parecían en nada.

Harriet suspiró, se dio la vuelta en la cama, dándole la espalda a la ventana, y acarició los tres anillos de Angie que llevaba en la mano izquierda. El primero se lo había dado a los diecisiete, en la clínica. El segundo, cuando despertó con una resaca increíble en la habitación de aquel hotel de Las Vegas. Y el tercero, el día que inauguró la pastelería.

Cuando sentía que no había logrado nada en la vida, que era débil y poca cosa, que no era inteligente y no podía ocuparse de un negocio ella sola..., cuando sentía todo aquello, hacía girar los anillos sobre sus dedos y se recordaba a sí misma que podía. Por supuesto que podía.

6

A la mañana siguiente, Luke llamó insistentemente a la puerta. Ni siquiera había amanecido todavía y faltaban diez minutos para que sonase el despertador, pero Harriet pensó que si no le abría terminaría por echar la puerta abajo.

—¿Qué estás haciendo?

—¿Empezar el día? —Se coló dentro, fue directo a la cocina y cogió el cartón de leche de la nevera—. Creí que te habrías levantado. ¿A qué hora tenemos que estar en la pastelería?

—¿Tenemos?

—Eso he dicho.

Todavía somnolienta, Harriet se frotó los ojos y reprimió un bostezo.

—A las siete. Estaba a punto de levantarme.

—Vale. Me pido la ducha primero.

Ella frunció el ceño y negó con la cabeza.

—Eh, abejita, una última cosa. —Se relamió los labios tras darle un sorbo al vaso de leche que acababa de servirse—. Me encanta tu pijama. En serio. Creo que quiero uno igual, ¿los venden por *packs* para matrimonios felices?

Harriet bajó la vista hasta toparse con los simpáticos renos que invadían la tela algodonosa. Lo miró algo cohibida, sin saber muy bien cómo reaccionar, hasta que él prorrumpió en una sonora carcajada y se acabó el desayuno de un trago. Ella puso los ojos en blanco y volvió a refugiarse en su habitación.

Aquel mismo ritual se repitió durante los siguientes días.

Luke se levantaba temprano, aporreaba la puerta hasta que Harriet se decidía a escapar del calor de las mantas y dejarlo entrar. Discutían por ver quién se duchaba antes (y por el hecho de que él tenía la horrible manía de dejar el baño patas arriba, con el suelo mojado y la toalla arrugada de mala manera). Más tarde, se iban juntos a la pastelería caminando; a excepción de un día en el que ella iba demasiado cargada y él insistió en acercarla en su coche.

Ya en Pinkcup, Luke la observaba cocinar en la trastienda y, normalmente, metía las manos donde no debía o probaba las masas y las salsas, sin importarle si estaban crudas o no. Le gustaba comerse algo salado y, después, buscar lo más dulce que encontrase sobre la encimera. Decía que en el contraste estaba la gracia. Y, curiosamente, sus palabras fueron la inspiración que necesitó para hacer una nueva receta: tarta de plátano y dulce de leche salado.

Solo hacía una semana que Luke había aparecido en Newhapton de improviso, así que no estaba demasiado segura de cómo demonios habían logrado adaptarse tan rápidamente a esa especie de... esa especie de rutina. Porque el sistema era así: rutinario, ordenado. Tras pasar el día en la pastelería (a menudo él salía a estirar las piernas y dar una vuelta), regresaban a casa, cenaban algo rápido y se dirigían al *pub* de Jamie. Allí, Luke se comportaba como si le pagasen por ser «relaciones públicas», aunque nadie le había pedido que hiciese nada y, en los ratos muertos, merodeaba alrededor de la barra e intentaba sacar de quicio a una irritable Angie. Al terminar, antes de ir a dormir, ella adelantaba alguna tarea del día siguiente, como una masa o alguna mezcla, mientras él se encargaba de lavar los platos y le pegaba la bronca porque consideraba que su existencia se limitaba a trabajar y que, en su opinión, la gracia de trabajar es tener más tiempo o dinero para disfrutar de la vida, lo que, en esencia, explicaba que ella estuviese dentro de un bucle infinito.

Sin embargo, el viernes al mediodía, Luke rompió esa misteriosa rutina cuando le preguntó dónde estaba la famosa cafetería con internet gratis.

—En la plaza, justo al lado de la carpintería. —Harriet recogió los restos de harina que había sobre la encimera con el dorso de la mano y un trapo.

—Volveré antes de que cierres.

—No hace falta. —Ella lo miró con cierta curiosidad—. ¿Por qué no te tomas el resto del día libre? Soy yo la que trabajo, no es necesario que me sigas a todas partes.

—No tengo nada mejor que hacer.

Él se encogió de hombros y se puso la capucha de la sudadera oscura que vestía. Salió de la pastelería sin despedirse de Harriet y siguió sus indicaciones.

El cielo era de un gris pálido, casi verdoso. Así solía ser la mayoría de los días, en realidad. Luke no estaba demasiado seguro de cómo había podido soportar el clima frío y poco agradable de aquel lugar. Echaba de menos el sol de San Francisco. El sol, el mar y su gente y el ambiente, pero... Ahí estaba el «pero» que lo inmovilizaba.

Se había dado cuenta de que no se sentía feliz en ninguna parte. El problema no era el clima, la dichosa ciudad en la que se encontrase ni ningún otro factor externo.

El problema era él.

Y aunque aquellos últimos días, motivado por la novedad, se había sentido extrañamente animado, Luke estaba seguro de que en cuanto la monotonía lo consumiese desearía huir muy lejos y buscar algo distinto que lo entretuviese el tiempo suficiente. ¿El tiempo suficiente para qué...? Eso no lo sabía; en su cabeza la balanza de preguntas y respuestas estaba algo desnivelada. Lo único que podía asegurar es que ya nunca se apasionaba por nada ni nadie. Las mujeres que pasaban por su vida eran muchas, pero siempre lo hacían de forma fugaz, y los nuevos *hobbies* que descubría terminaban siendo una pérdida de tiempo. Luke se aburría con facilidad. Era como un niño caprichoso con un montón de juguetes a su alcance que ansiaba y descartaba con la misma intensidad y rapidez.

Una parte de él envidiaba a Harriet. Porque ella tenía aquello que tanto echaba de menos: pasión por algo concreto. La veía sonreír mientras cocinaba, la veía poner mimo y detalle en cada una de sus creaciones como si fuesen dulces únicos e irrepetibles y, cuando tenía un rato libre, la veía hojear el libro de recetas que guardaba bajo el mostrador.

Luke dejó de pensar en la chica rubia cuando entró en la cafetería de la plaza. Parecía una especie de salón de té que poco tenía que ver con la decoración más rústica del resto del pueblo. Las mesas eran blancas, al igual que las sillas con respaldos trenzados y los elegantes taburetes que se alineaban tras la barra.

—¿Aquí hay internet? —preguntó al camarero.

—Sí. —Buscó tras el mostrador y le tendió un papel con la clave escrita a lápiz—. ¿Qué desea tomar?

Recorrió con la mirada la repisa tras la barra, toda llena de cajitas de té de colores y aromas variados, justo al lado de la pizarra que anunciaba los precios del café.

—Una cerveza. Estaré en una de las mesas del fondo.

—Ahora mismo se la llevo.

Luke se sentó al lado de la enorme cristalera desde donde se veía parte de la calle principal, dándole la espalda a la puerta de la cafetería y a todo lo que ocurría en su interior. Sacó su teléfono móvil e introdujo la clave del wifi. De inmediato empezaron a llegar un millar de notificaciones. De Facebook. De Twitter. De Instagram. Del dichoso correo. De todas partes. Era como si el universo, el universo que había estado ignorando, lo reclamase tras aquella semana de desconexión.

Ignoró los comentarios que tenía pendientes y escribió un *tweet*: «Estado: perdido en *Piruletalandia*. No molestar, a no ser que haya una invasión zombi o seas Jessica Alba. Gracias». Sonrió antes de darle a enviar.

Tenía varios emails de su antiguo jefe, pero ni siquiera hizo el intento de leerlos antes de eliminarlos, ¿para qué? Ya sabía lo que le diría: que estaba decepcionado de él, que jamás había imaginado que pudiese hacer algo semejante... Dejó escapar el aire que estaba conteniendo cuando abrió el chat y repasó por encima la avalancha de mensajes que aparecieron: su madre le preguntaba si se estaba alimentando bien (¿por qué coño la intrigaba siempre lo mismo? Él comía como un animal desde que tenía uso de razón), Sally insistía una y otra vez en saber cuándo demonios iba a volver, y sus tres mejores amigos habían abierto una conversación conjunta:

Jason: Al menos, podrías molestarte en decirnos si sigues vivo.

Rachel: Y coge el dichoso teléfono. CÓGELO.

Mike: ¿Por qué sois tan pesados? Dejadlo en paz. Estará tirándose a su esposa. O buscándose una nueva. Lo que sea. Luke sabe lo que hace.

Rachel: Mike, te estoy viendo desde el sofá. Uno, deja de molestar a *Mantequilla*. Y, dos, es patético que te rías de tus propias gracias. En serio.

Mike: Pecosa, este gato me ama tanto como tú.

Rachel: No recuerdo haber dicho jamás algo así.

Mike: Pero todos sabemos que lo haces. Te resulto adorable.

Jason: Había iniciado esta conversación para averiguar el paradero de Luke. Si vais a empezar a follaros mentalmente con palabrería barata, casi que me voy.

Mike: ¿Y qué gracia tendría que me la follase con palabras?

Rachel: Luke, si sigues ignorándonos..., te juro que... te mataré en cuanto te vea. Sabes que lo haré. Te buscaré estés donde estés y te clavaré una daga en el corazón. Porque, ahora en serio, estás empezando a preocuparnos; te hemos llamado mil veces y hace casi una semana que no das señales de vida. Y el otro día soñé que te caías desde una ventana y estuve llorando hasta que amaneció. Empiezo a valorar la idea de acercarme a la comisaría más cercana...

Jason: ¿Luke...? ¿Estás ahí?

Mike: ¡JODER! ¡ACABO DE VER A JESSICA ALBA!

Jason: Lo que uno tiene que aguantar...

Mike: ¡Lástima! Pensé que funcionaría.

Luke sonrió muy a su pesar. La conversación era de la noche anterior. Se había portado como un capullo con los tres ignorando sus llamadas. Pero es que... es que no sabía qué decir ni qué excusa inventar para no tener que volver. Quería a Jason, Rachel y Mike más que a nada en el mundo, pero a pesar de ello no conseguía evitar sentir cierta incomodidad ante el hecho de que sus vidas, de algún modo extraño, siguiesen hacia delante mientras la suya se quedaba atascada. Completamente atascada. Y no sabía cómo salir de ahí y alcanzarlos y caminar al mismo ritmo que ellos tal y como había hecho siempre, desde que era apenas un mocoso.

Hasta hacía unos meses, habían vivido los tres juntos en una casa enorme. Y a Luke le encantaba aquello porque no era una persona que disfrutase de la soledad. Durante toda su vida había estado rodeado de gente y apreciaba la compañía, las risas, las bromas y las cenas en las que nunca se acababa la conversación.

Él sabía que aquello no duraría demasiado, quizá por eso le sorprendió que le afectase tanto el hecho de que Rachel y Mike buscasen un hogar por su cuenta y empezasen una nueva vida con metas y expectativas que les incumbían solo a ellos. Rachel entró en la universidad, algo que siempre había deseado hacer. Y Mike siguió ocupándose de sus negocios. Así que Jason y él se mudaron juntos a otra casa más pequeña, que se acoplase a las nuevas circunstancias. Y era genial, mientras tenía un trabajo y cosas que hacer. Pero dejó de serlo cuando lo despidieron y empezó a sentir que no le gustaba lo más mínimo estar a solas consigo mismo durante tantas horas entre esas cuatro paredes. Jason trabajaba casi todo el día y él odiaba tener demasiado tiempo para pensar. Porque pensar... pensar no le traía cosas buenas.

Unas mujeres de mediana edad se sentaron en la mesa que había tras él. Reprimió un suspiro mientras le daba al botón para unirse al chat y comenzaba a teclear.

Luke: Sigo vivo.

Rachel: ¡Dios! ¡Sabía que solo estabas siendo un capullo!

Jason: Ya te vale, colega.

Luke: Bonita bienvenida al mundo exterior.

Mike: ¿Al mundo exterior? ¿Te han secuestrado unos marcianitos?

Luke: Casi.

Jason: ¿Has conseguido el divorcio de una vez por todas?

Luke: Casi.

Rachel: Luke, si vuelves a decir «casi», te pego.

Luke: Mike, tío, la agresividad de tu novia me preocupa.

Mike: Pues ya somos dos.

Jason: ¿Por qué sigues casado?

Luke: Mi mujer está buena.

Jason: En serio, déjate de bromas.

Luke: Es verdad, tengo buen ojo hasta borracho.

Rachel: ¿Cuándo vuelves?

Luke: Todavía no lo sé. He decidido tomarme unas vacaciones indefinidas. Quizá me dé más adelante por pasar por Everett, Bellingham y llegar hasta Canadá; creo que Vancouver no queda tan lejos.

Mike: ¡No me jodas!

Luke: ¿Qué pasa? No es tan raro que necesite tiempo para…, bueno, para nada concreto. Así de plena es mi vida.

Rachel: ¿Cómo es Harriet? ¿Has averiguado por qué no ha intentado divorciarse de ti en todo este tiempo?

Luke: Casi.

Rachel: ¡Te mato!

Luke: Es broma. Me dio una explicación razonable. Más o menos. Y es simpática.

Luke omitió decir que también era dulce e inofensiva. Antes de llegar, los únicos recuerdos que tenía de ella se ajustaban a una definición diferente: se le había quedado grabado en la memoria el vestido rojo y ceñido que llevaba aquella noche en Las Vegas y esa forma de bailar que tenía, tan despreocupada y libre… No tenía nada que ver con la chica más retraída y cauta que había conocido estos últimos días. La Harriet de verdad vestía casi siempre con vaqueros y gruesos jerséis o camisetas cómodas.

Luke volvió a centrarse en el móvil cuando escuchó a las mujeres que se habían sentado tras él hablar de no sé qué fiesta que iban a organizar por motivo del bicentenario de Alfred Greg, fundador de Newhapton. Un aburrimiento de conversación.

Rachel: ¿Os habéis hecho amigos?

Luke: Algo así. No está tan mal. Al lado de tu novio, es soportable.

Mike: Eh, corta el rollo.

Jason: Eso. Dinos cuándo vuelves.

Luke: Os lo acabo de decir. No lo sé.

Rachel: A mí me parece bien que hagas esta especie de pausa en tu vida, puede que necesites tiempo. Pero cuando regreses te quiero al cien por cien otra vez. Cuando vuelvas… no habrá excusas. No soporto que estés triste.

Luke: Me gusta lo de «hacer una pausa». Suena bien.

Le dio un trago a la cerveza que el camarero había traído y deslizó los pulgares sobre el teclado del teléfono, mientras las mujeres sentadas a su espalda seguían con su irritante conversación:

—Tuve razón desde el principio —sentenció una de ellas con voz autoritaria—. Que esté viviendo con uno cualquiera lo confirma, ¿de dónde lo habrá sacado?

—¿Pero es eso cierto? —preguntó otra.

—¡Claro que sí! Lo han visto en la pastelería y en el bar del zarrapastroso y la maleducada de su amiga. Tuve suerte de que mi hijo consiguiese desprenderse de ella a tiempo. A saber de quién sería ese bebé, ¡no quiero ni pensarlo!

—Pobre Eliott…

—Todas sabemos que Harriet Gibson hubiese sido capaz de hacer cualquier cosa con tal de retenerlo a su lado. Cualquier cosa —repitió.

Luke se levantó de golpe y la mesa se tambaleó levemente. No sabía exactamente por qué, pero estaba furioso. Muy furioso. Se dio la vuelta hasta encararse con la mujer de cabello pelirrojo que había estado echando pestes sobre Harriet y ella abrió la boca con sorpresa al advertir quién era.

Él le dedicó su sonrisa más macabra.

—Debería aprender a mantener la boca cerrada si no tiene nada interesante que decir —siseó—. Así usted no malgasta saliva y los demás evitamos escuchar estupideces. ¿No están de acuerdo, señoras? —Miró a las demás, que agacharon la cabeza de inmediato—. Que les aproveche el café. —Dio un paso al frente, dispuesto a marcharse, pero volvió a girarse—. En realidad, retiro lo dicho. Las mentiras hacen daño al niño Jesús —bromeó—, espero que se atraganten. Buenas tardes.

Mientras salía de la cafetería, intentó no reír ante el gritito agudo que emitieron dos de las presentes. Bufó. Detestaba a la gente que juzgaba a las espaldas. No es que eso justificase por qué había reaccionado de un modo tan... brusco, pero puede que fuese porque le estaba cogiendo un poco (muy poquito) de cariño a Harriet. Y, cuando Luke se encariñaba con alguien, lo hacía de forma incondicional.

Recostó la espalda contra la pared de la parte de la cafetería que no estaba acristalada y se despidió del chat que tenía abierto con Mike, Rachel y Jason, prometiéndoles que cogería las llamadas a partir de ahora. Después, le aseguró a su madre que estaba comiendo más que bien. Y finalmente le escribió un mensaje a Sally: «Sigo sin saber cuándo volveré. No cuentes conmigo. Tú pásatelo bien, no pienses en nada y disfruta. ¿Recuerdas lo que hablamos aquella noche en el bar? No nos queda nada más que el presente».

7

Harriet se extrañó cuando Luke apareció en la pastelería poco después de haberse marchado y le pidió una copia de las llaves, asegurándole que ese día él se encargaría de hacer la cena. Y todavía se extrañó más cuando, al terminar su jornada de trabajo y entrar por la puerta, distinguió el olor a especias y curry que flotaba en el aire. Había sacado del cobertizo el polvoriento tocadiscos y lo había colocado sobre un mueble viejo pegado a la pared. La voz de Frank Sinatra se colaba por cada rincón de la casa.

—Pensaba que era una broma. Lo de que ibas a hacer la cena.

Él frunció el ceño, todavía con el cuchillo en la mano derecha. Estaba cortando un trozo de pollo en daditos muy pequeños.

—¿Con qué clase de gente te relacionas?

—¿Necesitas ayuda?

—No. Bueno, si quieres puedes ir llevando el vino y la ensalada al comedor.

—¿Vino? —Arqueó una ceja—. Te recuerdo que esta noche trabajo.

—Me veo en la obligación de informarte que no. Me encontré con Angie de camino aquí y, casualidades de la vida, me comentó que te deben un montón de días libres porque tú nunca quieres cogértelos. Llevas años sin tener vacaciones.

—Tienen que contratar a la chica de refuerzo si lo hago. Es más gasto.

—De cualquier forma, hoy tienes la noche libre —sonrió—. Ten, la ensalada.

—Oye, ¡no puedes tomar esa decisión por mí!

—Yo no, pero Angie sí. Y he pensado que nos vendría bien tener un rato para conocernos. Al fin y al cabo, eres mi mujer. Me gusta conocer a mis mujeres. Soy así de raro. Eh, ¿prefieres queso parmesano o mozzarella?

—Prefiero que me dejes elegir a mí de ahora en adelante.

—Te estoy dando a elegir el queso.

De mala gana, Harriet le arrebató la bolsita de parmesano que sostenía en la mano.

—Tomo nota. Nada de meterme en tus asuntos. Pero lo hecho, hecho está. —Cogió la botella de vino—. Espero que te guste el pollo al curry con queso y la ensalada, porque es lo único comestible que sé cocinar.

Muy a su pesar, ella sonrió con disimulo.

—Supongo que podría ser peor.

—Confía en mí: mucho peor. Una vez, cuando era un crío, intenté preparar tortitas como sorpresa por el día de la madre y estuve a punto de quemar la cocina de casa. Suerte que mi hermana estaba por allí y ella siempre sabe solucionar todos los problemas.

Ya en el comedor, ambos ignoraron el sofá y se sentaron en el suelo, sobre la alfombra, tal como acostumbraban a hacer desde el primer día. Luke descorchó el vino y lo sirvió en sendas copas.

—Así que tienes una hermana... —tanteó Harriet.

—Tengo dos hermanas mayores.

—Siempre quise tener una, aunque en realidad Angie es como si lo fuese. Crecimos juntas. Ya nos conocíamos antes de empezar a andar.

—Pues me alegra que no os parezcáis en nada.

—¿Por qué dices eso? —Harriet se metió un trozo de pollo en la boca, masticó y tragó. Estaba rico—. Angie es especial. Ojalá fuese un poco más como ella. Tiene mucha personalidad.

—¿Intentas decir que tú no la tienes?

Ella dudó. Eso le habían dicho durante toda su vida: que era poco interesante, poco inteligente, poco... todo. Que no tenía nada fuera de lo común que ofrecerle al mundo.

—No, no he dicho eso... —susurró—. Hum, me gusta la cena. Buen trabajo.

—Gracias. —Luke le dio un trago al vino sin dejar de mirarla de reojo—. Y dime, Harriet, ¿por qué empezaste a cocinar?

—Alguien me dijo que era importante que supiese hacerlo.

—¿Y ese alguien es...?

—Veo que te interesa mucho mi vida —repuso ella con la boca medio llena—. Pero no es justo que solo yo responda un montón de preguntas personales.

—Tienes razón. Pregunta lo que quieras.

Harriet tenía un montón de cuestiones danzando en su cabeza, pero había una en concreto que la intrigaba desde hacía tiempo. Vaciló antes de hablar.

—¿Qué recuerdas de lo que ocurrió en Las Vegas? ¿Nos liamos...? Quiero decir, no hubo sexo, ¿verdad? Dime que no.

Él la miró muy serio.

—¡Pues claro que sí! Horas y horas de sexo caliente... ¿En serio lo has olvidado? No dejabas de pedirme que te dijese cosas sucias al oído. Lo hicimos en el baño de un restaurante y luego...

Terminó prorrumpiendo en una carcajada ante la perplejidad que se leía en el rostro de la joven; sostenía inerte el tenedor en una mano y tenía la boca entreabierta. Cuando descubrió que se estaba quedando con ella, le dio un codazo y Luke rio más fuerte.

—¡No tiene gracia, idiota! —arrugó la nariz—. Lo siento, no quería decir eso.

—¿Me pides disculpas por un «idiota»? ¿De dónde has salido?

—¿Te pone que te insulten o algo así? —preguntó mosqueada.

—No, pero tampoco hace falta que te pegues latigazos. Es una chorrada, una forma de hablar. Espero. Mira, hagamos una cosa: a partir de ahora te permito que me llames «idiota», «imbécil» y «capullo». Pero «gilipollas» no, ¿vale? Ni tampoco «estúpido». Así tendrás algún tipo de limitación y tu moral se sentirá mejor.

Harriet sonrió mientras degustaba el vino en la boca.

—Vale, pero sigamos donde lo habíamos dejado. Entonces no nos liamos, ¿cierto?

—Mi memoria decidió no archivar esa noche, pero creo que no. Además, estoy seguro de que si nos hubiésemos acostado tú lo recordarías. ¿No te he dicho que follar se me da mucho mejor que cocinar?

Harriet tragó con cierta dificultad y sintió que se sonrojaba. De verdad. Notó el calor sacudiendo su estómago y ascendiendo lentamente por su cuello hasta alcanzar las mejillas. Luke sonrió al darse cuenta de ello y se inclinó, acercándose más a ella. Harriet logró distinguir las motitas verdes que había en su iris, como si fuesen trazos de pintura de una misma tonalidad. La proximidad la puso más nerviosa.

—¿Por qué tienes que hablar así?

—¿Qué tiene de malo la palabra «follar»? —Enarcó una ceja, divertido—. ¿Qué edad tienes, Harriet?

—¿Importa eso?

—Importa si te sigues sonrojando cuando alguien habla de cómo se hacen los bebés. Porque sabrás cómo se hacen, ¿verdad?

—Lo peor de todo es que tú pienses que eres gracioso. Solo quería saber qué había pasado esa noche, porque apenas recuerdo nada y es frustrante. Pero gracias por nada.

Luke suspiró e intentó «portarse bien», a pesar de lo mucho que le gustaba ver cómo se ruborizaba y apartaba la mirada, cohibida y avergonzada. Despertaba en él algún resquicio de ternura que creía haber perdido hacía tiempo.

—Yo tampoco me acuerdo. Si hubiese mantenido la cordura…, no estaríamos ahora aquí, cenando, casados. Cuando bebo me da por hacer cosas muy raras. En serio. Debió de ser tu día de suerte. Pero hazme cualquier otra pregunta que pueda contestarte.

—¿No te echan de menos? ¿No hay nadie esperándote…?

—Hombre, confío en que mis amigos noten un poco mi ausencia.

—¿Cómo son ellos? —Pinchó con el tenedor los últimos restos de pollo y lechuga.

—Pues, veamos, está Rachel, que es la tía más testaruda del mundo, y está Mike, que es el tío más testarudo del mundo. Como es lógico, los dos están juntos. Y luego queda Jason, que ahora está soltero, y es el único sensato de los cuatro, la luz que nos guía en los momentos de crisis —rio, pero había algo más, un deje de afecto en su mirada.

—¿Son los que te acompañaban en Las Vegas?

—Sí, los dos. Rachel no vino a ese viaje.

Cuando terminaron de cenar, él se levantó y recogió los platos y la botella vacía. Ella hizo el amago de seguirlo, pero Luke le indicó que no se moviese.

—Hoy me encargo yo —insistió.

Lo vio desaparecer por la puerta, todavía algo contrariada. No estaba acostumbrada a no hacer nada. De hecho, tras varios años ocupándose de todo, no podía asegurar que fuese a ser capaz de quedarse quieta, ahí sentada con las manos cruzadas sobre el regazo. Torció el gesto, un poco molesta consigo misma por pensar de aquella forma tan clásica y retrógrada. Luke regresó un par de minutos más tarde y dejó en la mesita redonda dos vasos llenos de un líquido rojizo; los hielos tintinearon contra el cristal.

—¿Qué es?

—Licor de cereza. Lo único con alcohol que he encontrado en esta casa. Sigamos con esto de conocernos… —Luke inspiró hondo antes de continuar hablando—. Esta tarde estuve en la cafetería y escuché a un grupo de mujeres hablar sobre ti.

—¿Sobre mí...?

Harriet sintió que se quedaba sin aire, aunque no supo por qué: era evidente que, tarde o temprano, si Luke acudía a la cafetería dónde se reunían las amigas de la madre de Eliott, se acabaría enterando de los rumores del pueblo y de todo lo que aquellas cacatúas decían sobre ella (más ahora que ya debían haberse percatado de su presencia). Sin embargo..., le había gustado que él no estuviese al tanto de su vida y que se tomase la molestia de conocerla desde cero y no tuviese nada que ver con aquellas personas que creían conocer su pasado o tenían una opinión llena de prejuicios.

—Sobre ti y un tal Eliott que, al parecer, era el hijo de una de ellas.

—Bueno, eso no te incumbe.

—Les deseé que se atragantasen con el café.

—¿Qué hiciste qué...?

—Y me faltó poco para escupirles. Pero como soy un caballero...

—¡Luke! ¡No puedes hacer eso! En este pueblo... en este pueblo todo el mundo dramatiza y exagera cualquier pequeño malentendido que surja, ¿no lo entiendes? Te tacharán de por vida.

—¿Y a mí qué más me da? —frunció el ceño y luego suavizó el gesto al percibir la incomodidad de la joven—. Solo quiero saber qué pasó con ese tío.

—¿Por qué?

—Porque soy un puto cotilla.

—No me gusta hablar de ello. Lo siento, pero...

—¿Ni siquiera a cambio de tres preguntas más?

—De verdad que esto es algo personal.

—Me enteraré de todos modos. Es inevitable escuchar de lo que hablan. —Se encogió de hombros, le dio un trago a la bebida y luego la miró fijamente, mientras dejaba el vaso sobre la mesa—. También dijeron algo sobre un bebé.

Harriet abrió la boca, consternada, y después volvió a cerrarla de golpe. Nunca le había contado aquello a nadie. Casi todos los vecinos de Newhapton se habían conformado con conocer tan solo una versión de los hechos y ninguno se había acercado a ella un día cualquiera para preguntarle o pedirle que contase su verdad. Menos Angie, claro, que lo supo desde el principio, y después su madre, Barbara, y Jamie.

—Es una historia muy larga.

—De acuerdo. —Le sonrió, con una de esas sonrisas preciosas que parecía usar a modo de comodín. Si pretendía dar tranquilidad, conseguía justo todo lo contrario—. Entonces, rellenaré los vasos antes de que empieces.

Desapareció de nuevo, como si estuviese dándole un respiro para recuperarse, y volvió con la botella de licor de cereza, caminando con esa seguridad que emanaba sin pretenderlo. Guardó silencio mientras se sentaba.

—Yo... no sé por dónde empezar. Era una cría cuando conocí a Eliott Dune. Y él era el típico chico del pueblo con el que todas deseaban salir. En realidad... —Se mordió el carrillo, pensativa—. En realidad, mientras estuve con él no me trató mal. No fue un completo idiota conmigo. Hasta que me quedé embarazada.

Luke la miraba atentamente.

—Tenía casi dieciocho años y él estaba a punto de irse a la universidad a estudiar medicina... No se lo tomó bien. Fue como si se quitase una especie de máscara y me mostrase quién era en realidad. —Tanta sinceridad tenía que ser culpa del alcohol, porque a Harriet todavía le sorprendía estar hablando de aquello con un desconocido sin que se le disparasen las pulsaciones. Le dio un trago largo a la bebida—. Le aseguré que no le molestaría, que firmaría cualquier documento que atestiguase que él no tenía nada que ver con el bebé...

—Pero no aceptó.

—No. No, joder. —Cerró los ojos e inspiró hondo—. Lo siento.

—Eh, «joder» me mola. Mientras estés conmigo, puedes decirlo todas las veces que quieras.

—Vale. Joder —le sonrió—. En resumen: se lo dijo a mi padre. Y mi padre... En fin, mi padre me odiaba. Odiaba cualquier cosa que tuviese que ver conmigo. Me obligó a abortar. No pude evitarlo. No tenía adónde ir, ni dinero ni era mayor de edad. No tenía absolutamente nada.

—¿Y tu madre...?

—No estaba. Ella se fue cuando yo tenía unos siete años. Creo que también me odiaba —esbozó una sonrisa amarga—. No tenía más familia. Bueno, un tío, hermano de mi padre, pero nunca tuvimos demasiada relación con él. Así que ocurrió lo inevitable. Te aseguro que respeto que alguien decida tomar esa decisión. Lo entiendo. Pero el problema era que yo no quería hacerlo. Y, cuando te ves obligada a desprenderte de algo que quieres, duele. —Tragó saliva—. ¿Sabes...? Ahora, mirándolo en perspectiva, pienso que quizá fue lo mejor. Por aquel entonces tenía un mantra en la cabeza, una especie de obsesión por demostrarle al mundo que sería una buena esposa, una buena madre, una buena mujer. Tenía la cabeza llena de... llena de...

—¿Mierda?

—Creo que esa es la palabra exacta. —Harriet rio—. Tenía la cabeza llena de mierda. Un montón de ideas machistas que habían ido calando en mí sin que me diese cuenta. Es difícil escapar de esos pensamientos cuando has crecido entre ellos. Todavía me cuesta hacerlo, a veces.

—Imagino que sí. Apuesto lo que sea que a mi hermana le encantaría psicoanalizarte. Para ella sería como una especie de fiesta a lo grande.

—¿Es psicóloga?

—Sí. Y activista en varios grupos feministas. Admito que a veces es un poco odiosa. La última vez que tuvimos una comida familiar, le pedí que pusiese ella la mesa y casi me clava un tenedor. Es un poco sensible, pero una tía guay, también. Cuando competimos por ver quién consigue beber más cerveza de golpe, está la cosa ahí, ahí. Creo que un día terminará ganándome si sigue entrenando con tanto empeño —dijo—. Pero, volviendo al tema, ¿qué tiene que ver lo que ocurrió con lo que estaban hablando esas... esas...?

—Señoras.

—Iba a decir algo más divertido, pero vale.

—Se terminó sabiendo lo que ocurrió. En un pueblo como este es casi imposible que algo se mantenga en secreto, créeme. Así que cuando la gente empezó a hablar de ello, la madre de Eliott, la señora Dune, aseguró que el bebé ni siquiera era de su hijo. Fue diciendo por ahí que yo había estado con otros... —Harriet bajó la mirada—. Y, por si te lo estás preguntando, era mentira. Pero los Dune son una de las familias más adineradas de Newhapton, regentan varios negocios y mucha gente de aquí trabaja para ellos. Todo el mundo los creyó. Eliott se marchó a la universidad y quedó como una víctima porque supuestamente mi intención había sido estar con él por su dinero y, después, encima, lo había engañado. En fin. Hay telenovelas mexicanas menos dramáticas.

—Hostia.

—Así están las cosas.

—¿Nunca te han dicho que eres la persona con peor suerte del mundo?

—No hace falta que nadie lo haga. Ya lo sé —rio—. Lo único bueno de toda esta historia es que Eliott no ha vuelto a aparecer por aquí. Imagino que habrá venido en alguna ocasión, pero no lo he visto. Los Dune suelen irse a esquiar durante las vacaciones de Navidad o a algún destino paradisiaco del que poder presumir después.

Luke rellenó los dos vasos con más licor de cereza.

—Odio a ese tipo de gente.

—Y ahora me debes tres preguntas.

Él la miró divertido y se relamió los labios después de beber un trago. Harriet tuvo que obligarse a apartar la mirada de su boca. Porque, una de dos, o era increíblemente apetecible o el alcohol empezaba a afectarle más de lo previsto. La segunda opción tenía muchas papeletas para ganar.

—¿De dónde sacas eso?

—Ese era el trato. Tú mismo lo has dicho.

—Digo muchas cosas estúpidas.

Vale, al menos no era la única que parecía ir algo achispada. Luke tenía los ojos brillantes y algo más entrecerrados de lo normal.

—Quiero saber cómo fue tu infancia.

—Abejita, no te ofendas, pero eres muy rara.

—¿Feliz? ¿Triste? ¿Difícil...?

—Muy feliz.

—No se terminará el mundo si te extiendes un poco más...

Luke dejó escapar una carcajada y se reclinó hacia atrás, apoyando los codos sobre la alfombra. Se le veía cómodo, tranquilo.

—Mi padre murió antes de que yo naciese. Era soldado. Estaba destinado en el extranjero y hubo una explosión y, bueno, eso es casi todo lo que sé.

—Dios mío. ¡Lo siento mucho! Eso no parece muy feliz.

—Puede que suene mal, pero es difícil echar de menos algo que ni siquiera conoces, ¿entiendes? Así que no puedo quejarme. He vivido con mi abuela, con mi madre y con mis dos hermanas. Y fue bastante divertido.

—Te has criado entre mujeres... Seguro que eras el niño mimado. Y encima el pequeño de la casa. —Lo miró con un deje de diversión.

—Suerte que tenía a Jason, Mike y Rachel para espabilarme.

—Rachel también es una chica.

—Ya, pero para mí es como si no lo fuese.

—Entonces, ¿os conocéis desde niños?

—Esto cuenta como una segunda pregunta —apuntó antes de proseguir—: Sí, desde los seis años. El idiota de Mike me dio un empujón durante el recreo, en el colegio, porque yo llevaba el juguete que él quería, así que le di una patada. Jason apareció por allí y puso paz. A partir de entonces, los tres fuimos inseparables. Y un año después conocimos a Rachel. Era nueva en el barrio, acababa de llegar de Seattle con su padre, y Mike le golpeó con una pelota de béisbol. Como ves, todo nuestro nexo de unión es gracias a la agresividad de Mike.

—Solo me queda una pregunta... —Intentó en vano que no notase su sonrojo—. ¿Por qué llevas tatuado un erizo en la cadera?

—Te has fijado...

—Era difícil no hacerlo.

—¿Por mí o por el erizo?

—El erizo, desde luego.

No estaba segura de que fuese a resultar creíble. Bajó la vista cuando él clavó en ella su intensa mirada como si estuviese intentando zambullirse en sus pensamientos.

—Lo cierto es que sufro una extraña tendencia por tatuarme cuando estoy borracho. Me gustaría decir que soy ese tipo de persona que aprende rápidamente de los errores, pero no. Aunque, ahora que lo pienso, tú sabes mejor que nadie de lo que hablo...

—Los pajaritos —sonrió.

—Los dichosos parajitos.

Harriet estalló en una despreocupada carcajada mientras se tocaba de forma inconsciente el brazo donde llevaba el tatuaje que tenían a juego. Ella les tenía cariño a aquellas tres sombras. Eran, junto a los anillos de Angie, lo único que le recordaba que dentro de sí misma había más, mucho más; anhelos que a veces permanecen dormidos durante demasiado tiempo. Y, aunque a Harriet le costaba ir destapándose ante el mundo, iba haciendo avances.

—Me apetece bailar.

—¿Tú bailas? —preguntó sorprendida.

Él la cogió de la muñeca para ayudarla a levantarse y la arrastró hasta la cocina. Volvió a colocar con delicadeza la aguja del tocadiscos y la música sonó de nuevo y envolvió la estancia. Le tendió una mano que ella aceptó algo recelosa.

—¿De qué tienes miedo? —Luke la pegó a él cuando comenzó a sonar *My way*.

—Esto es raro.

—¿Por qué?

—Estamos bailando.

—No es para tanto. Eres un poco... A ver, ¿cómo decirlo sin que suene como una especie de insulto...? —Se mordisqueó la comisura del labio, pensativo, y la deslizó hacia un lado con delicadeza, casi como si la hiciese flotar a su alrededor—. Mojigata. Eso es.

—¡Oye! ¿De qué vas?

Luke estaba a punto de añadir algo más, cuando el cielo pareció romperse en mil pedazos y, de repente, infinitas gotas de lluvia se estrellaron contra el cristal de la ventana de la cocina produciendo un sonido estridente.

—Tormenta —susurró Harriet—. Era extraño tantos días de buen tiempo...

—¿Llamas «buen tiempo» a lo que hemos estado teniendo?

—Me temo que sí —admitió—. ¿Salimos a la terraza de atrás? Está cubierta. Podemos ver desde ahí cómo llueve.

—Es la mejor idea del mundo. —Luke fue al comedor y regresó con la botella de licor en una mano y una manta en la otra. Le sonrió—. Vamos.

Se sentaron entre los viejos cojines de colores. La lluvia caía sobre las hierbas salvajes que crecían en el jardín trasero y golpeaba contra las vigas de madera del porche y el tejado. El cielo era un manto oscuro y no se oía absolutamente nada. Tan solo el latir constante de la lluvia. Tan solo sus respiraciones acompasadas. Tan solo las ramas de los frondosos árboles sacudiéndose al compás del viento...

Permanecieron un rato callados, hasta que Luke cogió uno de los muchos tarritos de cristal que allí había y lo inspeccionó con cuidado, girándolo entre sus dedos, observando las hojas de diferentes tonalidades que escondía en su interior.

—Me tranquiliza hacerlos. Guardar las hojas, quiero decir.

—Ya lo había supuesto.

—¿Por qué?

—Porque lo haces de forma compulsiva. La casa está llena de botecitos de estos... Me pregunto una cosa, ¿qué pasaría si lo abriese? ¿Puedo? —Arqueó una ceja.

—¡No! No, no. La gracia... —Harriet respiró hondo, esforzándose por controlar los nervios; estaba empezando a encontrarse un poco mal—. La esencia de todo esto es que esas hojas están... están seguras ahí dentro, ¿entiendes? No lo abras, por favor.

—¿Es una especie de metáfora?

—¿Qué?

—Vale, no sé cómo preguntar esto, pero... —Luke inspiró hondo—. ¿Tu padre te hizo algo alguna vez? ¿Es eso o...?

—¡No! ¡Luke, no! De verdad. —Harriet sacudió la cabeza y le quitó el tarro de cristal con algo de brusquedad—. Sé que suena estúpido, pero solo es una costumbre que adopté cuando era una cría. Me tranquilizaba sentarme en el bosque y pasar allí una, dos, tres horas escogiendo mis hojas preferidas, desechando otras, buscando siluetas concretas... Es una tontería. Pero era mi modo de escapar y no estar en casa y matar las horas muertas. Y me gusta la idea de pensar que las conservo, como si fuesen valiosas. ¿Por qué no iban a serlo? Quiero decir, las cosas tienen solo el valor que nosotros decidimos darle.

Luke la miró serio.

—De acuerdo. Está bien. Creo que entiendo lo que intentas decirme —susurró y se dio unos golpecitos en el labio inferior con la punta del dedo antes de encogerse de hombros—. Pero, eh, no te enfades. Tenía que preguntarlo. Se supone que somos amigos, ¿no? Era mi obligación hacerlo.

—¿Amigos? Creo que utilizas esa palabra con mucha facilidad.

—En absoluto. —Alzó la botella de licor—. ¿Quieres más?

—No.

—¿Estás segura?

Harriet sintió su estómago agitarse y se movió con cierta incomodidad entre los cojines. La lluvia seguía salpicando contra las vigas y rebotando en el suelo de madera del porche. El golpeteo de las gotas de agua tenía un ritmo marcado similar al de los latidos de su corazón. Que iba demasiado rápido. Demasiado acelerado...

—Tan segura como que creo que voy a vomitar.

—¿Estás de coña?

—No. Ayúdame a levantarme.

—Ven, joder. Vamos. —Tomó su mano y tiró de ella hasta ponerla en pie.

8

Sentado en el suelo del cuarto de baño, recostado contra la pared, Luke rio. Harriet acababa de tirar por el retrete la cena y el licor de cereza y seguía arrodillada sobre las frías baldosas azules. Llevaban allí un buen rato, por si acaso le quedaba algo más en el estómago. Parecía ser que no.

—¿Qué demonios te hace tanta gracia?

—La pinta que tienes. Tendrías que verte —volvió a reír—. Estás horrible.

—Lo que toda mujer quiere oír después de vomitar delante de un desconocido.

—Creo que esto ha afianzado nuestro nexo de unión.

—¿Por qué siempre que apareces en mi vida termino igual?

—Bueno, he estado más de una semana sin emborracharte desde que puse un pie en esta aldea. Eso debería contar. —Luke se incorporó con cierta dificultad y estiró el brazo hacia ella—. Dame la mano, abejita, te acompañaré a la cama.

—Deja de llamarme así. Y puedo sola, gracias.

—No discutas. Venga, andando.

Harriet puso los ojos en blanco, aceptó su ayuda para levantarse y luego caminó hasta la habitación con Luke pisándole los talones. Estaba bien. De verdad que sí. Seguía notando el estómago revuelto y un poco los efectos del alcohol, pero nada realmente preocupante. Él esperó frente a su cama mientras ella se cubría con las mantas y ahuecaba la almohada.

—¿En serio esto es necesario?

Luke sonrió débilmente y apagó la luz de la lamparilla antes de salir y dejar la puerta entornada. Ella respiró hondo un par de veces, intentando calmarse, mientras se concentraba en los atrapasueños pequeñitos que colgaban del techo. Demasiadas novedades en su vida en tan poco tiempo... No estaba segura de dónde encajar esas nuevas piezas que habían aparecido de la noche a la mañana en el puzle de su día a día. Se dio la vuelta en la cama, atenta a los ruidos que provenían de la cocina: dedujo que Luke estaba recogiendo la mesa y lavando los platos. Quiso levantarse y decirle que dejase de hacer aquello y se marchase ya al cobertizo, pero el sonido de la lluvia golpeando contra el tejado era extrañamente melódico y reconfortante, y al final dejó que el sueño se apoderase de ella.

La casa estaba en silencio cuando Harriet despertó. La tormenta había pasado y la frágil luz del sol se reflejó en el cristal antes de que abriese las ventanas de par en par. La lluvia había dejado tras de sí su aroma característico y olía a madera y a hierba húmeda.

Se quedó paralizada en cuanto puso un pie en el comedor.

Luke estaba allí, durmiendo plácidamente en su sofá.

La manta apenas le cubría parte de la camiseta arrugada que se pegaba a su torso y tenía un brazo estirado hacia atrás. Aquellos labios, rojizos y sensuales, estaban ahora entreabiertos y sus largas pestañas acariciaban la piel bajo los párpados.

Harriet lo observó durante unos segundos, deslizando la mirada hasta percibir cada detalle, cada particularidad. Tenía un minúsculo lunar en el cuello, un par de pecas alrededor de la nariz que le daban un aire travieso y llevaba las uñas de las manos muy cortas, algo mordisqueadas, nada bonitas...

—¿Cuánto tiempo vas a estar ahí mirándome?

Dio un saltito, asustada, e intentó recobrar la compostura.

—El tiempo que quiera. Estás en mi casa. En mi sofá. En mi espacio.

—Dame más drama.

—¡No puedes estar aquí, Luke! ¡Era nuestra norma!

Luke se desperezó.

—Era tu norma, no la mía. Y, para tu información, temía que vomitases otra vez. Deberías estar agradecida. Soy un buen marido. —Se levantó y estiró los brazos mientras esbozaba una sonrisa perezosa—. Sea como sea, supongo que esto sirve como prueba aclaratoria de que mi intención no es asesinarte en mitad de la noche, así que no hará falta que siga durmiendo en el cobertizo.

Harriet lo siguió hasta la cocina.

—Ni lo sueñes.

—El sofá no es que sea ninguna maravilla, pero es mejor que ese sitio mohoso. Déjame quedarme y a cambio arreglaré las tejas que están a punto de caerse. —Señaló el tejado con el dedo—. Y el calefactor. ¿Trato?

El problema no era que creyese que fuese a matarla, pues era evidente que no entraba en sus próximos planes descuartizarla y meterla en el maletero de su coche. El problema era que se sentía muy rara pensando que Luke estaría tan cerca de ella cada noche, apenas a unos metros de distancia. No estaba segura de que fuese capaz de conciliar el sueño siendo consciente de su proximidad. Su presencia la inquietaba y hacía que se mantuviese alerta, como un gato perezoso al que de pronto le exigen que agudice de nuevo sus sentidos y, solo por si acaso, afile las garras.

—Y también las tablas del suelo que están sueltas —añadió ella tras un tenso silencio que se prolongó durante un largo minuto—. Las arreglarás.

Luke sonrió con cierta arrogancia.

—Cuenta con ello.

Contrariada por estar tan absorta discutiendo con Luke como para no percatarse de nada más, Harriet advirtió la hora que era. Se llevó una mano a la cabeza.

—¡Qué desastre, demonios! No es posible, ¡me he olvidado por completo de la pastelería! ¡Es sábado por la mañana! Y todo por tu culpa, estarás contento. ¿Dónde están mis llaves? ¿Mi bolso, mi... todo?

—Harriet, demasiado tarde. Son casi las once de la mañana, no tienes tiempo de preparar nada; deja de estresarte. Pon un cartelito avisando de que cierras por asuntos personales, ¡y listo! —sentenció Luke y le rozó el hombro al coger una manzana del frigorífico. Tras darle un mordisco a la fruta, apoyó la cadera en la isleta de la cocina y se quedó ahí observando cómo ella contraía el rostro en una mueca de horror.

—¡Pero no puedo hacer eso!

—Puedes. Y debes.

—¿Por qué dices...?

—¿Sabes que uno rinde más cuando está descansado? —la cortó—. La productividad tiene mucho que ver con que un negocio funcione.

—Está bien, déjalo. Aprovecharé para ir a ver a Barbara, que llegó ayer de su viaje. Espero que todo haya ido bien, porque a veces tiende a ser un poco trágica.

—¿Quién es Barbara?

—La madre de Angie.

—¿Y qué haré yo?

—No lo sé, Luke. Resulta difícil mantenerte entretenido todo el día.

—Créeme, no es difícil —sonrió travieso—. Desde tiempos ancestrales, existe una manera de lo más estimulante que...

—Ni te molestes en terminar la broma —lo cortó—. Volveré para comer. Y, por favor, no hagas nada raro.

La casa de Barbara Flaning estaba al otro lado del pueblo, también en los límites que separaban Newhapton de los frondosos bosques de la zona. Tenía una terraza enorme, repleta de macetas con plantas que ella cuidaba con mimo, y el interior era muy luminoso, con los muebles blancos y las cortinas del mismo color, algo poco común en aquella zona más rural.

Le dio un fuerte abrazo a Harriet en cuanto abrió la puerta y, tras anunciarle que Angie acababa de llegar, ambas se encaminaron hacia el salón. Le preguntó por qué no estaba trabajando y ella se excusó diciéndole que se había encontrado mal la pasada noche antes de cambiar rápidamente de tema.

—Estás bronceada. Estás guapísima —alabó Harriet.

—¿Verdad? Al parecer mi madre se ha pasado las vacaciones tostándose al sol.

Angie le dejó un hueco en el sofá, sin apartar la mirada del ordenador portátil que estaba sobre la mesita principal. No despegó la mirada de la pantalla mientras movía los dedos con un poco de torpeza sobre el teclado.

—Y practicando surf. —Barbara sonrió con alegría—. Bueno, en realidad solo nos metíamos en el agua con la tabla bajo el brazo. California es el paraíso. Oh, y ese profesor de surf... todo un espectáculo. Se llama Alex Harton y, si no fuese porque está casado y podría ser mi hijo, yo...

—¡Mamá! —Angie la fulminó con la mirada—. Deja de babear; al menos, mientras yo esté delante. Gracias. Suficiente tengo ya con la noticia del tontaina ese...

—¿Qué tontaina? —Harriet dejó el bolso sobre el brazo del sofá.

—¡Mi amigo!

—Tengo un nuevo papá —repuso Angie.

—¡No es verdad! Jerry y yo solo nos estamos conociendo. De momento. Por eso necesito que conectes el dichoso internet. Quiero seguir hablando con él. —Miró a la joven rubia—. Es de Texas y también estaba allí de viaje. ¡Lo pasamos en grande! Te habría caído muy bien, ¡es tan bromista! Me enseñó a usar *Falebuck* para que pudiésemos estar en contacto.

—Es Facebook. —Angie puso los ojos en blanco.

Harriet estalló en una carcajada, todavía incrédula ante la situación. Conocía a Barbara desde siempre y jamás la había visto tan alegre, tan rejuvenecida, tan enérgica. Tras el complicado divorcio, se había encerrado demasiado en sí misma. Ese viaje y la aparición del tal Jerry eran casi como una bendición. Incluso aunque la cosa no llegase a fraguar, ya significaba haber dado un gran paso hacia delante.

—¡Ya está bien, chicas! Parad de hablar de mí —dijo, intentando acallar las risas de ambas—. Cielo, Angie me ha contado lo de tu marido, ¿qué se supone que vas a hacer? —Se sentó a su lado en el sofá y las pulseritas de colores que había comprado en un mercadillo de Los Ángeles tintinearon suavemente—. Si te puedo ayudar de alguna manera, ya sabes que solo tienes que pedírmelo, ¿verdad?

—Gracias, pero todo está bien.

—Si omitimos que tienes a un desconocido en tu casa —repuso Angie antes de volver a centrar su atención en el ordenador.

—¿Por qué permitiste que ayer no fuese a trabajar?

La morena lanzó un suspiro y bajó la tapa del portátil.

—Luke vino a hablar conmigo y me preguntó por tus días libres. Le dije la verdad: que jamás pillas ninguno y que estamos hartos de intentar obligarte a hacerlo. Y por una vez, y sin que sirva de precedente, tiene razón en algo: necesitas tomarte un respiro más a menudo. Así que ve preparándote para ir cogiendo las noches libres que te quedan. Durante el próximo mes no quiero verte por ahí a menos que te necesitemos como refuerzo, ¿queda claro?

—¡No! ¡Ni en broma! Quítate esa idea de la cabeza.

—¿Tengo que recordarte quién es el dueño de ese local? —sonrió—. Oficialmente, estás de vacaciones. Como mucho, te dejo que sigas trayendo los dulces que sobren del día y que me hagas compañía alguna que otra noche. —Le dio un beso en la mejilla y volvió a subir la tapa del ordenador.

Harriet permaneció pensativa.

—Luke dijo que os encontrasteis por la calle. No me contó que te hubiese buscado a propósito para hablar contigo.

—Ese chico miente más que habla.

—Eso me preocupa... —Barbara se recogió los rizos castaños en una especie de moño y después acogió la mano de Harriet entre las suyas, infundiéndole cariño—. Cielo, no puedes fiarte de alguien a quien no conoces.

—Y no me fío. Sabes que no me fío de nadie.

—Menos de nosotras —le recordó Angie.

—Menos de vosotras, claro, y de Jamie —puntualizó, y luego arrugó la frente con malestar—. Pero ahora mismo no tengo otra opción. Las cosas son así. Tiene todas las de ganar, podría quedarme sin nada tan solo si abriese la boca.

Barbara pareció angustiarse y olvidar momentáneamente esa actitud tan zen que se había traído consigo desde California. Soltó la mano de Harriet y se entretuvo retorciendo las suyas con gesto nervioso.

—¿Qué sabes de él? ¿Cómo es?

—Pues... —Hubo un silencio—. Tiene dos hermanas. Se crió con ellas y con su madre y su abuela porque su padre murió antes de que él naciese. Y le gusta la tarta de queso y mezclar lo dulce y lo salado y...

—Eso son meras cosas anecdóticas. Podría estar contándote un montón de mentiras. —Angie negó con la cabeza, pero su rostro se iluminó de repente cuando fijó otra vez la mirada en la pantalla del portátil—. Oye, ¿cómo era su apellido?

—Evans. Luke Evans. ¿Por qué quieres saberlo?

«Luke Evans», tecleó rápidamente mientras se mordía el labio inferior. Las tres se inclinaron a la vez hacia el ordenador, mientras Google tardaba una eternidad en cargarse. Y, de pronto, aparecieron varias noticias relacionadas con ese nombre. Harriet sintió cómo su corazón se aceleraba, «pum, pum, pum». Dios... ¿Y si realmente sí era alguien peligroso? ¿Y si había atropellado a alguien y se había dado a la fuga y por eso quería quedarse en aquel diminuto pueblo durante un tiempo...?

—Es... —Angie leyó entre líneas, tras abrir una primera noticia de un periódico local—. Era jugador de fútbol. Estuvo a punto de fichar por los Oakland Raiders. ¡Joder! ¡Qué fuerte!

—¡Esa boca, señorita! —la regañó su madre, y abrió mucho los ojos cuando inspeccionó más de cerca la foto de un Luke un poquito más joven, vestido con el equipaje del equipo de la universidad de Stanford—. ¿Este muchacho de aquí es tu marido? ¡Santo Dios! No me extraña que lo dejes quedarse en tu casa.

Harriet asintió en silencio, ajena a sus palabras, sin dejar de intentar averiguar qué decía el artículo. Su curiosidad iba en aumento. No debería intrigarla tanto, pero...

—¡Mamá!

—¿Qué más dicen de él?

—Parece ser... —Angie clicó con el ratón para bajar—. Creo que se lesionó. Aquí pone que era la estrella del equipo universitario cuando estaba en tercer curso y que tenía varios contratos sobre la mesa. Leo el resto: «El agente de Luke Evans ya había apalabrado con la directiva de los Oakland Raiders su inminente fichaje cuando, una semana más tarde, el jugador sufrió una rotura que impidió que el contrato llegase a cerrarse. En su lugar, su compañero Dylan Martin se vio beneficiado por esta situación y consiguió cerrar un trato con...».

—Déjame ver.

Harriet se hizo un hueco frente al ordenador y entró en cuatro enlaces más de noticias, pero todas ellas decían exactamente lo mismo. La lesión. El contrato que no llegó a firmarse... Hasta que encontró una en la segunda página que era más reciente y tenía que ver con un colegio privado de San Francisco. La leyó.

«El entrenador Luke Evans, antiguo jugador, quedó segundo en la clasificación anual de los clubs juveniles del Condado. Como reconocimiento a su labor, la dirección del colegio le otorgó el premio extraordinario que cada año se reparte entre los integrantes de las actividades extraescolares. Además, anunciaron que para la próxima temporada se destinarán más fondos para el equipo de fútbol, con la intención de potenciar el deporte y la disciplina entre los alumnos».

Contempló con atención las dos fotografías que había al final del artículo. Aunque no eran demasiado grandes, en ambas se podía distinguir a Luke en el lado derecho y al equipo al completo con una equipación de color azul celeste. En la primera, los críos apenas tenían seis o siete años, pero en la segunda eran ya chavales adolescentes. Dedujo que, por aquel entonces, entrenaría a ambos equipos.

—Era entrenador... —susurró Harriet y miró a Angie de reojo—. Como el padre de Jamie —añadió, pues era él quien se ocupaba hasta ahora del único equipo que había en Newhapton, al que asistían también algunos chicos de los pueblos de alrededor.

—¿Quién lo iba a decir?

Las tres permanecieron unos segundos en silencio, asimilando la noticia. Harriet entendió entonces el tatuaje que llevaba en el hombro: era el escudo del equipo de la universidad, lo había visto antes en alguna ocasión.

—¿Por qué no me habrá dicho nada?

—No sabía que fueseis tan amiguitos. En serio, ¿qué rollo te traes con él? Vale que tiene su punto, lo admito, ¡pero utiliza la cabeza!

—¿Punto? ¡Tiene un puntazo, hija!

Ambas ignoraron a Barbara.

—No sé por qué lo odias tanto. Es simpático. Es divertido. Y me ayuda con la pastelería y las cosas de casa y...

—¡No quiero que nadie te haga daño! —gritó.

—¡Angie! —Su madre le lanzó una mirada feroz—. Deja de intentar controlar todo lo que ocurra en la vida de Harriet. Puede enfrentarse a esto sola. Y, si necesita ayuda, nos la pedirá, ¿verdad que sí, cielo?

—Claro.

—Pero...

—¡No más «peros»! —exclamó Barbara—. No puedes escudarte siempre en cosas que ocurrieron en el pasado para justificarte cada vez que te comportes de un modo sobreprotector. ¡Y luego soy yo la que exagera y se preocupa por todo...!

—¿Insinúas que me parezco a ti?

—No lo insinúo, hija. Lo afirmo.

—¡Ah! ¡No digas eso! —Angie se puso en pie de un salto—. ¿Sabéis...? Tengo que irme, llego tarde y Jamie estará esperándome.

Se despidió de ambas dándoles un beso rápido en la mejilla y un minuto después se oyó el golpe de la puerta principal al cerrarse. Harriet suspiró hondo y negó con la cabeza antes de hablar:

—Será mejor que yo también me marche ya. Me alegra que disfrutases de esas vacaciones. De verdad. Te veo mejor que nunca.

Las dos se incorporaron a la vez, pero Barbara posó la mano sobre el hombro de Harriet antes de que pudiese dar un paso al frente.

—¡Ay, cielo! Lo estaba hasta que volví y me enteré de lo del chico ese. No quería decir nada más delante de mi hija porque ya sabes que se preocupa demasiado por ti...

—Sabía que solo estabas fingiendo —rio suavemente.

—Quiero conocerlo.

—No sé si va a gustarte...

Si pudiese conseguir que mantuviese esa boca suya cerrada durante un rato, quizás hiciesen buenas migas. Pero eso parecía más difícil que ser escogida como tripulante de una nave espacial en busca de agua en Marte. Se mordió el labio inferior.

—Tienes dos opciones: o bien me aseguras que lo traerás aquí el primer día que puedas salir temprano y venir a cenar o... me pasaré por la pastelería esta semana.

—¡No, no, por Dios! —Se llevó una mano al pecho y dejó escapar una risita nerviosa—. Luke vendrá a cenar. Lo prometo.

—Buena chica.

Barbara le palmeó la cabeza con cariño mientras caminaban hacia la salida. Los primeros meses que la pastelería había estado abierta habían sido una especie de infierno por culpa de las continuas visitas de la madre de Angie. No dejaba de limpiar, de recolocar los pocos muebles que había, de inmiscuirse en las recetas que ella hacía, de toquetear el mostrador y cambiar la disposición de los dulces... Ya había ocurrido una situación similar cuando Jamie había abierto el *pub* años atrás. Barbara no podía dejar que nada escapase de su control y, a pesar de lo mucho que la querían, acababa con la paciencia de cualquiera. Así que, una tarde, muy amablemente, todos le habían rogado un poquitín de espacio. A pesar de ello, Harriet solía llevarle algunas de las recetas nuevas que hacía para que pudiese probarlas y opinar; al fin y al cabo, había sido Barbara la que le había inculcado su pasión por la repostería.

Cuando Harriet volvió a casa, la encontró vacía. Inspeccionó las habitaciones, hasta que finalmente salió al jardín trasero y se acercó al cobertizo. La puerta estaba abierta y había un montón de trastos sobre el colchón.

—¿Luke? ¿Qué estás haciendo?

Él levantó la mirada, todavía arrodillado en el suelo, y señaló algunas cajas que seguían amontonadas y cerradas, recubiertas por una fina capa de polvo.

—Nada. Había venido aquí para recoger mis cosas y, de casualidad, he visto una caja llena de discos y he pensado que sería genial tener más variedad musical en casa.

«En casa». Lo dijo así. Como si fuese lo más normal y natural del mundo.

—¡No puedes hurgar en las cosas de los demás!

—Soy un chico muy curioso —replicó curvando los labios.

—¡Me sacas de quicio!

—Es mejor que la indiferencia —contestó—. Entonces, ¿podemos quedarnos con ellos? Sacar el tocadiscos fue una buena idea; hace juego con el resto de la casa, es un aparato prehistórico. Lástima que no tuvieses una gramola.

—Muy gracioso —masculló ella—. Va, cógelos y deja de rebuscar más.

—Otra cosa —añadió antes de que ella se diese la vuelta. Cualquier rastro de diversión había desaparecido de golpe de sus ojos—. No estoy seguro de si ya lo sabías, pero he encontrado esto entre los discos de vinilo. —Le tendió un montoncito de cartas, todas ellas atadas con una cuerdecita marrón de aspecto antiguo—. No he querido indagar más, pero creo que las cartas son de tu madre.

Harriet le echó un vistazo al nombre del remitente. Ni siquiera era consciente de que le temblaban las manos, no podía mantenerlas quietas. Luke dio un paso hacia ella.

—Eh, ¿te encuentras bien?

—Ellie Gibson era mi madre. Y son cartas dirigidas a papá... Durante varios años después de que se fuese... —dijo en una especie de gemido afligido.

—Así que no lo sabías...

—No. Claro que no. Esta caja la encontré en la buhardilla; era lo único de mi madre que quedaba en casa y yo... Cuando me mudé la cogí sin mirar lo que había dentro.

Se dejó caer sobre la hierba húmeda, frente a la puerta del cobertizo, y Luke se sentó a su lado, en silencio. Ella estiró del cordel con delicadeza, el nudo se deshizo y las cartas cayeron de entre sus manos. Cogió la primera, aquella que tenía la fecha más antigua, y la sacó por la abertura desigual.

«Querido Fred:

No sé cuándo volveré. No me pidas que te dé una fecha, no me pidas que te asegure que lo haré, porque ni siquiera yo misma puedo saber si eso ocurrirá. Tú me hiciste perderme a mí misma. Tú arrancaste lo mejor que había en mí. ¿Cómo puedes pretender que no huya? ¿Cómo crees que me he sentido todos estos años? Asfixiada. Atada. Anulada.

Ellie»

Harriet sintió que se ahogaba. Dejó las cartas sobre el regazo de un sorprendido Luke y se puso en pie. Se sacudió los pantalones vaqueros con nerviosismo.

—¿Qué ocurre?

—Escóndelas —susurró—. Guárdalas en algún lugar donde no pueda encontrarlas.

—¿Por qué?

—Porque si las tengo... las leeré. Y no puedo. Aún no.

Su madre no la había nombrado. Ni siquiera un «¿cómo está Harriet?». Nada. Absolutamente nada. Entró en la casa, cogió un tarro de cristal vacío y se internó en el bosque, intentando ignorar que la mirada curiosa de Luke la acompañó hasta que logró escapar de su campo de visión. Agradeció que no la siguiese, que respetase su soledad.

Cuando llegó hasta un claro del bosque, se sentó sobre el suelo cubierto por agujas de pino, semillas arrastradas por el viento y hojas, muchas hojas que estaban ahí solas, a la intemperie. Con delicadeza fue inspeccionando algunas, mientras sentía los latidos de su corazón calmarse poco a poco, y guardó en el bote las que le llamaron la atención y despertaron su instinto protector. Al terminar, lo cerró con decisión y lo contempló satisfecha durante unos segundos antes de alzar la mirada hacia el cielo que se vislumbraba tras las altas copas de los árboles. Una bandada de pájaros izó el vuelo y Harriet pensó en lo fácil que sería ser uno de esos jilgueros, sentirse libre, escapar de la cárcel que a veces construyen los recuerdos.

9

La rutina que habían marcado siguió intacta durante las dos siguientes semanas. Harriet advirtió que empezaba a parecerle de lo más normal la presencia de Luke a su alrededor y, además, este siempre solía echarle una mano. Se le daba genial despachar a la clientela, por ejemplo. Luke tenía la capacidad de vender cualquier cosa. Cualquiera. ¿Galletas blandas de dos días atrás que Harriet había olvidado quitar del escaparate? ¡Vendidas! (se prometió estar más atenta a partir de entonces, porque no dejaba de distraerse y no podía permitirse cometer más errores). Ya le resultaba algo cotidiano verlo untar un palito salado con chocolate con leche. Y también que se marchase antes del atardecer para encargarse de la cena, o que a aquellas alturas confraternizase con más de la mitad del pueblo porque, las noches que se acercaban al *pub* de Jamie, se convertía en el centro de atención sin apenas esfuerzo.

Era extrovertido, hablador (demasiado hablador) y le resultaba sencillo entablar una conversación con cualquiera que se cruzase en su camino. Sabía qué decir en el momento apropiado. De hecho, su voz adquiría ciertos matices diferentes según a quién se estuviese dirigiendo. Harriet tenía la extraña sensación de que con ella era cauto, suave. Un poco. Solo un poco. Y que le hablaba en un tono más bajo y susurrante que al resto. No estaba segura de que aquello le desagradase, porque era una especie de línea divisoria que marcaba la diferencia entre ella y los demás, que la hacía sentirse ligeramente especial a sus ojos aunque fuese por un detalle tan tonto.

De cualquier modo, después de la noche del licor de cereza, no habían vuelto a tocar ningún tema personal. Ella fingía no saber nada acerca de su pasado en el mundo del fútbol y, aunque varias veces había estado tentada de preguntarle por qué guardaba aquello con tanto ahínco para sí mismo, no encontró el momento adecuado para hacerlo. Él tampoco había intentado sonsacarle nada más sobre lo ocurrido con Eliott Dune ni había vuelto a mencionar las cartas de sus padres que había encontrado en la vieja caja de vinilos, así que pensó que era justo no inmiscuirse en sus asuntos.

Los días pasaban volando con tanto trabajo por delante, y cuando se tomaban un respiro, a la hora de comer o de la cena, tan solo veían la televisión en silencio (un silencio extrañamente agradable, sencillo, fácil) o hablaban de tonterías, como lo absurdo que resultaba que Bob Esponja viviese en una piña debajo del mar o los beneficios de comer brócoli (Luke odiaba profundamente las verduras).

—Así que, suponiendo que se desatase una invasión zombi en el mundo, ¿cuál sería tu estrategia? —Él la miró totalmente serio, como si le importase de verdad la respuesta a esa pregunta (hacía a menudo preguntas tontas del estilo).

—Pues no lo sé. A ver... —Harriet subió las piernas al sofá y dobló las rodillas mientras cogía un par de palomitas del cuenco. Era sábado por la noche y acababan de ver una película de zombis con un guion que parecía escrito por tres monos con ganas de divertirse—. Hum, ¿lo más lógico? Supongo que irme a una isla.

—¿Cómo sabes que en la isla no habrá zombis?

—Si hubiese, simplemente me quedaría navegando a la deriva. Mira, esa es una buena táctica. Coger un montón de provisiones, montar en un pequeño barco y esperar hasta que alguien encuentre una cura o algo.

Luke frunció el ceño.

—¿Cuántos meses crees que podrías sobrevivir? Se ha desatado una invasión zombi, no tienes tiempo para cargar toneladas de comida.

—Vale, dime cuál sería tu increíble plan, entonces. —Harriet engulló otro puñado de crujientes palomitas y, al relamerse la sal de los labios, tuvo la certeza de que Luke estaba atento a aquel pequeño gesto; sintió que se ruborizaba y agachó la cabeza con la excusa de coger más.

Luke inspiró hondo y apartó la mirada de su boca.

—Me iría al polo norte.

—¿Perdona?

—Ya lo has oído. Todo es hielo. Kilómetros y kilómetros de hielo. ¿Y desde cuando a los zombis les gusta el hielo? Desde nunca. Es el lugar perfecto. Construiría un iglú y pescaría. Vida resuelta.

Harriet estalló en una carcajada.

—¡Estás fatal! Mi idea es mil veces mejor, la tuya tiene un montón de cabos sueltos. Y si estuviese en un barco a la deriva también podría pescar, ¡y sin pasar frío!

—Esta conversación es estúpida.

—La has empezado tú, Luke.

Esa era otra de las cosas que lo caracterizaban: dar por finalizada una conversación cuando no le interesaba seguir hablando del tema. Lo hizo en cuanto Harriet volvió a preguntarle por sus hermanas y la relación que mantenía con ellas; lo hizo cuando se interesó de nuevo por el tiempo que pensaba quedarse por allí; lo hizo el día que le pudo la curiosidad y quiso saber quién lo llamaba tan a menudo al móvil, y, finalmente, lo hizo cuando advirtió que su plan para escapar de una invasión zombi era patético.

El lunes, pocos días después de que se cumpliese su tercera semana allí y tras cerrar la pastelería, Harriet le propuso ir a dar un paseo por los alrededores del pueblo y, aunque él protestó al principio alegando que hacía demasiado frío, finalmente aceptó.

—¿Frío? No sabes lo que dices. Ya es primavera.

—Pues menuda primavera de mierda —rio.

Harriet le dirigió una mirada de complicidad.

—Si lo que te preocupa es el partido, estaremos de vuelta antes de que empiece.

—Eso espero... —refunfuñó por lo bajo.

Sus pasos resonaban entre las casas de piedra y madera que se alzaban a un lado de la calzada entre los árboles que empezaban a florecer.

Luke arrugó la nariz cuando entendió que estaban rodeando Newhapton.

—¿Adónde me llevas?

—Es una sorpresa. No esperes gran cosa, pero creo que te gustará. Ojalá. No es nada material —apuntó.

—Adiós al Ferrari, supongo.

Harriet rio y negó con la cabeza. Llevaba pensando en aquello durante los últimos días y le había parecido la forma más directa de, uno, hacerle entender que lo sabía y, dos, de recompensar de algún modo que hasta el momento hubiese accedido a no romper su matrimonio, además de ayudarla en la pastelería y, en cierto modo, adaptarse a su vida y a sus necesidades en vez de intentar cambiarlas y sembrar el caos.

El día que Luke apareció allí, en Pinkcup, creyó que el mundo se deshacía bajo sus pies y pasaba a convertirse en un montón de escombros. Sin embargo, ahora, se sentía extrañamente feliz. Le gustaba tenerlo alrededor. Su compañía era agradable. Y jamás había conocido a nadie que la hiciese sonreír tantas veces al día. Luke era divertido a todas horas, incluso cuando refunfuñaba por lo bajo porque algo le molestaba.

Doblaron una última esquina y el campo de fútbol, en el que disputaban los partidos de Newhapton y los pueblos de alrededor, se dibujó ante sus ojos. A lo lejos se distinguía a un grupo de jóvenes en pleno entrenamiento, corriendo de un lado a otro y lanzando el balón con precisión.

Luke frenó en seco antes de llegar a las puertas del recinto, que estaba vallado por una fina alambrada. Apretó los nudillos y mantuvo los puños cerrados a ambos lados del cuerpo con el semblante tenso y una expresión contrariada.

—¿Qué estamos haciendo aquí?

—Pensé que...

—¿Qué pensaste, Harriet?

—Pensé que te gustaría. Te pasas el día en la pastelería, entre mis cosas, y es evidente que te aburres y que también necesitas tu espacio. Yo... —Retorció un hilito que colgaba de la manga de su suéter con nerviosismo—. Busqué tu nombre en internet. Lo sé todo. Lo del fichaje que no pudo ser con los Oakland Raiders y que después ejerciste como entrenador. Por eso mismo creí que te gustaría esto...

Luke cerró los ojos antes de volver a abrirlos de golpe. Le echó otro vistazo al campo de fútbol, verde y brillante. No le traía un recuerdo, ni dos ni tres. Traía a su mente una vida entera. Lo que iba a ser. Lo que no pudo ser. Lo que finalmente fue. Se llevó una mano a la boca, intentando ahogar las palabras que no quería dejar escapar, y luego se frotó el mentón y la nuca con nerviosismo. No consiguió controlarse.

—No te metas en mi vida, Harriet. No vuelvas a hacer algo así. El día que esté aburrido de estar aquí, simplemente me iré. Ya lo sabes. Puede que sea mañana, pasado o la semana que viene, pero no pienso quedarme en este puto pueblo demasiado tiempo, así que no es necesario que te esfuerces para que mi estancia sea más agradable.

Quizá no fueron tanto las palabras como el tono. La voz de Luke abandonó el cariz divertido que la caracterizaba y se tornó fría, cortante y dura. Apenas había terminado de decir la última palabra cuando ella vio el dolor en sus ojos. Más dolor del que había visto hasta ahora. De fondo se oía el pitido del silbato y las voces de los chavales que entrenaban a lo lejos. Luke cerró los ojos, respiró hondo y, antes de que Harriet pudiese escapar, la agarró de la muñeca.

—Lo siento mucho. Lo siento. Eso ha sido cruel. Y tú no tienes la culpa de lo que sea que pase por mi cabeza...

—Suéltame.

La soltó de inmediato.

—Harriet...

—Solo... deja que me marche ahora. Hablaremos luego.

Harriet tenía la mirada brillante, acuosa. Luke sintió su corazón encogerse sobre sí mismo y quedarse rezagado en un rincón del pecho. Sabía que ella no merecía su enfado. Ella, que le había abierto las puertas de su vida de par en par aun a pesar de estar muerta de miedo. Ella, que era demasiado ingenua como para darse cuenta de lo especial que resultaba ante sus ojos. Merecía algo bueno. Años atrás, Luke había creído que, a excepción de Rachel, nunca aparecería otra mujer que pudiese convertirse en su amiga. Pero Harriet era divertida, inteligente y fuerte y despertaba su curiosidad cada minuto de cada hora de cada día. Y él se sentía cómodo a su lado, sin tener que fingir.

—¿Estás llorando? Joder, Harriet. —La abrazó con torpeza. Era la primera vez que la tocaba, la primera vez que sentía la calidez de aquel cuerpo menudo contra el suyo, y se sorprendió cuando sintió su piel estremecerse ante el contacto—. No llores. Por favor. Sabes que soy un idiota. Me ha pillado por sorpresa que me trajeses aquí, pero lamento haber reaccionado así.

—No lloro. No pienso llorar por nadie.

Escapó de entre sus brazos. Cuando volvió a mirarla, Luke descubrió que tenía los ojos húmedos y algo rojizos, pero sus mejillas estaban secas.

—Estoy de acuerdo. Nadie merece tus lágrimas.

—Nos vemos luego. Ahora, tengo que irme... —respiró hondo—. Imagino que sabrás volver...

—Espera, Harriet. —Se metió las manos en los bolsillos de la sudadera—. ¿Qué tengo que hacer para que me perdones?

—Ya estás perdonado, Luke.

La vio desaparecer calle abajo. Hasta que no perdió de vista su cabello rubio y ondulado, no se dio la vuelta y contempló el campo de fútbol y el cielo grisáceo y pálido que se cernía sobre él. Respiró hondo y después avanzó lentamente hacia las gradas, preguntándose qué estaba haciendo exactamente. No estaba seguro. Cuando tan solo unos metros de distancia lo separaban de la valla de alambre que delimitaba el campo, se quedó allí quieto, congelado.

No supo cuánto tiempo estuvo observando a los chavales jugar, pero sin duda fue insuficiente. El entrenador, un hombre bastante mayor pero de cuerpo rudo, tenía el cabello blanquecino y no dejaba de dar órdenes a los chicos. A Luke le gustaba más prestar atención, en silencio, e intentar encontrar los errores. Lo miró con cierta envidia, mientras recogía la mochila y los trastos de la grada junto a algunos jóvenes, y, cuando todos se hubieron ido y la noche se abrió paso lentamente, Luke siguió allí con los ojos fijos en las briznas de hierba que acariciaban el borde de la alambrada.

Solo cuando el móvil comenzó a vibrar en el interior del bolsillo, reaccionó y apartó la mirada del suelo. Descolgó la llamada.

—¿Qué quieres? —masculló.

—Vaya, bonito recibimiento.

—Me pillas en un mal momento.

—Siempre es un mal momento. Llevas una semana sin contestar mis llamadas, Luke. Y me prometiste que me ayudarías. Me lo prometiste.

—Ya no puedo ayudarte, Sally.

—¿Por qué?

—Porque no estoy allí, ¿entiendes? Todo ha cambiado. No quiero lo que tenía en San Francisco. No quiero eso ahora. Y sé que te sientes perdida, de verdad que lo sé, y nadie te entiende mejor que yo, pero necesitas encontrar el modo de ser feliz.

—¿Quién eres tú y qué has hecho con mi Luke?

—Me estoy tomando un respiro. Estoy... Creo que estoy intentando encontrarme. O algo así, joder. ¿No es eso de lo que se trata todo?

—Veo que llevabas razón cuando decías que te pillaba en un mal momento. Te llamaré cuando hayas dormido o se te hayan pasado los efectos de lo que sea que te has tomado. Pásalo bien.

—¡Sally! —Miró el teléfono. Había colgado. Volvió a llamar, pero estaba apagado—. Mierda. ¡Qué mierda!

10

Algo cambió entre ellos tras aquel encontronazo. Luke no sabía decir qué era exactamente, porque Harriet seguía regalándole una sonrisa cada mañana con su habitual buen humor. Pero estaba ahí. En algún lugar más profundo, ella había retrocedido unos cuantos pasos y se había quedado rezagada por detrás de él. Cuando hablaba de cosas banales, ya no lo hacía de un modo tan espontáneo como antes, sino que pensaba bien qué iba a decir y qué palabras utilizar para hacerlo.

Y a Luke le jodía aquello.

Mucho. Más de lo esperado.

Era sábado por la noche. Luke acababa de llegar al *pub* después de estar un rato en la cafetería de la plaza hablando con sus amigos e intentando comunicarse con Sally (que no le cogió la llamada). Tanto Jason como Mike habían vuelto a preguntarle unas mil veces cuándo pensaba regresar. En realidad, hasta él mismo era consciente de que su visita se estaba alargando más de lo previsto. Llevaba exactamente un mes en aquel pueblo. Un puto mes. Y se le había pasado volando. Mientras los días en San Francisco parecían eternos y debía esforzarse por buscar algún tipo de entretenimiento para matar las horas, allí los días se sucedían unos detrás de otros muy juntos, con una rutina marcada y pocos sobresaltos. De hecho, se había sorprendido al mirar el calendario.

Los clientes todavía no habían llegado, pero ese día se celebraba un cumpleaños numeroso y le habían pedido a Harriet si podía acudir como refuerzo. Jamie se sentó en el taburete libre que había a su lado y estiró el brazo sobre la barra.

—Mi padre me ha dicho que cierto tío un poco raro se quedó el otro día de pie frente a la valla mirando todo el entrenamiento. Por tercera vez consecutiva. No te ofendas, pero empieza a resultar algo extraño...

—Pasaba por allí.

Luke se encogió de hombros.

—Ahora en serio. ¿Quieres que hable con mi padre? Necesita que alguien lo ayude con el equipo. De hecho, está pensando en retirarse. Lleva mil años dedicándose al fútbol y mi madre está harta de que nunca tenga tiempo para sí mismo. Tú estás libre. Podrías ocupar el puesto hasta que encontrásemos un sustituto.

—¿Estás de coña? No pienso perder el tiempo con chorradas. Me piraré de aquí dentro de nada.

Harriet levantó la vista tras la barra y le sostuvo la mirada durante unos segundos, antes de volver a centrarla en el vaso que estaba secando con un trapo. Secar, secar, secar. Repasó los bordes con cierto ahínco.

—Déjalo, Jamie —le pidió con voz dulce.

—Que conste que lo he intentado.

Luke puso los ojos en blanco y agradeció que Angie saliese del almacén cargada con una caja de botellas e interrumpiese la conversación.

—Hey, mañana iremos al lago, ¿os apetece venir? Harriet, podemos esperar a que cierres la pastelería al mediodía, preparamos algo de pícnic y asunto resuelto.

—Entre eso o dejar que me claven palitos de bambú entre las uñas, hum... —Luke se llevó un dedo al mentón y Angie le dio un manotazo entre risas.

—Lo traduciré por un sí.

El lago era mucho más inmenso de lo que Luke había imaginado. Las montañas, verdes e irregulares, se cernían sobre las tranquilas aguas. Los cuatro caminaron hasta el final del muelle de madera. Por suerte para él, durante aquel mes el clima había mejorado. El cielo se había desprendido del traje gris que solía vestir y se había enfundado un esmoquin de un brillante azul cobalto. El sol ondeaba en lo alto y bañaba el paisaje de un tono caramelo.

Observó a la joven rubia dejar en el suelo la cestita que llevaba en la mano y quitarse después la camiseta. Tragó saliva y, de pronto, le embargó cierta inquietud. Llevaba unos pantalones vaqueros cortos, deshilachados, y la parte superior de un bikini floreado. Luke sintió el extraño impulso de estirar del lazo anudado a su cuello, liberarla de cualquier resquicio de ropa y acariciar su piel con la yema de los dedos para comprobar si era tan suave como parecía...

—Vamos, ¡no te quedes ahí parado! ¡Ayúdanos! —exigió Angie. A Jamie le apetecía pescar y estaba concentrado en organizar la caja de pesca, repleta de cositas diminutas y brillantes que Luke no hubiese sabido catalogar. No sabía absolutamente nada sobre pesca—. ¿Piensas dejarte la chaqueta puesta?

—Hace frío.

—Estamos a veinte grados.

—Eso es frío.

Angie lo miró escandalizada, como si hubiese dicho algo terrible. Pero es que para alguien de San Francisco esa temperatura no era demasiado cálida. Tras emitir un suspiro hondo, Luke se quedó también en bañador y se sentó al lado de Harriet, con las piernas colgando del muelle y los pies sumergidos en el agua helada. Sus dedos se rozaron cuando apoyó la mano en la madera.

—No me digas que no es bonito... —dijo ella.

Tan solo se oía el cantar de los pájaros y a Jamie y Angie discutiendo de fondo sobre qué anzuelo utilizar. Harriet miró embelesada el reflejo de las montañas que se dibujaba sobre el lago. Con los ojos entrecerrados a causa del sol, Luke ladeó la cabeza para poder fijarse en ella. En ella y en sus labios húmedos, en ella y en ese escote que de repente quería descubrir, en ella y en sus ojos dorados...

—Hay cosas más bonitas.

—¿Cómo qué?

—Como una chica que conozco. —Sonrió cuando la vio sonrojarse y se inclinó unos centímetros hasta casi rozar su oreja antes de susurrar—: Apetecible. Y diferente.

Harriet se quedó paralizada durante unos segundos; rígida, seria.

—¿Qué se supone que estás haciendo?

Eso, buena pregunta. ¿Qué coño estaba haciendo? No estaba seguro. Verla con tan poca ropa le había nublado el juicio. Y empezaba a entender por qué se había casado con ella años atrás. Era inevitable. Era casi lógico desear ponerle un puto anillo en el dedo. Quizás estaba enfermando. Gripe o algo de eso.

—Solo bromeaba. —Le dio un codazo amistoso—. Relájate.

—¡Eh, vosotros! ¿Qué estáis cuchicheando? —Angie puso los brazos en jarras—. Tú, el tío idiota, sí, ven. Vamos a enseñarte cómo se pesca por aquí. No es buena hora para pescar, pero no importa. —Luke puso los ojos en blanco, se puso en pie y cogió la caña que le tendía—. Sujétala y mira cómo debes prepararla. Presta atención.

Él se mostró divertido mientras le explicaban cómo debía colocar el sedal y manejar la caña para lanzarla la primera vez. Cuando lo hizo, la sostuvo con la mano alrededor de cinco minutos antes de preguntar dónde podía dejar ese trasto.

—¿Sabes que el arte de la pesca requiere paciencia? —replicó Angie.

—¿Paciencia? No sé lo que es eso. —Luke rio.

Jamie se encargó de coger la caña de sus manos y colocarla adecuadamente para que no tuviese que estar pendiente de ella, antes de que los cuatro se sentaran en el muelle y Harriet repartiese los bocadillos que había preparado. Cuando terminaron de comer, ellos volvieron a acercarse a la zona donde habían dejado los artilugios de pesca junto a las cañas y Harriet y Angie aprovecharon el momento para irse a dar un paseo.

Como todos los bosques de la zona, aquel era frondoso, húmedo, repleto de helechos de color verde esmeralda y musgo de diferentes especies que se asentaba sobre el suelo y las rocas que encontraba a su paso. Angie se anudó el cabello en una coleta alta sin dejar de caminar y la miró por encima del hombro.

—¡Vamos, culo gordo! ¡Me haré vieja cuando me alcances!

—¡Serás...! —Harriet negó con la cabeza e intentó acelerar el paso—. Aquí la única que ha engordado últimamente se apellida Flaning. Siento tener que decírtelo, pero...

—Oye, ¡no seas zorra! Se te está pegando lo peor de Luke.

—Sabes que es broma. Estás estupenda.

—En realidad peso tres kilos más. Culpa tuya, por no parar de sobornarme con pasteles para que trate bien al tío ese que guardas en tu casa. —Se subió a una roca y contempló el horizonte—. ¡Me encantan estas vistas!

Habían ascendido lo suficiente como para que el muelle y Luke y Jamie pareciesen diminutos a sus ojos. El sol, dorado, resplandecía con más fuerza ahora que era mediodía. Harriet estaba ensimismada disfrutando del paisaje cuando sintió los dedos de Angie rodeando su muñeca con suavidad para atraer su atención.

—Cielo, necesito que me digas la verdad.

—¿Qué verdad?

—Te estás pillando por Luke. —No era una pregunta, tan solo una observación—. No voy a juzgarte. Bueno, vale, un poco sí. Es mi obligación recriminarte que te enamores de alguien como él. No parece un mal tipo, pero se irá dentro de poco y entonces ¿qué? No es justo que siempre seas tú la que lo pase mal por los demás. Por una vez... —suspiró—. Por una vez los demás deberían sufrir por ti.

—¿Pero de qué hablas? ¡Si ni siquiera lo conozco!

—A veces no hace falta saberlo todo sobre la otra persona. Yo tampoco conozco totalmente a Jamie, ni siquiera después de tantos años... —meditó—, y me gusta que me sorprenda, que cambie y me obligue a entenderlo de nuevo.

—Angie, déjalo. Para. Te estás equivocando.

Harriet dio media vuelta y comenzó a descender por el estrecho sendero del bosque que se abría entre los altos árboles y las plantas que crecían a sus pies. Intentó no resbalar por culpa de la humedad que siempre aparecía en las zonas del interior.

—¡No es una acusación! Solo simple curiosidad. Es evidente que existe una compenetración entre vosotros y que a él le gustas y...

—¿Qué? —Se giró, con el ceño fruncido—. No lo conoces en absoluto, no. Mira, solo somos amigos. Sé que se supone que deberíamos odiarnos, que sería lo más lógico, pero no es así; nos llevamos bien. ¿Cuál es el problema? ¿Por qué te molesta? Yo jamás he opinado sobre tu relación con Jamie. Y he... —parpadeó, evitando llorar—, he estado muy sola todo este tiempo.

Angie se llevó una mano al pecho. Las dos habían dejado de caminar.

—Lo entiendo. Te juro que sí. Pero él se irá...

—¿Y qué? Solo es un amigo. No pasará nada cuando se marche. La vida seguirá y todas esas cosas —masculló y le dio una patadita a una piedra que salió rodando.

—Un amigo no te miraría como si no hubiese desayunado. Y así ha sido exactamente como te ha mirado cuando te has quitado la camiseta. —Sonrió traviesa—. Parecía... hambriento. Le he pedido a Jamie que estuviese atento, por si se lanzaba a por ti en plan tiburón blanco.

—Eres una paranoica. Tu madre tiene razón: sois iguales.

Harriet rio al pasar por su lado mientras Angie maldecía por lo bajo. Recorrieron el resto del trayecto hablando de Barbara y sus progresos con Jerry, al que había bautizado como «el papá de Texas». Al parecer, las videollamadas entre ambos eran casi diarias y Angie no podía evitar verlo de refilón cuando la visitaba de improviso.

—Sé que es un tópico, pero juro que llevaba un sombrero de cowboy.

—¡No digas chorradas! —Harriet prorrumpió en una carcajada.

—Lo peor es eso, que no es broma. Ojalá pudiese fingir que sí —suspiró de un modo melodramático—. Y, a propósito, mi madre me pidió que te dijese que le debes una cena. Sabes que si no cumples tu promesa se volverá loca, irá la pastelería y cambiará otra vez el mostrador de sitio, ¿verdad?

—¡Por Dios, no! Me acercaré esta semana.

El resto de la tarde se deshizo mientras, tumbados sobre el muelle, los cuatro contaban anécdotas de tiempos pasados e intentaban atrapar algún pececito despistado (cosa que no ocurrió, tan solo lograron sacar un par de algas). Luke les habló sobre las travesuras que hacía de pequeño junto a Mike, Jason y Rachel, y Jamie se dedicó a desvelar todos los secretos sobre sus infancias. Desde el día en que Harriet y Angie habían acudido disfrazadas a la casa de un colega del pueblo por error, cuando tenían catorce años; hasta aquel otro día en el que las dos fingieron que se les había pinchado la rueda del coche en mitad del bosque para justificar que Angie llegase a casa más tarde del toque de queda que Barbara marcaba severamente.

Al llegar a casa, Harriet estaba agotada pero feliz. Luke abrió la puerta y llevó a la cocina las bolsas con los trastos del pícnic. Ella lo siguió.

—Te ha dado demasiado el sol. Tienes los mofletes rojos.

—No importa, lo he pasado bien —bostezó.

—¿Sabes qué deberías hacer ahora? Sentarte en el sofá y quedarte allí hasta que haga algo de cenar, ¿qué te parece? No esperes nada complicado aunque, admítelo, empiezo a defenderme.

—Has mejorado mucho, pero hoy me encargo yo.

Luke la miró en silencio unos instantes.

—Lo haremos los dos. Y será mejor que nos demos prisa, porque falta poco para que empiece el partido...

Luke acababa de dejar el móvil sobre la isla de la cocina cuando empezó a vibrar. Harriet se inclinó y leyó el nombre que aparecía en la pantalla. «Sally».

—¿No lo coges?

—No. ¿Tenemos queso en lonchas?

—Creo que sí. —Abrió la nevera y sacó la bolsita.

—¿Te apetece un sándwich?

Ella asintió con la cabeza; lo prepararon y se sentaron en el sofá para ver el partido mientras cenaban. Luke tenía que morderse la lengua para no gritar cada vez que fallaban alguna tontería. Ya en el descanso, Harriet se tumbó en su hueco del sofá y bostezó. Él la contempló en silencio y midió sus palabras antes de hablar.

—He estado pensando...

—Me das miedo.

—No, en serio. —Luke habló con esa habitual voz más susurrante, suave, que usaba cuando quería que le prestara atención—. Deberías ir leyendo poco a poco las cartas de tus padres. No todas de golpe, pero...

—Gracias, pero no.

—¿De qué te sirve esconder los problemas?

—¡Mira quién fue a hablar! —exclamó—. Es evidente que, si estás aquí tanto tiempo, debe ocurrir algo, algo en tu vida de lo que intentas escapar. ¿Qué otra razón si no tendrías para quedarte con un montón de desconocidos y pasar de tus amigos o de coger el teléfono?

—Hasta donde recuerdo, no estábamos hablando de mí.

—Pues ahora sí.

Luke dejó escapar un profundo suspiro.

—Intento que no seas como yo. Sé dar consejos, pero no aplicármelos. Quizá podría ayudarte saber qué ocurrió. Lo que sea que viviste cuando eras una niña marca lo que eres ahora. No puedes cambiarlo, pero sí entenderlo...

Ella apartó la mirada de aquellos ojos verdes y brillantes y la centró en el televisor. Pero no estaba atendiendo a los anuncios que se sucedían uno detrás de otro, su mente no dejaba de darle vueltas al mismo tema y de visualizar esas cartas amarillentas y atadas por el cordelito marrón...

Eso era lo que más odiaba de sí misma. La cantidad de veces que hacía girar los hechos en su cabeza, intentando visualizarlos desde diferentes perspectivas, dar con una explicación o solución más o menos lógica. A veces, pensar demasiado era un lastre que la obligaba a retroceder y le impedía mirar hacia delante.

—Está bien. Pero solo una. Una carta.

—Iré a por ella. Las escondí bien.

Luke le dedicó una sonrisa endeble antes de levantarse y regresó unos minutos después con el viejo papel en la mano. Se lo tendió, pero Harriet lo rechazó.

—Léela tú.

—¿En serio? ¿Estás segura?

Tumbada en el sofá, asintió torpemente con la cabeza.

«Fred:

No sé qué esperas conseguir echándome en cara todo lo que no hice, lo que no estuvo bien, lo que debería haber sido pero al final... Lo pasado, pasado es. No creas que todo fue mentira, no. Cuando te conocí, de verdad pensé que lo había encontrado a ÉL, a ese hombre especial. Ilusa de mí. Pronto me di cuenta de lo que esperabas en realidad: que fuese una más entre las patéticas mujeres de este pueblo, que me quedase en casa, aburrida, mientras tú te ibas a trabajar. ¿En serio? ¿En serio pensaste en algún momento que abandonaría mis alas? No me conoces. No me conoces ahora y no me conociste entonces. Deberías haberme dado lo que te pedí en su momento y quizás así... quizás así ahora mismo seguiría allí.

Por favor, no me escribas más. Necesito tiempo.

Ellie»

Luke dobló en dos la carta cuando terminó de leerla.

—Lo mismo.

—¿El qué?

—¡No me nombra ni una sola vez! —protestó Harriet—. ¿Qué clase de madre haría algo así? Ni siquiera se preocupaba por saber cómo estaba. No debería sorprenderme, teniendo en cuenta que me abandonó, pero...

—¿Cómo era ella?

—No lo sé, creo que tenía alma de *hippie* o algo así. Nadie me habla mucho del tema, pero he ido escuchando cosas durante los últimos años. —Se mordisqueó el labio inferior. Y, aunque el momento no invitase a ello, Luke contempló ensimismado ese pequeño gesto, la forma suave en la que los dientes lo atrapaban de forma sensual. Le dieron ganas de imitarla. De morderle la boca. Y eso no estaba nada bien—. Ellie conoció a mi padre cuando llegó aquí de casualidad con un grupo de amigos que mataban los días en la carretera yendo de un sitio a otro; tan solo estuvieron saliendo durante unas semanas cuando decidió que no regresaría con los suyos y que se quedaría en Newhapton y se casaría con él. ¿Raro, verdad? Supongo que debió de ser como una especie de flechazo o algo así...

Luke ladeó la cabeza. Estaba sentado en el borde del sofá, muy cerca de ella.

—¿Crees en eso? ¿En los flechazos?

—Pues claro. Muchas parejas se han conocido así. Simplemente sienten una especie de auténtica conexión y supongo que les resulta imposible seguir adelante sin esa otra persona. Como si hubiesen encontrado su otra mitad —vaciló—. ¿Tú no lo crees?

—No lo sé —contestó con suavidad sin apartar la vista de ella—. ¿Cómo sería esa especie de conexión? Descríbela.

Harriet rio y lo miró con los ojos entrecerrados, desde abajo, sin levantarse.

—No puedo decirte cómo sería exactamente porque nunca he sentido un flechazo, pero eso no significa que no crea en ello. —Se obligó a apartar de su mente el instante en el que había visto a Luke por primera vez, años atrás, saliendo de la piscina; el modo en el que sus pulsaciones se habían disparado y el corazón parecía atascársele en la garganta.

Él continuó observándola con esa intensidad que atropellaba todos sus sentidos. De nuevo, Harriet pensó que quizá Luke no era el chico más guapo que había conocido en su vida, pero tenía «algo», un «algo» de lo más atractivo que le impedía pasar desapercibido; era el descaro de sus gestos, su modo seguro de caminar, su penetrante mirada y ese puntito travieso...

—¿Estuviste enamorada de Eliott Dune?

—Supongo que sí —admitió—. ¿Tú lo has estado alguna vez?

—¿Enamorado? —Sonrió como si la pregunta fuese divertida—. No, joder, no. Por suerte.

—No sé si deberías considerarte afortunado por eso.

—Dame una buena razón para no hacerlo.

—Porque, según dicen, el amor mueve el mundo. El amor nos impulsa a hacer estupideces y a equivocarnos y a arriesgar. Negarte a ello es como querer jugar una partida de póker sin apostar ni un céntimo; así no tiene ninguna gracia.

—¡Vaya! Así que eres una de esas...

—¿Una qué? —Harriet se incorporó un poco en el sofá y cruzó los brazos sobre el pecho.

—Ya sabes...

—No lo sé, Luke.

—Una de esas chicas románticas que nunca tienen suficiente azúcar en su porción de pastel —bromeó—. ¿Por qué buscas complicarte la vida en vez de disfrutarla sin...?

—¿...responsabilidades?

—Eso es justo lo que quería decir. Lo tenía en la punta de la lengua.

—Porque si algún día encuentro a esa persona especial quiero que sea para siempre. Quiero conocerlo. Y quiero que me conozca. Que sea mi mejor amigo. Sin secretos, sin sorpresas ni disfraces. Solo nosotros.

—Suena aburrido. —Luke le dio un trago al botellín de cerveza que llevaba en la mano.

—A mí me parece más aburrido tirarme a cualquiera que se cruce en mi camino para no implicarme con nadie, pero, al mismo tiempo, hacerlo para evitar estar sola. Es triste. ¿Y sabes qué...? Bueno, olvídalo.

—No, abejita. Dime —repuso divertido.

—Pues que para eso ya tengo un consolador.

Luke tragó como pudo el último sorbo de cerveza y luego tosió.

—Ay, la hostia, ¿tú quieres matarme? —Antes de que Harriet pudiese hablar de nuevo, extendió una mano entre ambos para hacerla callar—. ¡No jodas que lo usas mientras duermo en el sofá, a tan solo unos metros de distancia...!

—¡Luke! —gritó entre risas—. No te emociones. Lo que intentaba decir es que, para mí, el sexo no es solo... eso —aclaró, y a él le pareció enternecedor que la conversación le resultase tan incómoda y que se sonrojase tan solo por pronunciar la palabra «sexo»—. Implica algo más profundo. Algo bonito.

—Vale, lo pillo. Así que nada de echar un polvo para matar las horas —chasqueó la lengua—. Bueno, entonces, ¿cuántos novios has tenido?

—Ya lo sabes. Uno. Eliott.

Se inclinó más hacia ella.

—¿Intentas decirme que solo te has acostado con un tío en toda tu vida?

—Sí, eso es. Punto para ti.

—No lo dices en serio...

—Tan en serio como que esta conversación empieza a alargarse demasiado.

—¿Llevas años sin follar?

—¡Deja de decir esa palabra!

—¿Follar?

—¡Luke! —Le dio un golpecito en el hombro—. Ya basta. Además, te estás perdiendo el partido. Tenía entendido que eso era como una especie de sacrilegio para ti.

Ella tenía razón. Se giró hacia el televisor y se sorprendió al darse cuenta de que el equipo que iba perdiendo había remontado hacía un buen rato. Ese tipo de despistes no solían ocurrirle cuando se trataba de fútbol. Pero, vale, puede que la charla sobre sexo fuese una excepción porque, joder, mientras se sucedían los últimos quince minutos de juego, no podía dejar de pensar en Harriet. En Harriet y su consolador. En Harriet y esa forma inocente y sensual que adquiría su mirada cuando estaban a solas. Y en Harriet, en una cama, y en lo mucho que la haría disfrutar para compensar todos aquellos años...

Joder. Se estaba poniendo duro. Ahí, en el sofá, a tan solo unos centímetros de distancia de ella. Qué mierda.

Evitó mirarla hasta que el partido terminó y, entonces, descubrió que se había quedado dormida. Pensó en cogerla en brazos para llevarla a la cama, pero no quiso despertarla ni tampoco invadir su habitación sin su permiso. Apagó el televisor y se entretuvo más tiempo de lo aconsejable observando su rostro. Tenía el cabello muy rubio y se aclaraba todavía más en las puntas. Aunque en esos momentos tenía las mejillas arreboladas a causa del sol que había tomado en el lago, su piel era todo lo contrario a la suya, pálida y de aspecto suave, sin una imperfección a la vista (Luke tenía dos pequeñas cicatrices: una en la ceja y otra en la sien). Y sus labios... Era imposible que dejase de imaginar a qué demonios sabrían. Eran perfectos, sonrosados y llenos.

Luke suspiró hondo mientras se amonestaba a sí mismo. Se levantó, cogió una de las mantas que había a los pies del sofá y cubrió el cuerpo de Harriet con ella. Después, todavía pensativo, colocó un cojín en el suelo, bajo el sofá, sobre la alfombra, y se tumbó allí.

Tardó en dormirse. Pero, cuando lo hizo, lo último en lo que pensó fue que desde donde estaba podía olerla a ella. Podía apreciar ese aroma a vainilla que Harriet arrastraba consigo.

//

—¡Joder! ¿Pero qué...?

—¡Me he caído! Creo. Ay —gimió Harriet.

—Hum. Un ángel se ha caído del cielo...

Luke sonrió somnoliento y abrazó el cuerpo de la joven, reteniéndola junto a él sobre la alfombra de pelo. Igual que la pasada noche, olía a vainilla. Olía como deberían oler todas sus mañanas. Era un buen despertar.

—Eso es cutre hasta para ti, Luke. Suéltame. —Harriet logró ponerse en pie con cierta dificultad e inspiró hondo mientras cogía la manta con la que él la había tapado la noche anterior y comenzaba a doblarla—. Podrías haberme despertado.

—No. Estás adorable mientras duermes, abejita.

—¡Venga, levanta! Tenemos que irnos.

Recorrieron las calles hasta Pinkcup dando su paseo habitual y, al llegar al establecimiento, lo mantuvieron cerrado mientras se internaban en la parte de atrás. Harriet se puso un delantal, abrió la nevera y empezó a sacar los ingredientes que necesitaba y a pasárselos a Luke que, a su vez, los dejaba sobre la encimera.

—He estado pensando...

—Odio cuando dices esa frase. —Harriet negó con la cabeza y encendió el horno enorme que estaba a un lado de la estancia para que empezase a calentarse.

—Creo que puede ser bueno. Me gustaría hacer un estudio de tu empresa. De hecho, ya tengo algunos detalles apuntados en el móvil... Era inevitable verlos. Podría serte de ayuda saber qué haces mal y cómo podemos potenciar lo positivo. Me dijiste que las cosas no van demasiado bien, ¿no?

Harriet lo miró en silencio.

—¿Por qué ibas a saber hacer algo así?

—Estudié marketing y publicidad en la universidad. Creí que lo sabrías, después de que averiguases... —hizo una pausa— lo de la lesión y, bueno, todo lo demás. —Se rascó la barbilla con cierta incomodidad.

—Ah.

—¿Te gusta la idea?

—¿Crees de verdad que podrías ayudarme?

—Puedo intentarlo. Mi amigo Jason montó un negocio hace un tiempo con dos socios más. Era una inmobiliaria. La cuestión es que al principio costó que despegase y habían invertido un capital a tener en cuenta, así que lo ayudé en lo que pude. No es que él no supiese hacerlo, fue de los mejores de su promoción y sabe bien cómo relacionarse, pero a veces cuando estás muy metido en algo puedes perder la perspectiva. Las cosas siempre se ven más claras desde fuera.

—Suena lógico.

—Y necesitaría ver las cuentas de la pastelería.

—De acuerdo.

Harriet tenía las manos manchadas de harina e intentó inútilmente apartarse con el dorso del brazo un mechón de cabello que había escapado de la coleta. Él acortó la distancia que los separaba y se lo colocó con cuidado tras la oreja. Estaban tan cerca que ella podía escuchar la respiración pausada de Luke y percibir aquel aroma algo cítrico que llevaba consigo a todas partes.

—¿Sirve también como disculpa por lo del otro día?

—¿A qué te refieres?

—Lo del campo de fútbol. Tú ibas a darme una sorpresa y yo te grité, y sé que es una chorrada, pero aun así me hace sentir como la mierda. De verdad que lo siento. Somos amigos. Quiero que sigamos siéndolo sin que haya nada tirante entre nosotros...

—Hace días que te perdoné aquello, Luke. Y no tienes que preocuparte por las cuentas de la pastelería para compensar lo que ocurrió ni nada parecido.

—No, no, joder. Lo hago porque quiero que esto funcione. Cuando me vaya, me quedaré más tranquilo si sé que todo marcha bien por aquí —admitió—. ¿Tienes a mano las cuentas?

—Solo las últimas, una parte. Lo demás está en casa.

—Dame lo que tengas y le echaré un vistazo. —Mientras ella sacaba de un armario un par de carpetas llenas de papeles tras lavarse las manos, él metió el dedo en el cazo donde el chocolate empezaba a fundirse y se lo llevó a la boca; luego se relamió el labio inferior antes de hablar—. Iré a la cafetería para trabajar en ello y poner al día los correos. Volveré para comer.

—Luke, gracias por esto.

—No tienes que dármelas.

Salió de allí haciendo tintinear las campanillas que colgaban sobre la puerta y avanzó por Newhapton con gesto pensativo, saludando a los vecinos que se cruzaban en su camino, disfrutando de la tranquilidad de la mañana. Empezaba a conocer cada rincón de aquellas calles laberínticas y empedradas y a estar familiarizado con los rostros de la mayoría. O, al menos, de aquellos que frecuentaban la pastelería o el *pub* de Jamie. Nunca había tenido ningún problema para socializar. Le resultaba sencillo percibir qué querían de él y cómo debía comportarse con cada persona.

Ya en la cafetería, pidió un revuelto de huevos con beicon y se sentó en la mesa junto al ventanal que solía ocupar. Abrió la carpeta de las cuentas de la pastelería y comenzó a estudiar el historial administrativo. Los ingresos cubrían poco más que el alquiler, el pago a los proveedores y las demás facturas adicionales; era evidente que esas horas extras en el *pub* a Harriet le daban un respiro para no ir tan al límite.

Pasados diez minutos, ya había encontrado dos fallos en las cuentas. Podía deducirse impuestos que no le habían añadido y, además, estaba pagando algunos servicios a la gestoría que ella no requería. Y, más allá del papeleo, Luke tenía bastante claro algunos de los principales problemas de la pastelería.

Se conectó al wifi desde el móvil mientras engullía los huevos revueltos. Tenía más correos de su antiguo jefe, de promociones estúpidas y de chistes en cadena que Mike solía reenviarle a modo de castigo o algo así. Los ignoró todos. También evitó meterse en ninguna red social (era sorprendente lo poco que ahora las echaba de menos) y se limitó a mirar la aplicación del chat. Había un mensaje de Sally.

«Espero que se te haya pasado la tontería. ¿Cuándo vuelves, Luke? Me estás asustando. Y sabes que odio estar sola. Lo odio. Conocí a un tipo hace un par de días, pero no es tan divertido como tú. En realidad es un poco muermo. Quiero que volvamos a pasárnoslo en grande, juntos.»

Luke respiró profundamente y dejó a un lado el tenedor para escribir con ambas manos en el teclado del móvil.

«Ya te dije que no contases conmigo. Sally, lo siento, pero no sé cuándo volveré. Y, si lo hiciese pronto, no quiero que las cosas sigan como antes. Tú tampoco deberías querer. Te deseo toda la suerte del mundo. Besos, L.»

Antes de presionar el botón de enviar, permaneció unos instantes pensativo. Cuando por fin lo hizo, buscó entre los numerosos contactos a Rachel. Estaba en verde, conectada.

Luke: Hey.

Rachel: Gran saludo.

Luke: Hola, lerda. ¿Mejor así?

Rachel: Al menos son más de tres letras. ¿Cómo estás?

Luke: Bien. Mejor. ¿Qué tal marcha todo por ahí?

Rachel: Marcha, sin más. Pero hablemos de ti. Y de la misteriosa Harriet.

Luke: Eres una cotilla, ¿lo sabías?

Rachel: Ajá. Tanto como tú. Quiero saber qué te traes entre manos. Y va en serio, Luke, no intentes escaquearte esta vez. Juro que no les diré nada a Jason y Mike. Porfa, porfa. Compadécete de mí.

Luke: No hay nada que contar, zanahoria. Ya sabes que tiene una pastelería, ¿verdad? Pues ahora estoy aquí, aburrido, echándole un vistazo a las cuentas. No me la estoy tirando. No está ocurriendo nada interesante.

Rachel: Adoro la simplicidad de tu mente. Y lo de «zanahoria» es el colmo de la originalidad. Bravo.

Luke: Eh, no estoy siendo simple. Harriet me cae bien, incluso somos amigos; eso es profundo, ¿no? A mí me parece que sí.

Rachel: Tú nunca has tenido amigas. Exceptuándome a mí, quiero decir.

Luke: Bueno, pues se te acabó la exclusividad.

Rachel: ¿Sentirías la misma indiferencia que sientes conmigo si vieses a Harriet desnuda, recién salida de la ducha y *(Rachel está escribiendo…)*?

Luke: Para, joder. No hagas que me la imagine desnuda. Estoy en un sitio público.

Rachel: ¡Lo sabía!

Luke: Que te den. ¿Sabes qué? Casualmente, creo que acabo de olvidar el regalo que había decidido comprarte por tu cumpleaños. Y eso que era algo genial, inigualable. Lástima. Otro año será.

Rachel: ¡Eh! Ni yo ni mi futuro regalo tenemos la culpa de que tú te pongas cachondo con nada y menos. Así que mueve ese culo y vuelve a San Francisco con lo que sea que hubieses pensado comprarme. De verdad que te echo de menos. Y sé que necesitabas un tiempo para reorganizar tu vida, pero ha pasado más de un mes. Ya es hora de regresar, Luke.

Luke: Todavía no.

Rachel: ¿Por qué?

Luke: Estoy tranquilo. Solo eso. Y hacía mucho tiempo que no me sentía así.

Rachel: De acuerdo... *(Escribiendo...)* ¿Hay algo en lo que pueda ayudarte?

Luke: ¿Has encontrado un dinosaurio vivo que pueda tener como mascota?

Rachel: ¡Va, capullo! Lo decía en serio.

Luke: *(Carita sonriente)* Me basta con que controles a esos dos en mi ausencia.

Rachel: Los llevo con mano dura. Jason está medio obsesionado con conseguir a unos clientes japoneses que quieren vender dos propiedades enormes. Y Mike es Mike. Sé cómo manejarlo. Hablamos pronto, Luke. Creo que se me está quemando la comida (otra vez). Cuídate.

Dejó el móvil en la mesa y se terminó los restos del beicon y los huevos, que ya estaban fríos. Estaba a punto de pagar, ya en la barra, cuando se fijó en uno de los panfletos promocionales que había apilados.

—¿Feria anual?

—Se monta a las afueras del pueblo, cerca del campo de fútbol. —Le explicó el camarero. Se llamaba Brandon y, a esas alturas, habían charlado en un par de ocasiones—. Nosotros tenemos asignado un puesto de cata y venta de vinos, en colaboración con la bodega de Martin. Pásate por allí si quieres probar una buena cosecha.

—¿Es la próxima semana?

—Sí, desde el jueves hasta el domingo. Uno de los pocos acontecimientos importantes que hay en Newhapton, junto a las fiestas de verano. Ya te habrás dado cuenta de que esto es más tranquilo que una funeraria en vacaciones —rio su propio chiste.

Luke cogió uno de los coloridos cartelitos y le echó un vistazo a la programación con gesto pensativo.

—¿Cómo habéis conseguido participar?

—Cosas del jefe. Creo que solicitó permisos en el Ayuntamiento.

—Entiendo... —Sacó el dinero del bolsillo y le dejó a Brandon más propina de lo habitual, que la aceptó sonriente—. Gracias.

No fue a comer a la pastelería, tal como le había prometido a Harriet. Pasó las horas en la sala de espera de las oficinas del Ayuntamiento, esperando a que los trabajadores de allí regresasen tras la media hora libre que tenían al final de la mañana. Y fue una tontería, pero echó de menos desenvolver el papel de aluminio del sándwich que él y Harriet solían preparar tras levantarse para no tener que regresar a casa al mediodía y perder más tiempo. Solían comer en la trastienda, sentados sobre cualquier encimera, mirándose el uno al otro, mientras él le preguntaba tonterías, cosas estúpidas que a ella la hacían reír. Como si creía que la forma de caminar de los pingüinos era ridícula o si pensaba en la posibilidad de que unas orugas gigantes de color púrpura invadiesen el planeta Tierra.

A Luke le gustaba verla reír. Percibir las arruguitas que se formaban alrededor de sus ojos vivaces y cómo, avergonzada, se tapaba la boca con el dorso de la mano cuando la carcajada se tornaba más fuerte y sonora.

Ya era tarde cuando salió del Ayuntamiento, así que al regresar decidió ir directo a casa sin pasar por Pinkcup. Empezó a notar un cosquilleo extraño cuando advirtió que sus pies le habían conducido hasta el campo de fútbol.

Se quedó de nuevo frente a la verja metálica, con la carpeta que contenía los papeles del negocio de Harriet bajo el brazo. No estaba seguro de si algún día se cansaría de ese deporte, pero era evidente que el momento aún no había llegado porque no podía ignorarlo, no podía seguir caminando sin más y dejarlo atrás...

Estaba tan absorto observando uno de los ejercicios del entrenamiento que ni siquiera se dio cuenta de que el entrenador había dejado a solas a los críos y estaba frente a él, al otro lado de la valla.

—¿Piensas venir cada día a mis entrenamientos y quedarte ahí parado, chaval?

—¿Cómo dice?

—Ya me has oído —gruñó.

El padre de Jamie era casi peor que el hijo. Gruñón, arisco, con un rostro duro e inexpresivo, pero más robusto y ancho de espaldas. Y sin tatuajes a la vista.

—¿Existe alguna ley que me prohíba hacerlo? Hace tiempo que no le echo un vistazo a la Constitución...

—Así que vas de graciosillo. —Sus ojos, que ya eran pequeños de normal, se entrecerraron todavía más bajo el sol del atardecer—. ¿Crees que porque te lesionaste y tu carrera se fue a pique tienes derecho a estar enfadado? Sí, no me mires así. Mi hijo me lo ha contado todo. ¡Eres un palurdo!

—Me está empezando a tocar los cojones.

—Deberías estar aquí o en cualquier otro lugar, aportando a los demás lo que sabes, tu experiencia. Pero no... —Se burló con voz infantil y se llevó los puños cerrados a los ojos para fingir que lloraba. Aquel anciano se estaba quedando con él, ¿qué demonios...? Ya entendía por qué el pobre Jamie estaba tan pirado—. Vas por ahí lamentándote por las esquinas. ¿Quién fue tu entrenador en la universidad? Dímelo, porque pienso escribirle una carta de protesta. Su función era fortalecerte, independientemente del fútbol, y es más que evidente que no lo hizo.

—¿Está mal de la cabeza? ¿Qué coño le pasa? ¡Si dice una puta palabra más...!

—¿Qué harás? ¿Quedarte detrás de esta valla y seguir lloriqueando como hasta ahora? —Soltó una risotada que terminó de encenderlo.

Echaba chispas. De verdad que sí. No es que fuese demasiado heroico tener ganas de pegar a alguien, pero es que... Uf, era como si aquel tipo hubiese tocado las teclas exactas para hacerlo explotar.

Antes de pensarlo, ya lo estaba haciendo. Rodeó el lateral hasta llegar a la puerta del recinto y entró. Caminó (casi corrió en realidad) hasta el centro del campo, donde el padre de Jamie acababa de regresar. Solo cuando llegó allí, lleno de rabia y fuera de sí, se dio cuenta de que todos lo miraban. Los veinte chavales que había allí. Más el dichoso entrenador, claro. Un tenso silencio invadió la escena hasta que, de pronto y sin razón aparente, uno de los críos comenzó a aplaudir. Y después lo hizo otro y otro más, hasta que todo el grupo se sincronizó y Luke se sintió rodeado y aturdido.

—¿Qué demonios hacéis?

—¡Cuéntanos cómo fue jugar en San Francisco! —pidió uno de los chavales.

—¿Te dolió lo de la rodilla?

—¿Puedes conseguir que nosotros también quedemos segundos en el campeonato regional?

—Eh, chicos, ¡orden! Parad.

El padre de Jamie alzó los brazos en alto y todos guardaron silencio. Luke se sentía como una especie de oso panda en extinción al que no dejaban de observar. Quería largarse de allí, pero al mismo tiempo...

Para su sorpresa, el entrenador le rodeó los hombros con un brazo y lo zarandeó a un lado sin ninguna delicadeza.

—No podemos obligarlo a que venga a los entrenamientos. Depende solo de él. Sed un poco comprensivos, chicos. —Miró a los chavales con gesto afable. De ancianito angelical no tenía ni un pelo—. ¿Qué dices, Luke? ¿Te tienta la idea? Empezamos a las cuatro todos los días.

Luke lo asesinó con la mirada. En serio. Si hubiese tenido el poder de matar con los ojos, el padre de Jamie ya estaría fulminado sobre el césped. Quería darle un codazo y apartarlo de una vez, pero hubiese quedado un poco raro hacerlo delante de los críos.

—Claro. Ya me pasaré, si eso...

—¿«Si eso» significa que lo harás? —preguntó un chico bajito, con el pelo de color paja y unos ojos redondos y azules.

El entrenador le susurró al oído.

—¿Dónde está tu dichoso corazón?

—No lo sé, pero al tuyo pienso darle un buen repaso en cuanto dejemos de tener público. —Sonrió de cara a los chavales, como si estuviesen murmurando un par de bromas en plan viejos amigos y se dirigió finalmente a ellos con aparente entusiasmo—. ¡Vendré mañana! Pero solo un rato, ¿de acuerdo? Tengo algunas cosas pendientes que hacer...

—¿Y nos enseñarás algún truco?

—Algo caerá, sí.

El hombre le presionó el hombro con la mano y ambos se alejaron de los chicos caminando por el césped. Luke se zafó de él en cuanto tuvo la oportunidad.

—¿Qué coño has hecho? ¡No quiero venir a un puto entrenamiento! —siseó.

—¿Entonces por qué te quedas siempre ahí parado en la valla mirándonos? Pareces un demente. A los dementes se los encierra. Y a los que saben de fútbol se los mete en el campo. Y punto final.

—Ya veo que a ti lo de razonar como que no te va...

—Llámame de usted.

—¡No me jodas!

—¡Chaval, te la estás jugando! A partir de ahora, te dirigirás a mí como señor Trent. ¡Nos vemos mañana, a las cuatro! —gritó, cuando Luke ya se alejaba hacia la puerta, resoplando—. ¡Y ni se te ocurra llegar tarde!

12

—¡Ese hombre está pirado!

—¡Luke! No digas eso. Harrison es un buen tipo. Toma, lleva los vasos a la mesa mientras termino de aliñar la ensalada.

—A mí ni siquiera me ha dicho que se llamaba Harrison. Me pidió que me dirigiese a él como «señor Trent». Ese viejo gruñón... De verdad, fue una encerrona en toda regla.

Ella sonrió cuando se aseguró de que se había marchado al comedor, todavía sin dejar de parlotear y protestar por lo bajo. Estaba contenta por que el padre de Jamie hubiese ejercido con él algún tipo de terapia de choque; le daba igual si había sido demasiado cruel o si se había tomado excesivas confianzas (lo conocía bien y solía ser exigente y rudo, pero también empático). Lo importante era que, al día siguiente, Luke estaría sobre un campo de fútbol por primera vez en mucho tiempo.

Se sentaron en la alfombra para cenar, como siempre. Él pinchó con rabia unas cuantas hojas de lechuga y se las llevó a la boca.

—Odio esta mierda verde.

—¡Pues no te la comas, tonto! ·

—Eh, pienso en mi salud. —Sonrió cuando la vio negar con la cabeza y emitir un bufido—. Bueno, recuerda que mañana tenemos una cita.

Harriet notó su estómago sacudirse. El tenedor osciló entre sus dedos cuando se giró sorprendida hacia él, que seguía engullendo la cena con la mirada fija en el televisor.

—¿Una cita?

—Te dije que hablaríamos sobre la gestión de la pastelería.

—¡Ah, eso, claro! —exclamó nerviosa, cayendo en la cuenta de lo que Luke quería decir—. ¿Qué te parece si ponemos el despertador tres horas más tarde, nos levantamos a media mañana y hacemos algo consistente para desayunar, algo que a ser posible no incluya el pan de molde? Antes de cerrar ya he puesto un cartelito avisando de que estaría cerrado por descanso del personal...

Luke la miró fijamente.

—Joder, a veces entiendo por qué me casé contigo.

—¡Deja de decir chorradas! Va a empezar la película, chsss.

Harriet se despertó de buen humor. Ahora que Susan estaba en el *pub* y ella solo iba como refuerzo algún día, empezaba a ser consciente de lo agradable que era no vivir tan atareada. También acentuaba ese pensamiento el hecho de tener dos manos más que la ayudasen en las tareas domésticas. Además, Luke también se había encargado de reparar desperfectos de la casa que ella siempre relegaba al último punto de su lista de cosas por hacer, y, desde que él formaba parte de su vida, sentía menos presión.

Aquella mañana la casa olía a beicon, a salchichas y a huevos. El tentador aroma la ayudó a levantarse y dirigirse hasta la cocina, donde Luke estaba frente al hornillo encargándose del desayuno. La miró por encima del hombro al percatarse de su presencia.

—¡Buenos días! ¿Vas descalza? ¿Por qué estás descalza?

—Ya casi no hace frío. —Se acercó hasta donde él estaba y apoyó una mano en su hombro para impulsarse un poco y ver las salchichas que chisporroteaban en la sartén—. Qué buena pinta.

—Te vas a resfriar.

Él negó con la cabeza e intentó ignorar lo agradable que era estar allí, hablando de nada en concreto, con la mano de Harriet rozándole el hombro y robando descaradamente un bocado de huevos revueltos. La vio masticar mientras sonreía tímidamente. Vestía unos pantalones grises de algodón y un suéter raído que le quedaba enorme, pero con el que parecía sentirse muy cómoda. Y a Luke le gustaba que vistiese así para estar por casa, despreocupada, tranquila, preciosa.

—He llegado fácilmente a la conclusión de que todas nuestras mañanas deberían ser así. Levantarnos a las diez, desayunar, dar un paseo...

—... vivir del aire.

—Tomar un café en la terraza de atrás. Nunca la usamos.

—Tienes una imaginación desbordante. —Harriet rio—. Si quieres, podemos almorzar ahí. Hace buen tiempo.

Era verdad; el día era luminoso y apetecible, con cierto toque primaveral. Ella se arremangó las mangas del suéter cuando salieron a la terraza y se acomodaron sobre los múltiples cojines que había en el suelo. Los tarritos de cristal, que solía dejar ahí porque no sabía qué otro sitio agenciarles, estaban cubiertos de polvo. Harriet se dio cuenta entonces de que, a excepción del momento en el que leyó la primera carta de su madre, hacía tiempo que no dedicaba un rato a mirar las hojas, seguras, intactas. Ni tampoco había necesitado escaparse más veces al bosque.

—Tenemos bastante trabajo por delante en la pastelería —comenzó a decir Luke, tras dejar sendos platos sobre la mesita, algo desconchada por el azote del viento y la lluvia, que había frente a ellos. La rodilla de él le rozó el muslo cuando se acomodó a su lado y Harriet sintió su cuerpo estremecerse. Se apartó unos centímetros—. Para empezar, me gustaría que me dejases ocuparme de las cuentas durante un tiempo.

—¿Cuánto tiempo? —Tragó con dificultad—. ¿Qué pasará cuando te marches?

—Puedo seguir encargándome de ello a distancia. No será un problema.

—Luke...

Él se giró y sus ojos verdes resplandecieron bajo el sol de la mañana. Eran como un prado de hierba salvaje en verano. Harriet tragó saliva.

—Dime, abejita —sonrió burlón.

—¿Ya sabes cuándo te irás?

—Todavía no. —Su semblante se tornó serio de golpe, bajó la vista a su plato y después murmuró—: Supongo que pronto.

Casi por primera vez desde que él había irrumpido en su vida, un silencio incómodo los envolvió. Harriet lo miró de reojo y luego giró la cabeza y contempló las nubes de algodón que salpicaban el cielo. Y pensó, pensó que no debería afectarle tanto saber que pronto se iría, porque era algo evidente, previsible. Algo que, supuestamente, debería estar deseando que ocurriese. La voz suave de Luke se alzó cerca de su oreja.

—Creo que echaré de menos todo esto. El pueblo. La calma. Comer dulces. A ti.

—Yo también —susurró ella con un hilo de voz.

—Pero lo importante es que esté donde esté puedo seguir ocupándome de tus cuentas. Confía en mí —repuso con brusquedad—. Hay algunos errores que subsanar, no es nada relevante, pero puedes deducirte más impuestos. Ahora, en cuanto al producto...

—¿Qué pasa?

—Los dos sabemos que es perfecto, que todo lo que haces es increíble, pero tienes que dejar de variar tanto. A partir de ahora, tienes prohibido hacer recetas nuevas, a excepción de una por semana. De hecho, lo ideal sería que eligieses un día concreto para incluir algún dulce nuevo y, después, en función de cómo respondan los clientes, ya veremos. Por ejemplo, los lunes sería perfecto; es el día más tranquilo y podría ser un reclamo. Además, los domingos siempre tienes más tiempo para cocinar —aclaró y sonrió cuando la vio fruncir el ceño—. Harriet, hazme caso. No puedes tener tanto género, tiras muchas cosas, ni siquiera llevándolas gratis al *pub* de Jamie consigues deshacerte de todo lo que sobra. Eso son pérdidas. Puedes ir añadiendo más variedad conforme el negocio vaya creciendo, paulatinamente.

—¿Qué tendría que eliminar? Todo es necesario.

—Tardé como una semana en probar la mayor parte de tus productos fijos. Eso no es normal. Me he fijado que el pan, los dónuts, las galletas y los *cupcakes* se venden bien y a diario. En cuanto al resto... Quiero que invites a Jamie y a Angie a la pastelería esta tarde, a las seis y media. No serán más de un par de horas, pídeles que dejen a Susan sola en el bar un rato y que vengan con hambre. Haremos una cata de los productos y los puntuaremos. Los diez que mejor nota saquen se quedan fijos. Los otros..., adiós.

—¡No! ¿Cómo...? ¡No puedo pedirles eso! Y además... ¡Diez productos es muy poco!

—Sí, sí se lo puedes pedir. Y no, no es poco, es lo habitual. De hecho, sigue siendo demasiado para un pueblo como este. También he pensado más cosas, como la posibilidad de asociarnos con alguna cafetería, que pudieses venderles dulces a ellos a un precio más reducido. Sería perfecto tener todos los días un encargo mínimo, podrías contar con ese ingreso fijo. ¿Y adivina qué más?

—¿Todavía hay más?

Harriet lo miró incrédula. Estaba feliz, aunque también le asustaba el hecho de tener que reducir las innovaciones en repostería y enfrentarse a nuevos retos. Pero necesitaba urgentemente darle un empujón a Pinkcup.

—Sí. La próxima semana participarás en la feria anual que viene a Newhapton. Compartirás el puesto con la cafetería de Kate, la de la esquina que está tres calles más allá. Ella servirá cafés a los turistas y los visitantes y tú te encargarás de la parte de la repostería. El Ayuntamiento se queda con un beneficio del quince por ciento.

—¿Lo dices en serio? ¿Cómo has conseguido eso?

—Por culpa de mi encanto natural —sonrió al verla tan entusiasmada y se giró más hacia ella, ignorando que sus piernas se rozaban con suavidad entre los cojines—. Escucha, es una gran oportunidad. En el Ayuntamiento me aseguraron que durante la feria acude muchísima gente de todos los pueblos de alrededor, así que tenemos que llamar su atención de algún modo.

—¡Me estoy agobiando!

—Eh, tú no te preocupes por nada. Esta mañana he llamado a Mike y le he pedido que se encargue de hacer unas tarjetas básicas, rositas, tan azucaradas como tu tienda —rio—, con el nombre de Pinkcup, el teléfono, los servicios que ofreces, un email que todavía no he creado, pero que pienso hacer en cuanto pueda, porque, joder, ¿cómo puedes no tener correo electrónico? Eres muy rara.

—¿Lo estás diciendo en serio? ¿Le has endosado a tu amigo, al que ni siquiera conozco, que se ocupe del que se supone debería ser mi trabajo?

—No te alteres. Mike no tiene nada mejor que hacer, sus negocios funcionan solos. Él tiene un ordenador a mano y en hacer algo así apenas se tarda más de veinte minutos. Tranquila. Cómete lo que queda del beicon.

—Se me ha cerrado el estómago.

—Vale, si insistes... —Pinchó el trozo de beicon de su plato y se lo llevó a la boca, sonriente—. Todo saldrá bien. Las tarjetas llegarán a principios de la semana que viene, y, durante estos días, planificaremos qué dulces venderemos allí, ¿de acuerdo? Eh, parece que estés a punto de palmarla. Cálmate, Harriet.

—Eso es fácil decirlo, pero son muchas cosas de golpe...

—Estamos los dos en esto.

Él cogió su mano y le dio un apretón. Cuando tropezó con sus ojos ambarinos, le dedicó una de sus sonrisas tranquilizadoras. Harriet ya no sabía si estaba nerviosa ante la idea de acudir a la feria, con toda la alta alcurnia de Newhapton paseándose a su alrededor, nerviosa por los cambios que se avecinaban en su negocio de la noche a la mañana o nerviosa por el modo suave y dulce con el que Luke sostenía su mano entre las suyas, que eran cálidas y masculinas.

Dios. Era como si en su corazón acabase de inaugurarse un espectáculo de fuegos artificiales. Y todo eran chispas, colorines y ruido aquí y allá.

Escapó de su agarre al notar que empezaba a temblar.

Solo le faltaba que él se percatase de esa sensación tan extraña que despertaba en ella cada vez que la tocaba, que la rozaba, la miraba...

Respiró hondo.

—¿Cuándo empezamos? Madre mía, ¡hay un millón de cosas que hacer! —Se puso en pie y recogió los platos del almuerzo antes de internarse de nuevo en la casa. Luke la siguió contrariado.

—Tú solo descansa el resto de la mañana. Haz alguna de esas cosas relajantes que hacen las personas normales. Date un baño de espuma. O tómate un café en alguna terraza, por ejemplo. —Cuando dejó los platos en la pila, la sujetó por los hombros para obligarla a mirarlo—. Yo iré a las cuatro a ese estúpido entrenamiento y, mientras tanto, tú te encargas de lo que mejor sabes hacer, ¿de acuerdo? Irá todo bien, abejita.

Harriet se dio un baño de espuma.

Llevaba más de un año viviendo en aquella casa y era la primera vez que lo hacía. Siempre había sido de duchas rápidas, sin perder el tiempo, buscando la practicidad. Cuando se sumergió en el agua tibia, realmente pensó que no podía existir una sensación más placentera. Hasta que imaginó cómo sería que Luke estuviese en el otro extremo de la bañera, desnudo, mirándola de ese modo tan intenso que conseguía que temblase por dentro...

«Mal, fantasear con Luke estaba muy, pero que muy mal.»

Cerró los ojos, respiró hondo y se amonestó a sí misma.

Después dedujo que tampoco importaba demasiado lo que pudiese sentir. Él se iría pronto. Eso había dicho. El hecho de que fuese a marcharse próximamente resolvía todas sus posibles dudas. Como, por ejemplo: ¿a qué sabían sus labios? ¿O cómo sería sentirse cobijada y arropada por esos brazos suyos que desprendían seguridad? ¿Y por qué tenía la extraña necesidad de querer hacerlo feliz, de intentar averiguar por qué había llegado a Newhapton tan perdido, tan difuso...? Ahora Luke parecía diferente. Más alegre, más risueño, más entero.

Salió del baño arrugada como una pasa y sintiéndose flotar. Juntos, picaron algo para comer e intentó ver las noticias mientras Luke le hacía varias de sus preguntas chorras. «¿Preferirías morir devorada por un león o por un tiburón?» Por un león, evidentemente. Le tenía pánico al mar profundo, a no tocar fondo con el pie y a los tiburones desde que de pequeña vio esa película tan traumática. Él eligió el tiburón porque aseguró que cuando te arranca algún miembro del cuerpo el mordisco es tan limpio y letal que el cerebro no asimila la sensación de dolor.

—Te lo estás inventando.

—¡Claro que no! —sonrió—. Tú sufrirías más. Los leones son torpes, desgarran y cogen la carne con sus patitas y todas esas cosas, son como gatitos gigantes.

Harriet emitió una carcajada.

—Tienes suerte de que nadie más pueda oír las tonterías que salen de tu boca. ¿Y sabes...? Yo al menos tendría la oportunidad de escapar, podría correr...

—Porque por todos es sabido que los humanos son más veloces que los leones.

—También podría subirme a un árbol —añadió—. ¿Tú qué harías? ¿Chapotear como una foca bebé en medio del océano? Uy, sí, qué idea más genial.

Luke se puso en pie.

—Esta conversación es estúpida. Y será mejor que me marche ya al infierno, digo, entrenamiento. —La pilló de improviso cuando se inclinó hacia ella, que seguía sentada en el sofá, y le dio un beso en la frente. Hasta él pareció sorprenderse de su propio impulso y, cuando volvió a erguirse, permaneció unos segundos en silencio, mirándola desde arriba—. Nos vemos luego. Iré directo a la pastelería.

Iba a decirle que todas esas conversaciones que siempre calificaba de estúpidas las empezaba él, pero aquel beso la había dejado tan aletargada que, cuando consiguió abrir la boca, Luke ya se había ido. Aún sentía el tacto suave y cálido de sus labios en la piel, como un rastro invisible que no parecía que fuese a desaparecer pronto. El incómodo cosquilleo que se apoderó de su estómago la instó a ponerse en pie, irse a Pinkcup y comenzar a preparar todos los dulces que necesitaba para la cata.

A las seis de la tarde, llegó Angie. Y no la acompañaba Jamie, sino Barbara.

Harriet le dio un beso en la mejilla a la mujer al tiempo que le dirigía a su amiga una mirada interrogante.

—¿Qué estás haciendo aquí?

—Te dije que, si no venías pronto a cenar y traías a ese chico guapo contigo, vendría yo misma para hacerte una visita. Y qué mejor que hoy, así estamos todos juntos —aclaró, mientras entraban en la pastelería.

—Juro que he intentado evitarlo, pero, oye, ni amenazándola con quitarle Facebook ha cedido. Es de piedra esta señora.

—Esta señora de la que hablas es tu madre, ¡un poco de respeto, Angie! —protestó Barbara.

—¡Me desesperas!

—¡Y tú a mí!

Harriet sonrió mientras terminaba de colocar los dulces que había preparado sobre las bandejitas de cartón que tenía apiladas en el mostrador. Estaba más que acostumbrada a las discusiones entre madre e hija desde que tenía uso de razón. Lo mejor de todo era que luego no podían estar más de dos días sin verse, se buscaban la una a la otra incluso durante esos enfados tontos en los que se negaban la palabra. Barbara tenía razón en una cosa: eran igualitas.

—¿No viene Jamie?

—Me ha dicho que en cinco minutos estaría aquí —aseguró Angie.

—Hablando de hombres, ¿dónde está tu misterioso marido?—masculló su madre.

—En un entrenamiento. Tampoco tardará en llegar. —Le tendió a Angie una de las bandejas para que la llevase a la mesa que había en el otro extremo de la estancia—. A propósito, ¿fuiste tú la que le hablaste a Harrison de él? Parece que fue bastante..., hum, directo.

—Lo hizo Jamie. Cuando le contó el historial de Luke a su padre, ¡no veas lo que se emocionó el hombre! Literalmente dijo que acababa de encontrar a su sustituto. Tuvimos que calmarlo y explicarle que su estancia aquí es temporal, pero no estoy segura de que la idea calase en él al cien por cien. A cabezota no le gana nadie.

Cuando el silencio se alargó lo suficiente como para que Angie pensase que Harriet había dado por finalizada la conversación, las palabras escaparon de sus labios.

—Esta mañana comentó que se iría pronto.

Colocó las porciones de la tarta *Red Velvet* en una de las bandejas y no se dio cuenta de que Angie estaba a su lado hasta que alzó de nuevo la cabeza.

—Eh, ¿estás bien?

—Sí, claro.

—Pues no lo parece —sentenció Barbara.

—¿Soy bienvenido a la reunión de mujeres? —preguntó Jamie mientras entraba. Saludó a su suegra y a Harriet con un cariñoso abrazo y después depositó un beso rápido en los labios de su novia—. He traído algo para beber.

—Gracias. Déjalo en la mesa.

Luke apareció en el preciso instante en el que Jamie terminaba de colocar los refrescos. Entró en la pastelería y lo miró con los ojos entrecerrados.

—¡Tú padre es el diablo!

Jamie rio y negó con la cabeza, mientras las otras le presentaban a Barbara y ella aprovechaba el momento para evaluarlo desde todos los ángulos posibles como si fuese a hacer algún estudio anatómico sobre él.

—Eres incluso más guapo en persona.

—¿Incluso?

—Te he visto en fotos, en internet.

—Ah, vale, deduzco que todos los habitantes de Newhapton están ya al tanto de los fracasos de mi vida. Genial —replicó sarcástico, y luego le dedicó una sonrisa sincera que terminó por encandilarla—. Encantado de conocerte, Barbara. Me han hablado mucho de ti.

—Espero que cosas buenas...

—Más que buenas. Harriet es incapaz de decir nada malo de nadie. —Miró a Jamie—. Ni siquiera tratándose de tu padre. Algo incomprensible, por cierto.

—¿Qué te ha hecho el canalla de Harrison? —preguntó Barbara con alegría, al tiempo que se sentaban a la mesa, que ya estaba repleta de bandejitas llenas de dulces.

—Abandonarme. Lo digo en serio. —Volvió a dirigirse a Jamie, al que la situación le parecía más que divertida—. Se piró a los cinco minutos de empezar y no volvió hasta que ya habíamos terminado. Tuve que encargarme de todo el entrenamiento, dejó tirados a los chavales.

—Ten, para ti.

—Gracias, querida esposa.

Luke aceptó el cuenco pequeño con unas cuantas patatas fritas de bolsa que Harriet le tendió y movió un poco la silla para dejarla pasar y que pudiese sentarse a su lado. Angie los miró con curiosidad y alzó una ceja.

—¿Por qué él tiene patatas?

—Es que le gusta comer algo salado entre tanto dulce. —Extendió las manos, inaugurando la presentación—. ¡Y aquí tenéis la cata! ¿Qué os parece? Faltan algunas cosas, pero como no cabían las traeré cuando terminemos algo de esto.

—Te diré lo que me parece: un kilo y medio más, como poco —respondió Angie sonriente, y cogió y empezó a mordisquear un palito de caramelo.

—¡Eh, eh, esperad! —Luke fue a la trastienda y trajo consigo cuatro folios que repartió a todos, menos a Harriet—. Cada producto que probemos, escribimos el nombre y al lado la puntuación que le damos del uno al diez, ¿de acuerdo? Después haremos una media y nos quedaremos con los más votados.

—¡Es una idea genial! —aplaudió Angie—. ¿Sabes la cantidad de trabajo que te ahorrarás, Harriet? Todo será más práctico, más rápido.

—Pero los lunes seguiré incluyendo alguna que otra receta nueva.

—«Alguna que otra», no. Una. Solo una. Eso es lo que acordamos. ¿Te parece poco cuatro pruebas al mes? —Luke negó con la cabeza.

—A esta chica le parece poco cualquier cosa cuando se trata de repostería —dijo Barbara mientras todos empezaban a engullir los dulces que había sobre la mesa—. Oh, el hojaldre está increíble, crujiente. —Se relamió los labios y le dio un codazo a Luke—. ¿Te ha contado que a los ocho años ya sabía hacer un bizcocho de nueces y pasas mejor que la mayoría de las cotorras de este pueblo? Le salía divino. Yo le enseñé mis recetas y ella las fue mejorando con el paso del tiempo.

Luke le dio un bocado a la tarta de queso, tragó y miró a Harriet.

—¿No era un poco pronto a los ocho años?

Ella se encogió de hombros.

—No tenía nada mejor que hacer.

—¿Acaso no ibas al colegio y todas esas cosas?

—¡Dios, sí! ¿Cómo piensas que crecí? —rio y se limpió un poco de chocolate de la barbilla con la servilleta—. Claro que iba al colegio, pero nunca se me dio demasiado bien. Al menos, no tanto como cocinar.

—Sí que se le daba bien —aclaró Angie—. Lo que pasa es que dedicaba al estudio una media de tres a siete minutos a la semana, más o menos.

—Otra de las muchas cosas que teníais en común —apuntó su madre con tono reprobatorio—. Si hubierais hincado los codos... podríais incluso haber ido a la universidad. Yo estaría muy orgullosa.

—Lamento haber sido un desengaño total, mamá —masculló Angie, y después apuntó la nota de uno de los dulces y se echó a reír—. Esta mujer... Cuando ya pienso que no puede sorprenderme más...

—¡Sois tan pesadas! Todo el puñetero día discutiendo. —Jamie engulló una galleta de canela y pareció concentrarse en el sabor, la textura y el acabado en boca—. Hum, está increíble. ¿Qué pasa si todas mis notas son dieces puros?

—Eh, colega, ni lo sueñes. Mójate —le advirtió Luke y después volvió a centrar toda su atención en Harriet—. Entonces, ¿nunca quisiste ir a la universidad?

—Ni me lo planteé. ¿Para qué? Mi padre no me hubiese dejado ir de todos modos, así que un problema menos.

Luke ignoró lo que los demás comentaban sobre la cata de dulces, como si lo que Harriet acababa de decir fuese algo de lo más normal e inclinó más la cabeza hacia ella. Tenía el ceño fruncido y estaba serio.

—¿Tu padre te hubiese impedido ir a la universidad? ¿Por qué?

—No lo sé. ¿Por qué puso esa estúpida cláusula que me obligaba a casarme para disponer de la herencia? Era un hombre raro. Machista. Controlador. No le hubiese hecho ninguna gracia que me marchase, no. Ni siquiera me permitió ir a un curso de repostería que impartían en Centralia, y eso que solo estaba a media hora en coche. Te hablé de él. Pensaba que te habías hecho una idea de cómo era —dejó escapar un suspiro.

—Y lo hice, pero no pensé que sería tan... tan...

—¿Cabrón? —Angie intervino—. Vamos, ¡dilo! No te cortes, aquí todos pensamos lo mismo.

—Controla esa boca, señorita. —Barbara fulminó a su hija con la mirada y después se giró hacia Luke mientras se relamía los dedos recubiertos de caramelo de uno en uno—. Fred Gibson era un hombre testarudo. Tenía mucho genio y problemas con el alcohol, era difícil llevarle la contraria.

—¿Podemos hablar de algo más alegre? —sugirió Jamie—. Como, por ejemplo, en caso de que los lacitos de miel no superen la prueba, ¿los seguirías haciendo para mí en alguna ocasión? Te pagaría el doble de lo que valen.

—¡No seas tonto! ¡Claro que te los haría!

—Te adoro. —Jamie le sonrió.

Luke se removió incómodo en su silla y rozó con el dorso del brazo la mano de Harriet mientras se inclinaba sobre la mesa para garabatear un par de notas sobre el papel. Intentó ignorar la cálida sensación que le recorrió.

—¿Qué os falta por probar? Yo ya lo tengo casi todo.

—¡El bizcochito de vainilla! —exclamó Barbara al tiempo que cogía un trozo y se lo metía entero en la boca; lo degustó con los ojos cerrados—. Ya sé que es necesario, pero me parece un delito eliminar alguno de estos dulces, ¡todos están riquísimos!

—Lo que es un delito es que esta chica de aquí apenas duerma para poder mantener todo este producto en tienda —refunfuñó Luke malhumorado—. Dadme los papeles para que haga el recuento —pidió, y cuando los tuvo todos se fue a la trastienda para contabilizar las puntuaciones.

—¿Y ahora qué mosca le ha picado? —Angie puso los ojos en blanco—. En fin, no importa. ¿Te he contado ya que tengo nuevos hermanos? El novio de mamá tiene dos hijos adolescentes.

—¡No es mi novio! Maldita sea, Angie, ¿por qué no te metes en tus asuntos?

—¿Y qué sois, si puede saberse?

—Amigos. Con derechos.

—Qué moderna.

—¡La vida son dos días, cariño! —Jamie le revolvió el pelo con ternura—. Deja que tu madre disfrute teniendo sexo telefónico o lo que surja.

—¡Ah! ¡No! —Miró a Barbara—. Dime que lo que acaba de decir Jamie es solo una de sus suposiciones estúpidas.

Barbara frunció los labios para evitar reír.

—Jamie es un chico muy intuitivo, hija. Muy intuitivo.

—¿Prácticas ñaca-ñaca online?

—A pesar de lo interesante que parece esta conversación —dijo Luke, regresando a la sala principal—, voy a tener que interrumpirla para comunicar los resultados.

Harriet se llevó las manos al rostro, nerviosa. Para ella era importante. Había estado prestando atención a las reacciones de cada uno de ellos mientras comían sus dulces, pero no había conseguido deducir nada.

—Y el jurado ha decidido que las recetas que deben seguir en carta son... —sonrió al advertir el brillo repleto de curiosidad en los ojos de Harriet y después volvió a centrar la mirada en el papel que sostenía—. Tarta de queso, hojaldre con cerezas, tarta de mousse de chocolate, lacitos de miel, tarta de manzana, bizcocho de almendras y bocaditos de chocolate y menta, cruasanes rellenos, galletas de canela y bombones.

—¡Oh, Dios! —gimió Harriet—. ¿Y qué pasa con la tarta de limón?

—No ha podido superarlo, abejita. Ha muerto.

Los demás se marcharon poco después de dar por finalizada la cata, y Luke y ella se quedaron un rato más terminando de recoger los restos y dejándolo todo a punto para abrir a la mañana siguiente. Cuando salieron era tarde y, aunque el clima les había dado una tregua durante la última semana, al anochecer la temperatura descendía.

Caminaron juntos por las calles adoquinadas. El cielo era un manto negro del que parecían pender un montón de diminutas cerillas encendidas. A su alrededor, tan solo se escuchaba el ruido de sus pisadas al andar y algunos guijarros a lo lejos, cerca de la zona más boscosa que delimitaban las últimas casas del pueblo.

Luke suspiró profundamente y el vaho escapó de sus labios.

—¿Puedo hacerte una pregunta?

—Da igual lo que responda, la harás de todos modos, ¿no?

—Supongo que sí. —Pareció pensárselo unos instantes—. ¿Has estado enamorada de Jamie en algún momento?

—¿Qué estás diciendo?

Harriet dejó de caminar. Luke la imitó, parado frente a ella, sin apartar su escrutadora e intensa mirada de aquellos ojos dorados.

—Solo era una pregunta.

—Nunca me ha gustado —contestó enfadada—. ¿De dónde...? ¿De dónde has sacado una idea semejante?

—Era un pálpito, nada más. Por la forma en la que lo miras, los miras, a veces. Como si necesitases contentarlos. O como si fuesen una especie de ejemplo para ti.

—¿De qué vas? —Dio un paso hacia atrás—. ¡Claro que intento darles lo mejor de mí! Tú solo sabes una parte teórica de lo que ha sido mi vida; ellos han estado siempre. Angie ha permanecido a mi lado en todos los momentos difíciles, durante el aborto, el funeral de mi padre, la apertura de la pastelería... —Se miró la mano, con los tres relucientes anillos que le recordaban los baches que ya había superado y dejado atrás. Después, volvió a alzar la vista hacia Luke, que no se había movido ni un ápice y seguía observándola fijamente—. Jamie es una de las personas que más quiero del mundo, pero jamás me ha atraído de ese modo. Y claro que son un ejemplo de lo que me gustaría tener, ¿a quién no? Se apoyan el uno al otro, se tienen confianza ciega, ni siquiera hace falta que hablen entre ellos para entenderse. Y ya sé, de verdad que sí, que tú tienes un concepto diferente y más, no sé, moderno y genial de lo que es el amor. Vale, bien por ti. Pero deja que los demás sigamos teniendo estúpidas ilusiones sin sacar conclusiones equivocadas.

Estaba respirando de forma entrecortada. Apenas había empezado a caminar de nuevo cuando Luke la sujetó por los hombros, frenándola. Inclinó la cabeza hacia ella. Estaban muy muy cerca y Harriet sentía los latidos de su corazón retumbándole en el pecho; se preguntó si él también los estaría escuchando.

—Eh, tranquila. Siento haberte preguntado algo así. No pensé que te enfadarías y ya sabes que no pienso las cosas antes de...

—Antes de abrir la boca. Ya.

—Eso mismo. Perdona. Sé lo mucho que los quieres a ambos.

El silencio se prolongó unos segundos.

—No entiendo por qué tienes que hacer siempre preguntas tan incómodas cuando tú no soportas hablar de nada que tenga que ver con tu vida.

—Eso no es cierto —susurró Luke.

—De acuerdo. —Ella se obligó a permanecer allí quieta, a tan solo unos centímetros de distancia de su rostro, siendo consciente de la agradable calidez que desprendía su cuerpo—. Entonces, dime, ¿por qué te despidieron?

—¿De verdad importa?

—Pues claro. Dices que somos amigos, pero no confías en mí.

—Oye, sí confío en ti. Es solo que...

—¿Qué? Vamos, ¡suéltalo!

—¡Nada, joder!

—Vale. Está bien. ¿Puedes apartarte...? Quiero ir a casa.

Luke se pasó una mano por el rostro y después tomó una bocanada de aire.

—Le partí la nariz al padre de un alumno. —Hizo una pausa—. Y también le rompí una costilla.

—Luke... —susurró—. ¿Qué pasó?

—Se me fue de las manos. Eso pasó.

—Tendrías tus razones...

—¿Por qué piensas eso?

—Porque te conozco. Sé que jamás le harías daño a alguien sin motivo. Lo sé.

—No me conoces una mierda, Harriet. ¿Cuánto tiempo llevo aquí? ¿Poco más de un mes...? ¿Y de verdad crees que sabes algo sobre mí?

—No solo «algo». Creo que sé mucho más de lo que parece —aseguró—. Pero de lo único que estoy segura es de que no eres una mala persona. No lo eres, Luke.

Él se estremeció cuando ella lo abrazó con inseguridad, deslizando sus manos alrededor de su espalda con una torpeza tierna. Inspiró hondo y, cuando Harriet ya estaba a punto de apartarse y volver a distanciarse, la retuvo con fuerza, pegándola a su torso. Había algo indescriptible en el hecho de sostener ese cuerpo pequeño y cálido contra el suyo, algo que no había sentido antes, como una especie de anhelo inalcanzable. Resultaba reconfortante.

Hundió la cabeza en el hueco de su cuello, entre el cabello sedoso, y cerró los ojos mientras intentaba memorizar ese aroma tan dulce que desprendía su piel. Joder. Era tan embaucador como ella. Era delicioso. Quería probarlo. Quería probarla. Quería...

—Luke...

—Dime.

—Casi no puedo... respirar.

Aflojó el abrazo de inmediato, pero no la soltó. Harriet rio suavemente mientras recostaba la cabeza en su pecho y él respiró contra su cuello, haciéndole cosquillas. No supo cuánto tiempo estuvieron así, pero se habría quedado toda la noche en aquella calle solitaria y fría, pegado a ella, escuchando su respiración pausada.

—Deberíamos volver —murmuró Harriet.

Cuando alzó la cabeza, él la miró muy serio mientras algo se agitaba y se debatía en su pecho. Apoyó su frente en la suya y respiró hondo mientras sopesaba sus palabras.

—Deberíamos, pero...

Miró sus labios. Eran tan apetecibles...

Húmedos, tiernos, perfectos.

Antes de poder preguntarse a sí mismo qué demonios estaba haciendo, inclinó la cabeza y rozó su boca con suavidad, lentamente. Fue un beso tan efímero como un aleteo y Harriet apenas pudo sentir el tacto de los labios de Luke. Quería más. Quería aunque fuese el recuerdo de su sabor. Él se apartó al tiempo que maldecía por lo bajo y la frenó con delicadeza cuando ella intentó buscar de nuevo su boca. Le clavó la yema de los dedos en la piel de las caderas; jamás había hecho tal esfuerzo por contenerse. Tenía tantas ganas de besarla que hasta dolía, pero...

Ella no buscaba aquello, no lo buscaba a él. Merecía algo mejor. Algo estable por una vez en su vida. Algo real y duradero y bonito.

—No lo intentes una vez más, porque entonces...

—¿Entonces qué? —Harriet tembló contra su cuerpo.

—Entonces no me controlaré.

—¿Y si no quiero que lo hagas?

—Joder. —Hizo acopio de todas sus fuerzas—. Sí que quieres Harriet. Hazme caso. Es la mejor opción para ti. Si por mí fuese... —Volvió a mirar su boca entreabierta y tomó una bocanada de aire—. Somos amigos, ¿recuerdas? Esto no debería pasar. Y no es lo que tú quieres, lo que estás buscando.

Aquello pareció calar hondo en ella, porque finalmente se apartó un poco hacia atrás y él aflojó el agarre sobre sus caderas hasta liberarla. Sus miradas se enredaron durante unos instantes eternos, bajo la luz tenue de la única farola que había en la solitaria calle.

—Lo siento —susurró ella.

—No. Yo lo he empezado. Perdóname. —Le tendió una mano que ella aceptó. Sus dedos estaban fríos, en contraste con los de Luke, y se acoplaron de un modo delicioso entre los suyos. Le sonrió—. Vamos. Volvamos a casa.

13

El casi beso de Luke había exprimido su mente de un modo cruel e insano durante los últimos días. Desde aquel martes por la noche, Harriet no podía pensar en otra cosa; no había nada que pudiese distraerla el tiempo suficiente como para que lograse olvidar el roce suave de sus labios, el calor de su aliento mentolado, la seguridad que ofrecían aquellos brazos que la arropaban con firmeza...

Ni siquiera organizando todo lo necesario para la feria anual había conseguido liberarse de aquel recuerdo. Y eso que la cantidad de trabajo que había tenido durante los últimos días era inhumano. Junto a Luke, había creado un menú especial enfocado al público que asistiría al evento. Ahora, estaba desembalando las cajas que él había descargado del coche y sacando los dulces ya preparados para colocarlos en la caseta asignada.

—¡Encantado! Me llamo Luke, creo que nos hemos visto antes pero nadie nos había presentado hasta el momento. —Le tendió la mano a Kate, la mujer con la que compartían caseta, aunque estaba en el otro extremo del pequeño cubículo. El olor a café recién hecho ya flotaba en el aire.

—Lo mismo digo. Qué buena pinta tienen los dulces; espero controlarme durante estos días para no acabar devorando toda vuestra mercancía —rio.

—¿Un dónut por un café? ¿Trueque?

—¡Luke! —bramó Harriet, avergonzada.

—A mí me parece una idea maravillosa. —Kate les dedicó una sonrisa amistosa—. Pedidme los cafés que os apetezcan, de verdad. Tengo un montón de sabores y especialidades, con vainilla, chocolate, caramelo...

—Ah, vale. —Harriet asintió, más tranquila. Apenas conocía a Kate de vista, pero no tenía constancia de que fuese una de las amigas de Minerva Dune. Aun así, tendía a desconfiar de los demás si no le daban una buena razón para no hacerlo y su primer impulso había sido marcar las distancias. Unas distancias que Luke siempre se encargaba de romper—. Tú también puedes pedirme lo que quieras. Tenemos pastelitos de nata y nueces para aburrir y todo tipo de dulces de feria.

«Todo tipo» era quedarse corta. Luke había accedido a regañadientes a que ella diese forma a algunas ideas nuevas para la feria, como los palitos de algodón de azúcar. Eran más pequeños y manejables, y los había hecho en tres colores diferentes, el típico rosa, azul y amarillo. También traían caramelos y diferentes pastelitos. Habían intentado crear un menú práctico, que los clientes pudiesen comerse de un solo bocado o llevar en la mano con facilidad sin mancharse.

Para cuando los tonos anaranjados del atardecer comenzaron a teñir el cielo grisáceo, casi todos los puestos de la feria habían terminado de ultimar los retoques finales y estaban ya abiertos de cara al público, que no tardó en ir apareciendo a cuentagotas, paseando por las inmediaciones del lugar.

Casi al final, había una noria de tamaño medio que se erguía como punto de referencia para todos, con sus cubículos de aspecto infantil pintados con tonos pasteles, rosas, azules y naranja calabaza. El suelo sobre el que se levantaba la feria era de arenilla fina y había algunos árboles frondosos a ambos lados de la calle, entre los puestos de comida y las casetas para ganar diferentes premios que eran, sin duda, las más abundantes. Había un montón de modalidades; desde tiro al blanco hasta intentar encestar unos cuantos aros, justo al lado de las típicas atracciones como el saltamontes o los coches de choque.

Luke tenía un recuerdo intacto y quizás algo idealizado de lo divertido que había sido acudir a la feria con Jason, Mike y Rachel cuando tenían unos diez años, cerca de la urbanización donde los tres habían crecido en San Francisco. Quizá por eso le resultaba un lugar tan agradable. Por eso y por toda la comida basura que al fin podía comer, pensó mientras engullía el segundo perrito caliente del día.

—Eso es una cerdada —protestó Harriet cuando lo vio chuparse los dedos manchados de kétchup y mostaza.

—Cerdadas te haría yo a... —cerró la boca de golpe. Por alguna razón, desde que había estado a punto de besarla en aquella calle, ya no se sentía igual de cómodo bromeando o tonteando con ella como antes. Puede que fuera porque de tontería tuviese ya poco. Quería probarla de verdad. Y contenerse estaba siendo todo un reto—. ¿Eso que suena es *Californication*? ¿De dónde viene?

—De la caseta de allí. La de los peluches con pinta de asesinos.

—Iré a decirle que suba el volumen.

Habría buscado cualquier excusa mala para salir de allí. Estar en esa caseta tan tan pequeña con ella tan tan cerca no ayudaba una mierda a que la situación fuese más llevable. Estaba caminando hacia la caseta de donde provenía la música, cuando su móvil comenzó a sonar. Era Jason.

—¿Cómo va eso? —Tenía la voz serena y tranquila, como siempre.

—Va.

—Te estás aburriendo de darnos detalles sobre tu estancia allí, ¿eh? —bromeó—. He visto que has pagado el alquiler del mes. Y no hacía falta que lo hicieses, puesto que ya no vives aquí. No literalmente, al menos.

—¡Claro que vivo allí, joder! —Cambió el peso del cuerpo de un pie al otro y se paró frente a la sombra de uno de los árboles del camino. Desde donde estaba, podía ver a Harriet en la caseta, que estaba charlando con Kate—. ¿Cómo estás? ¿Qué tal va el trabajo?

—Bien, bien, más o menos —contestó—. Tengo algunas dificultades para conseguir a unos clientes japoneses que me interesarían para abrir el mercado. Tienen un montón de contactos. Sería perfecto.

—¿Y desde cuándo se te resiste un cliente?

—Desde que existe algo llamado «competencia». Pero no me líes, quiero que seas claro conmigo. Dime qué demonios estás haciendo allí y qué está pasando. Las supuestas vacaciones se están convirtiendo en toda una vida.

—Más drama no, por favor.

Luke suspiró hondo y cerró los ojos con resignación.

—Mira, te conozco desde que tenías seis años, y tú y yo nunca hemos pasado separados más de un par de semanas. —Era cierto. Con Mike y Rachel la vida había dado más vueltas, pero Jason había sido su sombra, hasta el punto de que si se decidió por estudiar marketing y publicidad fue porque él lo hizo; Luke nunca había tenido ningún objetivo claro más allá del fútbol—. Sé cuándo mientes, sé cuándo la cosa no va bien y sé que eres la persona más inestable del planeta y que tienes alguna razón para permanecer en ese pueblo diminuto. Porque, Luke, entiendo que te sientas algo perdido, lo que ocurrió es horrible y no puedes quitártelo de la cabeza, pero no me trago que de todos los lugares del mundo en los que podrías estar, huyendo como un capullo, hayas decidido quedarte en un sitio que no va contigo.

—No estoy huyendo —siseó—. Ya no.

—¿Ahora no, antes sí...?

—Recuérdame por qué somos amigos.

—Porque soy el único que te dice lo que no quieres oír. —Chasqueó la lengua—. Y ahora dame una buena razón para que no estés en este momento metido en tu coche, de regreso a San Francisco y a tu vida. Porque tienes una vida que recuperar.

Pensativo, Luke se pasó una mano por el pelo y después se la llevó tras la nuca sin apartar los ojos de Harriet. Estaba preciosa, con el cabello rubio suelto alrededor de su rostro y las mejillas sonrojadas por el sol de la primavera; y parecía tan feliz ahí, rodeada de todos aquellos dulces...

Eso lo había hecho él. Había hecho algo útil. Darle un empujón a sus sueños.

—No lo sé.

—Sí lo sabes. Vamos, esfuérzate un poco, colega. Tiene que haber una razón —insistió Jason.

—Está ella.

—¿Ella? ¿Harriet Gibson?

—Le estoy echando una mano con el negocio.

—¿Así, en plan caritativo? Vaya, esa es una nueva faceta tuya que desconocía —bromeó—. De modo que paralizas tu vida para ayudar a una chica que, hasta donde yo sé, no te importa.

—Sí me importa.

—Nos vamos entendiendo.

—Te voy a colgar.

—¡Eh, Luke! ¡Ni se te ocurra col...!

Demasiado tarde. Presionó el botón de colgar la llamada y apagó el teléfono móvil antes de guardárselo en el bolsillo de los vaqueros. En realidad no tenía una buena excusa que darle a Jason, y lo agobiaba cuando se ponía en modo psicólogo e intentaba hurgar en él porque al final siempre se las apañaba para terminar sacando la verdad a la luz y eso era un asco la mayor parte del tiempo. Tener que afrontar las cosas, tener que elegir una dirección que tomar...

Era mejor seguir en *standby*.

Indefinidamente.

Volvió a centrar la vista en la caseta donde estaban Harriet y Kate.

Sabía que quedarse en Newhapton durante más tiempo empezaría a resultar algo raro. Y sabía que tendría que irse pronto, pero...

La realidad era que hacía una eternidad que Luke no se sentía tan feliz. No era una felicidad momentánea, efímera; al contrario. Era una felicidad general, una sensación de aceptación, de conformidad, sin grandes expectativas a la vista que estorbasen los pequeños momentos del día a día. Nunca había estado tan concentrado en su propio presente. Siempre había perdido el tiempo lamentándose por el pasado que no fue, por todo lo que no consiguió, o devanándose los sesos por aquello que pretendía lograr en el futuro. Y se perdía lo más importante: el aquí y el ahora.

El jueves tuvieron mucho trabajo, y el viernes, al caer la tarde, Harriet ya había tenido que hacer más bocaditos de nata y almendras. También aprovecharon para entablar amistad con Kate, que los engatusó con su delicioso café y accedió a la propuesta de Luke de vender algunos de los dulces diariamente en su cafetería, algo que aseguraría un ingreso escaso pero fijo. Si tenían alguna hora muerta, los dos estudiaban el pequeño mapa del mundo que ella siempre llevaba en el bolso; era tan chiquitín que Luke tenía que inclinarse más hacia ella para poder leer el nombre de algunos países y, cada vez que lo hacía, tenía que controlarse para no abalanzarse sobre sus labios.

—Me encanta Madagascar. Es fácil. Ese nunca lo olvido.

—¿Madagascar? ¿Por la película? —preguntó divertido.

—Y por el nombre. Es diferente.

—Todos son diferentes. A ver, hum... España.

—¿Qué le pasa?

—Quiero ir.

—¿Adónde, exactamente? —Harriet paseó la punta del dedo por la península de la que él hablaba.

—Barcelona. Ibiza.

—Suena bien.

—Podríamos hacerlo —murmuró—. Algún día. Reunirnos como viejos amigos por vacaciones o algo así y viajar juntos. —Se mordió la uña del dedo índice mientras lo meditaba. Estaba empezando a decir más estupideces en voz alta de lo debido.

—Ya, aunque sería un poco raro. —Ella lo miró de reojo, bajo el sol del atardecer, dentro de aquella minúscula caseta de madera vieja pintada con varias capas de rosa palo—. Quiero decir... ¡A saber qué será de nosotros dentro de unos años! Quizás estés casado y con hijos y todo eso.

—Créeme, eso no pasará.

—¿Por qué estás tan seguro?

Luke se removió en su asiento y su pierna rozó la de Harriet con suavidad. Ella no intentó apartarse, sino que permaneció allí, cada vez más cerca, mirándolo con curiosidad.

—¿Te imaginas que un montón de ovejas asesinas acabasen con la raza humana? Hay una película que va de eso. Y son terroríficas, con los ojos enrojecidos y...

—Odio que cambies de tema. —Harriet resopló—. ¿Y por qué siempre que abres algún debate estúpido tiene que estar relacionado con la destrucción del planeta o la invasión de especies asesinas? ¿Qué trauma tienes? —dejó escapar una carcajada.

—Me parecen temas relevantes. Todos deberíamos pensar más en la destrucción y en esas cosas divertidas —se rio cuando ella le dio un codazo juguetón.

Al anochecer, el lugar se llenó de gente. Había muchos visitantes de los pueblos vecinos y era sábado, el momento álgido de la feria anual. Luke estaba terminando de cobrar a un hombre que llevaba a su hija sobre los hombros, cuando vio aparecer a Angie, Jamie, Barbara, el entrenador Harrison y, dedujo, la mujer de este, que era todo lo contrario a él: de aspecto dulce, con el cabello rubio y corto y unos ojos negros y penetrantes idénticos a los de Jamie.

—¡Buenas noches, pareja! —canturreó Barbara alegremente—. Os preguntaría qué tal va todo, pero ya veo que apenas quedan manzanas de caramelo, ¡madre mía!

—Está funcionando genial. Gracias por venir, chicos. —Harriet sonrió.

—Gracias a casi todos —bromeó Luke mirando significativamente al entrenador, que dejó escapar una risita maliciosa.

—Los chavales no han dejado de preguntar por ti —graznó, porque ese hombre no hablaba. Gritaba, gruñía, maldecía por lo bajo..., pero no hablaba—. Espero verte en el campo la semana que viene, porque tengo la espalda destrozada y alguien tiene que hacerse cargo mientras tanto.

—¿Tienes la espalda destrozada? Pobrecito... —Luke alzó una ceja y negó con la cabeza—. ¡Busca una excusa mejor! O pídele favores a tu hijo —añadió señalando con la cabeza a un Jamie que parecía pasárselo en grande cada vez que ambos tenían un encontronazo.

—¡Mi hijo no sabe un carajo de fútbol! No le pidas una estrategia, una organización ni nada que se parezca a un entrenamiento. A él lo que le gusta es ver los partidos.

—Y beber cerveza, comer nachos... —apuntó Jamie.

—Lo de la espalda de mi marido es cierto —se inmiscuyó su mujer, que le palmeó el hombro con cariño antes de mirar de nuevo a Luke—. A veces piensa que todavía es un chiquillo; ayer subió al tejado para desatascar el canalón y se quedó enganchado.

—¡Te lo he dicho mil veces, papá! —protestó Jamie—. Pídeme ayuda cuando lo necesites. No es ninguna molestia.

—Puedo apañármelas —gruñó Harrison.

—¿Por qué siempre tienes que ser tan testarudo?

—¡Está bien, ya basta! —Luke inspiró hondo—. Me ocuparé de los malditos entrenamientos, pero parad de discutir o acabaréis espantando a los clientes.

—Ay, ¡eres un encanto! —Barbara le revolvió el pelo y se metió dentro de la caseta—. ¿Por qué no os dais una vuelta por la feria mientras nosotros os sustituimos un ratito? Angie, entra aquí y hazme compañía. Seguro que con el escote que llevas conseguiremos aumentar las ventas.

—¡Mamá!

Jamie le miró las tetas a su novia y una sonrisita traviesa tiró de la comisura de sus labios. Después la empujó con delicadeza hacia la entrada lateral de la caseta.

—Vamos, cielo, animemos el ambiente.

—¡Pero no podemos irnos...! —protestó Harriet—. No, no es una buena idea.

—Llevas aquí metida tres días seguidos. —Luke le tiró de la mano—. Te vendrá bien tomar el aire. Y solo será un momentito de nada. Vamos.

Las luces de colores de la feria parecían más vivaces bajo aquel cielo negro. Olía a algodón de azúcar caliente, a caramelo recién hecho y a palomitas de maíz. Luke soltó la mano de Harriet cuando se internaron entre el gentío y se colocaron en la fila de los coches de choque.

—Es un poco irresponsable estar aquí mientras otros hacen nuestro trabajo.

—¿Nuestro? —Él sonrió.

—Quería decir «mi». Perdona.

—Era broma, Harriet. —Cogió los tiques que acababa de pagar—. También tienes derecho a divertirte un poco de vez en cuando. Veamos qué tal se te da ponerte detrás del volante.

Mal, muy mal. Se quedó atascada en dos ocasiones y Luke aprovechó los momentos de debilidad para darle pequeños golpecitos con su coche, mientras la instaba a dar marcha atrás. Cuando salieron de la atracción, los dos reían a carcajadas mientras deambulaban por la transitada calle.

Hasta que, de golpe, Harriet frenó en seco.

Paró de caminar junto a un puesto de comida mexicana, pero sus ojos no prestaban atención al dependiente que rellenaba una fajita, sino que estaban fijos en algo que había más allá. «Algo» que tenía una cabellera rubia inconfundible y unos hombros anchos que se tensaron en cuanto se dio la vuelta y sus miradas se encontraron.

Era Eliott Dune. Allí. Frente a ella.

Harriet se estremeció cuando él le sonrió de aquel modo tan cautivador, como si ella fuese la única persona del mundo por la que valía la pena curvar los labios, y apenas fue consciente de la voz lejana de Luke, que le preguntaba si estaba bien.

No, no estaba bien. Nada bien.

Quería desaparecer. Mejor aún, quería que Eliott desapareciese.

Una esperanza que se esfumó en cuanto él comenzó a caminar hacia ella y se paró justo delante, tan cerca que podía distinguir aquella colonia de marca cara.

—Harriet...

Eliott seguía teniendo aquella voz armónica, templada, que se colaba por las rendijas de todas las puertas que ella había cerrado años atrás.

—*Cariño*, ¿no piensas presentarnos? —Luke le dio un golpecito en el hombro con la punta de los dedos y consiguió sacarla de aquel trance en el que se había visto atrapada.

—Sí, claro... —logró decir finalmente—. Luke, te presento a Eliott.

—Encantado.

Eliott le tendió una mano sin apartar sus ojos de la joven rubia que tenía enfrente, pero Luke rechazó el saludo y dio un paso intimidante al frente.

—Hum, ¿qué Eliott? ¿Eliott, el gilipollas? ¿O Eliott, el tío al que pienso partirle la cara? Da igual. Cualquiera de las dos opciones me vale.

—¡Luke! —Harriet le lanzó una mirada de advertencia, con el corazón retumbándole en el pecho por todo, todo lo que estaba ocurriendo en apenas un dichoso minuto.

Eliott Dune se removió incómodo ante aquellas palabras y ladeó la cabeza hacia ella, mientras cambiaba el peso del cuerpo de un pie al otro. El resto de los transeúntes pasaban a su alrededor entre risas y conversación, ajenos a aquella chica que se sentía más frágil que nunca, aletargada entre tantos recuerdos que no quería revivir.

—¿Es tu novio?

—Su marido —lo corrigió Luke, y rodeó con un brazo la cintura de Harriet con cierta posesividad. Ella tembló ante el inesperado contacto—. Y, dime, ¿qué te trae por aquí?

Eliott Dune sonrió de un modo forzado y se metió una mano en el bolsillo del pantalón marrón que vestía, antes de mirarlos a ambos alternativamente.

—Me han concedido el traslado que solicité el año pasado para hacer unas prácticas, así que me quedaré durante un tiempo... —El silencio los envolvió a los tres durante unos instantes, aunque Luke tuvo que morderse la lengua para no soltar ninguna barbaridad cuando lo vio mirarla y sonreírle por segunda vez—. Me enteré de que abriste la pastelería. Enhorabuena.

—Gracias.

La voz de Harriet era apenas un susurro inaudible, y cuando se acurrucó más contra el cuerpo de Luke, como buscando su presencia en medio del caos, él entendió que tenía que sacarla de allí. La retuvo con firmeza sin soltar su cintura.

—Tenemos que irnos —anunció entre dientes, haciendo un esfuerzo para comportarse como un ser racional, normal, y no perder el control—. Vamos, abejita, camina —murmuró contra su oído.

Aquella noche, al llegar a casa, Harriet salió a la terraza trasera, se sentó entre los cojines y cogió algunos de los tarros de cristal que allí había e inspeccionó las hojas, como si desease cerciorarse de que, efectivamente, seguían ahí, intactas y seguras.

Luke permaneció a su lado, en silencio. Cuando escuchó la voz suave de Harriet, ni siquiera estaba seguro de qué hora era, pero probablemente bien entrada la madrugada.

—¿Puedes darme una de las cartas?

—¿Ahora? No sé si es el mejor momento.

—Estoy bien, Luke. De verdad —dijo—. Solo ha sido el impacto inicial, ya sabes. Quiero leerlas de una vez, quiero quitármelas de encima y desprenderme de todo, todo lo que tiene que ver con el pasado. No soporto pensar más en esas personas que solo saben hacer daño y tomar un desvío después y seguir adelante. Y tampoco soporto que me afecte. No soporto ser tan...

—No digas que eres débil. No lo digas, porque no es verdad. —Luke se puso en pie y le dio un beso tierno en la frente—. Espera aquí. Iré a por esa carta.

«Querido Fred:

¿Qué quieres que te diga? ¿Pretendes que me invente alguna excusa para hacerte sentir mejor? Sabes que todo hubiese sido diferente si hubieses confiado en mí, si me hubieses querido de verdad. Pero nunca lo hiciste, ¿cierto? Siempre estabas ahí, detrás, controlándome, atento... Y preferiste dejarle las acciones a Harriet antes que a mí. ¿Crees que eso no me dolió? ¿Que todo el mundo se enterase de que habías hecho un testamento especial y hablado con el administrador? ¿Que la gente pensase que era una especie de buscona que intentaba aprovecharse del bienintencionado Fred?»

14

Durante los siguientes días, Luke recabó diferente información hasta entender por qué la madre de Harriet le había dado tanta importancia a esas acciones. Al parecer, años atrás, cuando la tabacalera estaba en pleno auge, dichas acciones adquirieron un valor estratosférico. Y fue entonces cuando Fred Gibson decidió hablar con su abogado y dejar expresamente a nombre de su hija tales bienes en caso de que le ocurriese algo.

—No tiene ningún sentido —insistió Harriet.

Estaba tras el mostrador con las manos entrelazadas y vestía un suéter de color rojo cereza. Desde la llegada de Eliott Dune a Newhapton se había mostrado mucho más nerviosa de lo normal, ausente a veces, inquieta.

—Tu padre no parecía fiarse mucho de ella... —tanteó Luke—. Había «algo» que lo hacía desconfiar, pero fue una buena idea por su parte cambiar la herencia. Si me dejases leer esa última carta que queda...

—Pronto. Pero todavía no.

—De acuerdo —suspiró hondo—. Tengo que irme o llegaré tarde al entrenamiento. Nos vemos luego.

Harriet permaneció con la mirada fija en el cristal de la puerta hasta que lo perdió de vista. Después, sacó el pequeño mapa de su bolso, suspiró, e intentó memorizar unos cuantos países más. Con un poco de suerte, en un par de años se aprendería el mundo entero, porque tenía el pequeño problema de ir olvidando algunos de los que ya creía saber cada vez que iba reteniendo otros mentalmente. La geografía nunca había sido su punto fuerte, desde luego.

Ya casi había empezado a atardecer cuando las campanillas de la puerta se agitaron y Harriet alzó la cabeza. No era un cliente más. Era él.

Eliott cerró la puerta con suavidad, como si temiese hacer ruido, y miró a su alrededor con curiosidad, fijándose en los tonos rosa pastel que cubrían las paredes y el mobiliario blanco e impoluto. Sus ojos encontraron finalmente los de Harriet, que parecía aterrada ante su repentina e inesperada visita.

—Siento aparecer sin avisar —dijo él y se acercó hasta el mostrador—. Este viernes celebramos en casa el cumpleaños de mi padre. Vendrá gente... importante —añadió con aparente incomodidad—. Y pensé en ti para el *catering* de los postres.

—No lo dices en serio —masculló—. No has venido aquí, sin más, como si nada hubiese ocurrido, para hacerme un encargo.

—Yo solo...

—Por favor, vete. No quiero problemas.

Eliott se pasó una mano por el pelo con gesto abatido y algunos rizos rubios se deslizaron por su frente bronceada.

—En realidad, necesitaba verte. Estos días he estado pensando...

—¿Pensando? —Era como si tuviese algo atascado en la garganta al hablar.

—En lo que te hice. En lo que nos hice... —Paseó la mirada por los dulces que había en el expositor, alineados de un modo casi perfecto—. Lo siento. Quería decirte eso, que lo siento mucho. Cometí un gran error.

Harriet tardó una eternidad en contestar.

—Me resulta complicado creerte.

—Y lo entiendo, de verdad que sí.

La había tratado como si fuese algo con fecha de caducidad, una piedra más que saltar en el camino y dejar atrás. Y aquel último día que lo había visto... Harriet todavía podía recordar la frialdad de su mirada, el desprecio en sus ojos cada vez que se posaban en ella.

—Lo del encargo iba en serio. Me gustaría que al menos te lo pensaras.

—Pues suena a chiste. ¿De verdad crees que a tu madre y a sus amigas les gustaría verme sirviendo postres en el cumpleaños de tu padre? —Negó con la cabeza y una sonrisa triste e irónica curvó sus labios—. Olvídalo.

—Sé cómo es mi madre. Y también sé que sería una forma de demostrarle a ella y a todas las demás que te importa un bledo lo que piensen.

—¿Por qué haces esto? Eres igual que ellos. Siempre lo fuiste.

—No es... no es exactamente así —suspiró nervioso y fue la primera vez que Harriet advirtió la inseguridad que lo consumía y los movimientos torpes y poco firmes de sus manos cuando las posó sobre el mostrador—. Entiendo que me odies. Lo entiendo. De todas formas, si al final quisieses hacerlo... —Dejó una tarjeta con sus datos sobre el cristal—. Te pagaré muy bien. Lo que necesites. Eso no será un problema.

Esperó hasta que Luke salió de la ducha, con el cabello oscuro todavía mojado por diminutas gotitas de agua. Y entonces decidió que sería mejor esperar aún un poco más. Así que, para cuando se decidió a contarle que había accedido a hacer aquel encargo para el cumpleaños del señor Dune, ya era casi la hora de acostarse y Luke estaba medio adormilado tirado en el suelo, en la alfombra, con la cabeza apoyada sobre los brazos cruzados tras la nuca. Se incorporó de golpe.

—¿Qué has hecho qué?

—No es para tanto —replicó.

Luke se contuvo para no coger el cojín que tenía más a mano y lanzarlo hasta la otra punta del salón como un niño pequeño al que le ha entrado una rabieta. Estaba furioso. Furioso y frustrado porque no debería afectarle tanto lo que cojones Harriet decidiese hacer con su vida, que para eso era suya y de nadie más. No tenía derecho a entrometerse, no tenía ningún derecho, pero...

—No me gusta una mierda ese tío ni que trabajes en esa fiesta.

—Es un encargo como otro cualquiera, Luke. Al principio no pensaba hacerlo, pero eso solo sería peor. Ir es el modo perfecto de demostrarles que no me importan. Y no solo los Dune, sino también todos los demás ricachones prejuiciosos de este pueblo.

—Sigue sin gustarme la idea —gruñó.

—¿Qué te preocupa tanto?

—No saber mantener las manos quietas si vuelve a hacerte daño.

Harriet sintió un hormigueo en el estómago. De emoción. De miedo. Porque daba igual lo seguro y estable y maravilloso que Luke se antojaba ante sus ojos cada vez que le demostraba lo mucho que le importaba; no caería en la trampa de nuevo. No, no, no.

—Sé cuidarme sola. Te agradezco todo lo que haces por mí, pero antes de que llegases me ocupaba de mis problemas y lo seguiré haciendo cuando te marches. Y, además, ¿sabes qué me haría inmensamente feliz?

—Suelta por esa boquita...

Sonrió travieso mientras fijaba la vista en aquellos labios rosados y luego dejó de respirar cuando Harriet se movió y percibió su aroma a vainilla. ¿Por qué tenía que oler tan jodidamente bien? Luke nunca había tenido pensamientos tan ridículos por una mujer, como desear hundir el rostro en su cuello y olerla y mordisquear su piel y...

—Que me apoyases aunque no estés de acuerdo con mi decisión. Eso es arriesgar. Creer en alguien, incluso cuando tú mismo piensas que quizá me esté equivocando.

—Casi nada, joder.

—¡Vamos, confía en mí!

—Confío en ti con los ojos cerrados, Harriet. Pero no en ese gilipollas —explotó—. Y da igual lo que diga, porque vas a hacerlo de todos modos, así que no me queda otra que apoyarte. Pero te llevaré con el coche e iré a recogerte. Y esperaré fuera hasta que acabes, por si pasase algo.

—¿Qué puede ocurrir?

—No lo sé. Pero son malas personas, la típica gente que piensa que puede conseguir cualquier cosa solo por su puto dinero.

Luke cerró los ojos, levemente alterado, y Harriet se preguntó si sus palabras escondían algo más que no le estaba diciendo.

—De acuerdo. Lo haremos así. —Se levantó del sofá y le tocó el brazo con delicadeza—. Gracias por entenderlo, Luke. Gracias. Porque no solo necesito el trabajo por la parte económica, sino también para demostrarme a mí misma que puedo con ellos, que soy lo suficientemente fuerte como para soportar las miradas que me echarán o las estupideces que cuchichearán frente a mí.

—Lo sé. —Se inclinó hacia ella, le sujetó las mejillas con ambas manos y, cuando pareció que estaba a punto de rendirse ante su instinto y apoderarse de aquella boca, la abrazó con fuerza y la soltó casi al instante, como si quemase, dejando a Harriet aturdida y temblando.

15

Aquel cumpleaños era más ostentoso que una boda real. Los invitados pululaban por el jardín mientras comían diminutos canapés, charlaban entre ellos y reían animados. Todos ellos aparentaban tener una vida perfecta, idílica; ataviados con sus trajes y vestidos de diseño.

La pequeña mesa sobre la que Harriet iba preparando las bandejas de pastelitos y bombones estaba ubicada en uno de los extremos del enorme jardín, decorado con guirnaldas de luces nacaradas que parecían luciérnagas flotando entre las copas de los árboles. Habían contratado a varios camareros que iban recorriendo el lugar para ofrecer el *catering*.

Minerva Dune le había dirigido una mirada glacial nada más llegar y, sin dignarse a saludarla primero, le había indicado la mesa sobre la que debía realizar su trabajo. En cierto momento de la noche, cuando todas aquellas mujeres habían empezado a mirarla de reojo y a cuchichear por lo bajo, se había arrepentido de aceptar el encargo. Quizá debería haberle hecho caso a Luke. Y también a Barbara, Angie y Jamie, que habían enloquecido en cuanto les contó lo que se proponía hacer.

—¿Todo bien? Si necesitas algo... —Eliott la miró con cierta inseguridad mientras aferraba una copa de champán en la mano izquierda.

—Sin problemas —contestó—. Ten, ya está lista —añadió, dirigiéndose a uno de los camareros, vestidos de riguroso negro, y tendiéndole la bandeja que acababa de preparar. Después volvió a mirar a Eliott, no porque le apeteciese, sino porque no le quedó más remedio, ya que seguía allí plantado—. Disfruta de la fiesta. Estoy perfectamente.

Se removió incómodo, balanceándose a un lado, pero no se marchó.

—Me aseguré de que mi madre mantuviese la boca cerrada —anunció—. No habrá intentando incordiarte, ¿no?

—Ya lo suponía. Y no, no lo ha hecho, ha estado ocupada asesinándome con la mirada —bromeó y colocó con mucho cuidado uno de los bombones en el centro de la siguiente bandeja. La primera fila era de chocolate negro, la siguiente, con leche, y la última y más pequeña, de reluciente chocolate blanco.

—¿Crees que podremos hablar luego, cuando termines?

—¿Hablar de qué?

Ella levantó la mirada hacia él y rápidamente distinguió tras su figura que varias personas los miraban con interés, seguramente preguntándose qué estaba pasando entre ellos, como si fuesen una telenovela andante en directo. Que su hijo estuviese allí, al lado de una de las contratadas del *catering*, debía de estar provocándole a Minerva una úlcera, como poco.

—De todo, Harriet.

—Es mejor dejar las cosas como están.

Eliott pareció sopesar sus palabras antes respirar hondo.

—Ese chico... ese...

—¿Luke?

—Sí. He oído que os casasteis hace unos años y que él regresó hará un mes del ejército —dijo—. Y quiero que sepas que me alegro por ti. De verdad. Fui un imbécil al dejarte escapar.

Harriet se mordió la lengua, pero no lo corrigió. Ya imaginaba que en Newhapton habrían inventado un montón de historias para justificar la presencia de Luke. Todo el mundo creía cualquier rumor descabellado.

Se amonestó a sí misma cuando advirtió que le temblaban levemente las manos. ¡Dichosos nervios! ¿Y qué demonios significaba eso de «fui un imbécil al dejarte escapar», eh? No la había dejado escapar, la había obligado a alejarse sin darle otra opción, que era muy diferente.

Lo miró de reojo, insegura. Todavía sentía su cuerpo encogerse ante su presencia, pero no estaba segura de si era debido a la decepción y la rabia o al hecho de que los recuerdos a veces lo aplastaban todo a su paso y él había sido la única persona que la había tocado, que había estado dentro de ella.

Sintió nauseas antes de hablar.

—No removamos el pasado ahora.

—Ya sé que no debería, pero Harriet...

—¡Eh, Eliott! ¡Aquí estás!

Uno de sus amigos apareció por detrás y le rodeó el cuello mientras reía. No se molestó en saludar a Harriet, a pesar de que habían tenido algo de trato años atrás. Ella supuso que no le parecía lo suficientemente importante como para dignarse a pronunciar un simple «hola». Estaba tan acostumbrada, después del desdén recibido aquellos últimos años, que ni siquiera se inmutó y siguió a lo suyo.

—¿Cómo va eso, Matthew? —preguntó Eliott con desgana.

—¡Cojonudo! ¿Sabes que tu padre es el jefe más insoportable del Condado?

—No me sorprende.

—Tío, ¿por qué no vienes allí con los demás? Vamos, diviértete un poco.

—Ahora iré.

—No tardes.

Matthew se alejó tambaleándose un poco sobre el césped del jardín y Eliott tardó una eternidad en volver a hablar, después de acabar el champán de su copa de un solo trago con cierta brusquedad.

—Así que tú y ese tal Luke...

—¿Por qué te importa siquiera? —lo cortó Harriet—. Y no deberías estar aquí, hablando conmigo. Todo el mundo nos está mirando.

—Vale. Volveré luego, cuando termines.

No le dio tempo a protestar. Antes de que ella pudiese negarse, dio media vuelta y se internó entre la multitud, saludando a unos y a otros. Observándolo desde fuera, Harriet se dio cuenta de lo mucho que él encajaba en aquel ambiente y lo poco que ella jamás lo hubiese hecho. No era una cuestión de dinero, no. De hecho, Fred Gibson había sido una persona acaudalada en el pueblo, gracias a la tabacalera. Era una cuestión de actitud, de prejuicios, de fingir lo que no se era y tener que guardar las apariencias veinticuatro horas al día. Llevaban una especie de etiqueta sobre sus hombros, como si todos ellos fuesen tarros de mermelada y tuviesen que indicarle al resto del mundo que eran «fresa», «naranja ácida» o «ciruela». Harriet no quería ninguna etiqueta, ella tan solo deseaba «ser» sin tener que definirse de un modo concreto; libre, muy libre.

Mientras terminaba de servir las últimas bandejas, se preguntó qué estaría haciendo Luke en aquel momento, apenas a unos metros de distancia, metido en su coche. Había cumplido su promesa y se había empeñado en esperarla frente a la puerta de los Dune hasta que terminase el turno de trabajo. Y ella le había dado las gracias por preocuparse tanto, tentada de recriminarle que fuese tan considerado, tan tierno... Porque, en cierto modo, Luke le estaba mostrando todo lo que Harriet siempre había anhelado. Pero solo se lo mostraba, solo eso, porque no podía tenerlo.

Cuando concluyó su trabajo, empezó a recoger todas sus pertenencias y a ordenar los utensilios sucios y vacíos para que se los llevase parte del servicio que se encargaba de la limpieza. Acababa de quitarse el delantal y meterlo en su bolsa de mano, cuando Eliott apareció de nuevo.

—Estaba todo delicioso —musitó.

—Gracias.

Bajó la mirada al advertir cómo aquellos ojos, a la vez tan familiares y extraños, la recorrían de los pies a la cabeza. Con la intención de adaptarse al ambiente y no llamar demasiado la atención entre los invitados, se había puesto un vestido con vuelo de color blanco roto, con el estampado de diminutas florecitas naranjas y rojas, a juego con la sencilla chaqueta. Rompió la tensión del momento cuando se disculpó y se internó en la inmensa casa para ir al servicio. Al salir, dispuesta a marcharse de allí, tropezó con la señora Dune, que la estudió unos segundos. Su rostro carecía de expresión.

—Ya me iba —se apresuró a decir.

Los labios de Minerva se fruncieron.

—Los postres eran... comestibles —musitó—. Buen trabajo.

Harriet se giró como un resorte, pero Minerva ya había dado media vuelta y se alejaba pasillo abajo con una copa en la mano. Suspiró y avanzó en dirección contraria. Necesitaba escapar de aquel lugar, porque era como si un disfraz con un pomposo lazo rojo lo envolviese todo: la casa, las conversaciones frívolas que se sucedían en el jardín, las sonrisas falsas que se convertían rápidamente en muecas. Pensó en Luke. Luke, que era real y único y diferente. Quería creer en él.

Eliott apareció de nuevo.

—¿Podemos hablar ahora?

—No, me están esperando.

—Solo será un momento, Harriet. —Sorprendiéndola, la cogió del codo con delicadeza pero decisión—. Ven, es mejor hacerlo en algún lugar más apartado.

Lo siguió y se internaron entre los árboles del jardín hasta llegar a una zona poco iluminada y sentarse sobre un banco de piedra. Sentía una mezcla de rechazo y curiosidad, porque era incapaz de encontrar una miserable razón por la que Eliott estuviese perdiendo de nuevo el tiempo con ella.

—Yo solo... —Se frotó la barba incipiente—. Quería repetirte lo mucho que siento lo que hice. Fui... No sé quién fui. Alguien que no soy, de verdad que no.

—¿Por qué te importa siquiera que te perdone?

—Porque te quería. Y las cosas tendrían que haber sido diferentes.

—¿Es una broma? Tenías planeado desde el principio que lo nuestro fuese algo temporal. No necesito palabras de consuelo. Lo superé hace tiempo.

Eliott inspiró hondo y apartó la vista del rostro entre las sombras de Harriet y contempló la luna menguante que se alzaba sobre ellos.

—Tú no lo entiendes. Por supuesto que te quise, pero lo nuestro era complicado. Si no hubieses sido importante para mí, no me habría molestado en enfrentarme a mi familia para estar contigo —suspiró—. Simplemente no encajabas en mi vida y no sabía qué hacer para que te acoplases, para que...

—Hablas como si fuese una pieza de un puzle que te pertenecía. ¿Por qué habría tenido que encajar o acoplarme yo en tu vida? ¿Por qué no tú en la mía?

Eliott extendió las piernas sobre las briznas de hierba que crecían bajo el banco y guardó silencio unos instantes.

—Solo sé que hice las cosas mal. Y que desde entonces me siento culpable y no dejo de pensar... no dejo de pensar... —La miró—. En cómo sería ahora. Si viviese. Si por mi culpa tú no te hubieses visto obligada a perder a ese bebé. Sé que es de locos, pero no puedo evitarlo. Imagino en mi cabeza cómo hubiese sido... ¿A ti no te pasa?

—No —mintió.

En parte. Solo en parte. Porque desde la llegada de Luke a su vida estaba mucho más centrada en el presente. Al anochecer se mantenía ocupada con él, divirtiéndose, charlando, viendo una película... Había dejado atrás las horas muertas que pasaba buscando hojas perfectas que meter en tarros de cristal o que dedicaba a bucear en recuerdos e intentar comprender por qué su madre la había abandonado, por qué su padre la había odiado o por qué la única persona a la que creía haber amado la había traicionado. Todo aquello formaba ya parte del pasado.

—Será mejor que me marche. —Harriet se puso en pie y se alisó la falda del vestido con una mano—. Y, Eliott, no soy yo quien debe perdonarte, sino tú mismo. A veces las cosas ocurren por alguna razón, o quiero pensar que es así, porque si no lo hiciese me pasaría la vida cabreada por las ironías e injusticias del destino.

—Tendrías derecho a estarlo —murmuró—. Vamos, te acompañaré a la puerta.

—No es necesario.

—Quiero hacerlo.

Atravesaron de nuevo el jardín llamando la atención de algunos de los invitados e ignoraron los vítores y las risas que se escuchaban entre el grupo de amigos del señor Dune, que habían empezado a descorchar varias botellas de whisky. Eliott se mantuvo en silencio hasta que atravesaron el umbral de la puerta principal y entonces se paró frente a ella, muy cerca, y la miró fijamente.

—Supongo que nos veremos de vez en cuando, ahora que voy a quedarme por aquí una temporada...

—Imagino que sí.

—El *catering* ha sido perfecto, Harriet.

—Ya. Gracias. —Algo incómoda, sujetó con fuerza la correa del bolso que llevaba colgado del hombro—. Buenas noches, Eliott. Y suerte con esas prácticas.

Acababa de dar un paso al frente, deseando alejarse de allí, de todas aquellas personas, cuando Eliott la sorprendió al estrecharla entre sus brazos. Harriet se sintió como si acabasen de exprimirle el aire de los pulmones, desorientada y confundida entre aquel aroma a colonia que ya no le evocaba ningún sentimiento. Giró la cara rápidamente cuando percibió que él se acercaba demasiado.

—Ni se te ocurra tocarla.

Harriet se liberó de su agarre en cuanto oyó la voz de Luke a su espalda. Eliott dio un paso atrás, confundido, y no dijo nada mientras él la cogía de la muñeca y tiraba de ella antes de montar en el coche que estaba aparcado enfrente.

16

Luke arrancó el motor del vehículo y condujo por las solitarias calles. Había empezado a chispear. El silencio en el interior del coche era tan aplastante que podía oírse el golpeteo suave de algunas gotitas de lluvia contra el cristal. Aferró el volante con más fuerza de la necesaria, todavía alterado.

—¿Qué coño ha sido eso?

—No lo sé —respondió Harriet.

—¿No lo sabes? —inquirió alzando el tono de voz—. ¿Cómo demonios no vas a saberlo?

—¿A ti qué mosca te ha picado?

Harriet aferró el cinturón de seguridad entre los dedos y lo miró. Luke tenía el semblante serio, muy serio, la mandíbula, en tensión y los labios, ligeramente fruncidos en una mueca indescifrable. Y, antes de que ella pudiese insistir y preguntarle de nuevo qué le pasaba, él se internó en uno de los muchos senderos que se abrían paso entre los bosques de los alrededores y avanzó por el camino de gravilla y tierra mojada unos metros, en medio de la oscuridad de la noche, hasta desviarse hacia un lado del arcén y apagar el motor del coche.

Luke se giró con lentitud hacia ella. Daba igual que ya hubiesen pasado algunos minutos desde que la había visto entre los brazos de aquel gilipollas, seguía sintiendo el corazón acelerado y la rabia paseando a sus anchas por cada tramo de su ser.

—¿Ibas a besarlo? —siseó.

—¿Qué? ¡¡No!! ¿De dónde sacas eso?

—¿En qué estabas pensando, eh?

Harriet se quitó el cinturón de seguridad y le lanzó una mirada de reproche.

—¡Deja de gritarme! No tienes ningún derecho. Solo me ha abrazado. Solo eso. Y no precisamente porque se lo hubiese pedido. —Tomó aire y enderezó los hombros.

—Así que lo normal es ir por ahí abrazando a la gente que te ha hecho la vida imposible. ¡Vamos, no me jodas!

—Te estás comportando como un capullo.

—¿Sí? ¿Por qué? ¿Porque me preocupo por ti? Es verdad. Debería haberle dado una palmadita en la espalda a ese imbécil y haberle deseado suerte en eso de intentar follarte otra vez para volver a dejarte tirada después.

—Que te jodan, Luke.

Temblando, Harriet abrió la puerta dispuesta a bajarse del vehículo. Luke la retuvo sujetándola del brazo antes de que pudiese hacerlo y luego acogió su rostro entre las manos con delicadeza.

—Lo siento, lo siento, lo siento —susurró—. Mierda. Ojalá pudiese retirar lo que acabo de decir. Perdóname. Solo... solo es que ahora mismo no sé ni qué coño estoy sintiendo. Lo único que sé es que me importas más de lo que ya sabía que me importabas, y que cuando te he visto abrazada a ese tío...

—Luke...

—Tenía ganas de golpear algo. De golpearlo a él, para ser más exactos.

—¿Y eso qué significa?

Ella contuvo el aliento. Las manos cálidas de él sostenían sus mejillas con ternura y estaban tan cerca el uno del otro que al respirar le acariciaba la piel.

—Significa que estaba celoso. Y significa que, joder, no soporto imaginarte con otro compartiendo todo... todo lo que nosotros tenemos. Hostia, Harriet, haz algo para callarme la boca porque no dejo de decir estupideces supercursis.

Ella rio y Luke la besó con fuerza llevándose el vibrante sonido de su risa, como si su vida dependiese de ese instante, de ese segundo perfecto. A Harriet nunca la habían besado de aquel modo, nunca nadie había reclamado su boca con esa impaciencia y desesperación. Gimió contra sus labios mientras permitía que sus lenguas se entrelazasen suavemente como si llevasen una eternidad deseando encontrarse.

El ruido de la lluvia retumbando contra los cristales del coche se entremezclaba con el latir de las palpitaciones que Harriet oía por todas partes, como si todo su cuerpo se hubiese vuelto loco. De deseo. Anhelo. Y ganas de más, mucho más.

Luke atrapó entre los dientes su labio inferior y lo mordisqueó con cuidado mientras sus manos firmes y grandes iban descendiendo por su espalda, palpando su cuerpo bajo la ropa e intentando adivinar cada curvatura y cada detalle. Inútilmente, Harriet intentó acercarse más, pero la separación entre ambos asientos se interponía a modo de barrera entre ellos; así que se movió con torpeza hasta subir a su regazo y sentarse a horcajas sobre sus piernas.

Ahora podía sentirlo.

Su erección presionando bajo su cuerpo contra la tela de los vaqueros.

Se frotó sobre él y Luke respiró hondo contra su boca, antes de volver a deslizar las manos por su espalda con una lentitud que la hizo enloquecer. Para cuando sus dedos levantaron el dobladillo de su falda y le acariciaron la piel de los muslos, Harriet estaba a un paso de rogarle que acabase con esa tortura de una vez por todas.

—Harriet —rozó sus labios—, creo que deberíamos parar ahora.

—No quiero parar.

—Me lo estás poniendo muy difícil.

—No dejes de tocarme —jadeó.

—Joder. Sabes que mi autocontrol tiene un límite muy frágil, ¿verdad?

Luke deslizó la mano que mantenía entre sus muslos, ascendiendo hasta arriba, incapaz de contenerse. Tenía la piel sedosa, caliente, tan apetecible...

—Más.

—¿Quieres más? —Mordisqueó su barbilla con suavidad—. ¿Así...? —Le acarició por encima de la ropa interior. Estaba mojada, deliciosa, entre sus brazos. Era una tortura. Tanteó con los dedos antes de tocarla sin reparos.

—Dios mío, Luke...

Y oírla decir su nombre de aquel modo...

—Siénteme. Cierra los ojos.

Harriet gimió, sujetándose con fuerza a sus hombros. Él le lamió el lóbulo de la oreja antes de susurrar:

—¿Sigues queriendo más?

—Sí, mucho más.

Le acarició con el pulgar, trazando lentos movimientos circulares hasta notar cómo a ella empezaban a temblarle las piernas mientras se arqueaba y recostaba la espalda contra el volante del coche.

—Luke, quiero tocarte —pidió con voz ahogada, aturdida por el placer que le sacudía. Estaba ardiendo—. Deja que lo haga...

Se apresuró a buscar la hebilla de su cinturón y después tanteó en la oscuridad hasta empezar a desabrochar los botones de los vaqueros. La respiración de Luke se tornó más pesada y sonora; dejó de acariciarla, deslizó la mano por su trasero e intentó tranquilizarse...

Intentó, que no consiguió.

El corazón le latía atropelladamente.

—Harriet, no deberíamos. Esto no está bien. No para ti, al menos.

—Deja que sea yo quien decida si está bien o no. —Ella le dio un beso seductor, dulce, y lo cogió de la mano—. Guíame. Dime qué te gusta. Dime qué tengo que hacer.

—Me estás matando...

—Solo quiero que puedas sentir lo mismo que tú me haces a mí. Y me haces sentir muchas cosas, Luke. Necesito esto ahora. Necesito saber cómo sería tenerte. Quedarme el recuerdo.

Él tembló. No la besó, no, le mordió la boca, hundió la lengua en aquellos labios que acababan de aniquilar todo su control con apenas un par de palabras. Luke jamás se había sentido tan excitado, tan fuera de sí. Quería poseerla de todas las formas posibles. Quería ver la satisfacción en sus ojos cálidos cuando se corriese. Quería que el instante durase para siempre.

Cogió su mano, suave y pequeña, y acarició con ella su propia erección por encima de la ropa interior que todavía estorbaba entre ambos. Harriet se frotó contra él, anhelando sentirlo en su interior...

—¿Notas lo duro que estoy? —Ella asintió—. Te juro que jamás había deseado a nadie como te deseo a ti. Harriet, eres preciosa. Eres perfecta.

Harriet liberó su miembro palpitante y lo rodeó con los dedos. Él dirigió los movimientos con su propia mano, guiándola, sin dejar de besarla, antes de que ella se adueñase de la situación y marcase el ritmo, que era cada vez más rápido, más intenso, y Luke tuvo que frenarla porque esas manos... Joder, esas manos terminarían en nada con todo su autocontrol.

La levantó de su regazo con suavidad y ambos terminaron tumbados sobre el asiento trasero, Luke sobre ella. Sin abandonar sus labios, le levantó el vestido hasta la cintura.

—No puedo parar de besarte, Harriet.

—Bien, porque no soportaría que lo hicieses.

Luke sonrió contra su boca y enterró de nuevo la lengua en aquella cavidad dulce y húmeda que lo hacía delirar. Era tan adorable, tan diferente... No estaba seguro de si tenía que ver con el hecho de que le parecía increíblemente sexy cuando más pretendía no serlo, o si se trataba de esa complicidad, esa calma que sentía cuando ella estaba a su lado, como si hubiese llegado a una especie de destino después de un largo trayecto. Conseguía apaciguar sus miedos. Y, cuando Luke vaciaba la cabeza de pensamientos enredados, era finalmente él mismo, la persona que deseaba ser.

Harriet le importaba.

Le importaba de verdad.

Mierda. Qué gran putada.

—Tenemos que parar.

—¿Qué? No hablas en serio.

—Ahora mismo te aseguro que solo puedo pensar en follarte, en estar dentro de ti y, joder, ¡joder! —Cerró los ojos y expulsó entre dientes el aire que estaba conteniendo—. No puedo. No así.

—Pero, ¿por qué? —Dejó caer la mano sobre la mejilla de Luke y lo obligó a mirarla—. No pares. Por favor... Quiero esto. Olvida todo lo que sabes de mí. Te quiero aquí, ahora.

—Estamos en un puto coche, en medio del bosque. Mereces algo mejor.

—Luke, tú eres lo mejor que me ha pasado en años.

Sus palabras sonaron casi como una especie de ruego. Y lo decía en serio. Era lo más real, inesperado y reconfortante que recordaba en mucho tiempo. Un cambio. Un acelerón en su vida que lo había revuelto todo y trastocado el curso de sus días. Ni siquiera estaba segura de cómo sería seguir adelante cuando se marchase, porque por mucho que intentase negarlo era consciente de que dejaría un vacío inmenso.

Luke la miró durante unos instantes en silencio, dubitativo, mientras seguía respirando entrecortadamente y sus dedos trazaban círculos alrededor de la piel de sus muslos. Finalmente inhaló hondo y volvió a devorar sus labios, dejándose llevar por sus instintos más primarios. Le bajó uno de los tirantes del vestido floreado hasta dejar a la vista el sujetador blanco de encaje y recorrió con la lengua el camino que conducía hasta sus pechos. Apartó la tela con un tirón brusco y atrapó el pezón con la boca.

Harriet gimió y se arqueó contra él, derritiéndose ante sus caricias. El modo en el que sus manos la tocaban donde más lo necesitaba y las atenciones de aquellos labios la estaban volviendo loca. Anhelante, tiró de la camiseta que todavía cubría el torso de Luke y se la quitó por la cabeza, antes de deslizar los dedos por aquella espalda firme. Cuando él frotó con la palma de la mano su sexo, se estremeció y le clavó las uñas en la piel de los hombros.

—Luke... —jadeó—. Hazlo ya, por favor.

Estaba temblando bajo su cuerpo y Luke fue incapaz de negarse, de echar el freno. Se deshizo totalmente de los vaqueros y buscó en su cartera un preservativo mientras Harriet le besaba y mordisqueaba la piel del cuello y enredaba los dedos en su cabello, tirando suavemente de las puntas cada vez que una de sus manos, que seguía entre sus muslos, rozaba el punto exacto que la hacía morir de placer.

—Mírame, Harriet.

Él deslizó el dorso de la mano por su mejilla y apoyó la otra en el cristal de la ventanilla del coche. La lluvia seguía cayendo y golpeando el capó con un ritmo suave y constante mientras Luke se colocaba entre sus piernas y se hundía lentamente en ella, intentando retener ese instante exacto en su memoria, esa sensación estremecedora que empezaba en su columna vertebral y se extendía después por cada terminación nerviosa.

—Más profundo, Luke. Todo tú.

Sorprendiéndolo, rodeó su cintura con las piernas y alzó las caderas hasta que él estuvo completamente dentro de ella. Y joder, aquello era perfecto, único, y no quería que acabase jamás. Intentó empezar despacio, pausado, pero cuando Harriet deslizó la lengua entre sus labios y gimió contra su boca, perdió el poco control que le quedaba. Salió de ella para después volver a hundirse con fuerza en su interior. Las embestidas se tornaron cada vez más desesperadas, más rápidas, más salvajes.

Luke jadeó al sentir cómo Harriet se estremecía mientras pronunciaba su nombre en susurros, notó la tensión de su cuerpo pequeño alrededor de su miembro, los espasmos que la invadieron. Hundió la yema de sus dedos en su espalda y se aferró a él mientras se corría y algo en su interior se rompía para dar paso a la sensación de placer, de dejarse llevar y creer tocar el cielo con la punta de los dedos.

Y ni siquiera supo cómo demonios logró aguantar hasta que ella terminó, porque en cuanto lo hizo la embistió un par de veces más con desesperación y se derrumbó, escondiendo el rostro en su cuello. Le rozó la piel con los labios, sintiendo sus pulsaciones aceleradas, y luego la abrazó, la abrazó como si no existiese nada más en el mundo que ellos dos, allí, en ese preciso instante, rodeados por el sonido de la tormenta y la oscuridad de la noche.

17

—Deberíamos ir a casa.

Luke alzó la cabeza al escuchar aquella voz delicada que había sepultado bajo tierra su cordura y cualquier atisbo de control. ¿Y ahora qué...? Ya no había vuelta atrás. Incluso aunque la hubiese, era un camino que no estaba dispuesto a tomar.

Apoyó un codo en el mullido asiento del coche y la miró desde arriba con los ojos entrecerrados. Trazó con la yema de los dedos el contorno de su rostro, la línea deliciosa en la que su labio superior se curvaba, como si desease formar un corazón. Puede que no fuese exuberante o una belleza especialmente llamativa, pero para Luke era perfecta. Y el hecho de que pensase en algo así después de follar solo podía significar que estaba muy jodido.

—¿Quieres ir a casa? —preguntó en un susurro.

Harriet asintió lentamente con la cabeza, sin apartar aquellos expresivos ojos de él. Unos ojos que estaban ligeramente húmedos. Luke se incorporó un poco, le subió la parte superior del vestido, que seguía arremolinado en torno a su estómago y le colocó los tirantes sobre la curvatura de los hombros.

Realizaron todo el trayecto en silencio.

Ella tenía la cabeza apoyada en el cristal y lo empañaba con cada respiración, mientras observaba la lluvia caer en diagonal bajo la luz de las farolas de las calles que dejaban atrás. En cuanto entró en casa, antes incluso de que Luke pudiese encender las luces y dejar las llaves del coche, se metió en su habitación y cerró la puerta con el pestillo. Se dejó caer al suelo y escondió el rostro entre las rodillas.

Un sollozo escapó de su garganta.

Luke había tenido razón al sugerir que parasen..., pero es que fue incapaz de valorar siquiera la posibilidad. Porque quería aquello, demonios. Lo quería a él. La forma siempre atenta que tenía de mirarla y esa faceta suya tan tierna y al mismo tiempo salvaje que salía a relucir cada vez que la tocaba...

—¿Harriet? ¿Qué cojones...? —Movió inútilmente la manivela de la puerta—. ¿Qué te pasa?

—Nada, solo... —tomó aire—. Quiero estar sola. Dormir. Estoy cansada.

Estaba aterrada.

Sentía el miedo paralizando sus pensamientos. Miedo a perderlo. Miedo a tenerlo. Miedo a ella misma. Miedo a él. Miedo al dolor, a las decepciones, a reconstruir de nuevo cuando las cosas se rompen sin previo aviso...

¿Por qué se había dejado llevar? ¿Por qué no podía ser firme y dura y con una personalidad arrolladora como muchas otras personas...? Cada vez que una piedra se interponía en su camino, tropezaba con ella. No sabía cómo esquivar las dichosas piedrecitas.

—¡Vamos! ¡Abre la puerta, Harriet!

Luke no obtuvo ninguna respuesta. Inspiró hondo.

—Déjame entrar. Por favor.

—No puedo, Luke. —Dejó caer la cabeza hacia atrás hasta recostarla en la puerta de madera. Él estaba tan cerca... y a la vez tan lejos...

—¿Por qué? Solo dame una buena explicación. Algo que pueda entender.

Le pareció que ella tardaba una eternidad en contestar.

—Porque tengo miedo.

—Harriet...

—Ha sido un error. Uno de esos errores que parecen maravillosos hasta que acabas de hacerlos. Me siento muy tonta ahora mismo. No quería poner en riesgo nuestra amistad y lo he hecho y sé cómo terminan siempre estas cosas —gimió.

Luke respiró entre dientes y apoyó la frente en la dichosa puerta que los separaba.

—No ha sido ningún error, Harriet. Un error no puede ser tan perfecto. Por favor, ábreme, no quiero estar lejos de ti. Podemos hablar las cosas. Y te prometo que no vas a perder mi amistad, siempre vas a tenerme...

Pasaron unos segundos antes de que se oyese el chasquido del cerrojo de la puerta al abrirse. Luke entró despacio en la habitación. Ella se había vuelto a sentar en el suelo, con las piernas cruzadas; él se arrodilló a su lado y le sostuvo la barbilla con la punta de los dedos.

—¿Por qué me haces esto, Harriet? Cada vez que lloras me matas un poco por dentro. No tienes que sentirte culpable por lo que ha ocurrido. No ha sido nada malo.

—Para mí es importante —sollozó—. Aparte de Barbara, Angie y Jamie, nunca nadie me había entendido como lo haces tú, sin juzgarme, sin hacerme sentir tonta. No quiero que nada cambie, no quiero perderte.

—Te juro que eso no ocurrirá. Confía en mí. Inténtalo. Sé que te ha fallado mucha gente, pero yo no lo haré.

Ella asintió y se limpió las lágrimas con el dorso de la mano. Luke la estrechó contra su pecho y después la levantó en brazos como si no pesara nada y la dejó sobre la cama. Se inclinó para darle un beso en la frente.

—Dime qué quieres que haga. Si prefieres que me quede contigo... —susurró—. O puedo irme al sofá. Y, de verdad, decide lo que realmente desees, Harriet. Porque solo tú eres dueña de tus actos, solo nosotros dos estamos implicados en esto. No te dejes llevar por el miedo o los prejuicios, ni por el qué dirán. Si Angie, la gente del pueblo o cualquiera que se inmiscuya no entiende lo que sea que existe entre nosotros, que les den. En serio. Que les den hasta que se les quiten las ganas de hurgar en las vidas o los sentimientos de los demás. —Le acarició la mejilla con los nudillos, suavemente—. No sabes cómo he intentado resistirme, pero si volviese atrás te aseguro que no cambiaría ni un segundo de lo que ha ocurrido en ese coche.

Harriet lo agarró de la muñeca y cerró los ojos y se concentró en el latir de las pulsaciones de Luke que retumbaban contra sus dedos.

—Quédate.

Se hizo a un lado en la cama. Luke se quitó la camiseta antes de tumbarse a su lado y abrazarla mientras dejaba escapar un suspiro de alivio. Le habló en susurros hasta que ella se relajó, y después comenzó a quitarle el vestido con cuidado y recorrió con los dedos cada tramo de piel que quedaba a la vista, deteniéndose en todos los lunares, las diminutas imperfecciones o cualquier detalle que llamase su atención.

—¿Qué estás haciendo, Luke?

—Memorizarte. Tocarte.

Deslizó la mano por su antebrazo derecho y se detuvo en las sombras oscuras de los tres pájaros que Harriet llevaba tatuados, justo igual que él. Sus labios se curvaron lentamente mientras trazaba los bordes de las alas.

—De todos los tatuajes estúpidos que me he hecho en mi vida, este es mi preferido.

—A mí también me gusta. —Harriet sonrió en la penumbra y se acurrucó más contra su cuerpo cálido—. ¿Qué pasó con los demás?

—Uf, recuerdo poco. El primero, el escudo del equipo de la universidad, me lo hice con dos amigos del club después de emborracharme una noche en la que ganamos un partido decisivo —explicó—. Luego fue el de la brújula, cuando perdí una apuesta contra Mike. Había un tío en el local de tatuajes que se llamaba Blake o Blaine o algo así que se estaba haciendo este mismo diseño y no dejaba de repetir lo importante que era no perder el norte —dijo—. Después llegó el de los pajaritos... —esbozó una sonrisa rápida—. Y por último el erizo. El más estúpido de todos los que me he hecho, que ya es decir, teniendo en cuenta que en ninguno estuve sobrio. Lo bueno es que, cuando alguien me pregunta si duele, no tengo ni zorra.

—¡Estás pirado! —Harriet rio.

—Dijo la culpable del tatuaje número tres...

—¡No, ahora en serio! —replicó cuando se recompuso de la risa—. ¿Por qué un erizo? —Tocó con el dedo índice el contorno del diminuto animal. Por suerte era pequeño, bajo la línea de la cadera, así que apenas se veía.

—Lo cierto es que me dan pánico. No puedo soportarlos. Son como ratas con púas en vez de pelo. —Permaneció pensativo y luego alzó la vista hacia Harriet—. En realidad, me lo hice durante una muy mala época, poco antes de recibir esa llamada de mi abogado y venir aquí.

—¿Puedo hacerte otra pregunta?

—¿Puedo evitar que lo hagas? —respondió divertido.

—No. —Sonrió y se acomodó más cerca de él, casi encima, sin dejar de trazar círculos sobre la piel de su pecho—. Siempre recibes llamadas de una tal Sally. ¿Quién es? ¿Alguien importante para ti?

Sus miradas se enredaron en una sola.

Él contuvo el aliento antes de hablar.

—No es nadie. Una vieja amiga.

—Luke, no me mientas. Por favor.

Suspiró hondo y se giró para poder mirarla a los ojos. Le daba miedo dejarse ver, dejarla ver, abrirse ante ella y mostrarle todo lo malo que arrastraba consigo. Que no aceptase o pudiese entenderlo más allá de la primera capa. Tragó saliva.

—Sí que es alguien. Es la chica que me tiraba cuando estaba en San Francisco —admitió—. Pero le dije hace semanas que siguiese su camino, si es lo que te preocupa.

Harriet permaneció callada tanto tiempo que Luke empezó a ponerse nervioso. Alargó una mano y deslizó la yema de los dedos por el contorno de sus labios. Le tranquilizó que no se apartase.

—Di algo, Harriet.

—¿Te hiciste con ella el tatuaje? El del erizo.

—Sí.

—¿Lo que teníais era como lo que tenemos nosotros?

—No, joder, no. Ni de lejos —susurró—. Ella no me conoce, no sabe nada de mí, ni de cómo me siento ni de cómo quiero llegar a sentirme... —respiró hondo—. Tú no puedes compararte a nada de lo que he tenido antes. Y ya te he dicho que cuando me hice ese tatuaje... fue una mala época. Pensé en quitármelo unas semanas después, pero cambié de idea porque no quise olvidar los errores que simboliza. —Sonrió con tristeza—. Es de risa que un erizo represente el mal, ¿no crees?

Ella se tumbó de lado y apoyó una mano en su pecho.

—¿A qué te refieres con una mala época?

Luke se mordió el labio inferior, dubitativo.

—Ya sabes, una de esas épocas en las que no eres tú mismo. ¿Nunca te has sentido así? —Harriet negó lentamente con la cabeza y él le colocó tras la oreja el mechón de cabello rubio que cayó ante el movimiento—. Pues tienes suerte, porque es una mierda. Deprimente. Te sientes infeliz y perdido, y lo peor de todo es que no tienes ninguna razón de peso para estarlo, no te estás muriendo ni nada parecido, pero te comportas como si todo te diese igual. —Inspiró hondo—. Cuando me despidieron fue como si el mundo se derrumbase. Y ya arrastraba de antes esa misma sensación, como de derrota, desde siempre, cada vez que algo en la vida no me salía exactamente como yo lo había planeado... —Permaneció unos instantes en silencio—. Me comporté como un capullo, empecé a salir de fiesta por ahí. Y no eran fiestas... suaves. Recuerdo despertarme al mediodía, con la cabeza dando tumbos y..., joder, no sé cómo demonios pensaba que eso podría ayudarme en algo. Creo que en realidad me frustraba cada día un poco más. Pensaba que eso era «vivir el presente», pero estaba equivocado. Solo era un alivio rápido, poder dejar de ser yo mismo durante unas horas...

—¿Ibas con Mike y Rachel y...?

—No, ellos tenían su vida, estaban empezando a construir algo sólido. Nadie se merece más un poco de estabilidad. Y Jason, bueno, Jason jamás se dejaría llevar hasta el extremo; de hecho, intentó controlarme. Es un tío con las cosas claras. Creo. Al menos, cauto. El tipo de persona que piensa las cosas antes de hacerlas —aclaró—. Los tres estaban ocupados, con sus trabajos, con sus metas...

—Así que cuando llegaste aquí fue una especie de vía de escape.

—Más, mucho más. Fue lo mejor que me podía haber pasado —reconoció—. Pensé que duraría menos de una semana, pero, no sé, la rutina, sentir que sirvo para algo, que puedo ser útil, ahora el compromiso con el idiota de Harrison, y tú, solo tú... —La cogió de la nuca para acercar su rostro al suyo y atrapar sus labios—. Has sido terapia sin siquiera proponértelo —susurró contra su boca.

Harriet dejó que su lengua se colase en su interior, acariciando la suya, y gimió cuando Luke la estrechó contra su pecho y volvió a sentirse atrapada por aquel aroma cítrico que desprendía y la experiencia de esas manos que recorrían su cuerpo como si deseasen colarse bajo la piel y tocarla de todas las formas posibles.

—Luke... —Él ignoró el tono preocupado de su voz y le mordisqueó la barbilla con suavidad antes de volver a besarla. Harriet se apartó para poder hablar—: Debe de ser horrible pasar por algo así. No encontrarte a ti mismo.

—Solo estaba un poco perdido.

—Y deprimido —adivinó.

—Algo así. Déjalo ya. No quiero hablar más de eso —se quejó en un murmullo y después atrapó los brazos de Harriet y los alzó sobre su cabeza mientras retenía su cuerpo bajo el suyo. Le rozó los labios—. Ahora solo puedo pensar en estar dentro de ti, en follarte lento, y probarte y lamerte...

Ella se estremeció ante el tono ronco de su voz y aguantó la respiración mientras Luke le quitaba el sujetador y deslizaba después su boca por cada tramo de piel que encontraba a su paso, descendiendo hasta su estómago. Depositó un beso tierno al lado de su ombligo y tiró de la ropa interior con brusquedad hasta bajarla por sus muslos. La miró desde allí abajo, con aquellos ojos verdes entrecerrados que la hacían enloquecer, enmarcados bajo las gruesas pestañas... Y, antes de que pudiese prepararse para lo que estaba por llegar, él deslizó la lengua por la humedad de su sexo con una lentitud enloquecedora, sin dejar de mirarla, y Harriet cerró los puños en torno a las sábanas e intentó reprimir el gemido que finalmente escapó de su garganta.

18

Luke giró el volante en el último tramo de la calle y frenó frente a la casa de Barbara. El porche estaba repleto de macetas y la primavera había contribuido a que las flores se abriesen, gráciles, y contrastasen con la madera del suelo y las paredes por las que trepaban algunas enredaderas.

—¿Seguro que no quieres entrar?

—No, abejita. Llego tarde al entrenamiento. —Luke sujetó su barbilla con los dedos y le dio un beso profundo y cálido que se alargó más de lo esperado. Cuando se apartó, sonrió al descubrir que Harriet tenía las mejillas encendidas—. Salúdala de mi parte.

—Vale. Nos vemos luego.

—Ya lo creo que sí. —Luke sonrió travieso—. Tengo planes interesantes en mente.

—¿Todos están relacionados con la palabra «sexo»? —bromeó Harriet, tras cerrar la puerta, mirándole a través de la ventanilla bajada del vehículo.

—Absolutamente todos, sin excepción.

Observó cómo el coche se alejaba por el solitario sendero que se abría al final de la calle y después subió los escalones del porche y entró en la casa, que estaba abierta. Llegaba media hora antes de lo previsto, pero escuchó las voces de Barbara y Angie que provenían de la cocina, justo en el otro extremo de la vivienda.

—Vas a tener que guardar reposo, Angie.

—Estoy bien, mamá. ¡No seas pesada!

—Ahora que vas a ser madre entenderás lo terca y poco razonable que puedes llegar a ser. Ya verás lo poco que te gusta que te lleve la contraria. Que sepas que el karma existe.

Harriet se quedó paralizada en la puerta de la cocina. Las dos dejaron de pelar patatas para la cena y alzaron la mirada hasta la chica rubia que las contemplaba sin pestañear.

—¿Estás embarazada?

Angie dio dos pasos hacia ella con cautela.

—Te lo iba a decir...

—¿Desde cuándo lo sabes?

—Hace... —tomó aire—. Hace varias semanas.

—¿Qué? ¿Y entonces por qué no...?

Harriet la miró dolida antes de terminar de formular la pregunta.

—No sabía cómo te lo ibas a tomar —se excusó Angie—. Y has estado un poco sensible y rara desde la llegada de Luke. Lo siento. Quería decírtelo. Tenía muchas ganas de decírtelo, en realidad.

Harriet respiró hondo y sin pronunciar palabra dio media vuelta y salió de la casa. Agradeció el viento fresco que soplaba al atardecer. Apenas había pisado el camino de gravilla cuando oyó unos pasos a su espalda.

—¡Sabía que esto pasaría! Ay, niña, ven aquí. —Barbara la estrechó entre sus brazos y le dio un beso en la cabeza—. No se lo tengas en cuenta a la zopenca de mi hija. Ya sabes que se preocupa demasiado por ti. ¡Se lo tengo dicho! Que deje de tratarte como si fueses una hermana pequeña a la que tiene que proteger, cuando eres su igual.

—¿Puedes dejarnos a solas, mamá? —preguntó Angie con la voz rota desde el porche—. Quiero hablar con ella.

Barbara la soltó tras unos segundos.

—Vale, pero, por lo que más queráis, ¡no os peleéis! —Las miró a las dos, muy seria—. Ni siquiera sabíais andar cuando ya compartíais cuna por las tardes, durante la hora del té. —Negó con la cabeza para sí misma mientras seguía murmurando por lo bajo y se alejaba hasta entrar en la casa.

Angie se sentó en los escalones de madera y le dirigió a Harriet una mirada suplicante con la que consiguió que esta se acomodase a su lado. El silencio se prolongó unos instantes.

—Perdóname. De verdad.

—¿En qué estabas pensando? —Todavía se reflejaba un rastro de decepción en los ojos de Harriet—. Soy tu mejor amiga. Más que eso. Somos como hermanas.

—Pensaba en ti, como siempre que la cago. No sé qué estúpido instinto de protección tengo, pero en parte es algo egoísta. Y es egoísta porque cada vez que me ocurre algo bueno, como cuando empecé a salir con Jamie, o cuando montamos el negocio mientras tú no podías tener la pastelería, o ahora con el bebé..., pienso en si eso te hará daño. El hecho de que tenga algo que me gustaría que tú también pudieses disfrutar...

—¡Madre mía, Angie! Sabía que eras retorcida, pero no hasta qué punto...

—Me siento fatal. Me siento como la mala de la película porque es como si me estuviese llevando también tu porción de suerte o algo así. —Entrelazó las manos con nerviosismo—. No sabes lo mucho que me gustaría que te ocurriesen un montón de cosas buenas, en serio. Eso me haría feliz. Odio cuando algo te sale mal porque es injusto. Lo mereces más que yo y...

Harriet estalló en una carcajada. Empezó riendo suavemente hasta que el sonido se volvió ronco y vivaz. Angie parpadeó sorprendida.

—¿Qué te has fumado esta mañana?

—Uf, Angie. —Logró tranquilizarse y la miró con dulzura, todavía con una sonrisa asomando en sus labios—. ¡Eres un caso perdido! Y te adoro por eso, por ser tan sufrida y protectora como tu madre...

—¡Eso no es cierto! —exclamó ofendida.

—Sí que lo es. Y, ay, ahora vas a ser mamá. Serás todavía peor... Vas a tener un bebé... —La risa se fue transformando lentamente en un lamento—. Voy a ser tía y yo... Dios mío...

—¿Harriet? ¿Estás llorando? —Angie la abrazó y pegó su mejilla a la suya—. Cielo, perdona si te ha molestado. Sé que es un tema delicado para ti, por eso no estaba segura de cómo darte la noticia...

—No, no es eso —gimió—. Lloro de alegría, tonta.

Angie dejó escapar también un sollozo y la estrechó con más fuerza.

—¿Puedo tocarlo...?

—Apenas se nota —comentó con alegría mientras se levantaba la camiseta y Harriet posaba con suavidad la palma de su mano sobre la barriga—. Pero es..., no sé, no tengo palabras para describir la sensación de saber que está ahí dentro, en mí.

Harriet guardó silencio sin dejar de sonreír. Estaba segura de que tanto Angie como Jamie serían unos padres increíbles.

—Voy a querer a este bebé más que a nada en el mundo —susurró—. Angie, me alegro muchísimo por ti, por vosotros, de verdad. No te haces una idea.

—Gracias. —Le dio un beso en la frente.

—Y deja de preocuparte por mí, lerda —bromeó mientras se limpiaba un par de lágrimas—. Estoy perfectamente. Soy feliz con lo que tengo. Sé que las cosas podrían ser mejores, pero también mucho peores, créeme. —Cogió su mano y la apretó con firmeza—. Tengo mi propio negocio y esa casa vieja que en realidad adoro. Os tengo a vosotros. A Luke. Y ahora seré tía —sonrió—. ¿Qué más puedo pedir?

Angie sorbió por la nariz y se tocó la tripa una última vez antes de bajar el dobladillo de la camiseta y alzar la mirada hacia su mejor amiga.

—¿Elegir el nombre del bebé? —tanteó divertida—. Ya sabes que es difícil que Jamie y yo nos pongamos de acuerdo en algo. Tenemos algunas dudas. Si es niña, estamos entre Abril, Noelle o Kenzie, y si es niño nos gusta...

—Abril. Será Abril.

—¿Por qué estás tan segura, bruja?

—No lo sé. Lo presiento. Será una niña.

—Abril... —susurró Angie—. Me encanta cómo suena.

—A mí también. Es perfecto.

—Y eso que lo propuso Jamie.

—¡No seas mala! Tiene buen gusto para algunas cosas —puntualizó.

—¡Abril me encanta! —se oyó la voz aguda de Barbara tras una de las ventanas.

—¡Mamá! —gritó Angie—. ¿Tienes algún problema en entender el significado de la palabra «privacidad»? ¡Búscala en el dichoso diccionario que coge polvo en la estantería! ¡Maldita seas, siempre husmeando! Me pone mala esta señora.

—¡Deja de llamarme «señora»! ¡Es ofensivo!

—¡Dios, Buda, Alá, el que sea, llévame pronto!

Harriet rio y se acercó más a Angie para que la madre de esta no pudiese escucharlas. Le susurró al oído:

—Yo también tengo algo que contarte.

—Ay, joder. ¿Te lo has tirado?

—¡Ni siquiera me ha dado tiempo de decírtelo! ¡Y baja la voz!

—¿Habéis copulado? —Barbara abrió la puerta y salió al porche.

—Mamá, de verdad que sí deberías echarle un vistazo a ese diccionario, ¿eh? «Copulado», dice. Se llama «follar», «echar un polvo», «darle al ñaca-ñaca»... La que más te guste, tienes un gran repertorio para elegir. Pero, por lo que más quieras, «copular» pasa a ser una palabra prohibida.

Harriet se tapó el rostro con una mano, avergonzada, y miró a la madre de su amiga entre el espacio abierto que quedaba entre los dedos. Estaba roja como un tomate maduro.

—¿Podéis dejar de hablar a gritos? Los vecinos...

—Cariño, los vecinos creen desde hace meses que copulas con ese chico, así que no te preocupes más por eso —aclaró Barbara.

—Y dale con la palabrita.

—Vamos, entremos. Queremos los detalles. Y hemos dejado a medias las patatas con bechamel que íbamos a hacer. —Barbara le rodeó con un brazo la cintura mientras atravesaban el umbral de la puerta—. Sabía que pasaría. Os comíais con los ojos.

—No es verdad. —Harriet frunció el ceño.

—Lo estabais deseando desde hace un año y pico —insistió Angie mientras se sentaba en una de las sillas que había alrededor de la mesa de la cocina. El viento ondeaba las cortinas blancas que cubrían la ventana—. Si no llego a intervenir en Las Vegas, esto hubiese ocurrido mucho antes, créeme.

—¿Qué insinúas?

—Insinúo lo que estás pensando. Que te gusta desde siempre. Te atrajo desde el primer momento en el que tus ojos se cruzaron con los suyos. —Se llevó una mano al pecho, en plan melodramática sobreactuada, y sonrió de oreja a oreja.

—¡Es superromántico! —Barbara las miró con la espalda apoyada sobre la encimera de madera repleta de patatas peladas.

—Ignora a mamá oso amoroso —ironizó Angie—. ¿Habéis hablado del tema? Quiero decir, ¿seguís alguna pauta o acuerdo concreto?

—Eh, no.

—¿Nada?

—No.

—¿Ni siquiera un «que conste que esto es solo sexo y no hay sentimientos de por medio, así que no vengas luego a exigirme un anillo de boda y *blablablá*...»? Aunque, bueno, ahora que lo pienso, ya estáis casados.

—¿Qué tontería es esa? —Harriet arrugó la nariz de un modo gracioso—. ¡Pues claro que hay sentimientos! Si no fuese así, no me acostaría con él.

—¡Ay, cielo! —Angie soltó un gritito angustiado.

—¡No empieces! —Barbara abrió uno de los armarios de la cocina, sacó un paquete de caramelos M&M y se lo tendió a su hija—. Come y calla. —Luego miró a Harriet—. Tiene antojo de esto con el embarazo, y el otro día el pobre Jamie tuvo que recorrer más de cuarenta kilómetros para encontrar una gasolinera abierta donde los vendiesen —negó con la cabeza—. Y encima la princesa se deja los rojos. ¡Dame! ¡No los tires, narices! —Le arrebató un par de bolitas rojas y se las metió en la boca de golpe—. Entonces, ¿te ha dicho cuándo piensa volver a San Francisco?

—Hace unas semanas comentó que «pronto». Supongo que debería preguntárselo otra vez, pero ni siquiera estoy segura de querer saberlo —admitió—. Sé cómo terminará esto. Lo pasaré mal durante un tiempo cuando se marche. Pero ¿cómo era ese dicho? Ese que habla de que es mejor haber amado y haber perdido que no haberlo hecho.

—¿Lo amas?

—No, no lo decía de una forma literal. —Puso los ojos en blanco—. Solo sé que quiero disfrutar de esto mientras dure. Nada más.

—¿Sabes lo que significa eso, cariño? —Barbara la miró con dulzura—. Que estás dispuesta a arriesgar. Cuando pasó lo de Eliott temí que te cerrases en banda para siempre. Solo eras una niña...

Por primera vez en mucho tiempo, Harriet ya no quería hablar del pasado. Ni siquiera le guardaba el mismo rencor a los Dune ni tenía ganas de pararse a pensar en todos los «y si...» que se habían quedado en el camino. Estaba en calma consigo misma, con lo que tenía ahora.

—Los problemas están para superarlos —contestó con una sonrisa—. Y confío en Luke.

19

Luke terminó de explicarle la estrategia que estaba llevando a cabo el equipo contrario y Harriet asintió, fingiendo que entendía todo lo que le decía, aunque solo se había quedado con la primera parte. Estaban viendo un partido de fútbol en la televisión y ella tenía las piernas encima de las suyas, tumbada en el sofá. Luke trazaba círculos sobre su muslo derecho sin apartar los ojos de la pantalla.

Harriet pensó que aquello era perfecto.

De hecho, llevaba días pensándolo.

No podía evitar darse cuenta de que empezaban a comportarse como una pareja más, y no solo porque Angie lo repitiese cada vez que los veía, sino porque realmente era cierto. Estaban juntos desde que se levantaban hasta que se acostaban y ella nunca se aburría de sus bromas, de sus chistes fáciles o de esa sonrisa insolente que le dedicaba cada vez que se le subía un poco el ego. Luke era muy divertido. Y Harriet no dejaba de preguntarse qué pasaría cuando se marchase y cómo demonios podría conocer a otro chico y no compararlo de inmediato con él; si es que eso ocurría algún día, claro, porque las posibilidades de que alguien apareciese en su vida eran escasas. A veces, hasta se torturaba un poco mentalmente imaginando con qué otras mujeres saldría Luke en cuanto regresase a San Francisco, si serían más listas, más altas, más atractivas que ella.

—¿En qué estás pensando? —Él ladeó la cabeza al mirarla, todavía sentado en el sofá, y dejó de acariciarle la pierna cuando su mano ascendió lentamente hasta posarse en su tripa y colarse bajo el suéter grueso y verde que vestía.

—En nada. —Tragó saliva.

—Eres una pequeña mentirosa.

—Pensaba en lo perfecto que es esto.

Luke suspiró y su mano abandonó la calidez de la piel bajo la ropa cuando la alzó para colocarle tras la oreja un mechón rubio de cabello rebelde.

—¿Sabes cómo podría ser más perfecto?

—Sorpréndeme —contestó divertida.

—Ah, pues es fácil —replicó burlón—. Está la parte obvia, que se resumiría en tenerte aquí y ahora bajo mi cuerpo. Y también la parte que por razones misteriosas quieres esconderme, como confesarme que dentro de nada será tu cumpleaños. —Se miró el reloj de muñeca—. En trece minutos exactos. Si juntamos ambas partes, podemos celebrarlo a lo grande.

Harriet se incorporó de golpe en el sofá, bajando las piernas de las suyas y encogiendo las rodillas para abrazárselas contra el pecho. Lo miró con el ceño fruncido.

—¿Cómo lo has averiguado?

—Digamos que Jamie me cae cada vez mejor.

—¡Dichoso Jamie! —refunfuñó.

Luke la atrajo hacia su cuerpo sin dejar de reír. Harriet podía sentir cómo su pecho vibraba contra el suyo al son de las carcajadas. Intentó resistirse, pero la idea de tenerlo cerca era demasiado tentadora como para negarse a ello.

—¿Por qué no me lo habías dicho, Harriet?

—¡Odio los cumpleaños! Solo son un estorbo para Angie y Jamie, que están muy ocupados con el bar, y celebrarlo es una tontería. De verdad que no me importa.

—A mí sí que me importa. —Se puso en pie—. Así que tengo una sorpresa, pero no esperes nada demasiado especial. Solo es una tontería, ¿de acuerdo?

Harriet lo miró con dulzura.

—Gracias, no tenías por qué hacerlo...

—Espera aquí. Vuelvo enseguida.

Contuvo las ganas que tenía de seguirlo y averiguar cuál era la sorpresa, aunque, en realidad, no le importaba demasiado; la mera idea de saber que se había tomado la molestia de prepararle algo ya era más de lo que habían hecho muchas de las personas que habían pasado por su vida. Se frotó las manos con nerviosismo al escuchar sus pasos cerca y su boca dibujó una mueca de sorpresa cuando él apagó las luces, dejando solo la de la lamparita ambiental, y entró de nuevo en el comedor con un diminuto *cupcake* sobre el que brillaba fulgurante una solitaria vela encendida.

—Cumpleaños feliz, cumpleaños feliiiiiz, te deseo solo yo... —Entrecerró los ojos al sonreír y dejó el dulce sobre la mesita, frente a ella—. ¡Cumpleaños feliz!

—¡Oh, Luke! —Pestañeó muy rápido para evitar llorar—. ¡Gracias! En serio, gracias por tomarte la molestia.

Él se puso de cuclillas, sujetándose con una mano a la mesita, y la miró fijamente.

—Nunca es una molestia nada que tenga que ver contigo, abejita. —Curvó los labios con lentitud—. Y ahora sopla y pide un deseo, ¡vamos!

—¿Un deseo?

—Sí, claro.

Harriet clavó los ojos en la llamita de la vela que ondulaba con suavidad. Hacía muchos años que no pedía ningún deseo, pero puede que los veinticuatro fuese un buen momento para romper aquella tradición. Cerró los ojos y no pudo evitar desear justo lo que tenía en ese preciso instante. Así, sin nada más, sin nada menos; se conformaba con aquello, que no era poco. Sopló con fuerza y el fuego se extinguió y dejó tras de sí el aroma característico y una voluta de humo.

Cogió el pequeño *cupcake* y lo estudió desde diferentes ángulos con los ojos entornados y una sonrisa en los labios. Alzó ambas cejas al mirar a Luke.

—¿Lo has hecho tú?

—Bueno, he *intentado* hacerlo yo.

Ella dejó escapar una brusca carcajada y se reclinó en el respaldo del sofá sin dejar de reír. Ignoró que Luke gruñó por lo bajo mientras se sentaba a su lado y trataba de quitarle el dulce de las manos. Era de lo más gracioso. La masa estaba dura, reseca, probablemente porque se había equivocado con las medidas, y hasta había intentado decorar la punta imitando las coloridas florecitas que ella hacía con *fondant*, pero solo consiguió una masa sin forma que parecía una pelota aplastada. Harriet lo miró de reojo.

—Eres genial, Luke. De verdad. Me encanta.

—He hecho lo que he podido.

Él le apretó las mejillas con los dedos y se inclinó para darle un sonoro beso en los labios. Se quedó ahí unos segundos, mirándola mientras respiraba contra su boca, sopesando si terminar ya con la segunda parte del cumpleaños. Estar con Harriet era fácil. Demasiado fácil. Se contuvo un poco más.

—He tardado mucho en hacer esta cosa —reconoció tras quitárselo de la mano—. Y te juro que este es el más decente de la docena que metí en el horno. No mires la bolsa de la basura cuando vayas a la cocina. —Sonrió cuando la risa vibrante de Harriet volvió a alzarse en la estancia. Le encantaba ser él quien la hiciese reír así.

Ella lo miró largamente, con las rodillas encogidas de nuevo contra el pecho y un lado de la cara apoyado en el respaldo del mullido sofá. El ambiente era cálido, agradable, y el semblante de Luke se recortaba entre las sombras.

—¿Sabes...? He cambiado. Ahora todo es diferente —susurró, y sintió un vuelco en el estómago al reconocer aquello en voz alta.

—¿Diferente a cuándo? —Luke ladeó la cabeza.

—23 otoños antes de ti...

—¿Qué quieres decir?

Harriet se mordió dubitativa el labio inferior.

—Que me has ayudado a cerrar puertas que llevaban abiertas mucho tiempo —admitió—. Por eso creo que el próximo otoño será diferente. No sufriré cuando vea las hojas caer, ¿entiendes? Las hojas..., ya no puedo protegerlas ni seguir guardándolas. Tengo que dejarlas ir.

—¿Eso significa que te sientes segura?

—Sí, porque las personas que podían hacerme daño ya son solo recuerdos.

Le mostró una sonrisa tímida y Luke se tensó, pero el gesto duró apenas unos segundos antes de que volviese a relajarse y dejase de pensar que, probablemente, él era el único que no formaba parte de un recuerdo y aún podía dañarla; porque se iría, claro, ¿y cómo no iban a echarse de menos después de todo aquello? Tarde o temprano tendrían que pasar por aquel trance. Era el precio a pagar por acercarse demasiado.

Respiró profundamente.

—Voy a confesarte algo —dijo, y Harriet lo miró con curiosidad. —Podría haberme divorciado de ti tras cumplir el primer año de casados. Solo tendría que haber hecho un montón de engorroso papeleo, empadronarme falsamente en Nevada y demostrar que llevábamos todo ese tiempo sin convivir juntos.

—¿Lo dices en serio?

—Muy en serio. —Él rio sin demasiado humor y la cogió de la mano. Acarició con ternura los dedos largos y finos y aquellas uñas cortas que no se parecían en nada a las cuidadas uñas de brillantes colores que solían llevar las chicas con las que antaño se relacionaba en San Francisco.

—¿Por qué no pediste el divorcio, Luke?

—No lo sé. Imagino que porque mi vida estaba tan vacía que casarme con una desconocida fue lo más interesante que me había pasado en mucho tiempo. Y me intrigaba saber por qué tú no parecías querer hacerlo. Era... una especie de misterio que resolver y supongo que hasta eso es mejor que no tener nada.

—Luke...

—Está mal que me sienta así, está mal. Una vez Jason me dijo una frase de uno de sus libros preferidos, *El guerrero pacífico,* y se me quedó grabada a fuego en la cabeza. No dejo de repetírmela desde entonces. Me veía en esas palabras, pero no sabía cómo escapar de ellas. Y ahora, aquí, contigo... —tragó saliva—, no tengo que demostrarle nada a nadie, no tengo que hacer nada que realmente no quiera hacer ni que luchar contra mí mismo.

—¿Cuál era la frase?

—«Las personas no son lo que piensan que son. Solo creen serlo. Y eso es lo más triste».

Harriet observó cómo trazaba con los dedos las líneas de su mano y se estremeció al alzar la vista y perderse en el prado que se abría en sus ojos.

—Conmigo no tienes que intentar ser nada. Solo tú, Luke.

20

—Creo que he tenido esta fantasía un millón de veces —comentó Luke mientras dejaba las llaves sobre la isla de la cocina después de una tarde de duro entrenamiento con los chicos—. Llegar a casa, encontrarme a una rubia muy follable esperándome...

—¿Muy follable? —Harriet dejó de remover el chocolate con leche que estaba mezclando en un cuenco y se giró hacia él—. ¿De verdad acabas de decir eso? —alzó una ceja con diversión.

Luke sonrió.

—No me has dejado terminar. —Frente a ella, se quitó la camiseta que llevaba puesta y la tiró al suelo. Harriet tembló de deseo al contemplar su torso desnudo y esa seguridad con la que se exponía ante sus ojos—. Aparte de follable, la rubia de mis fantasías es increíblemente lista, el tipo de chica a la que se le mete una idea entre ceja y ceja y no se rinde hasta conseguir lo que quiere. —Sujetó su nuca con una mano y le apartó el cabello a un lado antes de rozarle el cuello con los labios—. Hum, también sabe muy bien, ¿lo había dicho ya?

—No —respondió ella con una especie de gemido.

Una de las manos de Luke se internó en los pantalones de pijama que llevaba puestos y le cogió el trasero con firmeza, apresando la suave carne entre sus dedos.

—Además es preciosa y muy divertida. Podría pasarme horas y horas con ella sin aburrirme ni un instante. —Atrapó el labio inferior de Harriet entre sus dientes y le sacó la camiseta por la cabeza sin contemplaciones—. Esa chica de la que hablo me hace desear dar lo mejor de mí y no perderme ni un solo instante a su lado. —Bajó sus pantalones de un tirón y se desabrochó el cinturón de los suyos sin dejar de besarla. A pesar de que entrenar a los muchachos cada vez le resultaba más satisfactorio, había estado un poco ausente, pensando en lo que le haría en cuanto llegase a casa... Estaba obsesionado, no había otra explicación. Desde aquel primer día que lo habían hecho en el interior de su coche, algo había hecho *clic* en su cabeza y sentía la necesidad de pasar con Harriet más y más y más tiempo—. También me incita a hacer cosas malas...

Sus ojos verdes chispearon mientras metía una mano en el cuenco de chocolate y extendía después la dulce mezcla por los pechos de Harriet, deteniéndose en los puntos más sensibles.

—Estás loco.

—Muy loco —la besó—, por ti.

Conforme la tocaba, fue cubriendo su cuerpo de chocolate. Pasados unos segundos, Harriet lo imitó, untándolo también poco a poco, entre risas que se perdían cada vez que se besaban. Había algo en el modo en el que Luke la tocaba que le hacía desear que aquello durase para siempre y no fuese una mera etapa en su vida.

Cerró los ojos cuando sus labios se cerraron en torno a uno de sus pezones, mientras abarcaba con las manos ambos pechos, consiguiendo que le fallasen las rodillas. A veces, al estar con Luke, tenía que obligarse a mantenerse serena y en pie, porque sentía que se deshacía entre sus brazos, que se convertía en alguien liviano y etéreo.

Harriet gimió cuando él frotó con los dedos la humedad entre sus piernas, y buscó a tientas su erección, latente y dura, lista para perderse en su interior. Después posó los labios sobre los abdominales de aquel torso cubierto de chocolate y deslizó la lengua trazando un camino que conducía cada vez más y más abajo; hasta que estuvo arrodillada frente a Luke.

—Voy a probarte —susurró divertida, y sostuvo con una mano su miembro. Lo rozó suavemente con los labios, respirando contra la piel tersa y alzó la mirada hacia él, que parecía estar a punto de desfallecer—. Y, en mi defensa, que conste que nunca lo he hecho antes —confesó.

—No lo dices en serio.

—Totalmente —dijo, y luego lo acogió entre sus labios.

Luke dejó de respirar y apartó con el dorso de la mano los mechones de cabello rubio que enmarcaban su rostro. Ahogó un jadeo e intentó retener aquella imagen, disfrutando del espectáculo de verla lamerle con una lentitud enloquecedora, de temblar en su boca y estremecerse ante la humedad de su lengua...

—Joder. —Cerró los ojos y tomó una brusca bocanada de aire—. Joder, joder —repitió—, para, Harriet. Ven aquí.—Se agachó a su lado y la abrazó unos segundos antes de alzarla con facilidad, instándola a que enredase las piernas en torno a sus caderas.

La sostuvo contra el mueble de la isla de la cocina y no esperó ni un instante antes de deslizarse en su interior con una sola embestida. Estaba caliente y húmeda y lista para él. Luke se movió con lentitud, tan solo porque deseaba que aquello durase eternamente. Apoyó su frente en la de Harriet y respiró hondo antes de empezar a perderse en ella mientras sentía agitarse su cuerpo envuelto por una neblina de placer...

Allí no había nada más que ellos dos. Él. Ella. Juntos. Encajados entre sí de mil formas posibles, porque empezaba a sentirla en todas partes: bajo su piel, en su cabeza, abrazándole el corazón...

—Un reloj gigante aparece en el cielo y empieza a marcar una cuenta atrás de dos días. ¿Pensarías que es el fin del mundo o, por el contrario, que un montón de angelitos empezarán a bajar a la tierra de un momento a otro y repartirán flechas del amor y demás? —Luke engulló el último bocado de su trozo de pizza y la miró con atención. Estaban en el sofá y Harriet tenía sus pies sobre su regazo.

—Pensaría que estás como una cabra.

—Puta cabra. Se dice así. —Ladeó la cabeza—. Decídete por una opción.

—Los angelitos, me tienta más esa idea.

—La idea menos probable.

—Claro, porque es *taaaaaan* probable que un reloj aparezca en el cielo para marcar una cuenta atrás antes de que el planeta explote. —Harriet puso los ojos en blanco y sonrió—. ¿Te importa si hoy me encargo yo de hacer las preguntas?

—Qué remedio. —Se encogió de hombros.

—Vale. —Se relamió los labios, que todavía sabían a queso, y se incorporó un poco en el sofá para arrodillarse frente a él—. Cuéntame lo del despido. Por favor.

—Harriet...

—¡Tú lo sabes todo sobre mí!

—No es verdad —frunció el ceño—. Hasta hace un par de horas no sabía que nunca habías hecho una mamada.

—No tiene gracia, Luke.

—Ya, porque no es gracioso. Lo decía en serio —replicó—. ¿Qué tipo de aburrida relación de mierda tenías con el capullo de Eliott? —Puso los ojos en blanco ante la mirada asesina que Harriet le dedicó—. Está bien, intentaré explicártelo, pero no es una historia agradable.

—No importa. Adelante.

—Y a cambio leeremos la última carta.

Ella torció el gesto, pensativa.

—Trato hecho.

Acogió una de las manos de Luke entre las suyas, como si intentase infundirle ánimos, y él tomó aire antes de empezar a hablar.

—Vale, a ver... —Fijó la vista en el televisor—. Ya sabes que en San Francisco daba clases deportivas en un colegio privado, de esos un poco... elitistas. Y por las tardes entrenaba a dos equipos del club del centro, uno con chavales de catorce y otro de críos más pequeños, tenían entre seis o siete años —explicó—. Un día entré en los vestuarios y me di cuenta de que Connor, uno de los niños, tenía el cuerpo lleno de cardenales, sobre todo en el costado izquierdo. Además, tenía algunas marcas que no tenían pinta de ser por una caída ni nada parecido. Le pregunté quién le había hecho eso y se echó a llorar, pero no me respondió. No hubo forma de que contestase y estaba temblando y, joder, sumé dos más dos... —Permaneció unos segundos en silencio—. Así que hablé con el director y la psicóloga del centro y nos reunimos con los padres. Él era el típico rico gilipollas que camina por ahí mirando a todo el mundo por encima del hombro y le indignó siquiera que lo molestásemos por algo así. Lo negó todo. Y de paso decidió denunciarnos por no sé qué mierda al honor. Intenté hablar con la mujer a solas unos días más tarde, pero no hubo forma alguna de que la muy... En fin, los de asuntos sociales concluyeron que no teníamos pruebas; el hijo de puta era un abogado influyente, socio de una de las firmas más importantes de la ciudad, habíamos perdido antes siquiera de intentar ganar...

Harriet le acarició la mejilla con ternura.

—¿Y cómo acabó todo?

—Como tenía que acabar, supongo. —Se encogió de hombros—. El padre de Connor apareció en los vestuarios un día, cuando ya se habían marchado todos y yo estaba terminando de recoger las cosas. Lo hizo simplemente por el placer de recordarme que había vencido, que no podía pararlo. Y joder, vi esa sonrisa de prepotencia que tenía en la cara y se me cruzaron los cables. Se me cruzaron mucho. Pero es que me sentía como la mierda sin poder impedir que ese crío estuviese a su merced, así que...

—Le pegaste.

—Hasta que apareció una mujer de la limpieza y llamó a la seguridad del centro. Y tuve suerte de que lo hiciese, porque no sé qué le habría hecho si no. —Dejó caer la cabeza sobre el respaldo del sofá—. No suelo ser violento, pero me desquició, joder. Sé que no me equivocaba con él, lo sé. Mi amigo Mike pasó por lo mismo durante toda su infancia, su padrastro le pegaba y su madre no hacía nada por impedirlo; sé cómo son los cardenales y las heridas tras una paliza, y Connor fue incapaz de confesar porque le tiene pavor y sabe lo influyente que es su padre.

Harriet lo abrazó.

—¡Es horrible! Lo siento mucho, Luke.

—Al menos conseguí que se quedase unas cuantas semanas en el hospital —bromeó sin humor—. Todavía tengo un juicio pendiente por eso.

—¿No hay nada que se pueda hacer?

Luke negó lentamente con la cabeza.

—Eso es lo más frustrante. Lo que hacía que entrase en bucle y pensase durante todo el jodido día lo mismo... —dijo—. Y el hecho de saber que si ese tío no hubiese sido alguien tan influyente seguramente las cosas serían muy distintas.

—Y, tras el despido, ¿fue cuando te abandonaste a ti mismo?

—Sí, más o menos —admitió—. Empecé a vivir al día y a no pensar o hacer nada útil. Salía por ahí con gente que apenas me conocía y lo pasaba bien, me evadía de todo. Me tomaba cualquier basura con la que pudiese ser otra persona durante unas horas... El problema es que si las cosas siguen así mucho tiempo es una especie de suicidio lento. Perderse a uno mismo, no saber quién eres o que dejen de importarte las personas que están a tu alrededor y esas metas o sueños que antaño tuviste...

Harriet lo abrazó con fuerza y cerró los ojos al apoyar la barbilla en su hombro. Entendía a Luke. De verdad que lo entendía. Y eso la hacía feliz. Saber que podía comprender por qué se había comportado así o su forma de reaccionar ante las adversidades, que era totalmente contraria a la suya.

Él huía. Él se odiaba a sí mismo cuando no conseguía algo que se había propuesto y se culpaba cuando las cosas escapaban de su control y no podía manejarlas a su antojo. Por eso siempre estaba huyendo. Porque la vida es inestable y la mayor parte del tiempo caminamos sobre arenas movedizas sin saber qué viene después, qué ocurrirá mañana.

—Iré a por esa carta. Espera aquí.

Luke se soltó de su abrazo y tardó menos de un minuto en regresar con la última carta que quedaba. Era más gruesa que las demás, de dos folios, y estaba más desgastada, como si su padre la hubiese leído una infinidad de veces. Harriet tragó saliva mientras él desdoblaba el papel y la miraba vacilante. Ella asintió con la cabeza, dándole permiso para leerla en voz alta.

«Las cosas siempre ocurren por algo.

Es una frase que me dijo mi abuela y que nunca he olvidado. Una gran verdad. Donde los demás ven casualidades o azares del destino, yo veo lógica. Y sí, tienes razón, puede que no fuese la esposa perfecta, pero, si te paras un miserable segundo de tu tiempo a verlo desde mi perspectiva, entenderás que no me quedaba otra opción para sobrevivir.

Sobrevivir, en eso se ha resumido toda mi vida. Luchar con uñas y dientes desde que puedo recordar, y ¿para qué? Para nada. Tienes razón en eso: fracasé. Fracasé como madre y, desde luego, fracasé como esposa. Pero hice lo que hice por ella, por Harriet. ¿Quién no hubiese hecho lo mismo en mi lugar? ¿Quién? ¿Te has parado a pensar en la difícil situación en la que me encontraba?

Sí, tus sospechas son ciertas. Ya estaba embarazada cuando te conocí.

¿Qué querías que hiciese, Fred? Su padre era un feriante fracasado incapaz de darnos ningún tipo de estabilidad, y te juro, te juro que cuando te vi sentí algo..., un cosquilleo, el presentimiento de que tú eras una buena persona y que le darías a mi bebé todo aquello que él no podía darle. Y, aunque no lo creas, lamento haberte mentido. En eso y en todo lo demás. Me esforcé todo lo que pude. Puse todo lo que tenía de mi parte para conseguir que lo nuestro funcionase, que fuésemos esa familia que ambos queríamos, pero por más que lo intenté no logré amarte como tú me amabas a mí, ¿y quién puede culparme por no sentir aquello que debería?

Lo lamento. Lo lamento de veras.

Lamento haberte hecho creer que Harriet era tu hija. Y lamento haberte engañado con Gavin Clark y Paul Dune. No merecías la vergüenza y la humillación. Pero yo tampoco merecía una suerte tan desdichada, el desamor y vivir recluida en ese pueblo que me ahoga y acaba conmigo.

No voy a volver nunca, Fred.

No volveré por Harriet ni tampoco por ti.

Ahora soy un alma libre, ahora me he encontrado al fin a mí misma y no renunciaré a esta felicidad inesperada, no puedo. No la quiero a ella como se supone que debería hacerlo. No tengo ese instinto y no puedo seguir fingiendo. Sé que suena horrible, pero estoy siendo altruista y pensando en lo mejor para su vida. Y lo mejor para Harriet es que yo esté lejos de ella, porque no hay nada de mí que pueda darle.

Hasta siempre.

Ellie Gibson»

21

Temblaba de los pies a la cabeza cuando golpeó con los nudillos la puerta de Barbara. Estaba lloviznado y la oscuridad de la noche los envolvía. Luke la sostuvo con delicadeza contra su cuerpo y le dio un beso en la cabeza justo cuando la puerta se abrió. Barbara los miró sorprendida, recién levantada de la cama, mientras se anudaba a la cintura la bata rosa que vestía. Sus rizos castaños se disparaban en todas direcciones.

—¡Oh, Dios mío! ¿Ha ocurrido algo?

—No, no exactamente, pero... —comenzó a decir Luke.

—¿Tú lo sabías? —preguntó Harriet, aunque sonó más a un reproche—. ¿Sabías que Fred no era mi padre? ¿Lo has sabido siempre?

Los ojos de Barbara se abrieron más de lo normal, expresivos, antes de que un velo de tristeza y reconocimiento los cubriese. Se hizo a un lado en el umbral de la puerta.

—Pasad, por favor. Prepararé té.

Harriet entró mientras maldecía por lo bajo y se giró hacia ella.

—¡No quiero té, quiero respuestas!

—Tranquila. —Luke rodeó su cintura con un brazo protector—. Vamos, podemos hablarlo en la cocina.

Entraron en la estancia. Barbara introdujo en la tetera agua caliente y sacó un tarrito con una mezcla de hierbas. Tras ponerlo al fuego, los miró fijamente.

—Lo he sabido siempre, Harriet —admitió y expulsó el aire que estaba conteniendo—. Siento muchísimo no habértelo dicho nunca, pero en su momento acordamos que sería lo mejor para ti y estuve de acuerdo con esa decisión.

—¿Acordasteis?

—Yo y tu padre.

Harriet se sentó en una de las sillas de la cocina, incapaz de mantenerse en pie durante más tiempo; le temblaban las rodillas. Miró a aquella mujer que tenía enfrente y que parecía saber más de su vida que ella misma.

—Cuéntamelo todo. Quiero saberlo.

—Lo supe desde el principio —confesó—. Tu madre llegó aquí con unos feriantes. Decía ser libre, carente de responsabilidades. Y eso es lo que siempre deseó. Pero se quedó embarazada de uno de aquellos hombres con los que viajaba y conoció a tu padre al llegar aquí y..., en fin, supongo que le invadió el espíritu de supervivencia y buscó la seguridad en él —dijo—. Fred era alegre, confiado, nada que ver con el hombre que tú conociste. Se enamoró de ella locamente e intentó complacerla con todo tipo de regalos y comodidades. Poco después ella le dijo que se había quedado embarazada e insistió en que debían casarse cuanto antes, en que lo suyo era amor a primera vista, y él, tonto e ingenuo, preparó de inmediato una boda por todo lo alto.

Barbara respiró hondo, haciendo una pausa, y sacó de uno de los armarios tres vasitos pequeños para el té que depositó sobre la encimera.

—El mismo día de la boda, me di cuenta de que Ellie, tu madre, mentía. Casi todas las mujeres estábamos en la habitación de la novia, pero en un momento dado ella se encerró en el baño, nerviosa, y pidió que solo entrase yo. Apenas nos conocíamos, tan solo habíamos hablado un par de veces. En cuanto la vi, comprendí el problema. El vestido no le entraba. No había contado con que justo estaba en esa fase en la que la barriga parece crecer de un día para otro... —Alzó la mirada al techo, como si intentase recordar con más detalle—. Tuve que ayudarme de unos imperdibles para conseguir cerrar la espalda del vestido y desechamos la idea de hacerle un recogido para dejar que el cabello, que por suerte le llegaba a la cintura, tapase la parte de atrás. Yo supe que era imposible que el bebé fuese de Fred, porque apenas hacía dos meses que se conocían. Por aquel entonces, estaba embarazada de Angie y creo que esa fue la razón de que me eligiese a mí para entrar en aquel baño. Me miró muy seria, vestida con aquel ajustado traje de novia y se llevó una mano a la barriga y me dijo: «Lo amo. Amo a Fred. Por favor, prométeme que no dirás nada». No supe qué contestar hasta que vi las lágrimas en sus ojos; me dejé llevar por mi instinto y me creí todas y cada una de sus palabras. Así que le sonreí, asentí y le di un empujoncito en el hombro para animarla a salir por aquella puerta.

Harriet se limpió las mejillas con el dorso de la mano, incapaz de asimilar todo aquello. Barbara curvó los labios con tristeza.

—Pero me equivoqué. No lo amaba —reconoció—. Creo de todo corazón que al principio lo intentó, al menos durante los primeros años... Después, fue perdiendo el interés. Y, conforme ella se despojaba de la máscara que siempre había llevado, él comenzó a cambiar y a volverse más taciturno y malhumorado. Tu padre pasó de ser alguien normal, tranquilo, a convertirse en un monstruo. Se volvió machista y controlador y se encerró en sí mismo —explicó—. Empezó a sospechar de Ellie, a cuestionar cada cosa que ella decía o hacía. Creo que se dio cuenta de que ella jamás lo había querido y aquello lo volvió loco. Ambos tuvieron una gran discusión cuando él hizo el testamento y te dejó a ti las acciones de la tabacalera y no a ella como habían acordado en un principio. Al enterarse, tu madre entró en cólera. Por aquel entonces, nosotras todavía éramos amigas. No te mentiré y te diré que desde el principio supe cómo era, porque no es cierto. Me embaucó igual que lo hizo con tu padre.

Harriet agradeció en silencio que Luke la cogiese de la mano y aferrase sus dedos con suavidad, infundiéndole calor.

—¿Qué quieres decir con eso?

—Quiero decir que tu madre sabía cómo engatusar a los de su alrededor. Tenía una personalidad muy muy fuerte. Era el tipo de mujer decidida y segura de sí misma que atraía todas las miradas en cuanto entraba en algún sitio.

—No se parecía a mí —susurró Harriet.

—Por supuesto que se parecía a ti, cariño —se apresuró a matizar Barbara—. La diferencia es que el corazón de Ellie era pequeño y oscuro y el tuyo es inmenso y está lleno de buenas intenciones. Ni siquiera te has dado cuenta todavía de lo preciosa que eres y de lo cabezota y testaruda que te vuelves cuando quieres conseguir algo. No eres débil, Harriet. No creas que, porque los demás a veces te protegemos, lo eres.

—Nunca había estado tan de acuerdo en algo. —Luke sonrió a Barbara y luego depositó un beso tierno en la frente de Harriet.

—La cuestión es que tu madre era una mujer que necesitaba captar la atención de los demás. Le gustaba que la mirasen, que la adulasen. Tu padre empezó a tener unos celos compulsivos. Y en parte no iba desencaminado, tenía razones para sentirse así. Ellie lo engañó con Gavin Clark. —Se giró, apagó la tetera y tomó una bocanada de aire antes de mirar a Harriet a los ojos—. Y después tuvo una aventura con Paul Dune, el padre de Eliott.

—Lo sé, lo ponía en esa carta.

—Cuando me enteré, intenté impedirlo, que entrase en razón. Me di cuenta de que Ellie nos había engañado a todos. Tuvimos una fuerte discusión y ese día nuestra amistad se rompió. Entendí que ella no pensaba en las consecuencias, en nada ni nadie siempre y cuando pudiese lograr sus deseos. Cada vez te descuidaba más. Pasabas las tardes aquí, en casa, jugando con Angie. —Se frotó las manos con nerviosismo—. Al final, Minerva Dune pilló a su marido y a tu madre en su propia cama. Fue horrible. La mujer estaba destrozada. A pesar de que tu madre le rogó que no lo hiciese, habló con Fred y se lo contó todo. Entonces, Ellie dejó de fingir y se mostró tal cual era, y él la odió y se odió todavía más a sí mismo por haber caído en sus redes, en las redes de una mujer.

»Una semana después, tu madre recogió sus cosas, se despidió de ti y se fue. Tu padre se hundió. Se sentía humillado, despreciado y, encima, culpable por la discusión que habían tenido tras enterarse de lo de Paul Dune. Si ya se había endurecido hasta entonces, lo que vino después fue peor. Empezó a vivir de los recuerdos, a beber y a faltar al trabajo. Se volvió un misógino. Y el sentimiento se acrecentó cuando vino a verme unos meses después y me preguntó si yo sabía si tú eras hija suya —confesó—. Le dije la verdad, incluso a sabiendas de que eso solo encendería la llama y provocaría que su odio aumentase. Era una situación muy complicada. Yo temía que llamase a asuntos sociales y quisiese desprenderse de ti, así que hablé con mi abogado e intenté prepararme para lo que vendría después.

»Pero nunca llegó ese «después». No ocurrió. Fred no te apartó de su lado y yo intenté fingir que no había ocurrido nada y seguí ocupándome de ti como siempre.

Hubo un silencio eterno en la cocina. Barbara se llevó a los labios el vasito de té, pero el de Harriet seguía intacto. Luke le apartó con delicadeza un mechón de cabello del rostro y ella se derritió ante el gesto.

—Entonces... —sorbió por la nariz—. ¿Entonces mi padre me quería?

—Sí, claro que sí. Solo que no sabía ni quería demostrarlo. Estaba muy dolido, Harriet. Sé que no es excusa, pero tu madre le destrozó la vida. Hay personas a las que les ocurren cosas que les hacen perder la fe en el ser humano. Tú eres un pequeño milagro. Todavía confías en los demás. —Se frotó las manos—. Fred no logró superar nunca aquella traición. Cada vez que intenté enfrentarme a él o le exigí que fuese más atento contigo, me aseguró que jamás consentiría que te faltase nada. Y cumplió su palabra —aseguró—. Eso no quita ni excusa que te hiciese tanto daño. Porque lo hizo. Lo que ocurre es que no sabía actuar de otro modo. Estaba roto. Actuó mal, pagó contigo todas las frustraciones que no pudo volcar contra Ellie y te mantuvo bajo su ala siempre sin permitirte ser feliz, porque temía que lo abandonases, que fueses como ella y no volvieses jamás.

Harriet gimió y se llevó las manos al pecho. Sí que la quería. La quería mal, muy mal, pero la quería, y ella ni siquiera fue capaz de llorar en su funeral porque estaba llena de rabia y de dolor, pero es que no lo sabía..., ella no sabía...

—Eh, abejita, ven aquí. —Luke la estrechó entre sus brazos con ternura—. No vas a sentirte culpable por esto. Escúchame, tú no lo sabías y, además, él se comportó como un idiota contigo, incluso a pesar de todo lo que Ellie le hizo... —suspiró—. No llores.

—Lo siento muchísimo, cielo. —También había lágrimas en los ojos de Barbara—. No sabes cuántas veces he pensado en que lo correcto hubiese sido detener esa boda. Todo fue por mi culpa. Pero luego entiendo que si lo hubiese hecho tú no estarías ahora aquí, conmigo, y entonces... —sollozó—. Soy egoísta, lo sé.

Harriet la miró con los ojos enrojecidos.

—No, no te disculpes. Si no hubieses estado en mi vida, mis días habrían sido un infierno. Y no me importa lo que hicieses. No me importa. Todos nos equivocamos.

Barbara se tapó el rostro con las manos y después se apartó de la frente los rizos que caían alborotados. Cuando Luke y Harriet se marcharon media hora más tarde, una máscara de desolación seguía impregnando sus facciones.

Luke no habló en todo el camino y dejó que Harriet se desahogase y llorase en silencio. No estaba seguro de si descubrir todo aquello iba a ser bueno o malo para ella. Lo único que sabía era que deseaba abrazarla y protegerla y hacerla sentir segura entre sus brazos, así que cuando llegaron a casa la pegó contra su cuerpo y no la soltó en ningún momento, ni siquiera cuando ambos aterrizaron en la cama y comenzó a quitarle la ropa en silencio.

—Gracias, Luke. —Le dio un beso dulce mientras él se deslizaba suavemente en su interior, hundiendo los dedos en la piel de sus caderas—. Gracias por estar...

—No. Ni se te ocurra. Soy yo quien debería darte las gracias. Por todo. Por ser como eres y hacer que yo sea como siempre he querido ser. —Le habló con voz ronca y después la embistió lentamente, dominando el ritmo de sus movimientos y perdiéndose en ella una y otra vez como si cada vaivén fuese una respiración y cada respiración jadeante los acercase un poco más.

Harriet se arqueó contra él al sentir su cuerpo agitarse en una oleada de placer. Enredó los dedos entre el cabello de Luke y tiró con suavidad mientras se derretía por dentro y él dejaba escapar un gruñido contenido al terminar.

Luke salió de su interior, pero no se movió. Se quedó sobre su cuerpo cálido, alargó la mano y le acarició la mejilla. Era tan suave. Tan real. Con gesto somnoliento, ella despegó lentamente aquellos labios que lo volvían loco.

—Te quiero —susurró muy muy bajito.

Luke se tensó sobre ella. Cada uno de sus músculos se contrajo como si un dolor profundo acabase de atravesarlo.

—¿Qué has dicho?

Ella cerró los ojos con fuerza.

—Nada. No he dicho nada.

—Harriet, eso... —Luke tragó saliva con dificultad—. Eso no es verdad, ¿vale? Solo te has dejado llevar.

—Lo siento —gimió.

—Eh, no pasa nada. —Besó con cariño la punta de su dedo anular y luego atrapó sus labios y susurró contra su boca—: Han sido muchas emociones en un solo día.

Ella tragó saliva mientras intentaba tranquilizarse. Su mente bullía, saltando de una idea a otra. El corazón le latía a un ritmo rápido e inestable. Y sentía el tacto de la piel de Luke contra la suya, la calidez de aquel cuerpo firme y seguro, y ese aroma cítrico que aniquilaba su cordura...

—¿Y si es verdad?

—¿Qué quieres decir?

Bajó las manos del rostro y permitió que sus miradas se enredasen; indefensa, expuesta ante él.

—¿Y si te quiero?

Luke tardó una eternidad en contestar. Su rostro se contrajo en una mueca.

—No puedes quererme, Harriet.

—¿Por qué?

Sonaba poco menos que una niña pequeña ansiosa por recibir un poco de cariño y se sintió estúpida e ilusa.

—Porque voy a irme. —Había una especie de súplica silenciosa en las palabras de Luke.

—Ya lo sé. —Harriet se removió bajo su cuerpo y él le dejó espacio para que pudiese incorporarse. Aferró las sábanas y se cubrió, como si con ese gesto pudiese sentirse menos vulnerable. Ni siquiera se había dado cuenta de que volvía a llorar, porque llevaba horas haciéndolo, desde que había terminado de leer esa carta; dejó de cuantificar el dolor que cargaba tras de sí cada una de las lágrimas que se escurrían por sus mejillas—. Pero... Pero eso no quita que pueda hacerlo. Es posible que no haya conseguido evitar quererte, incluso a sabiendas de que vas... vas a irte —balbuceó—. Y que puede que no vuelva a verte nunca más...

—¿Por qué me haces esto? —preguntó él con la voz rota. Se había puesto los vaqueros, que llevaba aún sin abrochar, y estaba sentado en el borde de la cama con la mirada fija en ella.

—Porque no es fácil no quererte, Luke.

—Joder.

Luke se puso en pie con brusquedad y caminó por la habitación de un lado a otro. Alzó la mirada al techo y cuando volvió a bajarla tropezó con la calidez de los ojos de Harriet. Parecía un cervatillo asustado, sosteniendo el corazón en la mano a la espera de que él lo aplastase de una vez por todas. Respiró hondo. Le dolía el pecho. No soportaba verla así. Se acercó hasta ella y la estrechó contra su cuerpo con delicadeza, abrazándola.

—No soy ni una milésima parte de todo lo que tú mereces tener. Y sé que lo tendrás algún día. —Respiró contra su pelo y apretó los dientes ante la idea de ver a Harriet entre los brazos de otro hombre—. Serás feliz. Mereces ser muy feliz. Si el mundo estuviese lleno de personas como tú, sería un lugar mucho mejor. Justo. Humilde. Perfecto.

Harriet se tragó las lágrimas y se preguntó por qué si le parecía tan maravillosa no podía quererla. Sentía el peso del cansancio asentándose y se quedó allí, muy quieta, aferrada a Luke e intentando que su respiración no reflejase la ansiedad que notaba en el pecho, hasta que el sueño la envolvió.

Él la tapó con la sábana y permaneció unos instantes mirándola en silencio, en la penumbra. Era preciosa. Delicada pero muy muy fuerte. Dulce pero con un puntito salado y enigmático cuando rascabas la superficie y hurgabas más a fondo en su interior. Y a Luke lo volvían loco las contradicciones, los polos opuestos, lo dulce y lo salado, la dualidad de Harriet...

Salió al porche trasero. Todavía caía una llovizna fina. Olía a hierba fresca y la humedad se palpaba en el aire. Suspiró hondo, con la mirada clavada en el cielo.

Seguía oyendo aquellas dos malditas palabras, el leve susurro, el tono atemorizado con el que había confesado quererlo. A Luke le habían dicho muchas veces «te quiero», personas que conocía muy bien, personas que no conocía tanto o apenas nada; pero en ninguna de aquellas ocasiones había sentido como si le diesen un pellizco en el corazón. Un pellizco seco, de esos que te cortan la respiración de golpe.

22

Harriet se llevó a los labios la taza de café con leche y bebió un sorbo. Después, alzó la mirada hasta él.

—Has dormido en el sofá.

—Sí. —Luke se sirvió un café solo.

Desde aquel primer beso en el coche, bajo la tormenta, no habían vuelto a dormir separados ni un solo día.

—¿Por qué? No creerías lo que dije anoche, ¿verdad? —Intentó que no le temblase la voz—. Estaba nerviosa y confundida después de todo lo ocurrido y me sentía un poco sola. —Los ojos verdes de Luke estaban fijos en ella—. Te aprecio mucho, pero no te quiero «de ese modo». Olvida que dije eso, por favor. No me gustaría que nada cambiase entre nosotros. Somos amigos. Me importas mucho, Luke.

Los engranajes del cerebro de Luke parecieron ponerse en marcha en un momento dado y sopesar las palabras que acababan de salir de los labios de Harriet. Tardó más de lo esperado en asentir lentamente con la cabeza, después de expulsar el aire que había estado conteniendo. Ella le sonrió, a pesar de sentirse de gelatina, muy endeble. Quería cubrirse con el abrigo más grueso del mundo y no dejar que nadie volviese a desabrochar los botones para hurgar en su interior.

—Además, tienes razón. Encontraré a mi media naranja algún día —bromeó para romper el hielo. Luke no sonrió ni un ápice—. ¿Cómo es eso que suele decirse...? Que, cuando menos se busca, aparece. —Terminó de un trago el resto del café con leche y dejó la taza sobre el fregadero con un tintineo—. ¿Por qué sigues tan callado? Me estás poniendo nerviosa.

Luke acortó la distancia que los separaba con tres grandes zancadas, la sujetó por la nuca y le dio un beso profundo y húmedo. Sus labios eran posesivos y firmes.

—No me quieres —quiso asegurarse.

Harriet contuvo el aliento.

—Fue una tontería, Luke.

—Será mejor que nos demos prisa o llegaremos tarde —concluyó él, y le dio un segundo beso tan intenso que consiguió que le temblasen las piernas.

Ella tragó saliva. No importaba cuántos rodeos había dado, aquí y allá, allá y aquí, al final se había metido en la boca del lobo.

Apenas se dirigieron la palabra durante toda la mañana. Harriet estuvo tras el mostrador, atendiendo a los clientes. El señor Tom apareció a primera hora, como siempre, seguido de Galia, que se llevó lo que quedaba del pastel de queso para unos turistas ingleses que se hospedaban en el hostal. El resto había desaparecido antes siquiera de abrir, porque Kate, la dueña de la cafetería que desde la feria les hacía un pedido diario, siempre elegía ese dulce.

—Creo que debería hacer dos pasteles diarios de queso. Cuando lo pensamos no contamos con el encargo de Kate —comentó.

—Vale.

Luke volvió a bajar la mirada hasta los papeles de la empresa que estaba estudiando. Ella no estaba segura de que llegados a aquel punto se pudiese hacer mucho más para potenciar el negocio. Aun así, había mejorado mucho. Tiraba menos comida, apenas le sobraba género al cerrar y, si se daba el caso, pasaba rápidamente por el *pub* para dejárselo a Jamie. Por lo tanto, compraba muchos menos ingredientes y el gasto se había reducido. Además, varios de los vecinos que probaron sus dulces durante la feria anual habían vuelto para repetir, especialmente un grupo de unas cinco o seis mujeres que acudía todos los días después de dejar a los niños en el colegio.

Barbara se pasó por allí casi al mediodía para ver cómo iba todo. Seguía preocupada y tenía los ojos hinchados y algo enrojecidos. Harriet intentó calmarla en la medida de lo posible, porque a pesar de todo era incapaz de culparla por nada. ¿Que quizás había sido demasiado confiada al creer que Ellie amaba a Fred y permitir que esa boda siguiese adelante? Sí. Pero, como bien había dicho ella misma la pasada noche, a saber dónde estaría ahora de no ser por esa decisión que Barbara tomó en su día.

—Entonces, ¿todo bien?

—Sí, tranquila —le sonrió—. ¿Quieres llevarte algo?

—No, no, gracias. Esta mañana he hecho un pastel de zanahoria.

Luke se puso en pie, arrastrando la silla hacia atrás al hacerlo y produciendo un ruido de lo más desagradable. Llevaba algunos papeles bajo el brazo.

—Si no os importa, estaré en la trastienda —comentó con sequedad.

Barbara arqueó las cejas y estudió a Harriet con atención.

—¿Os habéis peleado? —preguntó en un susurro inclinándose sobre el mostrador.

—No. Bueno, no exactamente. Él es así de gruñón de normal.

—No es verdad.

—¿Cómo está Angie? Hace un par de días que no la veo —dijo la chica cambiando de tema.

—Sigue en reposo por ese dichoso resfriado, pero ya está casi recuperada. Ahora pasaré por su casa para llevarle un poco de caldo y del pastel de zanahorias.

—Toma, llévale también esto. —Harriet dejó sobre el mostrador un precioso *cupcake* que tenía una diminuta perla en la punta y luego lo metió en una cajita—. Y dale un beso a Abril de mi parte en esa barriguita.

—¿Entiendes por qué mi hija te adora con locura? —Cogió el dulce con una sonrisa—. Cuídate, Harriet. Y arregla lo que sea que ocurra con Luke. Estáis hechos para estar juntos.

«Temporalmente», pensó ella.

—Claro, ¡no te preocupes!

Barbara se marchó y Harriet suspiró hondo al fijar la mirada en la puerta que conducía a la trastienda. No pensaba ir tras él ni preguntarle qué demonios le pasaba. Estaba malhumorado, hosco y más callado de lo habitual (teniendo en cuenta que Luke era incapaz de permanecer más de diez minutos con la boca cerrada), pero, después de lo ocurrido la noche anterior, se sentía abochornada.

«Ruanda, Nigeria, Eritrea, Mozambique, Túnez, Togo, Zambia, Somalia...» Levantó la mirada del mapa que intentaba memorizar cuando oyó las campanillas de la puerta agitarse.

La sonrisa dulce de Eliott acaparó toda su atención en un primer momento. Tenía los dientes perfectos, demasiado blancos, demasiado rectos. Sus ojos revolotearon por la estancia antes de permanecer fijos en ella.

—Buenos días, Harriet.

—Buenos días —contestó con amabilidad—. ¿En qué puedo ayudarte?

—Pareces una de esas chicas teleoperadoras. —Muy a su pesar, Harriet sonrió—. Tengo veinte minutos libres para el almuerzo y luego no terminaré el turno de prácticas hasta pasadas las tres, ¿qué me recomiendas?

—El pastel de chocolate llena bastante... —Torció el labio y alzó la mirada hacia él—. Aunque, ahora que lo pienso, odias el chocolate.

—Todavía te acuerdas.

—Tengo una buena memoria... para cualquier cosa inútil —bromeó—. ¿Quieres galletas de mantequilla? Tengo bolsitas ya preparadas, por si quieres picar entre horas.

—Eso me parece perfecto, sí. Gracias. —Suspiró hondo, sin dejar de mirarla mientras ella se inclinaba para coger algunas galletas—. Y gracias otra vez por el *catering* en el cumpleaños de mi padre, fue perfecto. De hecho, quería comentarte que algunos de sus amigos preguntaron por ti. Si tuvieses una tarjeta o un número de contacto de la pastelería...

—¿Qué coño hace él aquí? —Luke salió de la trastienda con un humor de perros. Señaló la puerta de mala gana—. Pírate de una puta vez antes de que descubras lo simpático que soy cuando me cabreo de verdad.

Harriet lo miró horrorizada.

—¡Luke, basta! Es un cliente —siseó furiosa.

—Un cliente que te jodió la vida.

—Está bien, no pasa nada, ya me iba. —Eliott dejó sobre el mostrador un par de billetes y cogió la caja con las galletas que Harriet le tendió. Se despidió de ella con la mano y salió de allí sin mirar atrás.

Un silencio incómodo se adueñó del lugar.

Harriet tenía la respiración agitada.

—Que sea la última vez que me dices lo que tengo que hacer en mi propio negocio, Luke. No tienes derecho. ¡No tienes ningún maldito derecho!

Él le dirigió una mirada penetrante y fría y luego sonrió sin humor.

—Vale. Ya lo pillo. Estás esperando a que me marche, ¿no?

—¿Esperando...? —Harriet frunció el ceño.

—Para tirártelo. ¿Es eso?

—¿Qué has dicho?

—¿Quieres que lo repita?

—Quiero que salgas de aquí. Ahora.

Él dio un paso hacia el mostrador y luego retrocedió, confundido, como si estuviese valorando las palabras que acababan de escapar de sus labios.

La miró y, de pronto, la vio lejos, a miles de kilómetros de distancia, y a la vez muy cerca, dentro de él. Ya estaba dentro, joder.

—Harriet, lo siento... No sé qué cojones...

—Márchate, Luke. Pueden venir clientes, no hagas esto aquí. —Parpadeó rápido y logró contener el dolor que le oprimía el pecho.

—Perdóname. Yo no quiero ser así, no quiero sentir celos ni hacerte daño. Pero tú sabías que lo haría, ¿no? Lo sabías... Dímelo. Solo dilo.

Harriet tragó saliva y le sostuvo la mirada.

—No, Luke. Siempre confié en ti. Lo sigo haciendo.

«¡No me jodas!», masculló antes de salir de allí dando un portazo. Ella tenía que saberlo, tenía que saber que acabaría siendo como todos los demás, haciéndole daño. Cada vez que Luke había deseado o anhelado algo, lo había perdido. Nunca conseguía mantener nada bueno de lo que le sucedía. Siempre había sido así. Y Harriet era algo bueno, algo demasiado bueno como para que él pudiese hacerse cargo de mantenerlo. Nada duraba en su vida. Y estaba furioso. Furioso por lo que había dicho, por lo que se había callado y por lo mucho que lo inquietaba rememorar su voz de buena mañana, cálida y suave, pronunciando aquellas tres putas palabras. «No te quiero.» Joder. «No te quiero.» Respiró hondo y caminó más rápido por las calles empedradas. «No te quiero.» Perfecto. Era perfecto que así fuese.

Paró cuando llegó al final del pueblo. El bosque se dibujaba a unos metros de distancia y el viento agitaba las ramas de los árboles. Luke tomó una bocanada de aire e intentó calmarse. Le estaba pasando factura la noche sin apenas dormir, pensando en todo aquello. Era eso. Alzó la vista al cielo.

Había algo que dolía, pero no era amor. No podía ser amor. Lo que dolía era pensar que algún día Harriet se despertaría al lado de otro tío con más suerte que él y ocuparía su lado derecho de la cama y le sonreiría antes de llegar a la cocina y poner una sartén al fuego. La abrazaría por las noches, bailaría canciones lentas de Frank Sinatra con ella y se reirían juntos de bromas que solo ellos entenderían. Y, cuando Harriet mirase el tatuaje de su brazo, ya no lo vería a él, las horas que habían compartido, sino tan solo tres sombras vacías que habían perdido todo su significado.

Cerró los ojos.

No tenía ni idea de qué estaba haciendo, de si los pensamientos enredados de su cabeza seguían alguna lógica o tan solo estaba confundido. Caminó de lado a lado y, cuando logró tranquilizarse, sacó el teléfono y marcó el número de Rachel.

—Tengo un puto jodido problema.

—Tantos detalles no, por favor.

—Esto va en serio, Rachel.

—¿Qué está ocurriendo?

—Es ella. Me está confundiendo. Ya no sé qué quiero —admitió—. Cada vez que pienso en volver a San Francisco, me entra una especie de ansiedad en el pecho... Por su culpa. Por Harriet. Odio lo que me hace sentir, pero aun así no puedo irme. Y entonces lo alargo más y cada maldito día que paso aquí es peor porque dolerá el doble cuando me marche. Y voy a irme. Necesito irme.

—¡Luke, cálmate! No te está pasando nada malo.

—Pues no lo siento así. Me siento... atrapado, Rachel.

—No, lo único que te ocurre es que no estás acostumbrado a preocuparte por nada ni por nadie. Tu vida ha girado siempre alrededor de tu propio ombligo y sentir algo por otra persona te acojona —replicó—. Pero está bien, Luke. Todo está bien. Y sé que te da pavor pensar en consecuencias, en que a partir de ahora lo que hagas o digas podrá repercutir en alguien más, pero vale la pena. Eres un tipo con suerte. Te has enamorado de tu propia esposa, ¿cuántas posibilidades hay en el mundo de que ocurra algo así...?

—¡Ni de puta broma vuelvas a decir eso!

—Luke, pero...

—No estoy enamorado. Yo no hago esas mierdas. No funciono así —masculló con rotundidad y después colgó, ignoró sus llamadas y puso rumbo a esa casa que había llamado «hogar» durante los últimos meses.

Antes de ir al entrenamiento para zanjar de raíz su estancia allí, abrió el armario de la habitación que compartía con Harriet, cogió toda su ropa y la metió en la maleta negra que se había traído consigo desde San Francisco. Al cerrar la cremallera, intentó no pensar en la mañana cuando ella le había enseñado sonriente el estante libre que le había cedido en el armario para que colocase sus cosas. Y, mientras dejaba sus pertenencias ya preparadas dentro del maletero del coche, se dijo que estaba haciendo lo mejor. Sobre todo para él, pero también para ella. Lo mejor para los dos.

23

Los chiquillos estaban ejecutando un ejercicio bastante sencillo, participando en un corrillo en el que se pasaban el balón y se turnaban para ocupar el centro e intentar atraparlo al vuelo. Luke los había machacado durante el resto del entrenamiento, haciendo caso omiso a sus protestas. Era más que evidente que estaba de mal humor.

—Les has metido caña, ¿eh? —Harrison apareció en el banquillo y se acomodó a su lado sin pedir permiso. Al fin y al cabo, oficialmente él seguía siendo el entrenador, a pesar de que Luke se ocupase del equipo la mayoría de los días desde hacía semanas—. ¿Un mal día para el pobre Lucky Luke?

—¿Nunca te cansas de entrometerte en la vida de los demás?

—No cuando se trata de ti. No te ofendas, pero cuando te conocí necesitabas que alguien te diese una buena colleja.

—¿Qué te hace pensar que he cambiado?

—Estos últimos días has estado bien, feliz, relajado —gruñó, como si le molestase tener que señalar algo positivo—. Hoy no sé qué mosca te ha picado.

Luke desenroscó el tapón de la botella de agua con la mirada fija en los chavales que seguían entrenando sobre el campo. Se escuchaban sus risas y sus gritos cada vez que se decían algo. Le dio un trago largo al agua y se limpió la boca con el dorso de la mano antes de girarse hacia aquel hombre de pelo canoso que lo miraba con atención y parecía conocerlo mejor de lo que él se conocía a sí mismo.

—Voy a irme, Harrison.

—¿Adónde?

—Vuelvo a casa.

Sus pobladas cejas grisáceas se fruncieron.

—¡No lo dices en serio, muchacho!

—Lo siento, pero sí.

—Dame una explicación razonable —bramó.

«Porque creo que estoy pillado, muy pillado.»

Vale, eso no era demasiado «razonable».

—Llevo aquí demasiado tiempo. Necesito seguir con mi vida —dijo—. Pero te agradezco todo lo que has hecho por mí. De corazón. —Se llevó una mano al pecho y lo miró serio.

Harrison se frotó el puente de la nariz.

—¿Lo sabe Harriet?

—Todavía no.

—Vas a destrozar a esa chica. Eres consciente de eso, ¿verdad?

—Ella estará bien. Saldrá adelante. No te metas en eso —le advirtió y fijó la mirada en el césped húmedo que se sacudía por el viento.

—Echarás de menos esto. Si te vas, un día te despertarás, mirarás atrás y te arrepentirás de la decisión que tomaste. Eras un capullo cuando llegaste aquí, escondiéndote de ti mismo. Y ahora que te estás encontrando...

—Joder. Sabía que insistirías.

Harrison escudriñó el rostro del joven con suspicacia.

—Si no tuvieses tanto miedo, las cosas serían diferentes.

Luke lo fulminó con la mirada y presionó los labios.

—¿Qué coño has querido decir con eso?

—¡Que no quieres arriesgarte! Es más fácil fingir que solo tienes una opción, pero ¿sabes qué...? Te estás mintiendo a ti mismo —sentenció—. Tienes la alternativa de no irte. De empezar aquí una nueva vida, desde este punto en el que te encuentras ahora.

Luke se puso en pie con brusquedad.

—¿Identificas conmigo tus propios fracasos y crees que puedes suplir tu frustración a través de mí, que soy tu puta obra de caridad? No necesito una mierda tus consejos.

Harrison también se levantó. Estaban muy cerca el uno del otro, mirándose apenas sin pestañear, respirando agitados.

—Este próximo año habrá un puesto libre en el colegio de Palm. Está apenas a veinte minutos de aquí y podrías seguir entrenando a estos chavales. —Señaló a los chicos que, ajenos a todo lo que ocurría, seguían disfrutando del fin de la jornada.

La duda se reflejó en los ojos de Luke durante unos segundos, pero después negó rápidamente con la cabeza y se hizo a un lado, justo cuando Jamie entró en el campo y los miró alternativamente.

—¿Qué está pasando aquí? ¿Os habéis vuelto a pelear?

Llevaba una camiseta negra de manga corta que dejaba a la vista el entresijo de tatuajes que comenzaba en su dedo anular y se extendía hasta el hombro.

—Nada, no pasa nada. —Luke cogió la bolsa de deporte que estaba en el suelo.

—Pasa que se va.

—Deja que lo haga, su esposa le espera en casa —bromeó Jamie y le palmeó la espalda con cariño; Luke se sacudió levemente hacia delante, sintiéndose extrañamente derrotado. Quería que toda aquella mierda terminase cuanto antes. Le dolió el gesto de Jamie, que lo tratase como a un amigo, con esa confianza que habían ido forjando desde su llegada al pueblo.

—Se va a San Francisco, hijo —matizó Harrison.

—¿Lo dice en serio? ¿Te marchas? —Jamie se apartó lentamente de él—. ¿Por qué?

Luke encogió un hombro con fingida indiferencia.

—Ha llegado el momento.

Con un nudo en la garganta, los esquivó a ambos y salió del campo de fútbol sin mirar atrás.

Dudó, con la mirada fija en la luz anaranjada que se adivinaba tras la ventana. Pensó en subir al coche y marcharse ya y enviarle un mensaje de teléfono cuando estuviese lejos, a mitad de camino. Pero al final entró. Se dijo que sería la última noche, que solo necesitaba memorizar a conciencia cada detalle, cada particularidad de Harriet, para llevársela consigo y no tener la tentación de echar la vista atrás nunca más.

Ella estaba en la cocina. Llevaba unos pantalones de pijama de unos viejos dibujos animados y una camiseta suya que le había cogido el día anterior y que Luke deseó quitarle de inmediato. Se había recogido el cabello rubio en un moño y removía con una cuchara de madera el interior de una cazuela que había al fuego.

Luke dejó la bolsa en el suelo y las llaves sobre la mesa. Apenas una semana atrás le había hecho el amor allí mismo, contra la isleta de la cocina. Tendría que haberse dado cuenta mucho antes de lo complicadas que se estaban volviendo las cosas.

Ella se giró y le dedicó una sonrisa algo triste.

—¿Tienes hambre? —preguntó.

—¿No deberías estar enfadada?

—Tú lo has dicho, «debería» —admitió—. Pero luego he pensado que normalmente solo necesitas un par de horas para recapacitar y darte cuenta de que a veces te comportas como un idiota.

Luke podía sentir el corazón golpeándole contra las costillas. ¿Por qué tenía que ser tan maravillosa? ¿Por qué iba por ahí regalándole su perdón a gente que no lo merecía? A él, para empezar. ¿Por qué no podía estar enfada y ya está? Sería todo mucho más fácil. Una razón, una chispa, una discusión que le diese pie a dar media vuelta y huir.

—Estoy preparando tu cena preferida. —Metió la cuchara en el cazo y removió mientras lo miraba de reojo—. Porque ¿sigue siendo el estofado de ternera o el cambio de humor te afecta en más de un sentido?

Sentía como si le estuviesen aplastando los pulmones y dejándolo sin aire. Una presión desagradable se asentó en su pecho. ¿Cómo iba a conseguir seguir adelante sin verla nunca más? No podía enterrar aquellos tres meses de su vida y fingir que no había sido feliz allí, con ella. Apoyó una mano en la isleta de la cocina y respiró hondo. Ella lo miró preocupada. Dejó la cuchara sobre la encimera y apagó el fuego antes de acercarse a él y rodearle la cintura con los brazos.

—Luke, ¿estás bien? ¿Qué te pasa?

Incapaz de hablar, él negó con la cabeza.

—Dímelo. Confía en mí.

—No es nada, Harriet.

Aguantó la respiración cuando ella lo abrazó más fuerte y se sintió morir al notar sus labios rozando los suyos. Y vainilla. La puta vainilla. Cerró los ojos. Era como una brisa suave. Harriet se puso de puntillas y habló contra su boca.

—Sea lo que sea, puedes contármelo.

«Me voy. No volveremos a vernos. Esta será la última vez que te toque, te mire, te sienta. Tú seguirás con tu vida, yo, con la mía, y así es como deben ser las cosas...»

—Creo que te quiero. Joder. Creo que...

Luke tomó una brusca bocanada de aire y se zafó de sus brazos, apartándose. No quería ni tocarla. Estaba bloqueado. Su mente había tomado la bifurcación de la derecha y su corazón se dirigía directo hacia la izquierda. Caminó de un lado a otro, pasándose la mano por el pelo e intentando recomponerse. Harriet permaneció en el mismo lugar sin rehuir sus ojos de él. Tan solo se escuchaba el leve crepitar del caldo hirviendo.

Cuando habló lo hizo en tono de súplica.

—¿Lo dices en serio? Porque no sé si podría soportar que fuese una especie de broma tuya...

Luke paró de caminar y la miró fijamente.

—¿Tengo pinta de estar bromeando? Yo... —Se pellizcó el puente de la nariz con los dedos, confuso—. Yo no sé qué coño me pasa, pero no quiero perderte, Harriet. Ni tampoco quería que ocurriese esto. Y ahora ya es demasiado tarde, porque, solo pensar en la idea de no volver a verte, me duele. —Se llevó una mano al pecho—. Duele como nunca imaginé que podía doler.

—Luke...

—¿Y ahora qué? —exclamó—. ¿Qué se supone que significa esto? ¡No quiero sentir putos celos, no quiero la inseguridad que me creas! Esto no tenía que pasar. Y odio pagarlo contigo, porque, joder, tú eres increíble, y lo único que sigo sin entender después de tener la oportunidad de conocerte es cómo demonios consigues ser la única persona que no se da cuenta. Porque todos los demás, todos los que estamos a tu alrededor, somos conscientes de la suerte que tenemos por tenerte en nuestras vidas.

Luke esbozó una mueca de dolor y se resistió un poco cuando Harriet lo abrazó de nuevo, pero al final dejó que sus manos lo atrapasen. Apoyó la cabeza en su pecho.

—Llevo todo el día intentando convencerme de que llevabas razón con lo que dijiste anoche, de que no puedo quererte, pero...

—Solo digo gilipolleces —masculló antes de besarla. La besó con los labios, con los dientes, con la lengua, y la saboreó como si fuese la primera vez mientras tiraba de la goma que le sostenía el pelo para dejar que el cabello cayese suavemente y enmarcase su rostro. Estaba preciosa—. Te necesito tanto, Harriet...

Ella cerró los ojos.

—¿Hasta cuándo? —preguntó.

—Hasta siempre —susurró.

Volvió a besarla. Sus labios sabían a nuevos comienzos. Ni siquiera podía creer todavía el rumbo que había tomado la situación. Pero al verla en aquella cocina en la que habían compartido tantas horas, tan sexi vistiendo su camiseta, supo que no podría escapar de allí, de ella. No quería volver a su vida superficial de San Francisco, a perderse entre la gente y a sentir que no encontraba su lugar en el mundo; no quería besar ninguna otra boca, no quería despertarse en la cama con una desconocida más, no quería nada de todo aquello.

La alzó entre sus brazos para llevarla hasta la habitación. Los dos rieron al caer sobre el colchón con brusquedad. Luke buscó a tientas el dobladillo de la camiseta de Harriet y se la sacó por la cabeza con premura, como si no hubiese nada más en el mundo que pudiese desear excepto estar ahí, sobre esa chica que le había robado el corazón, despojándola de toda su ropa. Cuando terminó de desnudarla, se tumbó boca arriba y acomodó a Harriet entre sus piernas, a horcajadas. Se irguió levemente para poder saborear esa boca húmeda de nuevo. Ella apoyó las manos en aquel pecho firme y duro sobre el que adoraba dormirse por las noches.

Luke la miró fijamente a los ojos, en medio de la penumbra, antes de recorrer sus mejillas con los dedos y sostenerle después la barbilla.

—Fóllame, Harriet —susurró y sonrió travieso cuando la sintió temblar contra él—. Fóllame y piensa que soy tuyo, solo tuyo. No sé cómo demonios te has metido bajo mi piel, pero te prometo que lo has hecho.

Ella lo acogió con lentitud mientras escuchaba aquellas palabras y se las guardaba para siempre. Mirándolo a los ojos, Harriet marcó el ritmo de las embestidas, sintiéndose dueña de las sensaciones que sacudían a Luke; lento al principio, hasta que ese ritmo se tornó insuficiente para ambos y sus movimientos cambiaron hasta ser mucho más rápidos y profundos. Él se incorporó, apoyándose en el cabecero de la cama, y emitió un gruñido contenido cuando ella lo abrazó y se frotó contra su erección con más fuerza, jadeante...

—Córrete —susurró en su oído, y ella se sintió morir entre sus brazos, sacudida por el placer y el sonido ronco de aquella voz deliciosa. Gimió y le mordió el hombro justo cuando él también se vaciaba en su interior.

Se quedaron quietos, abrazados a pesar del sudor que perlaba sus cuerpos. Luke le apartó el pelo de la frente y le besó la punta de la nariz.

—Haremos que esto funcione.

—¿Qué es lo que te da tanto miedo?

—Cagarla. Hacer algo mal. Perderte —acarició su mejilla despacio—. Volver a encontrarme con un desconocido al mirarme al espejo.

—No dejaré que eso ocurra.

—Lo sé, Harriet.

—Pero tú...

—Dime.

—Ni se te ocurra hacerme daño. Prométemelo.

Había un resquicio de temor e incertidumbre en su voz, y Luke posó la mano sobre la piel de su estómago y le acarició despacio la cintura mientras se sentía como un mierda por haber estado a un paso de huir, de dejar atrás a esa chica que había aparecido en su vida y que lo hacía volver a creer en la suerte y el destino. Le rozó los labios.

—Quiero hacerte feliz, Harriet —dijo, pero no prometió nada.

24

—Mañana no abrimos —anunció Luke.

—No podemos hacer eso. Hoy ya llegamos tarde.

Harriet se dio la vuelta en la cama y miró la hora que marcaba el reloj que había sobre la mesita. Eran las siete. La noche anterior se habían dormido de madrugada entre risas, besos y un montón de tonterías que se susurraron al oído (desde: «Quiero vivir dentro de ti...», justo antes de hacerla suya de nuevo, pasando por: «¿Pueden los mosquitos infectar a toda la raza humana de un virus mortal hasta su extinción?»). El tiempo se le escurría entre los dedos cuando estaba al lado de Luke y no podía dejar de mirarlo y de sentirse pletórica, feliz.

—Es que es festivo. Todos los comercios lo hacen.

—No podemos permitirnos ser como todos los comercios.

—Puede que antes no, pero ahora sí. Tengo grandes planes para la pastelería. —La retuvo cuando intentó levantarse y la tumbó de nuevo en la cama—. ¿Adónde crees que vas, abejita? No pienso dejar que te escapes.

—Luke... —había una leve advertencia en el tono de su voz, pero al final permitió que las puntas de sus dedos se colasen bajo la goma de la ropa interior y tirasen con suavidad hacia abajo—. ¿Cómo puedes seguir teniendo ganas? —bromeó, aunque se estaba derritiendo por culpa de sus caricias.

—Siempre tendré ganas de ti.

—Eres muy cursi.

—Me haces ser cursi. —Sonrió divertido. Todas sus dudas se habían volatilizado después de bucear la noche anterior en aquellos ojos de ámbar que tanto decían sin necesidad de palabras—. Terminaré tirando de los tópicos dentro de nada.

—¿Qué tópicos?

Luke presionó los labios con gesto pensativo.

—Por ejemplo, que me haces ser mejor persona.

—¿Y es verdad?

—Una gran verdad. O que cuando te miro tengo la sensación de que nos conocemos desde hace un millón de años, que tuvimos que estar juntos en otra vida o algo así.

—Es bonito pensarlo, como en una realidad paralela, ¿no? Quizás en esa otra vida tú eras..., hum, arqueólogo y yo enfermera y nos conocimos en un hospital cuando viniste sangrando porque una roca milenaria se te había caído en la cabeza.

—¿Tengo pinta de arqueólogo? —preguntó riendo.

—Tienes pinta de lo que tú quieras. Puedes ser lo que te propongas, Luke. Lo sabes, ¿verdad? —le apartó algunos mechones de cabello oscuro.

Él tragó saliva, nervioso sin saber por qué, y tiró de su brazo para atraerla hacia sí y abrazarla con fuerza. Hundió el rostro en su cuello y respiró contra su piel. Harriet se apartó con suavidad cuando su teléfono móvil comenzó a sonar.

—Es Barbara. Habrá pasado por la pastelería y le extrañaría verla cerrada —dijo antes de descolgar la llamada y levantarse de la cama. Luke se quedó allí, tumbado, con la cabeza recostada sobre los brazos cruzados, observando a Harriet moverse por la habitación mientras le contestaba paciente a Barbara y se vestía con torpeza.

De pronto ella dejó de hablar.

Silencio. Y Luke supo por qué.

Se incorporó con el corazón desbocado.

—Harriet, espera, no es lo que piensas.

Ella dejó caer el brazo, inerte, tras colgar la llamada, pero sus ojos continuaron clavados en el armario. El armario medio vacío. Era imposible no advertir el hueco enorme que el día anterior había estado ocupado por la maleta y la ropa de Luke.

Sintió la acidez trepando por la garganta y se le encogió el estómago. Se sujetó a la puerta de madera del armario, incapaz de dejar de observar esa ausencia. Ni siquiera pudo moverse cuando los brazos de Luke la rodearon por detrás y su aliento le hizo cosquillas en el cuello.

—No es lo que parece. De verdad que no.

A ella le costó hablar. Notaba la boca pastosa.

—¿Cuándo...? —preguntó dándose la vuelta.

—Ayer —susurró—. Pero deja que me explique.

Se giró y su mirada tuvo que revelar todas las emociones que no era capaz de plasmar en palabras, porque él la miró con preocupación y miedo.

—¿Antes de decirme que me querías?

—Precisamente porque me di cuenta de que te quería.

—No, Luke. No hagas esto. No así —parpadeó inútilmente—. No quiero que estés aquí cuando vuelva, ¿me has oído?

—Mierda. Joder —siseó y, cuando notó que Harriet se movía a su lado, la retuvo con suavidad contra la puerta de la habitación antes de que pudiese escapar. Apoyó las manos en la madera y su frente en la suya. Cerró los ojos—. Perdóname. Una vez más. La última vez, Harriet, te lo juro. No más mentiras, ni dudas ni dolor.

—Suéltame.

Fue casi una caricia cuando ella lo empujó. Luke le sujetó las muñecas con delicadeza, intentando controlarla sin hacerle daño. Sus ojos estaban llenos de rabia y, mirándolos, él tuvo un momento de debilidad que Harriet aprovechó para zafarse y abrir la puerta de la habitación. Luke todavía se estaba abrochando los botones del pantalón vaquero cuando Harriet salió de la casa dando un portazo.

No supo cómo logró que las piernas le respondiesen para emprender el camino que conducía a la pastelería, pero, más que andar por las calles, casi corrió. Sentía el pecho ardiendo. Al final llegó. Y subió la persiana y abrió la tienda como si fuese un día más, un día cualquiera. Se mordió el labio inferior, intentando soportar el dolor; cogió un trapo y limpió el cristal del mostrador. Frotó, frotó y frotó con más fuerza la ya pulcra superficie cuando divisó la inconfundible figura de Luke caminando por la acera de enfrente directo hacia allí.

Entró en la pastelería con la respiración agitada y bajó la persiana. Cuando aquellos ojos verdes se detuvieron en ella se sintió morir. Se había perdido sin remedio en aquella mirada cautivadora y le había permitido ver todas sus debilidades.

—No habría sido capaz de irme, Harriet.

—¿Y en qué situación me deja eso?

Alzó la barbilla al mirarlo, con las pestañas brillantes por las lágrimas y el labio inferior temblándole. Luke tuvo que hacer uso de todo su autocontrol para no abrazarla.

—Quería hacerlo, pero... no.

—¿Pensabas despedirte, al menos?

Luke dejó escapar el aire que estaba conteniendo y se movió inquieto. Se lo estaba poniendo muy difícil, porque ni siquiera él mismo era capaz de entender sus propias emociones enredadas, ¿cómo iba a explicárselo a ella?

—¡No lo sé! Estaba alterado. Y confundido.

—¿Cómo puedes pasar de querer marcharte sin más a desear estar con una persona durante el resto de tu vida? ¿Cómo puede ser que lo que sientas sea tan volátil, tan frágil...? —Su mirada estaba cargada de decepción.

Él dio un paso hacia ella.

—Déjame... intentarlo otra vez —suplicó—. No quiero hacerte daño, Harriet. Te prometo que me esforzaré cada día por no hacerlo...

Ella negó con la cabeza, rota. Se secó los ojos.

—¿Es que no lo ves, Luke? Tú no te valoras, no crees en ti mismo y tampoco puedes creer en nosotros. Yo no puedo hacerlo por los dos, estoy cansada de excusarte y perdonarte cada vez que vuelves a equivocarte. Ni siquiera sabes quién eres. Necesito, por una vez en mi vida, necesito que alguien esté dispuesto a darlo todo por mí.

—Yo te lo daré todo.

—No puedes. Quizá quieres, pero no puedes.

Luke sintió pánico al mirarla.

—¿Qué coño significa eso?

—Tienes que irte...

—Joder. Te quiero. Te quiero como nunca pensé que querría a nadie. ¿No te vale eso? Harriet, mírame. Tú eres lo más importante para mí ahora...

—¿Durante cuánto tiempo?

—¿Qué? ¿Qué quieres decir?

—¿Durante cuánto tiempo seré tu prioridad?

—¡No lo sé! —Cerró los ojos y respiró agitado antes de volver a abrirlos y clavarlos en ella—. ¡Sí, joder, sí lo sé! Siempre, Harriet. De verdad. Confía en mí.

Pero era demasiado tarde, porque ese primer «no lo sé» se le clavó en el corazón. Harriet intentó mantenerse serena, aunque por dentro sentía que se rompía poco a poco, porque no quería ser para Luke una etapa más de su caótica vida, no quería volver a ser la chica que se quedaba en el pueblo mientras todos los demás terminaban marchándose tarde o temprano. ¿Por qué ella tenía que ser siempre parte del camino y no el destino? Miró a Luke y tragó saliva. Luke. El chico que un día adoraba los cereales Froot Loops y al día siguiente los aborrecía, el chico que acababa aburriéndose de todo, ese que era incapaz de encontrar una estabilidad en su vida y que parecía estar hecho para vivir en una ciudad grande; algún lugar lleno de cosas nuevas y estimulantes que hacer cada día, retos que ir tachando de la lista.

Harriet inspiró hondo.

—Vete, por favor. No hagas que las cosas sean peores.

—¿Peores? ¿Cómo van a ser peores?

Luke caminó nervioso y furioso hacia ella.

—Déjalo. No quiero seguir discutiendo.

—¡No, joder, dilo! ¡Di lo que sea que estés pensando!

Y Harriet explotó, gritó y lloró fuera de sí.

—¿De verdad quieres saberlo? Vale, está bien, tú te lo has buscado. Lo que creo es que llegaste aquí y te tropezaste conmigo y pensaste: «Eh, mira, la típica idiota sin personalidad a la que puedo manipular fácilmente y que pasará por alto cualquier mierda que diga». Pues, ¿sabes qué?, lo conseguiste. Has ganado. ¿Te sientes mejor ahora? ¿Puntos extra para tu autoestima? Bien, otro capítulo más de tu vida. Lo habrías cerrado antes o después, en cuanto dejase de ser una novedad para ti —sollozó—. Eres un cobarde. No soporto eso de ti. Que seas incapaz de admitir las cosas o de luchar cada vez que te tropiezas. Vas por ahí sin pensar en las consecuencias, rompiéndolo todo... ¡Pero los demás no tenemos la culpa de que te aburras, de que no encuentres nada que te haga feliz, de que estés... vacío por dentro!

Luke quiso abrir la boca, contestar, decir algo. Pero no pudo. No pudo porque sus palabras fueron como un puñetazo en el estómago. La miró mientras se limpiaba las mejillas con el dorso de la mano antes de alzar la vista hasta encontrar sus ojos. Cuando ella habló de nuevo, lo hizo con voz temblorosa y suplicante.

—Si me quieres aunque sea un poco, solo un poco, vete.

Tardó en moverse, porque no podía apartar la mirada de la persona que lo había ayudado a buscarse, a empezar a encontrarse, a sentir lo que no había sentido antes, pero finalmente lo hizo. Porque no la quería un poco, como ella había dicho, la quería un todo, un mucho. Sintió que se ahogaba mientras se daba la vuelta y subía la persiana antes de salir por la puerta y dejarla atrás, alejándose de su vida, de cada centímetro de su mente y de ese cuerpo que había marcado con sus manos, sus besos y un sinfín de palabras que ahora ya no valían nada.

Harriet se quedó allí, de pie, con las rodillas temblando, viendo cómo desaparecía a lo lejos. De algún modo retorcido, Luke había conseguido que volviese a creer en sí misma, para después coger esa seguridad y quebrarla hasta hacerla sentir diminuta e insignificante. La gente paseaba por la calle de enfrente, entrando y saliendo de la cafetería de Kate como si el mundo realmente siguiese su curso, cuando para ella todo estaba hecho pedazos.

Y quiso volver atrás en el tiempo, no enterarse jamás de que tan solo un día antes había estado a punto de marcharse y dejarla atrás como si no significara nada para él. Evitar el sufrimiento, tanto el que Luke le había hecho a ella como el que ella acababa de hacerle a él; porque Harriet era de esas personas que creen que el amor no debería estar salpicado de dolor. Masticar sus palabras. Y tragarse ese «estás vacío por dentro», porque no era cierto. Quizá lo suyo no estaba destinado a funcionar, pero Luke era... era muchas cosas. Era caos e incertidumbre, sí, pero también ternura. Era alegría y risas y siempre una sonrisa en los labios. Era felicidad y calidez. Y precisamente por eso Harriet deseaba ser una certeza para él, sin dudas, sin preguntarse cada noche si a la mañana siguiente, al despertar, ya no estaría al otro lado de la cama.

Ella quería que alguien la quisiese bien.

Había superado muchas jugarretas del destino, pero no estaba segura de poder sobreponerse a aquello. Era como si se hubiese desatado un terremoto en su interior. Se acercó al mostrador, cogió las llaves de la tienda, salió y cerró. A la mierda. A la mierda todo. Enfiló la calle de la derecha y anduvo rápidamente hasta pararse frente a aquella puerta recargada, adornada con ribetes dorados en los marcos laterales. Llamó al timbre. Una, dos, hasta tres veces seguidas, impaciente y fuera de sí.

Minerva Dune nunca había parecido tan sorprendida.

—¿Qué estás hacien...?

—¿Por qué has tenido que pasarte toda la vida castigándome por lo que hizo mi madre? —gritó a pleno pulmón. La adrenalina recorría su cuerpo—. ¡Yo no tuve la culpa de lo que pasó entre ella y tu marido! —Harriet echaba chispas por los ojos.

—Harriet, no creo que este sea el momento ni el lugar para...

—¡Estoy harta de las personas que se creen más fuertes e importantes que los demás y se pasan la vida menospreciando a cualquiera que se cruce en su camino! Yo jamás me he metido en tu vida. Jamás. ¡Y tú te has pasado toda una vida machacándome y haciendo daño de forma gratuita! —Era incapaz de bajar la voz—. ¿Qué has ganado con eso? Que sepas que durante todos estos años propagando rumores estúpidos solo te engañabas a ti misma. Ese bebé que tanto te alegra no haber conocido era tu nieto y sé que tú lo sabes. —La apuntó con un dedo acusador—. Pero gracias. Gracias por hacerme tanto daño, porque, después de tragar tanta mierda, ahora soy más fuerte.

Harriet jadeó al terminar. Debería haber hecho aquello mucho antes. Fue como sacarse una espina que estaba ahí, pinchando día tras día.

Minerva Dune la sujetó por la muñeca antes de que pudiese bajar los escalones. Tenía los ojos más cristalinos de lo normal y los labios fruncidos en una mueca.

—Entra en casa. Estás muy nerviosa. Llamaré a mi hijo.

—¿Qué? No. No quiero tu compasión. No la necesito.

—Pasa —insistió—. Prepararé té.

—Pero...

—Vamos.

La hizo entrar a un comedor con muebles oscuros y pesadas cortinas color burdeos. Se sentó en uno de los sofás tapizados, justo enfrente de un enorme retrato de familia colgado en la pared. Todo lo que había a su alrededor tenía pinta de costar una fortuna, y Harriet permaneció muy quieta, aturdida, con los ojos enrojecidos e irritados.

Minerva Dune se excusó unos minutos para preparar el té y llamar a su hijo. Cuando regresó se sentó a su lado, cruzando las piernas con elegancia, y dejó que Harriet se desahogase.

—¿Se puede saber qué he hecho yo para que usted me odie tanto? ¿Qué le hice a Eliott? ¿Qué le pasa a todo el mundo conmigo? ¿Por qué Luke tiene dudas? ¿De verdad es tan difícil quererme? —Harriet hablaba atropelladamente sin poder contener las lágrimas.

—Luke, ¿tu marido? —Arqueó una ceja—. Querida, no sé qué ha pasado con él, pero ya deberías saber que ningún hombre es de fiar.

Se estremeció al recordar la última mirada que Luke le había dedicado antes de salir de la pastelería y de su vida. Aún le costaba creer que todo lo que habían vivido juntos, aquellos meses en los que había sido más feliz que nunca, fuesen tan endebles como para que él pensase en marcharse sin mirar atrás, casi sin despedirse. ¿Tan frágiles eran sus sentimientos? Porque los de ella eran sólidos. Muy sólidos.

—Él parecía diferente —susurró, pero su voz sonó vacía y triste.

—Todos parecen diferentes, Harriet. —El tono de Minerva, por el contrario, era duro como el diamante—. A veces el desencanto es tal que ignoramos la realidad.

—¿Por qué...? —Se humedeció los labios—. ¿Por qué sigue casada con su marido después de lo que le hizo con mi madre?

Minerva dejó escapar una sonrisa carente de alegría.

—Si tu madre hubiese sido el único problema con el que he tenido que lidiar durante estos años... —Pareció perderse en sus recuerdos—. Las infidelidades de mi marido ya no me afectan. Hace años que dejaron de hacerlo. Pero hice unos votos. Cumplo mi promesa. Intento cuidar de él y también de mi hijo, aunque no siempre he sido imparcial. —Le dirigió una mirada significativa, pero sus labios no pronunciaron ningún «lo siento» y Harriet supo que nunca se lo oiría decir.

Eliott llegó poco después. Le tomó las pulsaciones y la tensión y quiso darle un calmante suave que Harriet se negó a tomar. Seguía alterada, pero no quería adormecerse ni nada parecido. Deseaba ser consciente del dolor, grabarlo a fuego en su mente para no volver a cometer jamás la estupidez de confiar en la primera persona que se cruzase en su camino. Eliott se quedó con ella el resto de la mañana, hablándole de su vida en la universidad, de las prácticas que estaba haciendo y de un montón de cosas que a Harriet no le interesaban lo más mínimo, pero que consiguieron que pensase menos en lo que estaba sintiendo, en ese desasosiego tan profundo.

Al mediodía regresó a la pastelería, pero no abrió. Dejó la persiana bajada y se dispuso a limpiar a fondo la trastienda, intentando borrar todas las risas y los recuerdos que parecían impregnar las paredes. Tiró a la basura los paquetes de patatas fritas que había comprado la semana anterior para que Luke siempre tuviese a mano algo salado entre tanto dulce, y, por alguna incomprensible razón, rompió en pedazos el pequeño mapa que siempre llevaba consigo. ¿Qué más daba? Jamás conseguiría memorizar todo aquello. Y a nadie le importaba que lograse hacerlo.

Tal como esperaba, cuando regresó a casa al anochecer, el coche de Luke ya no estaba aparcado en la entrada y, en cuanto puso un pie en aquel hogar que había compartido con él, percibió el vacío que había dejado. Un escalofrío le recorrió la espalda y ahogó un sollozo. Él también parecía estar presente en cada rincón de aquel lugar. En el tocadiscos que solía poner cuando hacían la cena, en el sacacorchos que estaba sobre la encimera (no podía olvidar esa manera suya de abrir la botella de vino y servirle siempre a ella la primera copa), en la ventana que había dejado abierta, en el polvo que se había asentado durante esos meses en los botecitos de cristal repletos de hojas...

Tuvo que llamar a Angie.

Estaba tan nerviosa que apenas podía hablar. Le pidió si podía ir y Angie le aseguró que estaría allí en un par de minutos. Había temido contarle lo ocurrido porque creía que contestaría con un «te lo dije» o un «se veía venir», y eso solo la haría sentir más tonta si cabe; porque, sí, vale, era previsible, pero en cierto momento Harriet había empezado a confiar en Luke a ciegas. Había apostado por él.

Angie no dijo nada al entrar, tan solo la abrazó muy fuerte y Jamie se ofreció para prepararles un vaso de leche caliente y cacao mientras ellas estaban en el comedor. Cuando se lo terminaron, tras un largo rato en silencio, Harriet quiso irse a dormir. Deseaba cerrar los ojos y que al abrirlos a la mañana siguiente todo lo que sentía hubiese desaparecido. Angie se empeñó en quedarse y dormir a su lado y, cuando Harriet le hizo un hueco en la cama, agradeció su presencia y el calor que desprendía su cuerpo, porque aquella habitación le recordaba demasiado a Luke, los momentos vividos y las palabras dichas.

—¿Por qué duele tanto? —gimió.

—Pasará. —Le acarició la cabeza con cariño y Harriet se giró y apoyó la mano sobre su tripa—. Abril dice que Luke es un tonto y que no merece que llores por él. Es muy lista. —Las dos rieron entre lágrimas—. También dice que cuando menos te lo esperes te recuperarás, como siempre has hecho —prosiguió, y luego se quitó uno de sus anillos y le pidió a Harriet que le diese la mano—. Ten. Aquí tienes el cuarto.

—No, no lo hagas. No me lo merezco.

—Claro que sí. Este anillo te lo doy porque te quiero, por haber sido la mejor amiga que podría desear. Y no necesito más razones para hacerlo. Ahora duérmete, Harriet. Intenta descansar.

25

Luke apagó el motor del coche en medio de la nada, en la cuneta de una carretera solitaria y oscura. Llevaba horas conduciendo. Apoyó la frente en el volante durante un segundo y luego lo golpeó con fuerza una y otra vez, ignorando el dolor. Cuando se cansó de hacerlo, respiró con brusquedad mientras abría la puerta del coche y salía. Se tumbó sobre el capó y clavó la mirada en el cielo salpicado de estrellas. Y entonces sintió algo rompiéndose en su interior, resquebrajándose, saliendo de él. Le dolía el pecho. No podía dejar de pensar en Harriet y en el dolor que reflejaban sus ojos. Le había prometido que no le haría daño y le había fallado. Le había fallado a ella y también a sí mismo, con todas esas dudas que en este momento parecían lejanas e insignificantes. Parpadeó rápido, tragándose las lágrimas, porque él no lloraba. Él no había llorado jamás ni tampoco se permitiría hacerlo ahora.

26

El viento y las calles empinadas de San Francisco despertaron en él nostalgia y recuerdos, pero hubiese dado cualquier cosa por no estar allí en aquel momento, sino en un solitario pueblo que conocía bien, en medio del bosque, donde vivía esa chica que no necesitaba nada grande para ser feliz. Un sueño. Dulces. El partido de los domingos. Una carcajada. Él. Miradas. El aroma que la lluvia dejaba tras de sí. O una cama sobre la que perderse el uno en el otro durante horas. Todavía recordaba la primera vez que había entrado en su casa, cuando pensó que «no entendía cómo podía ser tan conformista, feliz con tan poco». Si pudiese volver atrás en el tiempo, congelaría ese momento y se diría un par de cosas importantes a sí mismo.

Cuando entró en el apartamento, lo notó extrañamente frío; con esos muebles que seguían una misma línea y los tonos grises que carecían de personalidad. Jason no estaba en casa, así que se paseó por las diferentes estancias e intentó convencerse de que tan solo se sentía así de raro porque hacía meses que no pisaba aquel suelo. Todo estaba en silencio, nada había cambiado de lugar.

Se dejó caer sobre su cama y estuvo un par de horas contemplando el techo blanco y vacío. Se sentía un poco así. Blanco. Y muy vacío. Al marcharse de Newhapton se vio tan perdido que había empezado a conducir hacia Canadá un par de horas hasta que se decidió a dar media vuelta, consciente de que el único lugar que seguía perteneciéndole estaba en la dirección contraria. Había dormido un par de horas en un motel de mala muerte antes de proseguir su camino. Y ahora estaba allí, inmóvil y solo.

Ni siquiera reaccionó cuando oyó el chasquido de la cerradura al abrirse la puerta principal, seguido de las voces de sus amigos a lo lejos. Mike se quedó parado en el umbral de la puerta de su habitación y lo miró sorprendido.

—¿Luke? Joder, ¡has vuelto!

—Déjame pasar. —Rachel entró en la estancia y el colchón se hundió con suavidad cuando se sentó junto a él—. Luke, ¿estás bien? ¿Qué ha ocurrido?

Hubo un tenso silencio, hasta que Luke se tapó el rostro con el dorso del brazo y Rachel se inclinó sobre él y lo abrazó muy fuerte. Joder. Ni siquiera cuando se rompió el codo a los once años jugando al béisbol se permitió bajar la guardia delante de ellos. Respiró hondo, sintiendo el aire hincharle el pecho, hasta que logró calmarse y pudo mirarlos de nuevo. Mike parecía nervioso. Jason tan solo lo estudiaba pensativo e imperturbable, apoyado sobre el dintel de la puerta. Y Rachel... Rachel estaba preocupada.

—Luke, da igual lo que haya pasado. Todo tiene solución. Lo sabes, ¿verdad?

—La pecosa tiene razón —corroboró Mike—. Y ahora vamos a tomarnos unas cervezas. Yo invito. ¡Venga, tío, levántate!

—Eso no es lo que Luke necesita ahora.

—Pero se despejará. Beberá. Y olvidará.

Rachel supo dedicarle a su novio una mirada que significaba exactamente «sal de la habitación», aunque Jason pareció entenderlo antes que él, porque tiró de la manga de su camiseta mientras daba un paso hacia atrás. Luego cerró la puerta, dejándolos a solas.

—Vete tú también, Rachel. No quiero que me veas así.

—No digas tonterías. —Ella le apartó los mechones de cabello oscuro que caían por su frente y se estremeció al ver el contorno rojizo que rodeaba el verde de sus ojos—. Ay, Luke. Dime qué puedo hacer. Cuéntame qué ha ocurrido.

—La he cagado. Iba a pasar tarde o temprano.

—Encontraremos la forma de arreglarlo.

—No, ¿no lo entiendes? Resulta que el puto problema soy yo y no tengo arreglo. Le fallé. Y, joder, me pasó muchas veces. Demasiadas. ¿Qué coño se supone que voy a hacer con mi vida de ahora en adelante? Empecé a echarla de menos incluso antes de marcharme.

—Luke, tú no eres ningún problema.

Giró la cabeza para mirar a Rachel. Los dos estaban tumbados en la cama, boca arriba, como cuando de adolescentes todos se reunían en la habitación de uno de ellos y pasaban la tarde entre conversaciones tontas y partidas de videoconsola.

—Tuviste suerte de conocerme cuando era un crío y de que empezase a quererte antes de convertirme en quien soy ahora, porque, si no hubiese sido así, habría jodido nuestra amistad como jodo todo lo demás. Y lo mismo con Mike y Jason.

—¿Por qué te haces esto? Pensar un montón de cosas negativas sobre ti mismo, repetírtelas, creértelas. Tú eres más complejo que eso, Luke.

—Dime solo una sola cosa que conserve.

—Nosotros. El fútbol. Tu odio por los erizos.

—El fútbol lo perdí y ya te he dicho que vosotros no contáis.

Rachel se incorporó y se sentó con las piernas cruzadas en la cama.

—Vale, está bien. A veces puedes ser un capullo muy impulsivo y de lo más variable, y un día te levantas soleado y al día siguiente estás lloviendo, pero, Luke, cuando algo te importa de verdad estás dispuesto a darlo todo. No sé qué es lo que has hecho, pero sí sé que Harriet debería sentirse orgullosa por haber conseguido llegar a ti, porque no es nada fácil.

Él suspiró y cerró los ojos.

—No importa. Ya no confía en mí.

—La confianza no es dos más dos. Intenta ponerte en su situación y comprenderla. Sé que ahora estás demasiado dolido para ver más allá, pero quizás a ella le ocurra exactamente lo mismo —apuntó—. Tú sabes lo mucho que a mí me costó confiar en Mike. Y no era porque no lo quisiera, al contrario. Tan solo sentimos miedo ante aquello que de verdad nos importa porque tememos perderlo. No hay nada más complejo que las emociones; la mayor parte del tiempo son una maraña de sentimientos difíciles de manejar. Pero al final todo encajará, ya lo verás.

—La he perdido. Mierda, Rachel, que estuve a punto de marcharme de allí y dejarla atrás como si fuese una anécdota más de mi vida, cuando ella me lo ha dado todo. ¿En qué coño estaba pensando? Y luego... Harriet dijo cosas. Cosas sobre mí. Y lo peor es que tenía razón en todo, cada palabra fue... dolor.

—Dale tiempo, Luke. Y date tiempo también a ti mismo. —Le dio un beso en la frente—. Te conozco desde que tenías siete años. Si esa chica te quiere solo la mitad de lo que sé que tú la quieres a ella, todo se arreglará. Confía en mí. El amor de verdad no tiene nada de efímero.

Y después volvió a tumbarse a su lado y lo cogió de la mano y la apretó fuerte mientras se quedaban allí, en silencio, mirando fijamente el techo de la habitación.

Jason y Mike llamaron a la puerta casi una hora más tarde. Rachel se había quedado medio dormida, pero Luke había estado todo el rato despierto, a pesar de que estaba agotado después de conducir durante tantas horas. No quiso discutir cuando insistieron en que fuese al comedor para picar algo, pero una vez allí no probó ni un bocado de la pizza y la comida china que habían pedido. Se quedó en el sofá mirando la comida y pensando que si ella estuviese allí le hubiese preguntado cómo preferiría morir, si atragantada por un espagueti o por un trozo de pizza con champiñones. Seguro que hubiese elegido la primera opción, sonaba más divertida.

Jason se levantó poco después para llevarse los platos, y cuando regresó dejó sobre su regazo un montón de cartas y un sobre marrón algo más grande.

—El correo de los últimos meses.

—Vale, gracias.

Mike lo miró inseguro.

—Si podemos echarte una mano en algo...

Luke negó con la cabeza, cogió una de las cartas y la estudió en silencio antes de empezar a abrirla con brusquedad. Sus ojos se movieron nerviosos por el papel y una extraña sensación de alegría lo embargó. Buscó su teléfono.

—¡Mi móvil! ¿Dónde demonios lo he dejado...?

—¿Qué dice la carta? —Jason cogió el papel y lo leyó con interés—. Es una citación para un juicio.

—Un juicio contra Anthony Parker, el padre de Connor —explicó mientras llamaba a su antiguo jefe, que descolgó al tercer tono—. Hola, soy Luke Evans.

—¡Gracias a Dios! Te había dado por perdido. No había forma de localizarte —comentó el hombre. Luke lo instó a contarle lo que había ocurrido—. La abuela del menor se presentó en el colegio por sorpresa y pidió hablar con la psicóloga. La mujer estaba aterrada, pero lo contó todo. Están imputados los dos. Él por malos tratos y la madre por cómplice de los hechos. El juicio es dentro de tres semanas y sería de gran ayuda que pudieses testificar.

—No te preocupes. Allí estaré.

—Siento mucho lo que ocurrió. Lamento que tuviésemos que prescindir de tus servicios. Sabes que siempre tuve en cuenta tu palabra, pero después del encontronazo que tuviste con Parker no podíamos permitirnos no hacer nada de cara a la opinión pública. —Hizo una pausa—. En cuanto todo esto pase, por mi parte tienes las puertas abiertas de nuevo. El colegio es tu casa, Luke. Estoy seguro de que los chavales estarán deseando que vuelvas; los resultados de la temporada empeoraron significativamente desde tu marcha.

—Gracias, pero creo que de momento tengo otros planes —aseguró antes de colgar.

27

—¿Te gusta cómo queda este tono rosa? —preguntó Mike.

Luke se inclinó hacia la pantalla del ordenador y asintió, satisfecho con el resultado. Estaban en la casa que él y su novia compartían en una urbanización a las afueras, en el despacho que Rachel se había preparado para escribir y estudiar tranquila.

La estancia estaba decorada con muebles *vintage*, carteles de películas poco conocidas e infinitas estanterías repletas de libros. Luke merodeó por el lugar mientras Mike seguía trabajando en el proyecto para el que le había pedido ayuda. Se fijó en las fotografías estilo *polaroid* que colgaban de la pared de la izquierda. En una salían los cuatro, de pequeños. En otra, Mike abrazaba a Rachel en lo alto de Montmartre, con las vistas de la ciudad de París a su espalda; habían hecho esa escapada meses atrás. En la última, Mike estaba en la cocina, sonriente, mirando a la cámara sin soltar la sartén que estaba puesta al fuego. Le gustó que fuesen momentos improvisados. Escenas del día a día. Recuerdos del pasado que explicaban el ahora.

—Tío, me asusta que alguien entre aquí y sufra una sobredosis de azúcar —se burló Mike mientras se apartaba a un lado del escritorio para que Luke pudiese ver cómo estaba quedando—. ¿No podemos usar otro color que no sea el rosa?

—Te sorprendería saber lo mucho que estoy deseando decir «sí», pero no, no podemos. Está bien así. Dejémoslo por hoy —suspiró.

Mike asintió y apagó el ordenador antes de salir tras Luke hacia el salón. Un gato naranja y gordo estaba tumbado en el sofá hecho un ovillo, justo al lado de *Mermelada,* su compañero de pelo oscuro que Rachel se había encontrado semanas atrás cerca de un contenedor de basura de la universidad, buscando entre los restos de comida que un restaurante próximo había dejado ahí.

—*Mantequilla,* deja hueco —masculló Mike mientras lo apartaba a un lado para poder sentarse. Cogió un mando de la videoconsola y le pasó el otro a Luke, pero este negó con la cabeza—. Estos gatos... solo comen y duermen y se apoderan de la casa como si pagasen las facturas a final de mes. A ver, ¿qué quieres hacer, entonces?

—Nada, no quiero hacer nada —dijo tras dejarse caer en el sofá que estaba libre.

—Luke, estás hecho un asco. ¡Anda, anímate!

Se oyó el ruido de la cerradura, seguido de pisadas, y Rachel apareció en la estancia con un maletín morado colgado del hombro. Les sonrió y se inclinó para acariciar a los gatos; luego le dio un beso a Mike.

—¿Te quedas a comer, Luke? —preguntó.

—No, no tengo hambre.

—Vale, tengo lasaña congelada de cuatro quesos, ¿te va bien? Id poniendo la mesa mientras la meto en el microondas, tardará cinco minutos —concluyó antes de alejarse por el pasillo.

Luke miró a Mike y ambos estallaron en una carcajada.

—Tú los vasos y yo los cubiertos y las servilletas —añadió Mike sin dejar de reír mientras se levantaban para dirigirse a la cocina.

Poco después, los tres estaban sentados a la mesa, comiendo y comentando las noticias que daban en la televisión. Rachel le había mandado un mensaje a Jason por si se quería pasar durante la hora de descanso y llegó un rato más tarde.

—¿Y mi lasaña? —preguntó.

—No queda —contestó Rachel—. Pero en la nevera hay una fiambrera con brócoli al vapor y patatas hervidas.

Jason pestañeó sin dejar de mirarla.

—Suena muy apetecible —ironizó—. Espera, voy a por tres cubos de eso —añadió antes de desaparecer en la cocina y regresar con un plato vacío y un par de cubiertos. Alargó una mano para coger el de Rachel e, ignorando sus protestas, le quitó un cuarto de lasaña. Luego hizo lo mismo con los platos de Luke y Jason, hasta que el suyo estuvo lleno—. Esto sería una metáfora de un mundo más justo.

—Y *blablablá* —se burló Mike sonriente—. Sigue hablándonos de cosas justas, nos interesa mogollón. —Intentó quitarle un trozo de lasaña y Jason le dio un manotazo en la cabeza que hizo reír a Rachel, al otro lado de la mesa, y por poco termina escupiendo el agua que acababa de beber.

Luke inspiró hondo, mirándolos.

Siempre era bueno estar con ellos. Siempre le recordaban que no importaba las veces que tropezase, estarían ahí para sostenerlo cuando eso ocurriese. Pinchó un trozo de su comida, se la llevó a la boca y se relajó y se rio cuando Mike empezó a imitar a su novia cuando se enfadaba si cambiaba las cosas de sitio de su despacho, lo que probablemente le valdría una buena regañina más tarde, cuando ellos se hubiesen ido.

Jason le preguntó el sábado por la noche si quería acompañarlo a una de esas galas aburridas a las que él solía acudir para hacer contactos o tratar con los clientes más exclusivos de la inmobiliaria. Pero Luke prefirió quedarse en casa viendo la tele. Casi entrada la madrugada, llamaron al timbre de la puerta. Se levantó suspirando. Qué raro que Jason hubiese olvidado las llaves.

Abrió. Parpadeó confundido.

Una chica morena con el pelo lacio, muy largo y las puntas tintadas de un llamativo rosa fucsia le sonreía. Tenía los ojos azules y llevaba un pendiente con forma de aro en la nariz. Vestía una minifalda vaquera y unas sandalias rojas de tacón, a juego con el esmalte de sus uñas. En la mano derecha, balanceaba una botella de ginebra.

Se lanzó a sus brazos antes de que pudiese decir nada.

—¡Luke! ¡Qué ganas tenía de verte!

—¿Qué haces aquí, Sally?

—Oí que habías vuelto. Y, como llevas casi dos meses sin contestar mis mensajes ni coger el teléfono, pensé en hacerte una visita sorpresa. Así que... ¡sorpresa! —gritó—. ¿Qué ocurre? ¿No te alegras de verme?

Luke suspiró profundamente.

—No es eso, es solo que...

—¡Vamos, déjame pasar! —lo cortó antes de escabullirse a un lado y entrar en el apartamento. Dejó la botella en el mueble del comedor y se quitó la chaqueta de cuero, quedándose con una camiseta de tirantes que dejaba a la vista un par de centímetros de piel de su estómago—. Dime que tienes limón. Espero que sí, porque sabes que me encanta añadir una rodaja. —Lo miró de arriba abajo y sonrió—. Vaya, sigues teniendo tan buen aspecto como recordaba.

Él se frotó el mentón con agobio.

—Te dije que todo había acabado.

—Pero ¿por qué? Me aburro sin ti. Salir de fiesta es un muermo sin nadie con quien compartir la noche. Tengo marihuana en el bolso. —Se acercó a él y le dedicó una mirada seductora antes de deslizar los brazos alrededor de su cuello—. ¿De verdad no te apetece revivir viejos momentos?

Luke la apartó con suavidad antes de que sus labios rozasen los suyos. Tomó una bocanada de aire e intentó calmarse.

—He conocido a alguien.

—¿Y...?

—Alguien especial, Sally.

—¿Estás de broma? Tú..., no, no te pega eso. —Dio un paso atrás—. Tú no eres así, Luke. Se suponía que esas cosas no van con la gente como nosotros. Somos libres.

—Deja de decirme cómo soy.

—¿De verdad quieres atarte a alguien? —Lo miró horrorizada.

—«Atarme» no es la palabra.

—¡Es lo mismo! Sabes que te aburrirás de eso.

Luke se enfureció. ¿Por qué...? ¿Por qué todo el mundo juzgaba cómo era o daba por hecho que volvería a fastidiarla? Si ni siquiera él mismo había descubierto lo que buscaba hasta hacía nada. ¿Cómo podían los demás creer que lo conocían incluso mejor de lo que él se conocía a sí mismo?

—No sabes nada de mí. Nunca has sabido nada de mí.

—Hemos estado meses follando. Te conozco —sentenció.

Se pasó una mano por el pelo revuelto y bajó la mirada hasta Sally, percatándose por primera vez de lo vulnerable que parecía, ahí, en su salón, buscando un igual con el que ahogar las penas. En realidad siempre había sido así. Lejos de la independencia de la que alardeaba, era frágil y estaba muy perdida. Apenas tenía veinte años. Sintió pena al ver en aquellos ojos azules el reflejo de lo que él había sido tiempo atrás. La sujetó por los hombros con delicadeza.

—Yo no voy a poder acompañarte más. Lo dije en serio en su momento y te lo repito ahora. Deja de meterte mierda e intenta buscar algo que te haga feliz. Si algún día necesitas algo, algo que valga la pena, ya sabes dónde estoy. —La soltó—. Buena suerte, Sally —añadió tras abrir la puerta del apartamento.

28

Eran las tres de la madrugada de un miércoles cualquiera y las luces titilantes de la ciudad se perdían hasta la bahía de San Francisco. Luke suspiró hondo, con la frente apoyada en el ventanal del comedor, empañando el cristal con cada respiración mientras observaba el mundo exterior. No podía dormir. Las luces parpadeantes de un avión cruzaron el cielo nocturno justo cuando oyó un ruido tras él.

—¿Qué haces despierto? —preguntó Jason.

—Tejer una bufanda —ironizó—. ¿Tú qué crees? No consigo dormir.

Jason negó con la cabeza en la oscuridad y luego abrió el minibar y sacó una botella de whisky y dos vasos que dejó sobre la mesa auxiliar, al lado del sofá.

—Pues sí que estás tú motivado.

—Va, Luke, siéntate y deja de joderme.

—Joderte... no entra en mis planes, no —bromeó antes de reír, a pesar de que llevaba días de un humor de perros, y luego se sentó frente al sillón que Jason había ocupado y esperó paciente mientras su amigo servía la bebida. Cuando acabó, cogió el vaso y le dio un trago largo, ignorando la quemazón en la garganta.

—¿Qué es lo que pasa contigo, Luke?

—Se suponía que iba a hacer algo grande.

—¿Entrenar no te parece suficiente?

—Sí, claro que sí —masculló—. Pero es que si miro atrás...

Jason se acomodó en el sillón con esa seguridad que parecía indicar que lo tenía absolutamente todo bajo control. Luke nunca se sentía así; sereno, firme.

—El problema es que, durante todos esos años que estuviste jugando, te prepararon para ganar, pero no para perder. Te decían lo que conseguirías si dabas lo mejor de ti, si avanzabas un poco más. ¿Pero alguien se paró a decirte qué pasaría si no lo lograbas si, por ejemplo, tal como ocurrió, te lesionases a los veintiuno?

Luke alzó la mirada hacia él.

—No, nadie.

—Pues, antes de que eso pasase, alguien tendría que haberte dicho que no pasaría nada por perder. Que no era el puto fin del mundo. Que estás aquí, Luke, con toda la vida por delante. No tienes que hacer algo grande para sentirte realizado, no hace falta que seas una estrella o cambies el curso del mundo.

Luke expulsó el aire que estaba conteniendo.

—Ella era algo grande. *Es.*

—Exacto. —Jason sonrió—. Tú decides qué es grande o pequeño, Luke. Está en tus manos. Te frustra no tener una meta fija como antaño. Un objetivo marcado en el calendario. Un sueño que cumplir. Pero ni siquiera te has parado a pensar que, al final, todos estamos aquí luchando por lo mismo. Ser felices.

—Me siento como un puto niñato caprichoso. —Luke deslizó los dedos por el contorno del vaso y luego lo cogió y se bebió el resto del contenido de un trago.

—Tú eres tu mayor enemigo, siempre diciéndote un montón de mierda. —Ladeó la cabeza al mirarlo—. Si lograses apagar esa vocecita que tienes en tu cabeza...

—Me da miedo no ser nunca suficientemente bueno para ella.

—Lo serás cuando consigas ser primero suficientemente bueno para ti.

Luke se llevó la mano tras la nuca. Estaba tan cansado de darle vueltas a lo mismo..., de pensar en ella, no, de sentir que se moría al pensar en ella, de verse tan insignificante, de no reconocerse cuando se tropezaba con fotografías antiguas en las que sonreía con los ojos. Suspiró profundamente.

—Con ella fui feliz. Cada día era un buen día.

Jason se recostó en su asiento y sonrió. Se miraron en la oscuridad de la estancia mientras la ciudad de San Francisco dormía tras el ventanal del salón.

—¿Cómo es...? —preguntó.

—¿Ella? ¿Harriet?

—No, estoy harto de oírte parlotear sobre ella —bromeó y luego su rostro se ensombreció—. ¿Cómo es enamorarse? Querer a alguien así.

—Es como encontrar en los ojos de otra persona la mejor versión de ti mismo.

Luke inspiró hondo mientras observaba la reacción de Jason y se daba cuenta de que el chico de oro, el que parecía tenerlo y controlarlo todo, jamás se había enamorado. Nunca había sentido lo que él sentía al verla sonreír, al perderse en ella, en su mirada, al alargar la mano para coger la suya y acariciar su piel, tan suave, tan familiar...

Y entonces tragó saliva, nervioso.

—Soy afortunado, ¿verdad? Lo soy. Joder.

Jason deslizó el vaso por la mesa tras darle el último trago. Alzó el mentón y, en su expresión, Luke descubrió todo lo que a veces él mismo no se permitía ver.

—Sí que lo eres. Eres un idiota con mucha suerte —rio.

19

—¿Cuánto tiempo piensas seguir así, hijo? —Su madre lo reprendió sin demasiada dureza, y su abuela y sus dos hermanas lo miraron esperanzadas desde el otro lado de la mesa. Luke ignoró el comentario, cogió el bol de la ensalada y se sirvió más ración; sabía que pocas cosas hacían tan feliz a su madre como verlo comer en abundancia—. Tienes que hacer algo. Los demás también tenemos sentimientos, ¿sabes? No es agradable ser testigo de cómo te consumes poco a poco.

—¡Catherine, basta! —ordenó su abuela con voz serena. Se metió un trozo de lechuga en la boca—. Deja que el chiquillo se recupere tranquilo. Necesita tiempo. Es la primera vez que se ha enamorado.

Su hermana Abbie emitió una risita y Luke la fulminó con la mirada.

—¿Qué te hace tanta gracia?

—Tú. Y, más concretamente, tú enamorado. Los astros debieron de alinearse.

—Cállate —gruñó.

—Está pasando por el proceso normal tras cualquier ruptura. —Se inmiscuyó su otra hermana, Jane—. Primero llegó la fase de tristeza absoluta. Después, una leve recuperación, seguida de otra recaída, situación en la que se encuentra ahora mismo.

Luke la señaló con el tenedor.

—¿Puedes dejar de ser psicóloga durante un segundo? Todos te lo agradeceremos. Gracias —masculló antes de bajar de nuevo la cabeza a su plato.

—Podría echarte una mano. Siempre he querido psicoanalizarte y nunca me dejas hacerlo. No con total libertad, al menos. —Jane le dio un toquecito con el pie por debajo de la mesa y Luke la miró—. ¿Por qué no nos cuentas qué es lo que ocurrió? Somos chicas. Todas. Podemos aconsejarte.

—No es una buena idea, Jane.

—¿Por qué no? —Hizo un mohín.

—Porque no me apetece que toda mi familia me odie.

—Eso suena a que le hiciste algo muy malo.

—¡Deja en paz a tu hermano, niña! —la reprendió su abuela, que siempre era la que terminaba ordenando y mandando en aquella casa. Miró a Luke con cariño y le preguntó si quería más pollo. Era su ojito derecho.

—Estoy lleno.

—Estás muy delgado —añadió su madre.

—Vamos, Luke, cuéntanos al menos cómo es ella —insistió Jane, y Abbie asintió con interés.

—Vale. —Sus hermanas sonrieron incrédulas y Luke se acomodó en su asiento, como si fuese a contar una historia larguísima—. Harriet es perfecta. Y ya está. Fin. Espero haber saciado vuestra curiosidad. —Se puso en pie—. Sois unas metomentodo. Me marcho ya.

Todavía le dolía el mero hecho de pronunciar su nombre y no estaba seguro de que aquella sensación fuese a desaparecer. Se había mantenido ocupado las últimas semanas entre el juicio contra Parker, que habían ganado, y el proyecto que había ideado para la pastelería y en el que Mike le estaba echando una mano. Pero al caer la noche, cuando se tumbaba en la cama y estaba a solas consigo mismo, los recuerdos volvían. La había llamado todas y cada una de esas noches. Treinta y tres días exactos. Treinta y tres veces que ella había dejado que el teléfono sonase hasta que saltaba el contestador. Luke siempre se quedaba callado tras el pitido inicial, respirando con pesadez, pero al final las palabras se le atascaban en la garganta y nunca decía nada.

Volvería. Iría a buscarla pronto. Lograría que esas palabras saliesen al fin. Se haría entender, porque, ahora, empezaba a hacerlo, a entenderse; sus dudas, sus miedos, sus debilidades. No era agradable hurgar en su lado más oscuro, ese que nunca había querido mirar demasiado, pero era necesario. Luke se estaba desprendiendo de todo aquello que él creía ser, pero que no era realmente, como si se hubiese pasado media vida observándose desde un prisma distorsionado. Y esperaba que ella pudiese ver la persona en la que se había convertido. La que ya era antes, pero que no se creía.

—¿Veis lo que habéis conseguido? —protestó su madre—. ¡Cuando por fin estaba comiendo...! ¡Se ha dejado medio plato!

—Mamá... —Luke puso los ojos en blanco y luego negó con la cabeza dándola por perdida—. No importa. Te prometo que comeré más la próxima vez que venga.

Se inclinó para darle un beso a su abuela en la mejilla y les palmeó la cabeza a sus hermanas. Salió de la casa y atravesó el pequeño jardín lleno de flores vivaces que cultivaban cada primavera. Antes de que cruzase el umbral de la puerta principal, su móvil sonó. No conocía el número. Descolgó la llamada.

—¿Luke? ¿Eres tú?

—Sí. ¿Quién eres?

Hubo un momento de silencio.

—Soy Eliott Dune. ¿Me recuerdas?

—Más de lo que me gustaría —masculló y entonces la imagen de Harriet acudió a su cabeza y sintió tal vuelco en el estómago que tuvo que sujetarse al muro de piedra para mantenerse en pie—. ¿Le ha ocurrido algo a Harriet? ¿Ella está bien?

—Tranquilo. Está bien. Más o menos.

—¿Qué significa «más o menos»?

Eliott pareció pensar sus siguientes palabras.

—Está un poco débil —dijo—. No sé qué ocurrió entre vosotros, pero no lo encajó muy bien. Si todavía sigues queriéndola, deberías volver. Al parecer, cuando empezó a correr el rumor de que te habías marchado, el abogado del Ayuntamiento empezó a investigar más a fondo la situación. Parece ser que cuando solicitaste los papeles para la feria pudieron comprobar que estabas empadronado en San Francisco y les resultó raro que no hubieses pisado el pueblo hasta entonces —suspiró—. Si demuestran que lo vuestro fue un acuerdo temporal, Harriet tendrá que pedir un préstamo para devolver el dinero de la herencia.

Luke montó en el coche y sujetó el teléfono con fuerza mientras giraba la llave y arrancaba el motor.

—Ya voy de camino.

30

Las calles de Newhapton no habían cambiado nada. Todo seguía tal y como lo recordaba, con sus noches silenciosas y su cielo plagado de estrellas. Aparcó frente a la casa de Harriet y no reconoció el coche oscuro que estaba a un lado de la calzada. Llamó a la puerta, con el corazón latiéndole a mil por hora, temeroso y deseoso a un mismo tiempo de volver a verla. Pero no fue ella quien abrió, sino Eliott Dune.

—¿Qué estás haciendo aquí? ¿Dónde está ella?

—En la habitación. —Se interpuso en su camino antes de que pudiese entrar. Salió al porche y dejó la puerta entornada—. ¿Podemos hablar? —Luke asintió, a pesar de estar ansioso por verla. Y nervioso. Y feliz. Y asustado, todo a la vez—. He estado controlándola estas últimas semanas. Le hice unos análisis y tiene un poco de anemia y falta de algunas vitaminas. Ya le estoy suministrando la medicación necesaria.

—Joder. —Luke se pasó una mano por el pelo.

—Tranquilo, no es nada grave. Se recuperará.

—Es por mi culpa. Está así por mi culpa.

—No. Está así porque lleva años sin tomarse un descanso. Era normal que se debilitase en algún momento y supongo que al final se juntó todo de golpe... —Dejó la frase a medias—. Barbara lleva unos días ocupándose de la pastelería con ayuda de Angie, desde que Harriet enfermó. Empezó con anginas y ahora la infección se ha extendido hasta el oído. Se tomó hace un rato el antibiótico y le acabo de dar un antiinflamatorio, así que la fiebre empezará a bajar enseguida.

—Necesito entrar y verla ya —rogó Luke.

—Espera, una cosa más —pidió y cogió aire antes de hablar—. Si finalmente el curso de la investigación no fuese favorable para Harriet y tuviese que devolver el dinero al Ayuntamiento, mi madre se ha ofrecido a prestarle la cantidad que necesite, sin intereses. Ella no quiere aceptarlo, pero tienes que convencerla de que lo haga o perderá la pastelería. La situación es complicada.

—¿Tu madre?

—Las cosas han cambiado un poco.

Luke tragó saliva.

—¿Por qué estás haciendo esto, Eliott?

—Porque siempre me ha importado, pero fui un idiota con ella y no me di cuenta de la atrocidad que cometí hasta mucho tiempo después. Por aquel entonces solo era un crío centrado en mi propio ombligo —admitió con voz serena—. Por desgracia para mí, ella te quiere.

Pasó por su lado y comenzó a bajar las escaleras del porche. Luke se giró hacia él antes de que enfilase la calle.

—¿Por qué estás tan seguro?

Eliott lo miró vacilante. Había un deje de envidia en sus ojos que no supo o quiso disimular.

—Porque cada noche se queda despierta hasta que recibe tu llamada. Entonces espera hasta que salta el buzón de voz y escucha cómo respiras antes de colgar. —Luke se estremeció—. Me lo explicó Angie el otro día. Y esta noche me he quedado con ella porque le había subido la fiebre. No has llamado. Así que no se durmió hasta hace un rato, cuando no aguantó más.

—No llamé porque... estaba de camino...

—Lo sé. Intenta no alterarla mucho. Ella no sabe que estás aquí. Si no le baja la fiebre, le puedes dar un antitérmico dentro de unas tres horas; toda la medicación está en la encimera, el antibiótico no le toca hasta las diez de la mañana.

—De acuerdo. Gracias.

—No me las des. Lo hago por ella.

Luke empujó con delicadeza la puerta de la entrada y la cerró a su espalda. Apenas había luz. Caminó despacio hacia aquella habitación donde habían compartido tantos momentos, de esos que parecen tontos mientras están pasando, pero que al final son los que se quedan en el recuerdo para siempre, como fotogramas de felicidad.

Harriet era un pequeño bulto entre las mantas de la cama. Tenía los ojos cerrados y estaba encogida sobre sí misma. Luke apenas podía distinguir el contorno de su rostro en medio de la penumbra, pero deslizó con cuidado el dorso de la mano por su mejilla y ella se sacudió ante la trémula caricia.

—¿Eliott?

—No. Soy yo, Harriet.

Todo su cuerpo se tensó de inmediato, pero no se movió. Permaneció hecha un ovillo, girada de cara a la pared que había al otro lado de la cama.

—Vete. Por favor.

—No voy a irme.

—Pero yo quiero que lo hagas...

—No es verdad.

Luke apoyó una rodilla en el colchón y se sentó junto a ella. A pesar de que la estancia seguía sumida en la oscuridad, advirtió que sobre la mesita de noche había un par de tarros de cristal llenos de hojas. Eran nuevos. Suspiró con pesar al tiempo que alargaba una mano para apartarle con cuidado el cabello de la frente. Estaba sudando. Y ardía. Lo único que deseaba era abrazarla muy muy fuerte y no soltarla jamás, pero temía asustarla.

—Te traeré un trapo con agua fría.

—No, Luke.

—En nada te bajará la fiebre. Aguanta un poco, Harriet.

Fue a la cocina, buscó un paño limpio y lo mojó antes de escurrirlo sobre la pila. En aquella estancia también había nuevos botes de cristal con delicadas hojas que Harriet había decidido resguardar bajo su protección. Se odió por haberla hecho sentir insegura de nuevo, por abrir las puertas que ella tanto se había esforzado por cerrar.

Luke regresó a la habitación y dejó un vaso de agua en la mesita. Encendió la lamparita de noche, que emanó una luz tenue.

—Ven, gírate un poco para que pueda ponerte esto. Te sentirás mejor.

—No.

—Harriet...

—No quiero que me veas así —susurró, y se hizo más un ovillo entre las mantas, como si intentase esconderse de él.

—¿Así cómo? —Esperó algún tipo de respuesta—. ¿Harriet?

Luke se inclinó sobre ella y la movió con delicadeza hasta girarla hacia él. Ella no encontró las fuerzas necesarias para resistirse; dejó caer las manos con las que se cubría el rostro y a él se le encogió el corazón en un puño. Tanto que dejó de respirar.

Estaba pálida. Tenía las mejillas hundidas y unas ojeras pronunciadas que ensombrecían su mirada. Había adelgazado mucho. Demasiado. Harriet ya había sido poca cosa tiempo atrás, pero ahora estaba en los huesos. Luke se dejó caer a su lado y la estrechó contra su cuerpo, ignorando la rigidez que adoptó el de ella.

—¿Yo te he hecho esto? —gimió temblando—. Joder, Harriet. Joder. Lo siento mucho. Lo siento. No sé cómo, pero te prometo que lo arreglaré todo. La alzó para sentarla sobre su regazo. No pesaba nada. Se recostó contra el cabezal de la cama y le colocó en la frente el trapo mojado, presionándolo suavemente con los dedos. Le besó la nuca, le besó la cabeza. Seguía teniendo mucha fiebre.

—Todo esto pasará, ¿vale? —susurró en su oído—. Ni siquiera lo recordaremos dentro de unos años. Voy a cuidar de ti, Harriet. Y te demostraré que merezco la pena.

—No —murmuró—. Ya no te quiero, Luke.

—Pues haré que vuelvas a quererme.

Harriet abrió los ojos en la penumbra de la habitación, a pesar de que, por la luz tenue que se distinguía tras la cortina, debía de ser media mañana. Se quedó en la cama escuchando el sonido del cajón de los cubiertos y del grifo del agua al abrirse. Recordó la llegada inesperada de Luke la pasada noche y sintió que se quedaba sin aire. Tosió. Le ardía la garganta y cada centímetro del cuerpo, pero no era nada en comparación con lo que había sentido al saber que él había regresado. Se había convencido de que no volvería a verlo. Y ahora estaba allí. Otra vez. ¿Cómo podía doler tanto su mera presencia? En teoría, solo era un número más. Un hombre entre millones y millones de personas que ahora mismo caminaban por el mundo. Pero era él.

Él. Único e irremplazable.

Luke era vértigo.

Ella dejó escapar el aire que estaba conteniendo, exhausta, y permaneció un rato más en la cama hasta que finalmente se armó de valor y se puso en pie. Tembló. Se cubrió con una sábana que arrastró por la madera del suelo al caminar y cuando llegó a la cocina permaneció muy quieta en medio de la estancia, mirándolo. Él se giró; la nuez de su garganta se movió con suavidad.

—¿Cómo te encuentras?

Y su voz. Esa voz...

—Bien. Tengo que tomarme la medicación —contestó, aunque en realidad le daban unos pinchazos terribles en el oído y sentirse con tan poca fuerza le resultaba frustrante—. Y quiero..., no, necesito que te vayas —añadió en un susurro.

—No voy a irme, Harriet. —Apartó la mirada de ella y se secó las manos en un trapo de cocina antes de acercarse a la encimera y coger las pastillas que le tocaban. Le preparó un vaso de agua y se lo tendió. Ella lo aceptó con manos temblorosas.

Después se quedó sentada en uno de los taburetes que rodeaban la isla de la cocina, sin decir nada, sin hacer ningún ruido, tan solo mirándolo cocinar. Luke estaba de espaldas a ella y cortó en trocitos muy pequeños zanahorias, cebollas, tomate, apio, puerros y ajos. Harriet contempló cómo metía después toda la mezcla en una cazuela con agua que estaba hirviendo y añadía una pizca de sal y algunas especias. Luego abrió la nevera y empezó a rebuscar dentro. Lanzó un yogur a la basura.

—¿Qué estás haciendo? —le preguntó, y él pareció sorprenderse al oírla. Llevaba ahí sentada más de media hora sin decir ni una palabra.

—Tirar las cosas caducadas.

—Me refería a lo que tienes al fuego.

—Sopa de verduras. Para ti.

—No tengo hambre. Me haré un vaso de leche.

Él cerró la nevera y la miró muy serio.

—Te puedo asegurar que vas a comer sopa de verduras, aunque tenga que meterte cada cucharada a la fuerza en la boca. —Harriet presionó los labios y sujetó con más fuerza los extremos de la sábana con la que se tapaba cuando Luke la señaló con la mano—. ¿Tú te has visto? Estás... muy delgada. Necesitas recuperarte.

—¿Por qué estás haciendo esto? Habría sido más fácil que no volvieses.

—¿Más fácil para quién?

—Para mí. Para los dos.

—Ni siquiera debería haberme ido nunca, Harriet. —Rodeó la isla de la cocina y se paró a su lado, apenas a unos centímetros de distancia. Acogió sus mejillas con las manos—. ¿No lo entiendes? A ti te tenía muy clara, a quien no me tenía tan claro era a mí mismo. Pero te quería. Igual que te quiero ahora. Y verte así es lo más jodido por lo que he pasado en mucho tiempo —susurró—. Así que a partir de ahora vas a comer y a descansar. Y, mientras tanto, me ocuparé de todo lo relacionado con la pastelería.

Harriet sintió que algo se rompía en su interior. Sorbió por la nariz e intentó inútilmente no llorar. No era solo porque la pastelería fuese el gran sueño de su vida, también porque allí había invertido ilusión, esfuerzo, ganas y esperanzas. Pensó en el día que la abrió, en la mirada orgullosa de

Angie mientras le daba el tercer anillo, en las manos inquietas de Jamie que lo probaban todo, en la voz cantarina de Barbara y sus amigas, y en su propia satisfacción al lograr al fin lo que tanto había deseado...

—La voy a perder. Saben que todo fue una farsa. Tendré que cerrarla —sollozó—. Y no hay nada que tú puedas hacer para evitarlo. Es demasiado tarde.

Luke negó con la cabeza, alzó una mano y le colocó tras la oreja un mechón de cabello dorado que había escapado de su coleta.

—Al final, lo nuestro podrá haber sido muchas cosas, pero no una farsa. Sé que no te he dado razones para hacerlo, pero confía en mí cuando te digo que no la perderás.

Paseó la mirada por su desmejorado rostro y se detuvo en sus labios. Estaban allí, tentándolo. Se inclinó lentamente hacia ellos, pero Harriet giró la cara en el último instante y él se mantuvo quieto un segundo, antes de darle un beso tierno en la mejilla que a ella la hizo estremecer.

Llevaba más de una semana en Newhapton cuando finalmente logró que dejasen de lado la investigación. Su presencia allí calmó los ánimos, pero aun así había tenido que reunirse con el abogado de Fred Gibson dos veces, respondiendo a unas cuantas preguntas incómodas sobre su matrimonio. Se llegó a la conclusión de que era imposible probar que había sido un fraude.

Harriet recuperó algo de peso y, tras saber que no tendría que cerrar la pastelería, su rostro adquirió ese brillo especial y vivaz que Luke llevaba días deseando ver. Esa tarde se sentó a su lado en el sofá, dejando cierta distancia entre ambos. Vestía unos pantalones cortos y él tuvo que hacer verdaderos esfuerzos para apartar la mirada de esas piernas que tantas veces había acariciado.

—¿Lo dices en serio?

—Totalmente. No pueden demostrar que nada sea mentira. Además, como si fuese así el dinero iría destinado al Ayuntamiento, los amenacé con demandarlos por acoso al tener intereses económicos en la causa y no ser imparciales.

Él sonrió. En realidad, la charla con el abogado no había sido demasiado agradable y ser simpático no era precisamente su punto fuerte. Las cosas se habían puesto un poco feas hacia el final y sabía que, a partir de ahora, estarían vigilándolos hasta que se cumpliese el plazo estipulado. Tan solo faltaban unas semanas, pero eso no le importaba, porque no pensaba irse. No pensaba irse nunca.

—No me la van a quitar —insistió con voz temblorosa.

—No. Ya no tienes que preocuparte más por eso.

Se acercó a ella. Necesitaba tocarla. Lo necesitaba. Durante toda la semana se habían mantenido alejados, callados, sin siquiera rozarse. Luke había dormido todos los días en el sofá. Bueno, si es que a cerrar los ojos un par de horas cada noche se le podía llamar «dormir», porque era incapaz de dejar de pensar que todo lo que quería estaba muy cerca, apenas a unos pasos de distancia, y a la vez muy lejos. Algo había cambiado en Harriet. De vez en cuando la pillaba observándolo en silencio, pero, en cuanto él se percataba, ella apartaba la mirada, agachaba la cabeza y volvía a perderse en sí misma. Y a Luke lo volvía loco no saber en qué estaba pensando, así que había matado las horas del día yendo y viniendo a la pastelería, de la que se encargaban Barbara y Angie, arreglando las tablas de madera que aún estaban sueltas, limpiando el tejado de la casa o arrancando los hierbajos que cubrían el jardín de la parte de atrás. Cualquier cosa que lo mantuviese ocupado.

Deslizó la mirada hasta su boca y se mordió el labio inferior, haciendo un esfuerzo por contener sus impulsos. Se había prometido a sí mismo que mantendría las manos quietas y le dejaría espacio. Iba a permitir que Harriet tomase las riendas de la situación, pero aquello era un sufrimiento innecesario. No podía más. Tampoco es que la paciencia formase parte de sus virtudes a destacar.

—¿Cuánto tiempo más tenemos que seguir fingiendo?

—No sé de qué hablas —respondió cohibida.

—De fingir que no me quieres —aclaró.

Luke respiró profundamente. Aún estaba a tiempo de retroceder, volver a la retaguardia y seguir dejando pasar los días entre dolorosos silencios y miradas que decían todo lo que ella no era capaz de admitir. Pero él no era así. No lo era. Para lo bueno y para lo malo se dejaba llevar. Y todo lo conducía a Harriet.

—O que no estás loca por mí, ni te mueres de ganas por que nos encerremos en la habitación durante días. Apuesto lo que sea a que ya estás imaginando todo lo que haremos. —Acortó la distancia que los separaba y rodeó su cintura con los brazos. Pegó su frente a la suya—. Eh, abejita, ¿por qué lloras...? —Su voz perdió por el camino el tono divertido y se tornó cauta e intranquila—. Harriet, háblame. Por favor.

—No puedo...

—¿Por qué?

—Porque no quiero hacerte daño, Luke —gimió—. Siento todo lo que te dije cuando te fuiste. No es verdad. Tú no estás vacío por dentro. Y claro que me resulta tentador lo que dices, meterme en la habitación contigo, como hacíamos antes, fingir que todo es perfecto así, pero no puedo seguir engañándome.

—No te entiendo, joder.

—Ya lo sé. Ese es el problema.

—¡Pues explícamelo! Haz que lo comprenda.

Luke le limpió las lágrimas con la punta de los dedos y a Harriet le tembló el labio inferior. Ella cerró los ojos. Había pensado mucho en aquello durante el último mes. Le había dado vueltas y más vueltas, quizá demasiadas, hasta convencerse de que no podía dejarse llevar por una atracción tan efímera, tan frágil..., y que ya era hora de que empezase a ser un poco más egoísta y a pensar en sí misma, porque el otro camino solo le había traído decepciones, desencuentros y dolor.

—Tú me haces sentir muy insegura y necesito tener la certeza de que la persona que tengo enfrente siente lo mismo. Sin dudas. Yo jamás dudé de mis sentimientos hacia ti. No podía. Solo con mirarte..., es que sobraba todo lo demás —dijo—. Toda mi vida... toda mi vida ha estado marcada por aquellos que decidieron dejarme atrás o para los que no fui suficientemente buena. Lo sabías. Y aun así tú también te ibas a ir...

—No pude. No lo hice.

—¡Pero querías hacerlo! —Luke se quedó callado, mirándola—. No necesito que me digas lo bien que nos lo vamos a pasar si nos metemos en la habitación, lo que necesito son certezas. Es seguridad. Y tú no puedes darme nada de todo eso.

Nervioso, Luke se puso en pie y se frotó el mentón.

—Joder, Harriet. Sabes que no se me da bien explicarme. Las palabras... no me salen. Pero te quiero. No entiendo por qué eso no te parece suficiente. Si pudieses entrar en mí y ver todo lo que siento...

Ya. El problema era ese. Que ella era incapaz de verlo y él no se lo decía. Harriet exhaló hondo antes de levantarse también y encerrarse en su habitación. Se sentó en un rincón, con las piernas encogidas, y se abrazó las rodillas. ¿Por qué no podía entenderla? Que se sentía muy pequeña después de tantos traspiés. Que necesitaba garantías antes de abrirse de nuevo. Que ya había arriesgado demasiadas veces. Que tenía un miedo atroz a decirle que sí, a confiar en él y que, tras tachar ese reto de su lista, Luke volviese a irse en busca de emociones más estimulantes. Que a veces la inseguridad era tal que no podía evitar pensar que él terminaría aburriéndose de ella tarde o temprano. Y lloró de impotencia. Por no conseguir erradicar todo lo que no quería ser y por lo que había luchado aquellos años.

No supo qué hora era cuando volvió a ponerse en pie. Luke no estaba en casa y ya casi había anochecido. Enfadada consigo misma, se dirigió a la cocina, cogió todos los tarros de cristal y salió al porche trasero, donde se sentó mientras sollozaba con rabia. La luna menguante se recortaba en el cielo oscuro. Sostuvo uno de los botes con manos temblorosas, observando las hojas. Y notó el corazón golpeándole contra las costillas al advertir el polvillo que se asentaba en el fondo, porque se dio cuenta de que guardarlas no había servido de nada. No las estaba protegiendo. No podía protegerlas. Desaparecerían como todas las demás; quizá más tarde, pero lo harían también. De repente se sintió tonta y ridícula por haber seguido haciendo lo mismo que cuando era una niña solitaria y débil, y advirtió que, de algún modo, esa niña seguía muy viva dentro de ella y necesitaba dejarla marchar.

El primer tarro se abrió con un suave *clic*.

Harriet contuvo la respiración y luego lo volcó, las hojas cayeron y formaron un montoncito a sus pies que rápidamente se disipó cuando sopló una ráfaga de viento. Intentó no llorar. Hizo lo mismo con el segundo. Y el tercero. Y el cuarto. Todos.

—¿Qué estás haciendo...?

Se giró. Luke parecía consternado, recorriendo con la mirada las hojas que se perdían arrastradas y los botes de cristal, ahora vacíos, que estaban amontonados a un lado. Harriet se levantó y sacudió las manos.

—No sirven. No están seguras ahí dentro —respondió antes de pasar por su lado y volver a meterse en la casa. No cenó. Regresó a la habitación, se escondió bajo las mantas y se preguntó hasta cuándo se sentiría así y si en realidad algún día había dejado de hacerlo.

El sol levantaba motas de polvo tras el cristal de la ventana cuando abrió los ojos al oír su voz. Tardó unos segundos en incorporarse y preguntarle a Luke qué estaba haciendo allí, en su habitación, inclinado hacia ella.

—Tengo que enseñarte algo. —La miró inseguro—. Solo si tú quieres. Pero dime que quieres, por favor, porque creo... creo que entendí lo que querías decirme ayer y necesito que ahora me entiendas tú a mí.

Harriet supo que no iba a poder negarse en cuanto se perdió en su mirada verde. Se puso en pie con lentitud y luego dejó que Luke le tapase los ojos con las manos y la guiase con suavidad hacia la cocina. Intentó que no notase que su proximidad la hacía temblar y que, a pesar de todo, lo único que deseaba era darse la vuelta y esconder la cabeza en su pecho y escuchar el latido de su corazón...

—¿Estás lista?

—Creo que sí.

—Vale, pues...

Apartó las manos, permitiéndole ver. La cocina estaba como siempre, nada había cambiado. Los vasos limpios, sobre la repisa; los platos apilados, a un lado; los moldes para hacer pasteles, dentro del horno; las especias, en las estanterías superiores, justo al lado de...

Los tarros de cristal.

Harriet dejó de respirar. Estaban ahí, como siempre. También el que ocupaba el sitio al lado del tocadiscos y el que reposaba junto al pequeño jarrón de la isla de madera. Pero ninguno estaba lleno de hojas. Dentro de los botes solo se distinguían algunos papeles de colores doblados.

—¿Qué... qué has hecho?

—Ábrelos. Empieza por el que quieras.

—Luke...

Él alargó un brazo y bajó uno del estante más alto.

—Toma.

Ella lo cogió. Y le sorprendió el tacto familiar del tarro de cristal y, a la vez, la novedad que suponía que no estuviese repleto de hojas. Lo abrió con suavidad, metió la mano y sacó un papel que desdobló. Encontró la letra de Luke, los trazos imprecisos.

«Prepararte el desayuno todos los domingos.»

Luke gruñó por lo bajo.

—Espera. Justo ese... no era el mejor. —Le quitó el bote de las manos y lo sacudió sobre la encimera sacando varios papelitos a la vez. Aguantó la respiración al mirarla de nuevo—. Léelos, por favor.

Y Harriet los leyó. Uno a uno.

«Despertar cada mañana a tu lado y susurrarte un *te quiero* antes de que empiece el día.» «Llevarte a ver un partido de los San Francisco 49ers y atiborrarnos de nachos con queso.» «Hacer una escapada de fin de semana y comprar discos nuevos en alguna tienda de segunda mano para ese viejo tocadiscos que tenemos.» «Hacerte el amor en la ducha... ¿Cómo es posible que todavía no lo hayamos probado?» Harriet rio y sorbió por la nariz mientras desdoblaba el siguiente papel. «Tragarme todos los (insufribles) programas de cocina que tanto te gusta ver.» «Hacer mi especialidad una vez a la semana (ensalada con pollo y curry...), y no probar contigo mis experimentos culinarios.» Ella alzó la mirada hacia él.

—Luke, todo esto...

—Sigue leyendo —la cortó.

«Viajar. Viajar contigo a cualquier sitio, aunque sea con la mochila a cuestas, recorrer el mundo a tu lado.» «Inventar nuevas teorías sobre la destrucción humana.» «Bailar alguna de Sinatra... y luego follarte lento en el suelo de la cocina. Para que luego digas que no soy romántico.» «Abrazarte muy fuerte todas las noches.» «Llevarte a San Francisco y enseñarte la ciudad, sus calles empinadas, pasear por la costa; presentarte a mi familia y a mis amigos.» «Quererte más y mejor cada día.» «Limpiar el cobertizo.» «Dejar de tener miedo.» «Comer más mierda verde, digo, verduras... si eso te hace feliz.»

Harriet sonrió entre lágrimas. Abrió el siguiente papelito, ya del segundo tarro de cristal, pero veía borroso y no podía distinguir bien las letras que bailaban. Luke dio un paso hacia ella con gesto inseguro.

—Si aún quieres que me vaya, dímelo ahora y te prometo que lo haré en cuanto se cumpla el plazo de la herencia —susurró y luego bajó la cabeza para poder mirarla a los ojos—. Pero si confías en mí, si lo haces, te prometo que todo lo que he escrito ahí será nuestro futuro. Nunca he estado tan seguro de algo como de esas palabras y las quiero contigo. Lo único que necesito es que cuando me mires encuentres certezas.

Ella sorbió por la nariz y hundió el rostro en su pecho. Luke cerró los ojos y la abrazó mientras expulsaba el aire que había estado conteniendo.

—Cuando te miro lo encuentro todo, Luke.

Eso era lo que necesitaba oír. Necesitaba saber que él podía serlo todo para ella, aun con sus defectos y sus carencias. Inspiró hondo cuando la oyó susurrarle que lo quería. La había echado de menos. Ella. Su risa. Su permanente buen humor. El tacto suave de su piel. Su boca. Luke se separó un poco y buscó sus labios. Los rozó.

—¿Sabes lo que pensaba anoche, mientras hacía manualidades como un puto niño pequeño recortando papelitos? —bromeó, y su aliento cálido se mezcló con el de ella—. Que, si todos los fracasos de mi vida me han conducido hasta ti, no pueden haber sido tan malos. Ha valido la pena el camino recorrido.

Harriet sonrió. Y Luke atrapó aquella sonrisa con la boca en un beso lento y profundo, y se prometió a sí mismo que se pasaría la vida cazando la felicidad dibujada en sus labios. Deslizó las manos por su espalda y le subió la camiseta con lentitud.

—¿Qué haces? —Ella rio y se apretó más contra él, divertida.

—Las ganas que te tengo... —gruñó.

—¿Quieres empezar a demostrarme tus promesas?

Luke esbozó una sonrisa traviesa, y luego la cogió y la cargó sobre su hombro mientras ella dejaba escapar una carcajada.

—Es hora de tachar la palabra «ducha» de la lista.

Epílogo

(Un año más tarde)
Ibiza, España

El sol me acaricia la piel y a lo lejos se oyen los gritos y las risas de los bañistas y el sonido de las olas al romperse antes de llegar a la orilla. No estoy segura de qué hora es porque aquí el tiempo parece haberse detenido desde que llegamos hace cuatro días. Suspiro al notar las manos algo ásperas de Luke acariciándome el estómago. Abro los ojos. Está tumbado a mi lado, en la toalla de playa, apoyado sobre un codo, y, aunque no puedo asegurarlo porque lleva puestas unas gafas de sol, estoy segura de que su mirada es sexi y peligrosa.

—Me estás volviendo loco con este biquini diminuto. —Tira de la goma de la braguita blanca con un dedo—. Son como dos centímetros de tela. Debería ser ilegal.

Me estiro más sobre la toalla.

—En realidad, creo que llevo demasiada ropa.

—Define «demasiada» para ti.

—Me molesta la parte de arriba —protesto y me llevo las manos al cordel que llevo atado al cuello.

—Ni lo sueñes, abejita.

—¿Por qué no? Aquí todas lo hacen.

—No pienso dejar que todos los tíos salidos te miren las tetas.

—Eres un muermo —suspiro—. ¿Sabes que los celos injustificados no tienen nada de atractivo?

Me giro y me tumbo de espaldas, a pesar de que probablemente ya estaré roja como una gamba. No importa cuánta protección use, mi cuerpo se niega a cooperar. Hundo el rostro en la toalla y entonces noto las manos de Luke sobre mis hombros. Se inclina hacia mí y me susurra al oído.

—No te muevas.

Me acaricia la piel con la punta de los dedos y siento un hormigueo cuando desata con cuidado los dos nudos de la parte superior del biquini. Deposita un beso en mi espalda y luego me rodea la cintura con una mano.

—Ya puedes girarte.

Lo hago. La tela blanca cae a un lado y la brisa del mar me hace cosquillas en la piel de los pechos. Le dedico una mirada traviesa y él se relame el labio inferior.

—Vamos al agua. Ya —ordena haciéndome reír.

Corremos por la orilla cogidos de la mano y nos zambullimos en el agua fría y cristalina de esta cala pequeña y recogida entre las rocas. Me rio cuando me abraza y enredo las piernas en torno a su cintura mientras él se mueve lentamente hacia una zona más profunda.

El sol rojizo se funde con el horizonte y por un momento pienso que el cielo se está desangrando. Hemos visto cada día el atardecer, pero el de hoy es increíble. Luke me coge de la nuca y me besa. Sabe a sal, sabe a todo lo que siempre he querido. Mientras las olas nos mecen en un suave vaivén, sigue sosteniéndome con una mano por la cintura y con la otra me acaricia uno de los pechos, lo acuna en su palma con delicadeza y sonríe sobre mis labios.

—Pues tiene su parte práctica esto del toples.

—Ni se te ocurra pensar que vamos a hacer algo aquí.

—¿No? —Presiona sus caderas contra mí y lo noto más que dispuesto—. ¿Estás segura? Medítalo un poco más... —susurra ejerciendo más fuerza, y entonces oímos a un grupo de chiquillos reír a lo lejos mientras luchan entre ellos por conseguir subir a una colchoneta. Luke gruñe frustrado e inspira hondo—. Está bien. Más tarde. En el hotel. Olvídate de dormir esta noche.

Me rio y lo abrazo hasta que el sol desaparece y salimos del agua. Me pongo los vaqueros cortos deshilachados y una camiseta blanca con los hombros al descubierto sobre la parte superior del biquini. Luego subimos en la moto que hemos alquilado durante nuestra estancia aquí y recorremos la isla disfrutando de las vistas, de la vegetación que cubre la línea de la costa, del olor a salitre, las calles empedradas y las enormes buganvillas púrpuras que trepan por las paredes blanquecinas de las casas como si deseasen llegar hasta el cielo azul cobalto.

Luke aparca poco después en un restaurante frente a la costa. Nos sentamos en la terraza y pedimos un plato de marisco variado. Huele a mar y se ven las luces de los barquitos sobre el agua. No dejo de pensar en todo lo que ha cambiado, en que nunca he sido tan feliz, en que me siento muy muy afortunada ahora mismo. Luke coloca su mano sobre la mía, encima de la mesa y me mira preocupado.

—Estás seria. ¿En qué estás pensando, Harriet?

Me muerdo el labio inferior mientras uno de los camareros nos sirve dos copas de vino. Le doy un trago cuando se marcha.

—En que ahora mismo no cambiaría nada de mi vida. Ni siquiera las pequeñas tonterías que surgen en el día a día. También me gustan. Todo me gusta.

—¿A qué te refieres? —Luke frunce el ceño.

—A lo cabezón que eres. O lo difícil que resulta convencerte de que la cocina no es lo tuyo. También está eso que haces cada vez que te duchas, dejar todo el suelo del baño lleno de agua y las toallas tiradas por ahí... —Suelto una risita—. Hasta eso me encanta de ti. Tener una excusa para reñirte o enfadarme de vez en cuando y ver cómo pones los ojos en blanco o mascullas por lo bajo.

Luke ladea la cabeza y sus dedos juguetean con el tallo de su copa.

—Yo adoro que me despiertes temprano los domingos, que tardes años en secarte el pelo y finjas un secuestro en el cuarto de baño o que siempre, joder, siempre te comas la última patata frita, pero dejes la bolsa en la despensa para que, cuando la abra, me ilusione al pensar que todavía quedan.

Dejo escapar una carcajada y luego lo miro y de verdad que no existe nadie más en este restaurante, en este mundo, solo él, frente a mí, con ese gesto suyo tan tierno que aparece en cuanto nuestros ojos se encuentran.

Pienso en lo mucho que me ha hecho aprender. Luke fue el detonante que me hizo darme cuenta de que las cosas casi nunca son blancas o negras. Hay mil matices de grises. Todos somos grises. ¡Y qué difícil es juzgar a las personas! Qué complicado catalogarlas en el bando de los «buenos» o los «malos», como si todo fuese tan sencillo. Con el tiempo he entendido que ni mi padre fue tan malo, aun con todo su dolor transformado en rabia, ni Barbara siempre tan moralmente correcta. Que Angie a veces se equivoca, igual que Jamie, pero que los quiero con y a pesar de sus errores. Sobre todo «con». Y que incluso creo que he perdonado a Eliott de verdad y, si me esfuerzo, hasta puedo entender por qué Minerva vive con ese miedo que la hace defenderse con uñas y dientes.

Saco el móvil del bolso al oír el pitido de un mensaje.

—¿Quién es? —pregunta Luke.

—Angie. Dice que Abril está comiendo más. —Sonrío. Ese bebé es la cosa más adorable y maravillosa del mundo—. Y que han seguido entrando pedidos de la tienda a pesar de estar cerrada. No entiendo por qué no leen el *banner* ese que pusiste. ¿Sabes...? No importa. Ya me ocuparé de eso cuando volvamos.

Luke asiente satisfecho y comienza a comer en cuanto nos sirven los platos.

Durante el mes que estuvimos separados, tuvo la idea de crear una tienda *online* de repostería que complementase las ventas del local. Sus amigos lo ayudaron a diseñarla y a promocionarla tras su lanzamiento. Gracias a eso ahora recibimos pedidos a nivel estatal y estamos planeando ampliar horizontes el próximo año, aunque Luke apenas tiene tiempo libre entre las clases en el colegio y su trabajo como entrenador. Tenemos muchos encargos de tartas para bodas, *cupcakes* divertidos para despedidas de solteras y dulces especiales para todo tipo de celebraciones. Y eso era exactamente lo que siempre había deseado, que todo estuviese enfocado a un plano más creativo, divertido e innovador. Es perfecto. Tan perfecto que quizá...

—Tenemos que seguir pensando en lo de la franquicia. —Luke se adelanta a lo que estoy pensando—. San Francisco debería tener su propia Pinkcup. Jimena estaría encantada de dirigirla, ya lo sabes —añade, refiriéndose a una de las amigas de Rachel, a la que había tenido la oportunidad de conocer tiempo atrás durante una de nuestras habituales visitas a la ciudad—. Y buscar el local sería fácil teniendo a Jason. Seguro que en la inmobiliaria tiene justo lo que necesitamos.

—Creo que ahora mismo Jason ya tiene suficiente lío encima como para pedirle que nos eche una mano. Podemos dejarlo para más adelante, Luke.

Él asiente pensativo y luego sonríe y chasquea la lengua.

—¿Quién lo iba a decir...? Y eso que era el «responsable» del grupo.

—¡No seas malo! —bromeo, y le doy un toquecito en la pierna.

Nos comemos el marisco y la ensalada entre risas y conversaciones tontas (¿sería posible que los alienígenas ya hayan invadido la Tierra, estén entre nosotros y uno de ellos sea nuestro camarero? El hombre es muy raro, pero Luke dice que no es probable, porque de ser así hubiese elegido un trabajo más cómodo. Yo creo que eso era precisamente lo que el alienígena querría que pensásemos). Cuando terminamos de cenar y pagamos la cuenta, salimos de allí paseando sin prisa.

—¿Qué te apetece hacer ahora? —pregunto.

—Divertirme. Bailar contigo. Acabar en el hotel.

Luke me coge de la mano antes de que pueda poner ninguna objeción y me arrastra a su paso por las calles despiertas de Ibiza. Entramos en un par de locales pequeños, de aspecto *hippie* y colorido, y en cada uno de ellos nos bebemos un chupito y nos dejamos llevar por la música alegre y el ambiente.

Siento que estoy flotando cuando nos movemos al son de una melodía latina y Luke clava la yema de sus dedos en la piel de mi cintura, que queda al descubierto cuando me sube un poco la camiseta. Se inclina y me besa. Sabe a tequila y a limón, y deslizo la lengua por sus labios con lentitud. Él se aparta y me mira con deseo antes de echarse a reír. Esa risa despreocupada y segura que me hizo fijarme en él la primera vez que la oí en aquella piscina de Las Vegas. Me gusta que siga siendo así, que no le importe qué pensarán de él los demás, que se deje llevar por sus impulsos y haga caso de la primera idea loca que cruza por su cabeza.

No sé cómo, pero al final terminamos en una discoteca. Las luces de colores se mueven de un lado a otro. Llevo una pulsera de neón en la mano que no sé de dónde demonios ha salido. Luke está eufórico y me coge en brazos mientras salta entre la gente al son de la melodía electrónica que suena. Dos chicos nos acompañan y no dejan de darle palmaditas en la espalda. No sé cómo nos hemos hecho amigos de ellos, porque no hablan inglés y nosotros solo sabemos cinco palabras en español: «Fiesta», «hola», «gracias», «paella», «Macarena». Pero son simpáticos y me gustan las rastas que uno de ellos lleva en la cabeza. Me gustan tanto que no dejo de intentar estirarle el pelo y a él parece hacerle mucha gracia. No sé qué es tan gracioso, pero no importa, le sonrío después de darle otro tironcito.

De pronto empieza a caer espuma del techo del local. ¿Esto es real o estoy soñando? Me agarro al hombro de Luke y él me sujeta contra su cuerpo mientras todo el mundo se mueve a lo loco a nuestro alrededor. Me río. Se ríe. Me da un mordisquito en el cuello y yo me derrito entre sus brazos.

—Harriet...

—Dime.

—Te adoro. Y lamento decirte... —hace una pausa cuando cae más espuma y coge un poco con la mano y me la restriega por la cara antes de meterla en mi escote entre risas—, que no voy a dejarte escapar. Estás condenada a pasar el resto de tu vida conmigo. Qué putada para ti. Qué bien para mí —bromea, porque ahora sé que se dio cuenta hace tiempo de lo especial que era, no solo para mí, sino para el mundo.

Ruedo a un lado de la cama con los ojos entrecerrados. Estoy muerta. Va en serio: o he muerto o la cosa ha estado ahí ahí, muy cerca. Me palpita la cabeza. Me palpita todo el dichoso cuerpo. Consigo levantarme y camino a tientas mientras Luke también se incorpora; me meto en el cuarto de baño de la habitación del hotel. Suelto un quejido cuando enciendo la luz y abro la boca al mirarme al espejo.

Llevo una trencita de colores en el pelo. Un pelo que no parece mi pelo, sino una maraña rubia que da miedo. Un collar de flores gigantes muy raras cae hasta rozarme el ombligo. El ombligo. Claro, porque no sé dónde está la camiseta blanca que vestía la pasada noche y solo llevo la parte de arriba del biquini (gracias a Dios).

—¡Harriet! —Luke golpea la puerta del baño con el puño y noto un leve tono de urgencia en su voz.

—¡Yo también tengo que hacer pis, espérate! —protesto.

—Joder. Necesito que salgas —le oigo maldecir por lo bajo.

—Ya voy. —Abro el grifo y me lavo las manos con jabón—. Y, por cierto, segunda y última vez que salimos de fiesta tú y yo juntos, Luke. Esto termina aquí. Deberíamos hacer una especie de juramento o algo así.

Cuando salgo del baño veo que Luke está en medio de la habitación, sin camiseta, frente al espejo alargado que hay en la puerta del armario. ¡Y qué bien le sienta no llevar nada encima, más ahora que tiene la piel morena por el sol!

—¿Estás bien?

—No. Joder, no. Nada bien.

—¿Qué pasa, Luke?

Se gira lentamente y veo el fino plastiquito que recubre el lateral de la zona baja de su estómago, tocando la goma del pantalón, justo donde se dibuja esa especie de uve que siempre me gusta recorrer con los dedos. Me tapo la boca con las manos.

—¿Es un tatuaje?

—¡Es otro jodido tatuaje!

¿Cuándo? ¿Cómo? ¿Por qué? Algunos recuerdos aparecen como fogonazos; tan solo lo perdí de vista un momentito de nada cuando pedí a esas chicas simpáticas que me pusiesen la trencita en el pelo. No debería haberlo dejado solo. Ni un segundo. Nada. Luke solo necesita un pestañeo para llevar a cabo la idea más descabellada del mundo.

—Dime que es menos raro que el del erizo —ruego.

—No sé yo... —Frunce el ceño y coge con los dedos la punta del plastiquito para apartarlo y dejar que lo vea. Suelto un gritito. ¿Pero qué demonios...? Ay, Dios. Intento no reírme, de verdad que lo intento, pero no consigo evitarlo.

Es una abejita.

Una colorida abejita brillante.

FIN

Agradecimientos

Aquí estoy otra vez, pensando y recordando a todas esas personas geniales que han hecho posible este libro, que Harriet cumpliese sus sueños, que Luke se encontrase a sí mismo, que conozcas su historia. Pero, antes de centrarme en ellas, quiero dar las gracias a la gente que me rodea, a mi familia y amigos. Escribir es experiencias. Y experiencias sois vosotros cada día. Ahora sí, vamos allá:

En primer lugar, gracias a mi editora, Esther, por su confianza, por acoger a Harriet y Luke con los brazos abiertos poco después de haberles dado la bienvenida a Rachel y Mike. No se tiene la suerte de tropezar todos los días con alguien que esté tan dispuesto a arriesgar por ti. Y, por supuesto, gracias también a la editorial Urano y a todos los que forman parte de esta casa, incluidas mis compañeras y mi correctora, Berta.

A Nazareth y Rebeca Stones, por sus bonitas frases.

A Laia. Gracias por darme más empujones (en el buen sentido de la palabra, «empujones hacia delante»), por cuidar de mis novelas y regalarme las tuyas.

A María, por ser la mejor compañera de editorial que podría desear.

A Inés, por tu opinión sincera y por leerme (y aguantarme) siempre.

A Neïra, por ayudarme a mejorar esta historia y hacerme disfrutar con las tuyas.

A Rocío, por quedarte de madrugada junto a ellos.

A Eva, por compartir conmigo lo difícil (y solitario) que a veces resulta el camino en esto de escribir con la llamada semanal de rigor. Así muchos años más.

A todos esos maravillosos lectores que le dieron una oportunidad a *33 Razones para volver a verte* y se quedaron con ganas de conocer la historia de Luke.

A mamá. Gracias por estar siempre a mi lado, leyendo mis historias cuando todavía son meros esbozos, pero, sobre todo, gracias por creer en mí y apoyarme al pensar que escribir podía formar parte de mi futuro. Y a papá y al tete, claro, siempre.

A Dani. Gracias por otro título, ¡otro más! *23 Otoños antes de ti* es tan bonito como los demás. No sé qué haría si no estuvieses al otro lado del teléfono cada día. No te vayas nunca, nunca.

Y por último, como siempre, a J. Por fin llegó la historia, tu historia. Esta va dedicada a ti. Eres y siempre serás mi mejor amigo, el único que me entiende cuando el resto del mundo (unas 7.229.916.048 personas) no lo hace. Te digo algo parecido a lo que Harriet le dijo a Luke: gracias por apoyarme incluso cuando no estás de acuerdo con mis decisiones, gracias por dejar que me equivoque, caiga, y después estar ahí para ayudarme a levantarme de nuevo.

ECOSISTEMA DIGITAL